WOLFSFIEBER
SCHATTENWELTEN 1

Inhaltsverzeichnis

Wolfsfieber 1
Anmerkung der Autorin 4
Zum Buch: 5
Personen 9
Prolog 11
2010, Salzburger Land, Österreich 11
Schlacht bei Metz in Frankreich, 1944 78
Tyr *, 2012, Montafon, Österreich 84
Jagd 113
Eismagier - 146
San Francisco, Vereinigte Staaten von Amerika, 2011 162
San Francisco, Vereinigte Staaten von Amerika, 2011 170
San Francisco, Vereinigte Staaten von Amerika, 2012 174
San Francisco, Vereinigte Staaten von Amerika, 2013 193
Sibirien, 2014 195
Sibirien, 2014 202
Belgien, Frühjahr 2015 221
Französische Pyrenäen, 2015 228
2015, Spanische Pyrenäen 305

2015, Finisterre, Iberische Halbinsel 347
2015, Französische Pyrenäen 385

ANMERKUNG DER AUTORIN

Dieses Buch ist reine Fiktion. Sämtliche Orte und Personen sind frei erfunden oder haben keinen Wirklichkeitsbezug. Ähnlichkeiten mit lebenden oder toten reellen oder irreellen Personen sind reiner Zufall und nicht von der Autorin beabsichtigt.

Zum Buch:

Chris wird fünfzehn, endlich! Er kann es kaum erwarten, sich seinen sehnlichsten Wunsch zu erfüllen. Doch das Tattoo, das er sich stechen lässt, hat ungeahnte Auswirkungen – Er findet sich in einer Welt wieder, die er nicht versteht. Sein Leben verändert sich schlagartig. Die Welt, die er bisher kannte, ist nun nicht mehr die Seine.

Magie wispert durch seine Adern, Veränderungen halten klammheimlich Einzug. Er weiß nicht mehr, wo ihm der Kopf steht. Neu gewonnene Feinde trachten ihm ganz plötzlich nach dem Leben. Auch seine Familie schwebt in höchster Gefahr. Was also tun?

Ein Rudel Werwölfe rettet ihm schließlich das Leben. Als er mit ihnen zieht, taucht der geheimnisvolle Henry auf der Bildfläche auf. Chris verspürt ungeahnte Faszination…

Impressum

@ 2015 Aline S. Sieber

Cover: @ 2015 Jenny M. Sieber

Herstellung und Verlag: BoD – Books on Demand, Norderstedt

ISBN: 9783734740404

GLOSSAR DER EIGENNAMEN UND BEGRIFFE

Heiler: Wesen aller Spezies, die aufgrund veränderter Hirnkapazität (ggf. durch ihre Wandlung) die Gabe des Heilens erlangt haben. Durch Eisen geschlagene Verletzungen können nicht von Heilern geheilt werden.

Jäger (Gilde): Üben eine Schutzfunktion in der Mythenwelt aus und sorgen für die Bestrafung von Gesetzesbrüchen. Ein Jäger entsteht aus einem Menschen heraus, wenn dieser zunächst gewaltsam angegriffen und dann von einem Vampir getötet wird. Jäger altern nur bis zum Erreichen des zweiundzwanzigsten Lebensjahres, höchstens aber drei Jahre nach ihrer Wandlung. Neben der Gesetzhüterfunktion nimmt die Gilde der Jäger, die in Fraktionen in den verschiedenen Erdteilen und Untergruppen unterteilt ist, auch eine Vermittlerposition ein.

Magier: Männliches Gegenstück zur Hexe, eine Spezies, die sich aus den Hexen entwickelt hat. Dem Glauben der Hexen nach sind Magier aufgrund ihrer nachträglichen Entstehung nicht Teil der Schöpfung und dadurch widernatürlich. Beide Fraktionen sind in der Regel verfeindet.

Menschliche Jäger: Ein Bund von Menschen, der Mythenweltwesen jagt. Sie sind der Überzeugung, mit jedem toten Mythenweltgeschöpf das Böse besiegt zu haben.

Schattenwandler: Alle Wesen, die weder der Mensch-, noch Tierwelt angehören. Vertragen nur selten Tageslicht. Eisen ist schädlich für alle Arten von Schattenwandlern. Folgend auch: Mythenweltwesen/Geschöpfe

Schwarzmagier, auch Blutmagier, sind Schattenwandler, die sich von der ursprünglichen Form der Magie angewandt haben und Blutmagie betreiben oder solche, die mit Flüchen und dem Tod zu tun hat. Schwarzmagier werden von der Gilde der Jäger aufs Schärfste verfolgt.

Vampir: Gewandelter Mensch, durch einen Blutaustausch mit einem anderen Vampir zum Angehörigen derselben Rasse geworden. Ernährt sich im Regelfall von Menschenblut. nimmt ein Vampir zu lange keine Nahrung zu sich, verfällt er zunächst in eine Art Leichenstarre und stirbt schließlich.

Werwolf, auch Warg, Lykantroph oder Lykae. Ein Mischwesen aus Mensch und Wolf, das den Gestaltwandlern zuzuordnen ist, aufgrund seiner Häufigkeit aber einen besonderen Platz unter ihnen einnimmt. Werwölfe sind durch ihre vertieften animalischen Instinkte stark an ihre Umgebung gebunden und leben wie ihre tierischen Gegenstücke in Rudeln. Diese Rudel beanspruchen ein besonderes Gebiet für sich, ziehen aber in größeren Zeitabständen weiter, um keine Aufmerksamkeit unter den Menschen zu erregen, da sie zu den Unsterblichen gehören. Werwölfe sind extrem anfällig gegenüber Eisen. Im Gegensatz zu vielen anderen Spezies vertragen sie jedoch Sonnenlicht.

Wyrren: Gestaltwandler der Alten Art. Wyrren sind keine Einzelwesen, sondern bestehen aus vielen winzigen Organismen. Ihre Herkunft ist nicht genauer bekannt, genau so wenig ihr Bestimmungszweck oder ihre Ziele. Es gibt nur noch sehr wenig Wyrren auf der Welt, da sie als angriffslustig gelten und auch grundlos andere Schattenwandler angreifen.

Personen

Menschen
Anna Hill
Iris
Klaus
Mr. Hill
Mrs. Hill
Willi
Theodor

John	Stallbursche, Gwendolins Geliebter
Gwendolin	Grafentochter, Schwester Henrys
Herr Müller	Deutscher

Werwölfe
Adrian
Christian Hill
Cinderella
Dr. Helen Marronnier
Perry
Anton

Vampire
Henry   Gwendolins Bruder
Monsieur
Michel Montserrat

Prolog

2010, Salzburger Land, Österreich

Heute war es endlich soweit. Seit fast einem ganzen Monat hatte er sich schon vorgenommen, ins Tatoostudio zu gehen und heute war er tatsächlich nach der Schule in den Ort gegangen. Letzter Schultag! Fantastisch! Was konnte es noch besseres geben?! Zudem hatte Chris heute die lang ersehnte Erlaubnis seiner Eltern bekommen. Sein Vater würde in etwa einer Viertelstunde hier sein und ihn begleiten. Unter achtzehn bekam man nur in Begleitung eines Erwachsenen ein Tattoo. Ansonsten war das widerrechtlich. Chris war aufgeregt. Und begeistert. Er wusste auch schon genau, was für eines er sich wünschte, und wo es sein sollte. Ein silbergrauer Wolf würde bald seinen Rücken zieren. Noch während er in seinen Vorstellungen schwelgte, wie das wohl aussehen würde, kam sein Vater.

Anna wartete ungeduldig auf die letzte Bergbahn. Wieso musste ihre Familie auch da oben wohnen? Und wieso, zum Teufel, waren die verdammten Dinger nicht schneller?

Ihre Mutter war, wie üblich, schon auf der Alm. Ihr Vater brachte ihren Bruder gerade ins Tatoostudio. Sie lächelte kurz. Chris hatte immer schon solche ausgefallenen Ideen. Sie trat in den Schnee. Aber genau deswegen musste sie jetzt allein mit der verdammten Bergbahn fahren. Winterferien. Klasse. Bald würden wieder eine Menge Touristen kommen und die Skihänge bevölkern. Wenn sie dann nach Hause wollte, musste sie noch länger warten. Die Bahn kam schließlich und Anna stieg ein. Die Kühe, die sonst immer oben auf der Alm waren, mussten im Winter zu einem der Bauern ins Tal getrieben werden. Der Winter war dieses Jahr früh gekommen. Chris hatte sie schon vor einigen Wochen ins Tal bringen müssen. Wenigstens hatten sie genug Milch und Käse.

Sein Rücken tat jetzt zwar weh, aber er war im Moment viel zu froh, als dass er dem hätte irgendwelche Bedeutung beimessen können. Da sie bei dem Schnee nicht mit dem Auto fahren konnten, mussten sie die Bergbahn nehmen. Und sie mussten sich beeilen, um die letzte Bergbahn nicht zu verpassen. Danach fuhr nämlich keine mehr. Chris sah auf die Uhr. Es war schon um vier. Eine Stunde später würde es so finster sein, dass man den Abhang nicht mehr sah und seine stillschweigende Existenz nur noch erahnen konnte. Um diese Zeit war es sehr gefährlich, noch einen Schritt vor die Haustür zu setzen.

Oben angekommen gab es erst einmal Abendbrot. Danach zogen sich alle zurück. Das Fernsehen funktionierte sowieso nicht, da der Empfang durch die vielen Berge gestört wurde. Man konnte jetzt nur noch lesen, Irgendetwas spielen oder schlafen. Spätestens 20 Uhr war Nachtruhe und das Kaminfeuer wurde gelöscht. Am nächsten Morgen würden alle wieder früh aufstehen müssen. Denn schließlich mussten die Eltern wie gewohnt zur Arbeit und die anstehenden Arbeiten und auch die Hausaufgaben mussten erledigt werden.

Am nächsten Morgen lief fast alles wie gewohnt. Abgesehen von der Tatsache, dass die Kinder heute zu Hause bleiben konnten. Keiner von beiden hatte wirklich große Lust aufzustehen. Aber sie kamen doch aus den Federn, denn sie konnten ihren Eltern heute etwas von der häuslichen Arbeit abnehmen. Der erste Ferientag sickerte so dahin, zog sich über Mittagessen, Abendbrot und verlosch schließlich mit dem Einsetzen der Dämmerung.

Bei Tagesanbruch war Chris beim besten Willen nicht wach zu bekommen. Nicht einmal, als Anna es mit einem Eimer Wasser und ein paar kräftigen Ohrfeigen versuchte. Die Aufregung war groß. So etwas war noch nie vorgekommen. Mrs. Hill schickte ihren Mann zur Arbeit und beschloss, noch solange zu Hause zu bleiben, bis der Arzt kam.

Der Arzt, ein freundlicher Mann mittleren Alters, kam auch bald. Er hatte gewöhnlicher Weise nicht viel zu tun, denn abgesehen von Gelegenheitskrankheiten gab es nur selten etwas zu kurieren. Größere Fälle, wie Knochenbrüche oder Schlimmeres wurden ins Krankenhaus der nächstgrößeren Stadt überwiesen.

Wie dem auch sei, jedenfalls konnte auch er den Patienten nicht aufwecken, sodass er, abgesehen von ein paar Ratschlägen, unverrichteter Dinge wieder abziehen musste.

Auch Mrs. Hill begab sich schließlich auf Arbeit, denn es hätte ja sowieso Nichts genützt, den ganzen Tag untätig herum zu sitzen, um darauf zu warten, dass ihr Sohn erwachte. Sie ließ Anna die Anweisung da, sie sofort anzurufen, sobald sich etwas tat.

In der darauffolgenden Nacht schlich sich Anna in die Küche um etwas zu trinken. Sie wollte gerade das Wohnzimmer durchqueren, als ihr auffiel, dass ihr Bruder nicht auf dem Sofa lag, wo er eigentlich hätte sein sollen. Das Wohnzimmer war leer. Außer ihr war niemand da. Sie sah nach draußen. Es tobte ein Schneesturm. Einer von vielen, die noch kommen sollten.

SOUTHHAMPTON, ENGLAND, 1840 N. CHR.

Die hölzerne Tür knarrte, als Henry sie öffnete. Vor Tagen hatte seine Familie einen Verletzten im Wald gefunden. Nun weilte der Mann schon seit einer ganzen Woche auf ihrem Landgut in der Nähe von Salisbury. Und bisher war er noch kein einziges Mal aufgestanden.
Seltsam war das schon, besonders da es keine schwerwiegenden äußeren Wunden gab, doch schließlich war der Mann auch sehr blass.

Ihm musste etwas Ungeheuerliches widerfahren sein. Sicherlich hatte er einen Schock.
Jeden Tag versorgte ein anderer den Kranken. Gestern war es Mable, eine der jüngeren Mägde gewesen. Und heute war er selbst an der Reihe, der Sohn des Grafen höchstpersönlich.
Er hob eine Schüssel mit Haferbrei aus seinem Korb.
Die Köchin gab sich große Mühe mit ihren Gerichten, da er den Duft des darin enthaltenen Honigs riechen konnte. Sonst kam so etwas Gutes nur an Sonntagen auf den Tisch.
Die Vögel draußen sangen und er wusste, dass seine Schwester sich mit einem der Knechte in der Nähe der Pferdeställe herumdrückte. Er wusste auch, dass er den beiden Deckung gab. Vermutlich würde diese Beziehung sowieso nicht lange halten. Hoffentlich jedoch hatten die Verliebten Zeit, ihre Affäre selbst zu beenden, denn falls sein Vater Wind davon bekommen sollte, stand ihnen dreien noch einiges bevor. Aber er würde sein Schwester nicht verraten, niemals. Zumindest nicht freiwillig.
Es war ein außerordentlich schöner Tag. Später wollte er noch einmal in die Stallungen gehen, seinen fuchsroten Hengst satteln und einen Ausritt machen. Nicht zum Jagen, denn es widerstrebte ihm, Tiere zu töten, wenn es nicht notwendig war.
Unter halb geschlossenen Lidern beobachtete der vermeintlich Kranke ihn. Er hatte bei seinem letzten Kampf mit einem Artgenossen viel Blut verloren. Und seit Tagen nichts Ordentliches zwischen die Zähne bekommen. Der Hunger nagte an ihm wie ein wütendes Tier. Diese einfältigen

Menschen glaubten ihn versorgen zu müssen. Mussten sie ja auch. Aber in einer etwas anderen Hinsicht.

Und der Junge vor ihm sah zum Anbeißen gut aus. Er machte ein nachdenkliches Gesicht und schien gedanklich irgendwo weit weg zu sein. Eben stellte er den Korb auf den hölzernen Fußboden.

Kurz entschlossen schlug er die Augen auf und stürzte sich auf sein überraschtes Opfer. Er hielt den Jungen fest und durchtrennte seine Halsschlagader mit einer einzigen Handbewegung. Das blutige Messer ließ er zu Boden fallen. Es musste wie ein durch einen gewöhnlichen Menschen verursachter Tod aussehen. Nur dann sah er sich imstande, sein Geheimnis zu wahren.

Der Grafensohn wollte schreien. Er riss Mund und Augen weit auf. Kein Ton drang aus seiner Kehle.

Der Junge machte einen letzten, hoffnungslosen Versuch, sich zu befreien und sackte dann leblos in den Armen seines Mörders zusammen.

Der überlegte es sich im letzten Moment anders. Er trank den Jungen bis auf den letzten Blutstropfen leer und schnitt sich selbst dann die Hand auf. Die Wunde drückte er auf den Schnitt im Hals seines Nahrungslieferanten.

Nach einigen Minuten des Wartens zog er sie wieder fort und ließ die Leiche achtlos fallen.

Dann verschwand er in die Dämmerung.

Gwendolin schritt unterdessen nichtsahnend über den über nun leer erscheinenden Hof. Hinter den Mauern war es noch voller Leben, die Köchin und ihre Mägde nutzten die Zeit, um das Abendessen vorzubereiten. John war wie immer äußerst liebenswürdig gewesen. Doch sie wurde das Gefühl nicht los, dass er mehr wollte…

Und das wollte sie nicht. Sie würde diese Affäre beenden und Henry davon in Kenntnis setzen, so wie sie es immer tat. Sie vertraute ihrem Bruder und konnte offen mit ihm reden… und sie hatte ihn seit den Mittagsstunden nicht mehr gesehen.

Sie machte sich auf den Weg zu der kleinen Hütte, in der der Kranke untergebracht war, denn dort hatte sie ihren Bruder zuletzt gesehen. Vielleicht war dieser seltsame Mann ja wach geworden und Henry leistete ihm Gesellschafft.

Inzwischen angekommen, öffnete sie die Tür. Ihr suchender Blick fiel als erstes auf das leere Krankenlager, dann bemerkte sie ihren Bruder. Er lag im hinteren Teil des Raumes auf dem Boden. Seltsam, dachte sie und ging hin, um ihn zu wecken. Sie berührte ihn nur kurz – und er drehte sich um. Zumindest schien es so.

Sie erblickte die starren, weit aufgerissenen Augen und fing an zu schreien.

Kurz darauf war der ganze Hof auf den Beinen. Alle hatten den fürchterlichen Schrei gehört und wer es sich erlauben konnte, war so schnell wie möglich herbeigeeilt. Für die Köchin und ihre Mägde war das Ganze sogar eine willkommene Ablenkung. Kurzum, jeder der noch gehen konnte, stürmte innerhalb kürzester Zeit auf den Hof hinaus.

Gwendolin hatte derweil den Raum verlassen, so schnell, als wäre ein Schwarm wütender Wespen hinter ihr her. Sie kauerte sich etwas von der Tür entfernt zu einem Knäuel zusammen, aber so dass sie die Tür noch im Blick hatte, als fürchtete sie, es könne jederzeit jemand heraus kommen. Schnell war sie umringt von Menschen, deren Gesichter in ihrem Blickfeld immer mehr zu einer grauen Masse verschwammen. Als man sie fragte, was denn sei, reagierte sie nicht.

Kurz darauf folgte ein weiterer Schrei; eine Magd hatte die Leiche nun ebenfalls entdeckt. Sie wurde hinaus gejagt, um den Ort des Verbrechens besser beobachten zu können. Kurz darauf wurde ein Arzt gerufen.

Der war schnell zur Stelle, da er im umliegenden Dorf einige Behandlungen durchgeführt hatte. Er war kein Quacksalber, sondern ein studierter Mann, konnte aber schließlich nur noch den Tod des Jungen feststellen. Bei der Tochter des Grafen stellte er einen Schock fest, der mit Ruhe und guten Zureden schon wieder vergehen würde.

Die rechtlichen Dinge wurden schnell geregelt. Plötzliche Tode waren nach wie vor keine Seltenheit, schließlich gab es nach wie vor Epidemien und Morde. Der Tod des Grafensohns war ein gutes Beispiel dafür, darin war sich das Gesinde einig.

Das Familiengrab wurde hergerichtet und in Windeseile ein Sarg besorgt. Das bedauernswerte Opfer erhielt eine letzte, heilige Ölung.

Konstantin, der Pfarrer laß die Totenmesse. Er versuchte, den trauernden Verwandten und dem Gesinde klarzumachen, dass der Junge erst gebeichtet hatte – dabei warf er Gwendolin einen besorgten Blick zu, denn er kannte ihr Geheimnis – und seine Seele somit nach einiger Zeit auf jeden Fall den Weg in den Himmel finden würde. Die

Gräfin war dennoch außer sich vor Schmerz und ihr Mann kümmerte sich liebevoll um sie. Doch auch ihm war der Schmerz deutlich ins Gesicht geschrieben, von seiner Tochter ganz zu schweigen. Der Sarg würde nun erst einmal ein bis zwei Stunden in der gräflichen Kapelle zum Liegen kommen.
Kurz nach Beendigung dieser Frist kamen zwei Männer in den Gasthof des zur Burg gehörenden Dorfes. Sie setzten sich nieder und tranken zunächst einmal einen Krug Met. Auch, wenn das nur zur Tarnung diente, die sie sich auferlegt hatten, um keine Aufmerksamkeit zu erregen.
„Hast du das gehört? Der Sohn des Grafen wurde ermordet. Sein einziger Sohn."
„Ja. Der arme Junge. Er war auf jeden Fall hier."
„Wir sollten nach seinem Opfer sehen."
„Das hast du Recht. Heute Nacht."

Die Efeuranken am Eingang waren gerade erst entfernt wurden. Sonst deutete nichts auf eine Einwirkung von menschlicher Hand auf die steinernen Mauern hin. Zwei Gestalten näherten sich mit Bedacht dem Familiengrab. Von nahem sah man, dass es Männer waren. Ohne ein Wort kamen sie auf das steinerne Mahnmal zu.
„Memento mori", stand in Latein über der Pforte. Bedenke, dass du sterben musst. Monsieurs Lippen zuckten. Er hatte schon etliche Jahre als Vampir verbracht und war nicht einmal „gestorben". Menschen!
Sie öffneten die schweren, hölzernen Türflügel ohne sichtbare Anstrengung.

Es war kalt in der Gruft. Ein eisiger Lufthauch schlug ihnen aus dem Inneren entgegen. Die beiden Fremden störte das nicht. Die Kälte konnte ihnen ohnehin nichts mehr anhaben. Der Sarg war verschlossen, wie es sich gehörte. Blumen schmückten Henrys letzte Ruhestätte. Einer der Besucher trat näher heran.

Mit einer Kraft, die man dem mageren Mann nicht zugetraut hätte, schob er die schwere Steinplatte beiseite. Alles blieb ruhig. Falls sie erwartet hatten, den Toten aus dem Holzkasten springen zu sehen, wurden sie enttäuscht.

Das erste Wort dieser Nacht fiel. „Er scheint tot zu sein."

„Hoffen wir´s. Aber sicherheitshalber sollten wir morgen noch einmal herkommen. Die Wandlung kann einige Zeit dauern. Vor allem, da wir nicht wissen, wie viel Blut dieser Bastard ihm gegeben hat."

Es war stockduster. Er war zu schwach, um auch nur einen Finger zu rühren. Seine Augen waren das Einzige, das er bewegen konnte. Selbst sein Verstand schien wie eingefroren. Ein schwaches Geräusch drang an sein Ohr. Dann ein Krachen. Der enge Raum, in dem er sich offensichtlich befunden hatte, wurde schlagartig heller. Gedämpftes Licht drang zu ihm herein und blendete ihn. Jemand beugte sich über ihn. Unendlich zähflüssige Worte drangen wie durch eine dicke Wand zu ihm durch.

„Ich kann sein Herz wieder schlagen hören."

Wieder verdunkelte sich alles, als sich noch eine weitere Gestalt über ihn beugte. Hände kamen ihm entgegen und er wurde hochgehoben. Sein Kopf fiel zurück. Die offene Wunde klaffte den beiden Männern entgegen. Das verursachte schreckliche Schmerzen. Seine Augen blieben geöffnet, verdrehten sich jetzt jedoch so, dass man nur noch das Weiße sehen konnte. Seine Wahrnehmung versagte und es wurde wieder dunkel.
„Das ist grausam."
Monsieur fand kaum Worte, um ihre Entdeckung zu beschreiben. Der Junge war so schwach, dass er keinen Finger rühren kann, nahm sonst aber alles war. Sein Kamerad half ihm weiter.
„Er wäre irgendwann gestorben. Aber du hast Recht. Sein Herz schlägt wieder. Was willst du tun?"
„Wir müssen ihn mitnehmen."

Henry erkannte nur an den ab und zu in ihnen vorbei wischenden Schatten, dass sie die Gruft wohl verlassen haben mussten. Das ganze Szenario verschwamm vor seinen Augen, als man ihn erneut hochhob. Er war diesen Männern absolut ausgeliefert. Eine Hand hielt seinen Kopf, damit er nicht wieder zurückfiel. Was hatten diese Männer vor? Dann kam er auf einer weicheren Stelle zu liegen, als sie der Sarg geboten hatte. Sein Mund wurde geöffnet und etwas Warmes, eisenhaltiges floss hinein. Blut. Woher er dieses Wissen nahm, wusste er nicht. Es schmeckte nicht einmal schlecht.

Die Hand veränderte ihre Position, damit das Blut nicht wieder durch den Schnitt entwich, der sich quer über seine Kehle zog. Die Männer sahen zu, wie sich der Schnitt langsam schloss.

Immer mehr gaben sie ihm zu trinken, bis sie sicher sein konnten, dass er mehr als nur überleben und nicht mehr aufgrund eines einzigen Schrittes zusammenbrechen würde. Aber sie waren auch nicht so dumm, ihm mehr zu geben als sie selbst bereits getrunken hatten. Schließlich hatten sie den Jungen nicht gekannt, als er noch am Leben gewesen war. Nach seinem Untod würde er womöglich ein völlig Anderer sein.

VERÄNDERUNGEN

Silbergraues Fell, das sich nur schwach vom Hintergrund abhob. Die Schwärze der Höhle um ihn herum. Das Toben des Schneesturms außerhalb. Alles fühlte sich an wie ein Traum. Aber es konnte keiner sein. Er konnte die Muskeln unter dem Fell spüren. Und fühlen, wie er ein- und ausatmete. Er fuhr sich mit der Zunge über seine Reißzähne, bleckte sie. Er hatte Hunger. Und er hatte nicht vor, sich die Beute entgehen zu lassen, Schneesturm hin oder her.

Mit diesen letzten Gedanken sprengte er hinaus.

Er war weg! Im ganzen Haus hatten sie Christian nicht finden können. Und es war ebenso unmöglich das Haus zu verlassen, denn der Schneesturm hatte zwar nachgelassen, tobte aber immer noch. Und die Telefonleitung war tot. Sie waren vollkommen hilflos. Selbst wenn sie jemanden erreichen konnten, würde niemand es wagen, bei diesem Sturm auszurücken. Sie mussten warten – und hoffen, dass er irgendwann zurückkam.

Sein Maul war blutig. Die Jagd war erfolgreich gewesen und er hatte einen Hasen gefangen. Einen Teil des Fleisches hatte er als Vorrat vor der Höhle vergraben. Man konnte ja nie wissen, ob die Jagd in den darauf folgenden Tagen genauso erfolgreich verlaufen würde. Es war nicht gerade leicht, beim Schneetreiben draußen etwas zu erbeuten.

Anna schnallte sich gerade die Skier an, als ihr Vater aus dem Haus kam.

Hoffentlich nervt er jetzt nicht!

Sie verspürte nicht die geringste Lust, sich mit irgendwelchen Fragen abzugeben. Anscheinend war ihr das anzusehen, denn ihr Vater hielt sie nicht auf, sondern ermahnte sie nur, vor Einbruch der Dunkelheit wieder zurück zu sein. Ganz genau wusste sie selbst nicht, was sie eigentlich tun wollte, aber sie wollte die Umgebung auf jeden Fall nach Spuren ihres Bruders absuchen, denn inzwischen war sie sich sicher, dass er irgendwo hier draußen war. Wenn sie ihn fand, würde sie ihm ordentlich die Meinung sagen. Was bildete er sich ein, so einfach mitten in der Nacht während eines Schneesturms zu verschwinden?!

Die Landschaft sah aus wie immer: unnahbar und über alle Maßen schön und gleichzeitig auch etwas unwirklich. Der Schnee reflektierte das Licht der Sonne und blendete jeden, der keine Skibrille trug.

Die Loipe war kaum noch zu sehen, man konnte ihre Umrisse nur schemenhaft erahnen. Aber solange sie nicht wusste in welche Richtung Chris gegangen war, würde sie den Spuren derselben folgen.

Aus dem Dickicht heraus beobachtete er das Mädchen. Irgendwie kam sie ihm seltsam vertraut vor, doch bis jetzt hatte er so viel Abstand gehalten, dass er ihr Gesicht noch nicht hatte betrachten können.

Was sie jedoch tat, gefiel ihm immer weniger. Je weiter sie in sein Revier vordrang, desto größer wurde sein Unmut. Egal, wer das nun war, er konnte nicht dulden, dass sie ihm womöglich die Beute verjagte.

Anna schrak zusammen, als sie im naheliegenden Gebüsch ein Rascheln hörte. Besonders beweglich war sie mit Skiern jedoch nicht, sodass sie sich nicht drehen konnte, um nachzusehen. Das Geräusch wurde lauter und sie hörte, wie jemand – oder etwas – durch die Sträucher schlich.

Sie war stehen geblieben, in der Hoffnung, dass er vielleicht das Interesse an ihr verlieren könnte. Eine Weile lang stand sie einfach da und hörte auf das Rascheln. Ihr stockte der Atem, als ein silbergrauer Wolf aus dem Gebüsch trat.

Es gab bekanntlich keine Wölfe in ihrer Gegend. Aber trotzdem stand jetzt einer vor ihr, wenn sie nicht den Verstand verloren hatte. Wie war das möglich?

Meistens jagten Wölfe in Rudeln, dieser hier schien jedoch allein zu sein. Entweder hatte er also sein Rudel verloren, oder war ein Einzelgänger.

Er kam immer näher, den Blick unverändert auf sie gerichtet. Das Einzige, das sie veranlasste sich nicht sofort umzudrehen und so schnell wie möglich von hier wegzukommen, waren seine Augen. Bisher hatte sie noch nie von einem Wolf mit grünen Augen gehört oder gelesen. In ihrer Bekanntschaft gab es nur drei Menschen mit grünen Augen: Chris, einer der Lehrer aus der Schule und ihre beste Freundin. Sie verwarf den Gedanken wieder. Wie seltsam, einen Wolf mit einem Menschen zu vergleichen! Sie schüttelte den Kopf.

Der Wolf bleckte die Zähne und knurrte sie an, was sie wiederum zum Anlass nahm, um sich umzudrehen und so schnell wie möglich auf dem Weg zurückzukehren, auf dem sie gekommen war.

Er sah dem Mädchen noch eine Weile nach, bevor er wieder im Gebüsch verschwand und zu seiner Höhle zurückkehrte. Dort angekommen, grub er den Rest der gestrigen Jagd aus und machte sich daran, ihn zu verspeisen.

Die Spuren waren frisch. Der Wilderer war erstaunt, ausgerechnet hier, am anderen Ende der Welt, Wolfsspuren zu finden. Wölfe waren selten geworden und ihr Fell ließ sich für umso mehr verkaufen. Wenn sie doch irgendwann einmal ausstarben, dann konnte man vorher wenigstens ordentlich Nutzen daraus ziehen.

Er würde es seinem Freund berichten. Morgen schon konnten sie auf Wolfsjagd gehen. Aber nicht, ohne vorher genügend Fallen und Fangeisen aufgestellt zu haben. So war es lediglich eine Frage der Zeit, bis der Wolf ihnen in die Falle ging. Betäubungsfeile sowie Fangeisen lagen ja bereit. Höchstwahrscheinlich war der Wolf nur ein Einzelgänger, aber man konnte ja nie vorsichtig genug sein. Einzig und allein die Öffentlichkeit durfte nichts davon mitbekommen, denn sonst würden schon bald Reporter den Wald unsicher machen, um möglichst gute Fotos zu erhaschen.

Die Gegend hier roch erstaunlich gut. Er fand auch den Geruch des Mädchens wieder. Ähnliche Gerüche waren überall zu entdecken. Er musste in die Nähe ihrer Behausung gekommen sein. Im frisch gefallenen Schnee fanden sich noch keine Fußspuren, also mussten die Menschen noch im Haus sein. Er hielt Sicherheitsabstand zu dem Gebäude, und versuchte, sich möglichst nicht bemerkbar zu machen. Dieselbe Vertrautheit, die er bereits am Tag zuvor während der Begegnung mit dem Mäd-

chen verspürt hatte, stieg in ihm auf. Es schien so, als ob er dieses Gebäude mit den seltsamen Gegenständen und den Menschen bereits kennen würde, als habe er jeden Winkel dieses Platzes zur Genüge erforscht.

Um das Haus herum wimmelte es nur so von den Bauen der verschiedensten Tiere, die von der Wärme und den Essensresten angezogen worden.

Es war Zeit, jagen zu gehen.

Die Spuren des vergangenen Tages waren durch den Wind der Nacht bereits zugeweht. Die Wilderer waren jedoch so erfahren in ihrem Gewerbe, dass sie die Stelle bereits gekennzeichnet hatten. Zu ihrem Pech fanden sie im näheren Umkreis keine weiteren Hinweise auf den Verbleib des Raubtieres.

Sie teilten sich auf, um eine weitere Fläche absuchen zu können. In der Nähe eines Wohnhauses nahe dem Skihang wurden sie erneut fündig. Die Fußspuren führten zu einer Höhle, die jedoch für einen Menschen zu eng war.

Anna seufzte, während sie an ihrem Schreibtisch über ihren Hausaufgaben saß. Wenigstens die waren noch dieselben.

Inzwischen waren schon zwei Tage vergangen, ohne eine Spur ihres Bruders zu entdecken. Erst heute Morgen waren ihre Eltern in die Stadt hinunter gefahren, um festzustellen, ob dort eine Spur von ihm zu finden war. Vergeblich. Es schien fast, als habe es nie einen Jungen mit Namen Christian Hill gegeben, als habe ihn der Erdboden verschluckt.

Das Haus schien ihn förmlich anzuziehen. Diese Nacht hatte es nicht geschneit, weswegen die Spuren des gestrigen Tages noch gut zu erkennen waren. Neben seinen eigenen Fußspuren nahm er noch die eines Menschen wahr. Hatten sie ihn entdeckt?

Die Tür des Hauses öffnete sich. Das Mädchen trat hervor. Einem Impuls folgend trat er aus dem Dickicht und ging auf sie zu. Sie wich zuerst zurück, stieß dann aber mit dem Rücken gegen die Wand. Ihre linke Hand umklammerte etwas. Er stupste die Hand mit der Schnauze an, um zu zeigen, dass er ihren Inhalt sehen wollte. Sie öffnete zögernd die Hand. Es war eine Kette. Ein Anhänger aus Holz geschnitzt, der einen Wolf darstellen sollte. Der Anhänger, den er ihr zu ihrem letzten Geburtstag geschenkt hatte.

Er blickte sie an. Anna. Seine Schwester. Dann sah er an sich hinunter. Fell. Nur silbergraues Fell. Wie war es möglich, dass er überhaupt in diesem Körper steckte? Was, wenn es ihm nie wieder gelingen würde, sich zurück zu verwandeln? Hatte sie ihn erkannt?

Um sicherzugehen, nahm er ihr den Anhänger mit den Zähnen behutsam aus der Hand, legte ihn auf den Boden und hob ihn mit der Pfote wieder auf, um ihn ihr hinzuhalten.

Ihre Augen wurden groß. Dann nahm sie die Kette wieder in die Hände und hauchte: „Chris?!"

Sie hatte ihn verstanden. Er jubelte innerlich.

Es war ihr beinahe unmöglich, den Wolf, der sie aus seinen grünen Augen hoffnungsvoll ansah, mit ihrem Bruder in Verbindung zu bringen, aber ein kleiner Teil ihres Gehirns sagte ihr dennoch, dass es ihr Bruder war, der vor ihr stand. Aber das konnte doch nicht wahr sein! Wieso sollte Christian plötzlich im Körper diese imposanten, bedrohlichen Raubtieres stecken?

Der Wilderer war für einen Moment sprachlos. Anscheinend hatte der Wolf dieselbe Stelle zweimal hintereinander aufgesucht. Aber noch wunderlicher war, dass diese Stelle nicht unbewohnt war: Dort stand ein Haus! Er schlich so leise wie möglich noch etwas näher heran. Ein Zweig knackte. Der Wolf drehte ruckartig den Kopf und preschte davon.

Der Mann verdaute das Bild, das er eben gesehen hatte. Vor dem Haus stand ein Mädchen. Sie hielt eine Kette in der Hand, ihre Augen folgten dem Wolf. Dem Wolf, der vor ihr gesessen und seine Schnauze an ihrer Hand gerieben hatte.

Ein fürchterlicher Schmerz durchzuckte ihn. Es ging von seinem Hinterlauf aus. Er wandte den Kopf, um diesen zu begutachten. Rotes Blut tropfte in den weißen Schnee.

Er war in eine Falle getappt. Wenn er den Hinterlauf jetzt bewegte, riss er das Fleisch nur noch mehr auf.

Er musste es trotzdem versuchen. Der Mann, den er vorhin gerochen hatte, war keiner aus dem Dorf, folglich wusste er nicht, was ihn erwartete, wenn er ihm in die Hände fiel. Aber etwas Zeit müsste ihm noch bleiben, da ein Mensch unmöglich im Winterwald genau so gut rennen konnte, wie ein Raubtier. Vorausgesetzt, er konnte sich befreien.

Etwas stach ihn unangenehm auf der linken Seite. Er vermutete einen Ast, doch als er den Kopf drehte, bemerkte er den kleinen roten Pfeil, der in seiner Seite steckte.

Kurz darauf begann sich alles zu drehen, bis es schließlich schwarz wurde.

Die beiden Männer betrachteten das reglose Raubtier, dessen Fell ihnen auf den Schwarzmarkt sehr viel Geld einbringen würde. Aus Erfahrung wussten sie, dass das Fell sich am besten erhielt, wenn sie es dem Tier lebend abzogen. Das war der einzige Grund dafür, dass der Wolf noch am Leben war. Aufgrund des Betäubungsmittels würde er jetzt noch eine Weile schlafen.

Weiter unten am Berghang lag eine Scheune, die seit vielen Jahren nicht mehr benutzt wurde. Dort würden sie ihn töten, nachdem sie mit ihm fertig waren.

Anna schnallte gerade ihre Skier an, als ihr Vater aus dem Haus trat. Die Spuren ihres Bruders hatte sie zuvor beseitigt.
„Morgen, Papa!"
„ Guten Morgen, Anna! Wo willst du denn hin?"
„Ich gehe nur mal schnell einkaufen."
„Was fehlt uns denn?"
„Wurst, Toilettenpapier, und unser Brotkorb ist auch fast leer."
„Hast du genug Geld mit?"
„ Ja."
„Okay, dann bis später!"
Sie fuhr den Berg hinunter, einen Weg den sie schon so oft zurückgelegt hatte, dass sie ihn auswendig kannte.
Als sie zur alten Scheune kam, hielt sie an. Wieso war dort Licht? Das Gebäude war schon so einbruchgefährdet, dass es gefährlich war, es zu betreten. Sie schnallte die Skier ab und schlich sich so gut es ging näher heran. Dann lugte sie vorsichtig um die Ecke.
Das Bild, das sich ihr bot, war erschreckend:
Zwei grimmig aussehende Männer knieten um ein am Boden liegendes Fellbündel herum. Nein, das war kein Fellbündel, sondern ein Tier. Ein großes Tier mit silbergrauem Fell. Christian! Er war doch nicht etwa…? Nein, sie weigerte sich, das zu glauben!
Sie räusperte sich, und die Männer drehten sich um.
„Das Haus ist einsturzgefährdet. Haben Sie das Schild an der Tür nicht gelesen?"

Sie tat so, als bemerke sie den Wolf nicht.

Klaus stieß seinen Kollegen mit dem Ellenbogen an. Dann raunte er ihm zu:
„Das ist das Mädchen, das oben in der Hütte wohnt. Das Mädchen, von dem ich dir erzählt habe."
Zu dem Mädchen gewandt sagte er:
„Lassen wir das. Wir können auch gleich aufs Ganze gehen. Wir haben den Wolf und sind in der Überzahl. Was willst du?"
„Ich will, dass Sie meinen …. den Wolf freilassen!"
Beide Männer glaubten, sich verhört zu haben. Dann brach der Größere in schallendes Gelächter aus.
„Kleine, entweder bist du ein Naturfreak oder vollkommen durchgeknallt."
Anna hatte große Mühe, ruhig zu bleiben.
„Lassen Sie den Wolf frei!"

Nur mühsam gelang es ihm, die Augen zu öffnen. Das Betäubungsmittel war immer noch in seinem Blut, und es war stark. Sein verletztes Bein pochte unangenehm, aber er wusste, dass er das ganze Ausmaß der Schmerzen erst dann zu spüren bekommen würde, wenn er vollkommen wach war. Sein Mund war so trocken, als wäre er gerade durch eine Wüste gelaufen.

Außer den beiden Männern war noch eine andere Person anwesend. Der Geruch war ihm vertraut wie kaum ein zweiter. Es war Anna.

Die Männer waren gefährlich. Was also wollte sie hier?

Die Erkenntnis traf ihn wie ein Faustschlag. Sie war seinetwegen hier! Verdammt. Er musste unbedingt verhindern, dass die beiden Wilderer ihr etwas taten.

Aus den Augenwinkeln bemerkte sie, dass Chris sich bewegte. Erleichterung durchströmte sie. Er lebte also noch!
„Du solltest besser von hier verschwinden, Mädchen. Weißt du, wir haben beide Waffen, und wenn dir der Wolf so wichtig ist, dann können wir ihn auch genau so gut gleich erschießen. Wenn du dann zur Polizei gehst, kannst du ihn sowieso nicht mehr retten. Es kommt doch öfter vor, dass Raubtiere Menschen anfallen, nicht?"
„Angenommen, er hätte Sie angefallen, wieso haben Sie dann nicht gleich die Polizei verständigt? Und wieso würden Sie dann Waffen mit sich herum tragen?"
„Hau einfach ab!"
„Klaus? Ähm ich glaube, das solltest du dir mal anschauen!" Der zweite Mann trat unruhig von einem Fuß auf den anderen.
„Was? Wo ist der Wolf?" Ruckartig wandte der Größere sich um. Dann kam er mit schnellen Schritten auf Anna zu, packte sie am Arm und zischte ihr hasserfüllt ins Gesicht:
„Wo ist der Wolf?"
„Vielleicht dort, wo er ursprünglich sein sollte?"
Aus einer der dunkelsten Ecken der Scheune, hinter einem der alten Kistenstapel trat ein Junge

hervor. Er war jünger als das Mädchen und sah ihr dennoch verblüffend ähnlich.

Chris achtete darauf, dass sein verletzter Fuß im Dunkel blieb, denn dieser hätte ihn womöglich verraten. Er stützte sich schwer auf die Kisten, um das Gleichgewicht zu halten. Noch immer hielt das Betäubungsmittel seine Schmerzen in Grenzen. Aber das würde nur noch ein paar Sekunden lang so bleiben, wenn er die Lage richtig einschätzte.

Er sah Anna in die Augen und versuchte ihr so klar zu machen, dass sie fliehen sollte, sobald er die Aufmerksamkeit beider Männer auf sich gelenkt hatte.

Danach musste er wieder den Größeren anschauen, der jetzt auf ihn zukam.

„So? Dann sag mir doch bitte, wo das deiner Meinung nach ist?"

„In seiner natürlichen Umgebung. Aber davon scheinen Sie ja nicht sehr viel zu halten."

„Hör mal zu, Junge. Siehst du diese Waffe hier? Das ist eine Spezialanfertigung für die Jagd. Wenn man damit schießt, erzeugt das keinen Laut. Ich könnte dich also hier und jetzt töten."

Chris sah, wie Anna sich aus dem Gebäude schlich. Sie würde Hilfe holen. Ein Teil seiner selbst schrie ihm in Todesangst zu, dass er es ihr gleich tun müsse, nur um in Sicherheit zu sein. Er kämpfte mit Gewalt dagegen an. Er durfte gegenüber dem Anderen keine Schwäche zeigen, da dieser sie sofort ausnutzen würde. Außerdem war ihm das sowieso unmöglich. Mit diesem Fuß würde er nach den ersten paar Schritten zusammenbrechen. So starrte er nur auf den Lauf des Jagdgewehres.

„Ich gebe dir zehn Sekunden Zeit. Dann schieße ich. Also überlege dir gut, was du sagst!"
Der zweite Mann erblasste, dann wandte er sich an seinen Freund.
„Bist du wahnsinnig? Du bist gerade im Begriff, einen Menschen zu töten!"
„10."
„ Der Wolf kann noch nicht weit sein."
„ 9."
„ Wir könnten ihn noch einholen!"
„8."
„ Vor allem, da er verletzt ist!"
„7...6...5...4...3...2...1. Deine Antwort, Junge!"
Chris schüttelte stumm den Kopf. Es gab nichts, was er entgegnen konnte. Und eine gute Lüge fiel ihm beim besten Willen nicht ein.
Der Mann schoss. Entgeistert sah sein Kumpan zu, wie der fremde Junge rückwärts zu Boden fiel.

Anna hörte den Schuss trotz der Versicherung des Wilderers und begann, zu rennen. Es durfte noch nicht zu spät sein!

Das Schneemobil der Pistenwache raste den Berg hinauf, wobei der Fahrer versuchte, auch noch das Letzte aus dem Fahrzeug heraus zu holen. Hinter diesem tauchten auch noch andere Pistenfahrzeuge aus dem Nebel auf, der zu dieser Tageszeit stets noch im Talkessel hing. Anna war mithilfe ihrer Skier so schnell den Berg hinunter gefahren, wie sie konnte, um dann gleich ins Polizeipräsidium zu rennen und den Vorfall zu melden. Natürlich sprach sie nicht von ihrem Bruder in der Rolle

des Wolfes, erwähnte auch die vorherigen Begegnungen nicht, aber ansonsten blieb sie bei der Wahrheit. Das musste ausreichen. Wölfe standen ja schließlich unter Naturschutz. Chris war in Gefahr, verdammt! Sie wünschte, das Schneemobil wäre schneller, die Strecke kürzer – alles, nur um schneller zu ihm zu gelangen!
Die Strecke bis zur alten Scheune war nicht sehr weit, aber da erst die Schneemobile startklar gemacht werden mussten, hatte es doch etwas länger gedauert.
Der Mann, der neben dem Jungen kniete, fühlte dessen Puls.
„Er lebt noch. Ich habe daneben geschossen. Aber schau dir mal seinen Fuß an. Sieht so aus, als wäre er erst kürzlich in eine unserer Fallen getreten."
„Wie kommt es dann, dass wir es nicht erfahren haben? Außerdem ist keiner so unvernünftig und geht in dem Aufzug, " er deutete auf die kurzen Kleider des Jungen, „nach draußen. Was machst du da?"
„Ihn fesseln. Das Mädchen hat inzwischen sicherlich Hilfe geholt. Ohne eine Geisel kommen wir hier nicht mehr raus."
„Und was willst du dann machen, wenn wir so weit weg sind, dass sie uns nicht mehr einholen können? Abgesehen davon, dass er sowieso mit größter Wahrscheinlichkeit erfriert?"
„Ihn zurücklassen."
„Dann stirbt er!"
„Das ist mir vollkommen egal."
„Verlassen Sie mit erhobenen Händen das Gebäude! Sie sind umstellt! Wenn Sie sich jetzt stellen

haben Sie bessere Chancen in einem fairen Prozess!"

„Du gehst zuerst. Und vergiss nicht: ein Fehler und du bist tot!" Mit diesen Worten stieß der Größere den Jungen durch die Tür, durch die er ihm sofort folgte, die Pistole an dessen Schläfe gepresst. Sein Kumpan tat es den beiden gleich. Auch er war jetzt bewaffnet.

Sie hatten dem Jungen die Hände vor dem Körper zusammen gebunden, dann war er erwacht.

Ihr Gefangener konnte durch seine Verletzungen kaum laufen oder sich selbst aufrecht halten. Es war ihm unmöglich zu fliehen.

Die beiden Wilderer hatten seinen Namen gar nicht erst wissen wollen, für den Fall, dass sie ihn doch eigenhändig töten mussten.

Anna stieß unwillkürlich einen leisen Schrei aus, als sie ihren Bruder erblickte. Chris war nur noch ein Schatten seiner selbst. Gesund wäre er eher gestorben als sich von jemandem stützen zu lassen, jetzt aber hielten ihn nur noch die Wilderer. Auf seinem hellen T – Shirt hatte sich ein immer größer werdender, rostroter Fleck gebildet und wenn er seinen rechten Fuß belasten musste, verzog er das Gesicht zu einer Grimasse. Er stürzte beinahe und der Mann hinter ihm fing ihn auf. Er legte seinen freien Arm um den Hals des Jungen. Wenn er jetzt fiel, erwürgte er sich selbst.

„Der Junge ist verletzt! Haben Sie das zu verantworten?"

„Teilweise. Aber darauf muss ich keine Antwort geben, wissen Sie. Datenschutz."

„Ich könnte Ihnen beiden freies Geleit zusichern, wenn Sie ihn hier lassen."
„Und wer sagt mir, dass Sie Ihr Wort halten? Keiner. Der Junge ist unsere lebende Versicherung dafür, dass wir hier weg kommen."
„Dann geben Sie ihm bitte wenigstens meine Jacke!"

„Habe ich eine Garantie darauf, dass die nicht verwanzt ist? Nein. Es bleibt dabei!"

Der Ganove zog den Jungen an sich, gerade als dessen Beine unter ihm wegsackten, schob dessen gefesselte Arme um seinen Hals und ging los, immer weiter hinaus in das Schneegestöber. Die verängstigte Menge wich schweigend zurück, denn niemand bezweifelte, dass er seine Geisel letztendlich doch töten würde, sobald sich auch nur die kleinste Gelegenheit dazu bot.

London, England, 1902

„Meint Ihr wirklich, dass uns hier niemand aufspürt?"
Der Dieb hatte Angst, das konnten sie alle ganz deutlich hören. Er wusste nicht, mit wem er es zu tun hatte, ansonsten hätte er vermutlich nicht zugesagt. Aber sie hatten diesmal Auftraggeber, die ein Versagen nicht dulden würden. Entweder, er bekam die Goldfigur, die sie stehlen sollten, oder sie würden in Zukunft Schwierigkeiten bekommen.
Henry arbeitete tagsüber normalerweise in einem Hospital in der Nähe, da er sich schlichtweg weigerte, unlauteren Tätigkeiten nachzugehen, aber Monsieur und Michel hatten diesmal darauf bestanden, dass er sie begleitete. Schließlich verdienten sie so ihren Lebensunterhalt und er hatte früher oder später etwas beizutragen. Das karge Gehalt, das das Versorgen der Kranken abwarf, gab in dieser Richtung verständlicherweise nicht viel her. Aber immerhin machte ihm die Arbeit Spaß.

Er kniete bei einem Kranken, als er herumgerissen wurde. Ein schwerer Knüppel traf seinen Kopf. Henry taumelte, blieb aber bei Bewusstsein. Dann sprang er auf und versuchte, zu fliehen. Er kam nicht weit. Der Angreifer hielt ihn zurück und stieß ihm dann mehrere Male das Messer in den Leib.

Er traf das Herz des jungen Schattenwandlers, woraufhin dieser vor Schreck die Augen weit aufriss und dann zusammensackte. Der Mann ließ ihn liegen.
Mit dem Blut, das aus seinen zahlreichen Wunden und seinem Mund flutete, verließ auch das Leben seinen Körper. Es wurde dunkel um ihn herum. Schwärzer als die Nacht.
Der Patient im Krankenbett verfolgte den Angriff mit den Augen. Der Mörder beugte sich zu ihm hinunter.
„Es wird Ihnen genauso ergehen, sollten Sie versuchen, dem Duke of Gloucester zu schaden. Merken Sie sich das!"
Dann drehte er sich um und verschwand. Der Mann im Bett sank zurück in die Kissen und wünschte sich, er hätte irgendetwas für den Jungen tun können.

„Sie sind sein Vormund, Mylord?"
„Durchaus. Wo steckt der Junge?"
„Es ist meine traurige Aufgabe, Ihnen mitzuteilen, dass wir gestern Abend überfallen wurden. Der Attentäter hatte es wohl auf den Earl of Salisbury abgesehen, ihn aber verfehlt. Seine Lordschaft schlief während des Vorfalls. Ihr Mündel kam tragischerweise ums Leben."
Monsieur wand sich innerlich ob dieser Nachricht. Wenn jemand Henry die Kehle durchgeschnitten hatte, war das eine Sache. Aber sie mussten Kontakt mit dem Sonnenlicht trotzdem auf jeden Fall vermeiden. Der Junge war noch nicht lange Vampir. Er würde verbrennen.

„Wo kann ich ihn abholen? Ist er noch in Ihrem Hospital?"

„Ja. Wir haben sogar bereits einen Sarg anfordern lassen. Nur so teuer, wie es sein Verdienst erlaubt. Ich hoffe, das war in Ihrem Interesse."

Elender Leuteschinder. Aber zumindest hast du das Richtige getan.

„Das war es. Wo kann ich ihn finden?"

„Kommen Sie einfach ins Hospital und fragen Sie nach Bruder Peter. Der weiß dann, was zu tun ist."

Der Mann drehte sich um und ging. Seine freundliche Maske hatte für heute genug geleistet.

Es war schade, dass Queen Victorias Regierungszeit vor einem Jahr abgelaufen war. Sie hatte sich nicht weiter in die Politik eingemischt und es ihm leicht gemacht, im Hintergrund die Fäden zu ziehen. Monsieur war ein Meister der Manipulation. Er grinste. Es würde sich schon jemand finden, der genauso leicht beeinflussbar war wie die alten Herren des englischen Königreiches...

Wolfsaugen

Christian sah sich selbst, wie er reglos auf den Rücken seines Entführers lag. Die Augen waren geschlossen, das Gesicht so blass, dass er geglaubt hätte, jedes Leben wäre aus dem Körper gewichen, wäre es nicht er selbst gewesen, dem er ins Gesicht sehen konnte. Der Mann hielt an, um sich den Ballast vom Rücken zu laden. Sein Kumpan verharrte schweigend und wartete. Der Stärkere der beiden schlug ihm kräftig ins Gesicht und sein Kopf flog auf die Seite, ohne dass er davon wach wurde. Aber wie sollte er das auch? Schließlich war sein Geist außerhalb des ihm angestammten Körpers.

Er musste Hilfe holen, sonst wich bald sämtliches Leben aus ihm und es würde auch dieses Überbleibsel nicht mehr geben. Einige Hundert Meter entfernt nahm er eine Person wahr. Dort musste er hin.

Iris war, als ob sich für einen winzigen Moment ein Schatten in ihren Augenwinkeln zeigte. Etwa einige hundert Meter entfernt von ihr. Sie fuhr langsamer weiter, vorsichtiger. Dort war etwas. Oder jemand. Sie warf sich instinktiv in den Schnee und machte sich dort so klein wie möglich. Dann lugte sie vorsichtig aus ihrem Versteck und sah, dass die Gestalten in die entgegengesetzte Richtung liefen, weg vom Dorf. Eigenartig.
Erst danach bemerkte sie, dass dort noch jemand im Schnee lag.

Sie wagte sich heraus, sobald die Größeren verschwunden waren und eilte zu der Stelle, an der ein weiterer Schatten sich vom der eintönigen Umgebung abhob.

Dort lag ein Junge. Sein Blut färbte den Schnee rot. Sie kannte ihn. Zumindest vom Sehen her. Er war eine Klassenstufe über ihr und jetzt offensichtlich verletzt, zu leicht angezogen und bewusstlos. Seine Hände waren vorm Körper zusammen gebunden. Was war hier nur passiert?

Das Mädchen schnallte ihre Skier ab und beugte sich über ihn. Sie merkte, dass er noch atmete, aber nur sehr schwach. Hoffentlich kam sie nicht zu spät! Ihre Angst wuchs noch weiter an, als sie feststellte, dass er sich einfach nicht wecken ließ. Sie musste verhindern, dass sein Zustand sich noch verschlechterte oder er womöglich sogar starb. Iris zog ihre dicke Jacke aus und stülpte sie ihm über, ließ seine Arme aber draußen. Die Fesseln waren inzwischen festgefroren.

Jetzt bloß nicht panisch werden, schoss es ihr durch den Kopf.

Dann schnallte sie die Skier wieder an, ging in die Hocke und zog seine Handgelenke über ihren Kopf. Er lag jetzt um ihren Hals. Er war ein Stück größer als sie. Egal. Es musste irgendwie klappen. Sie richtete sich auf, packte ihre Stöcke und fuhr los. Erst jetzt bemerkte sie, wie kalt es tatsächlich war. Sie musste sich wirklich beeilen.

Als die Menschen im Tal die Gestalt bemerkte, die den Berg herunter gefahren kam, meinten sie zuerst, die Wilderer wären zurück gekommen, doch die Person am Berg war allein und noch dazu zu

schnell und zu klein für die beiden Männer. Einfach nur ein Skifahrer.
Die Eltern des Jungen waren inzwischen informiert wurden und warteten am Ort des Geschehens auf ein Zeichen ihres Sohnes. Der Junge wurde schon mehrere Tage lang vermisst, wie die Bergwacht feststellte. Bis jetzt hatten sie alle angenommen, er wäre freiwillig von zu Hause weggelaufen. Anna fieberte dennoch dem Skifahrer entgegen. Es konnte ja trotzdem sein, dass er Chris gesehen hatte.
Ein Menschenauflauf vor der alten Scheune? Wie ungewöhnlich! Iris musste wirklich etwas verpasste haben. Inzwischen fror sie. Dann dachte sie daran, wie sie *ihn* gefunden hatte. Es grenzte schon an ein Wunder, dass er nicht erfroren war. Er konnte unmöglich lange dort gelegen haben, denn sonst wäre das schon eingetreten.
Sie hoffte, dass einer der Menschen dort unten den Jungen schnellstmöglich ins nächstgelegene Krankenhaus bringen konnte, und dass vielleicht jemand auch noch eine warme Jacke übrig hatte…
Ein Werwolf, der erfriert? Ich hätte es wissen müssen! Er lebte. Noch. Der Vampir lachte in sich hinein. Es war zu erwarten gewesen, dass diese dummen Menschen ihn weder erkennen noch töten würden. Schließlich waren sie *Menschen*! Aber leider war es ihm durch diverse Schwierigkeiten auch nicht gelungen, den jungen Werwolf zu töten. Es wäre auffällig gewesen, eine für seine Art so typische blutleere Leiche zu hinterlassen. Die Jäger würden sonst wissen, mit wem sie es hier zu tun hatten. Falls der Junge durch die

Schussverletzung nicht doch noch starb, würde das wiederum an ihm selbst hängen bleiben. Aber egal, wie, er würde sterben.

Er sah auf die Leiche des Mannes herunter, der so leichtsinnig gewesen war, ihn unbedingt begleiten zu wollen. Die musste er auch noch beseitigen.

Die Kugel hatte Chris` Brust durchschlagen, das Herz aber war nicht getroffen wurden. Darüber waren sowohl die Familie des Jungen als auch alle Ärzte sehr froh. Keiner von ihnen hätte im Todesfall gewusst, wie er weiter verfahren sollte, ganz zu schweigen von der Trauer, die Erstere empfunden hätten. Freilich wäre es dann möglich gewesen, die Wilderer auch noch des Mordes anzuklagen, war doch der Junge von ihnen verwundet und entführt wurden, doch das hätte ihn auch nicht wieder ins Reich der Lebenden zurück geholt.

Kurzum: es war ein wahres Glück, dass er noch lebte.

„Oh du dummer, dummer Junge! Was musstest du denn auch mitten in der Nacht aus dem Haus gehen? Vielleicht, um zu schauen, wie das Wetter da ist?" Chris wusste, dass der Tadel berechtigt war, doch der Ton seiner Mutter zeigte ihm, dass sie es nicht wirklich ernst meinte. Gemeinsam mit Anna hatte er sich eine Geschichte ausgedacht, die ihm ein Alibi für den Hergang jener zurückliegenden Tage gab, das auch noch glaubwürdig klang. Es war zwar eine Zumutung, dass sie selbst die eigenen Eltern belügen mussten, doch solange sie nicht zu Hause waren, befürchteten sie immer noch, dass die Wände Ohren haben könnte oder irgendetwas anderes nicht mit rechten Dingen zu-

ging, weshalb sie warten wollten, bis er aus dem Krankenhaus entlassen werden konnte, um es den Eltern zu erzählen. Denn irgendwann musste er das tun, ob es nun früher oder später geschah, war trotzdem nicht egal, da jede Verspätung den Familienzusammenhalt stärker zerstören konnte.
Aber ganz spurlos waren die Ereignisse an keinen vorübergegangen. Mrs. und Mr. Hill sorgten sich mehr um ihre Kinder als zuvor, Anna sah sich immer und überall ständig um, Chris hatte Albträume und die ganze Gemeinde schien förmlich zu brodeln. Doch zum Glück ließ die angespannte Stimmung nach ein paar Tagen etwas nach.
Chris träumte. Immer und immer wieder erschien ihm ein Mann, dessen Gesicht er nicht erkennen konnte. Zuerst stand er einfach nur da. Dann kam er auf den Jungen zu, um ihm so hart ins Gesicht zu schlagen, dass dieser zu Boden fiel. Dabei konnte er sich aber weder wehren noch sonst irgendwie bewegen. Danach prügelte der Unbekannte jedes Mal so lange auf ihn ein, dass er im Traum das Bewusstsein verlor und im eigenen Bett schwer atmend wieder erwachte. Chris hatte Angst. Ihm schien es so, als wolle der Traum ihm sagen, dass das alles noch lange nicht vorbei war, sondern gerade erst anfing.
Die Tragödie, die sich im Tal abgespielt hatte war nun, nachdem die Leute ihre Angst verloren hatten, ein alltägliches Thema. Jeder, der mit den verängstigten Eltern vor der alten Scheune gestanden hatte, gehörte jetzt mit zu den beliebtesten Personen des Tals. Der Junge selbst konnte sich auch im Krankenhaus vor Besuchern kaum

retten, die Presse drangsalierte die Eltern. Jede Zeitung, selbst die der Nachbartäler und Dörfer berichtete von der Geschichte. Chris war das alles furchtbar peinlich. Noch vor kurzem wäre er fast gestorben und jetzt kam die Presse und machte einen Rummel daraus!

Allein sein. Das war wohl etwas, das er sich jetzt nicht mehr leisten konnte. Kaum war ein Besucher verschwunden, kündigte sich auch schon der nächste an, oder kam gar zur Tür hinein. Am liebsten hätte er sich unter seiner Bettdecke verkrochen, und das so lange, bis sie alle wieder gegangen wären. Man hatte ihm schon ein Einzelzimmer gegeben, damit er nicht so oft gestört wurde, doch nun war dessen Nutzen nur, dass andere mögliche Bettnachbarn sich nicht durch den vielen Besuch gestört fühlten…

Zum Glück waren es nur noch zwei Tage, bis er entlassen werden sollte. Da zurzeit keine Schule war, würde er sich zuhause verkriechen und den ganzen Rummel vergessen können. Sich nur ab und zu mal aus dem Haus bewegen, und dann oben bei der Alm oder im Wald. Aber er wollte sich auch mit seinen Freunden treffen, um ihnen, seinen Eltern und seiner gesamten Umgebung zu beweisen, dass es ihm gut ging und er wieder in der Lage war, Entscheidungen zu treffen.

Er wollte endlich die Angst aus den Augen seiner Eltern verschwinden sehen.

Inzwischen dachte der Vampir ständig daran, den hilflos vor ihm liegenden Jungen die Luft abzuschnüren, ganz langsam nur, damit diesem der Tod ja nicht zu schnell kam. Einen Tag und eine

Nacht sollte er im Sterben liegen und er wollte dabei zusehen. Doch zuvor wollte er ihn quälen. Aber aufgrund dieses vertrackten Rechtssystems musste der Junge freiwillig zu ihm kommen. Wie er das anstellen sollte, war ihm noch ein Rätsel.

Niemand, der ihn kannte, würde sich jemals mit ihrem Bruder Willy anlegen. Iris wusste das. Aber sie wusste auch, dass sie sich voll und ganz auf ihn verlassen konnte, wenn es um sie selbst ging. Er war ein herzensguter Mensch, auch, wenn er das kaum zeigte. Nein, es kam nicht infrage, dass er sie verriet. In tiefster Nacht würde sie sich aus dem Haus schleichen müssen, um auf die Geburtstagsparty ihrer besten Freundin Maria zu kommen. Aber dieses Risiko war ihr das Ganze durchaus wert, denn diese Mal sollten auch wieder einige Jungen kommen. Sowohl welche aus ihrem Jahrgang als auch ältere. Iris war noch ungeküsst. Sie hatte noch nie einen Freund gehabt und das bisher auch als vollkommen in Ordnung empfunden. Doch leider gab es inzwischen schon Klassenkameraden, die das für überaus peinlich hielten und ihre Meinung offen herum posaunten. Das war der Grund dafür, dass sie das nicht jedem anvertraute. Wieso auch? Schließlich war das eine sehr persönliche Angelegenheit.

„Eigene Erfahrungen sammeln", nannten die Menschen das. Bei ihm hingegen gab es kaum etwas, das er noch nicht kannte, weswegen er schon aus manchem Kampf als Gewinner hervorgegangen war. Sein Lehrer hatte ihm immer und immer wieder Vorwürfe gemacht, wie grausam und unge-

recht er gegenüber seiner Umwelt – vor allem Menschen gegenüber war. Jetzt hätte er vermutlich gesagt: „Ehrenhaft nennst du das, ja? Einen Jungen von hinten niederschlagen? Er wäre dir doch von vornherein nicht gewachsen gewesen!", aber nun konnte er nichts mehr sagen, da er ihn vor ein paar Jahren umgebracht hatte.
Ein Lächeln umspielte seine Züge. Sein alter Lehrer hatte geglaubt, ihn zu kennen, und das schließlich bitter bezahlt, als er ihm den Kopf abschlug.
Er bemerkte, dass der junge Werwolf wieder zu sich kam und verschloss ihm schnell mit einer Hand den Mund. Menschen – oder jene, die es einmal gewesen waren und immer noch krampfhaft versuchten, den äußeren Schein zu wahren – waren so berechenbar. Der Junge hatte versucht zu fliehen und sich somit sehr uneinsichtig im Hinblick auf das Angebot gezeigt, dass er ihm gemacht hatte. Der Vampir war dem zuvorgekommen und hatte ihn rücklinks niedergeschlagen. Nur würde der Junge schreien, wenn er ihn einfach so freigab..
Der Mann drückte ihm die Luft ab. Noch einmal versuchte Chris zu schreien, doch es kam kein Ton aus seiner Kehle.
„Ich sage das jetzt nur noch einmal. Einer von euch beiden stirbt: du oder deine Schwester. Du darfst entscheiden, wer."
Chris wurde schwarz vor Augen. Er wusste, dass es nicht mehr lange dauern würde, bis er erneut das Bewusstsein verlor.
„Antworte!" Endlich ließ der Fremde von ihm ab.
„Dann töten Sie mich."

So berechenbar. Diese dummen Menschen mussten auch immer versuchen, den Helden zu spielen. Aber dieses Mal diente das ganz und gar seinen Zwecken.
„Ich werde dir morgen einen Ferienjob anbieten, den du freudestrahlend annehmen wirst. In zwei Tagen ziehst du zu mir." Er lies den Kopf des Jungen los. Dieser sank zu Boden.
„Auf bald, junger Wolf."
Chris sah ihm nach, bis er verschwunden war. Dann drückte er seine Stirn gegen die kühle Erde und schluchzte. Niemals zuvor hatte er sich je so allein und ausgeliefert gefühlt.
Iris traute ihren Augen kaum. Sie war durch die Wälder gelaufen, damit sie niemand sah. Und trotzdem war er hier. Er lag auf dem Waldboden und…weinte. Sie erkannte es an dem Beben seiner Schultern.
Sie hatte das Gefühl, das diesen Jungen mehr Geheimnisse umgaben, als sie es auch nur erahnen konnte. Sie stieß mit der Fußspitze gegen einen Stock. Ruckartig hob er den Kopf. Er *fühlte*, dass dort jemand war. Tief sog er die Luft ein.
Iris. Das Mädchen, das ihm das Leben gerettet hatte.
Schnell erhob er sich, drehte sich um und rannte. Weg. Nur weg von *ihr*. Mehr Mitwisser würden nur weitere Schwierigkeiten nach sich ziehen.

„Iris. Ich muss mit dir reden. Unter vier Augen, wenn das möglich ist."
Sie drehte sich um. Schon allein beim Klang dieser Stimme erschauderte sie. Ständig musste sie an

letzte Nacht denken. Die Nacht, in der er panisch vor ihr geflohen war. Sie wusste nicht einmal, warum. Nur, weil sie gemerkt hatte, dass auch er seine Eigenarten hatte, konnte es nicht sein. Jetzt stand er vor ihr, die grünen Augen zu schmalen Schlitzen verengt, zum Schutz gegen die Sonne.
„Was willst du?"
„Ich möchte dir etwas erklären. In Bezug auf gestern Nacht."
Wie gut, dass weder Willy noch ihre Eltern hier waren. Die würden wahrscheinlich denken, sie wäre mit ihm im Bett gewesen.
„Also?" Er seufzte. Irgendwie hatte er gehofft, dass er es ihr einfach erzählen und dann wieder verschwinden könnte. Noch immer war er unsicher, ob das denn überhaupt eine gute Idee war.
„Könnten wir eventuell erst einmal von der Straße runter gehen?"
Sie blinzelte verwirrt. Daran hatte sie bis jetzt noch nicht gedacht. Es brachte sie aus dem Konzept. Warum war er nur so freundlich?
„Okay."
Sie betraten eine kleine Gasse ohne Hauseingänge oder Fenster.
„Bitte, halte mich jetzt nicht für verrückt. Du bist nach Anna die Einzige, der ich es erzähle und", er verstummte jäh, „Ach verdammt, ich muss völlig durchgeknallt sein, dass ich dir das erzähle!"
„Schieß los. Ich glaube, außer du bekennst jetzt, ein Alien zu sein, haut mich so ziemlich nichts um." *Ich weiß nicht, was ich bin.* In seinem Kopf rauschte es. Er konnte hören, wie in einem der Nachbarhäuser jemand die Treppe hinunter ging.

Und dabei hatte er doch *gesehen*, dass die Tür geschlossen war!
Der Witz hatte seine Wirkung deutlich verfehlt. Er verzog das Gesicht beinahe gequält.
„Ich sollte besser gehen und dich ein für allemal in Ruhe lassen. Du würdest mir ja doch nicht glauben. Leb wohl." Er drehte sich um und ging.
„He! Jetzt lauf doch nicht weg! Das war doch nur ein Scherz."
Verärgert über sich selbst ging er noch schneller.

Ich weiß nicht mehr, was ich tun soll. Er hat mir verboten, es meinen Eltern zu erzählen. Es überhaupt irgendwem zu erzählen. Er erpresst mich. Mit Annas Leben. Er darf vor allem nie erfahren, dass ich mich Iris anvertrauen wollte, sonst wird er sie töten. Der Grund, warum es dich nun gibt, liebes Tagebuch, ist, dass ich mich überhaupt keinem anvertrauen kann, ohne ihn in Gefahr zu bringen. Ich wünschte, es wäre anders. Ich wünschte, ich hätte mich nie tätowieren lassen. Irgendwie hatte ich gehofft, dass Iris es verstehen würde. Dass sie einfach nur zuhören würde und mich nicht so ansehen, wie sie es tat, so vorwurfsvoll. Sie ist so hübsch, mit ihren blonden Haaren und so genau mein Gegenteil, müsste ich es selbst beschreiben. Nicht äußerlich, meine ich. Schließlich bin ich ja auch blond. Ich weiß auch, dass es albern ist, wenn ein Junge Tagebuch schreibt. Aber er lässt mich nicht nach Hause. Wenn ich je einsam war, dann wohl jetzt. In den wahrscheinlich letzten Wochen meines Lebens. Er lässt keine Zweifel daran, dass er mich töten wird, wenn er wieder wegzieht.

Und an einem Ort bleibt er sowieso nie lange. Außerdem schlägt er mich. Wann immer es ihm Spaß macht. Ich bin wohl sein Hausangestellter und Prügelknabe in einer Person..
Er ist ein Vampir.
Ich muss ihn Meister nennen. Oder Sir. Immer irgendetwas Höher gestelltes
Es war wie verhext. Bei allem, was er tat, dachte er an sie. Blonde Haare, blaue Augen. So nahe wie vor ein paar Tagen würde er ihr nie wieder kommen. Er würde wahrscheinlich überhaupt niemandem mehr nahe kommen. Aber er schämte sich für seine schroffe Reaktion dem Mädchen gegenüber.
„Chris!" Der Ruf des Meisters riss ihn unsanft aus seinen Gedanken.
„Komm sofort her." *Was habe ich nur falsch gemacht?*
Kaum, dass er die Zimmertür durchschritten hatte, wurde er an die Wand geworfen. Es setzte Hiebe.
„HABE ICH MICH GESTERN NICHT KLAR GENUG AUSGEDRÜCKT?"
Ein harter Schlag in die Magengrube.
„DU DARFST MEIN ZIMMER NICHT BETRETEN!"
Wiederholung. Als der Vampir schließlich von ihm abließ, sackte Chris zu Boden. Er kroch ein Stück weit, bevor er sich außer Reichweite des Vampirs wähnte.

Er war so kurz davor gewesen, ihr sein scheinbar wichtigstes Geheimnis anzuvertrauen, und sie hatte einen dämlichen Witz gerissen und ihn damit vertrieben. Wenn sie so darüber nachdachte, hätte Iris sich selbst ohrfeigen können. Jetzt wusste sie nur, dass er in der neu gebauten Villa fernab der Skipiste einen Ferienjob hatte. Etwas seltsam war das schon, vor allem, da er erst so schwer verletzt gewesen war, aber das war ja wohl seine Angelegenheit.

Offenbar machte es dem Vampir Spaß, ihn bis zur Bewusstlosigkeit zu prügeln. Das war Chris` erster Gedanke, als er sich draußen in der Hundehütte angekettet wiederfand.
„Hunde gehören nicht ins Haus!", war des Meisters erste Regel gewesen. Deswegen hatte er selbst sich hinter dem Haus, uneinsehbar von fast allen Seiten eine Hundehütte bauen müssen, in der er nun Nacht für Nacht schlafen und sich tagsüber aufhalten musste, wenn der Meister ihn aus dem Haus warf. Und damit er auch auf jeden Fall nicht weglief, kettete derselbe ihn an. Außerdem musste er ein Armband aus Eisen tragen, das ihn daran hinderte, sich zu verwandeln. Das meinte der Vampir jedenfalls. Es machte ihm immer noch Angst, dass er fast nichts über das wusste, was er jetzt war. Was auch immer das sein sollte. Er glaubte nicht so recht an die Existenz von Werwölfen, genauso wenig wie er an die Existenz von Vampiren geglaubt hatte. Bis einer versucht hatte, ihn umzubringen. Immerhin spürte er, wie das Armband ihm Tag für Tag mehr die Haut versengte. Ohne sich anzusehen, wusste er, dass sein Bauch über und über violett verfärbt war, von den Schlägen und Tritten seines Dienstherren, dessen liebstes Ziel es wohl war, ihm wehzutun.

„So, Perry, jetzt sieh mal zu, wie du deinen Kopf aus der Schlinge bekommst!"

„Nichts leichter als das, Anton. Mein Blatt schlägt deines um Welten!"

„Woher willst du denn wissen, wie mein Blatt aussieht?"

„Könntet ihr zwei endlich mal aufhören, so laut zu spielen? Ich kann mich kein bisschen konzentrieren!"

„ Aber natürlich, Cinderella. Sonst noch Wünsche? Soll ich dir vielleicht noch einen Kuchen backen?"

„Sie hat Recht. Ihr könntet eine Winzigkeit leiser sein."

„Ja, ja , Chef. Schon gut."

„Deine heutige Aufgabe ist es, im Wald Holz suchen zu gehen. Der Schuppen soll voll werden!"

„Ja, Herr."

Der Junge drehte sich um, ging zum Schuppen und holte sich ein geeignetes Beil. Dann machte er sich auf den Weg in den Wald.

So eine eigenartige Aufgabe! Holz holen! Ob er mich irgendwie auf die Probe stellen will? Dass ich auch auf jeden Fall nicht weglaufe, sonst bringt er mich um?

Etwas an diesen Leuten stimmte nicht. Es war nicht nur so, dass sie im verschneiten Wald campten, statt sich in eine der Pensionen im Tal einzumieten, nein, sie rochen…anders als normale Menschen. Außerdem strahlten sie eine Wildheit aus, die ihm seltsam bekannt vorkam. Wie Raubtiere. Es war komisch genug, dass sie ihn noch nicht bemerkt hatten.

„Cinderella, dreh dich mal unauffällig um. Wir werden beobachtet."
„Was? Und das sagst du jetzt erst?" Wie außerordentlich praktisch es doch war, sich auf diese lautlose Weise unterhalten zu können!
„Ich wollte erst einmal warten, ob einer von euch es auch merkt. Außerdem sieht er nicht besonders gefährlich aus."
„Wo sind eigentlich diese Spinner Anton und Perry? Nie sind sie da, wenn man sie mal braucht?"
„Auf der Jagd. Mein Plan sieht folgendermaßen aus: Wir tun weiterhin so, als hätten wir ihn nicht bemerkt. Wenn er morgen nicht wiederkommt, ist die Sache erledigt. Schließlich hat der Junge ja nur ein paar Touristen gesehen, die im Wald campen."
„In Ordnung."

Verdammt! Ich muss noch eine ganze Menge Holz holen. Chris fluchte innerlich. Der Meister würde wütend sein, wenn er erfuhr, dass er nicht genug Holz geschlagen hatte.

„Du hast also eine Gruppe Touristen entdeckt, die im Wald ihr Quartier aufgeschlagen haben? Und deswegen habe *Ich* jetzt zu wenig Brennholz? Komm mit in den Schuppen." Vampire mochten es gern warm. Es ärgerte ihn, jetzt nur wegen der Unfähigkeit des Wolfs auf diesen Luxus verzichten zu müssen.

Dort angekommen schleuderte der Vampir den Jungen auf den Boden, ohne seine Kraft auch nur im Geringsten abzudämpfen. Er konnte hören, wie eine der Rippen des schwächeren Wesens brach. Das bereitete ihm nur zusätzliche Befriedigung. Dann nahm er sich eine Peitsche, die dort an der Wand hing und schlug auf den Jungen ein. Chris hatte sich auf den Bauch gedreht, damit dieser nicht zerfetzt wurde. Die gebrochene Rippe brannte wie Feuer. *Bitte nicht noch ein Schlag!* Ihm schossen die Tränen in die Augen. *Wenn du noch einmal zuschlägst, schreie ich…*

„Aufstehen!" Der Meister blickte kalt auf ihn hinab. Langsam arbeitete er sich hoch. Zu langsam. Er sah nicht, wie sein Dienstherr ausholte sondern spürte nur noch den heißen Schmerz.

„Jetzt geh zu deiner Hütte! So. Hinlegen." Er wurde angekettet, dann drehte der Andere sich um und ging ins Haus.

Seine Gedanken waren dunkel und rachsüchtig. Er würde weder vergessen noch vergeben.

Wer sein Kind liebt, der züchtigt es. Aber nein, ich liebe ihn nicht. Genauer gesagt hasse ich ihn sogar. Ich freue mich schon darauf, ihn zu quälen, ihn zu töten…

Aber Touristen im Wald? Camping? Das werde ich mir auf jeden Fall einmal anschauen. Vielleicht haben die Wölfe seine Anwesenheit bemerkt und sind deswegen her gekommen. Oder gar meine eigene? Wenn sie mich suchen, verschwinde ich. Für alle Fälle. Aber vorher werde ich den Jungen töten.

Erst als er hörte, wie der Schlüssel in der Tür umgedreht wurde, wagte Christian es, seinen Tränen freien Lauf zu lassen.
~~*Liebes Tagebuch,*~~
Ich hasse mich, dafür, was aus mir geworden ist.
Ich hasse ihn, weil er mich schlägt. Er tut mir weh.
Heute hat er mir sogar eine Rippe gebrochen. Und ich muss gehorchen, weil er mich töten wird, und Anna auch, wenn ich nicht gehorche.
HERR, wenn du mich nicht heilen kannst, dann mache, dass er mich schnell tötet, um alldem ein Ende zu bereiten. Ich bitte Dich darum. Und wenn nicht: lass meine Eltern und Anna meinen Tod überwinden, schenke ihnen neue Hoffnung. Amen.
In seinem Haus darf ich Deinen Namen nicht erwähnen, bitte sieh mir nach, wenn ich nicht oft genug bete.

Am nächsten Morgen zerrte ihn der Vampir unsanft aus der Hundehütte. Zufrieden beobachtete er sein Werk. Sein Gefangener war immer noch schwach. Der Silberring unterdrückte die Lykantrophie. So schnell würden die Wunden des Jungen also nicht heilen. Er lächelte. Das gefiel ihm sogar sehr. Aber er musste unbedingt wissen, was es mit den Fremden im Wald auf sich hatte. Er hatte da so ein unangenehmes Gefühl..
„Du wirst die Touristen beobachten. Berichte mir alles, was sie tun!"
„Ja, Sir."

Am dritten Tag seiner umfangreichen Aufgabe wurde er entdeckt. Inzwischen wusste er, wie auch sein Meister, dass die geheimnisvollen Fremden Werwölfe waren…wie er selbst.

„Sind wir so interessant?" Erschrocken fuhr er herum. Er war so auf das Beobachten fixiert gewesen, dass er nicht gemerkt hatte, wie der Mann sich von hinten näherte. Es war einer aus der Gruppe, der, den sie Anton nannten.

„Denkst du etwa, wir haben nicht bemerkt, dass du uns seit drei Tagen fast ununterbrochen beobachtest?"

„Ich…"

Der Wolf schnitt ihm das Wort ab. „Spar dir die Mühe. Das kannst du uns erklären, wenn wir alle beisammen sind."

Chris versuchte ihm mit einem Schritt rückwärts auszuweichen, doch kaum einen Meter entfernt sackte er mit einem Fuß im Schnee ein.

Als der Mann seinen Oberkörper packte und ihn heraus zog, brach der Knöchel. Der Junge konnte nur mühsam einen Schmerzensschrei unterdrücken. Der Werwolf sah ihn prüfend an, packte dann seinen Kopf und schlug diesen an den nächsten Baum. Chris verlor das Bewusstsein.

„Du hast ihm den Knöchel gebrochen." Der Vorwurf in ihrer war unüberhörbar.

„Früher hätte man einen feindlichen Spion auf der Stelle erschlagen."

„Wir leben aber Jetzt!"

Der Junge stöhnte. Wie auf ein Zeichen sahen nun beide auf ihn herunter. Während sein Blick sich aufklärte erkannte Chris, dass es wiederum Anton und Cinderella waren, die ihn anstarrten. Der

Mann ging in die Knie und lehnte sich auf seinen Oberkörper, sodass ihm die Luft knapp wurde. Die gebrochene Rippe bohrte sich tiefer in sein Fleisch. Er fuhr zusammen.

„Wer hat dich geschickt?"

Es war genau wie kurz vor dem Schuss. Chris wusste, dass er nichts sagen durfte, denn ansonsten gefährdete er nicht nur sein Leben sondern auch Annas. Vielleicht würden ihn auch diese Leute töten, wenn er nicht antwortete. Aber er konnte nicht.

„Darf ich ... nicht sagen."

„Lass ihn in Ruhe." Diese Stimme kannte er noch nicht. Der Junge wandte den Kopf. Sie gehörte zu demjenigen der Männer, der am Wenigsten sagte, aber immer so leise, dass er es nicht verstand, und den alle anderen dennoch besonders achteten. Er schien hier so etwas wie der Anführer zu sein.

„Wann hast du dich zum ersten Mal verwandelt?" Adrian beobachtete, wie die Augen des Jungen groß wurden. Der Kleine war ein Wolf, ganz eindeutig, aber trotzdem...irgendetwas stimmte nicht mit ihm. Allein die Tatsache, dass der gebrochene Knöchel noch nicht wieder verheilt war, war seltsam. Hätte er ihm die Jacke ausgezogen, er war sich sicher, dass noch weiteren Verletzungen zum Vorschein gekommen wären. Der Vampir war nicht zimperlich und er war sich im Klaren darüber, dass dieser Welpe das wusste. Das blaue Auge des Jungen zeugte davon. Normalerweise hatte jeder Werwolf einen extrem beschleunigten Heilungsprozess, von dem im Fall des Jungen aber

keine Rede sein konnte. Vielleicht arbeitete er mit dem Vampir zusammen.
Aber genau der war es doch, der allen Wölfen den Gar ausmachen wollte!? Dieser Welpe konnte unter keinen Umständen freiwillig hier sein.
Er winkte die anderen zu sich heran und begann, ihnen seinen Plan im Bezug auf den Vampir zu erklären. So laut, dass der Junge es mithören musste.

Dieser Ferienjob scheint ja eine wahre Goldgrube zu sein! Wenn mein kleiner Bruder es nicht einmal mehr für nötig hält, ab und zu nach Hause zu kommen..
Anna war langweilig. Alle ihre Freunde waren entweder verreißt, auf den Höfen ihrer Eltern beschäftigt oder hatten selbst einen Ferienjob und einfach keine Zeit dafür, sich mit irgendwem zu treffen. Außerdem wollte sie nicht jedem hinterher telefonieren, nur weil der selbst zu faul war, um sie anzurufen.

„Nein!" Adrian wandte sich um. Na also. Der Junge sah ihn an. „Sie dürfen das Haus nicht angreifen!"
„Ach nein? Warum denn nicht?"
„Er tötet meine Schwester, wenn Sie das tun."
Das war es also. Der Vampir erpresste den Jungen damit, dessen Schwester zu töten. Und wahrscheinlich auch ihn selbst. Dieser Welpe wurde praktisch von einem ihrer Widersacher gefangen gehalten. Das konnte noch sehr nützlich sein.

„Du willst mir weismachen, dass du es geschafft hast, dir auf dem Rückweg den Knöchel zu brechen und deswegen erst so spät kommst?"
„Ja Herr. So ist es." Die Lüge kam Chris erstaunlich leicht über die Lippen. Inzwischen wusste er, dass der Vampir ihn töten würde, wenn er erzählte, dass einer der Werwölfe ihm - absichtlich oder nicht - den Knöchel gebrochen hatte, dass sie nun von ihm wussten und einen Plan aushackten, den Vampir zu vernichten. Dass sie mit ihm gesprochen hatten.
Er glaubte noch immer nicht, dass er bei dem ganzen nicht von irgendwem umgebracht wurde, aber inzwischen wollte er nicht mehr sterben. Es gab schließlich Dinge, für die sich zu leben lohnte. Zum Beispiel seine Familie. Oder Iris.
Wenn das Ganze hier vorbei war und er noch lebte - für den Fall das das jemals eintreten sollte - konnte er sich von den Wölfen zeigen lassen, wie er seine Kräfte kontrollieren musste und dann wieder in sein vorheriges Leben zurückkehren.
Dennoch war er erstaunt, dass sein Peiniger ihm zu glauben schien.

Er lügt. Wieso nur überraschte ihn diese Erkenntnis nicht? Einem Werwolf zu glauben war Irrsinn. Aber andererseits hatte ihm der Junge nun endlich einen Grund gegeben, ihn zu töten. Das war doch mal etwas Gutes!

Diese Hundehütte war zu eng, zu klein und verdammt kalt. Außerdem tat ihm alles weh. Jemand lief dort draußen an der Wand entlang. Der Vampir? Wohl kaum. Der würde sich nicht die Mühe machen, sich anzuschleichen, wenn er ihn erneut verprügeln wollte.

„Chris?"

Er zog sich soweit es ging ins Innere zurück. Niemand, absolut niemand durfte ihn hier finden!

„Ich bin`s, Cinderella. Ich weis, dass du da drin bist. Wie hat er reagiert?"

Erleichtert stieß er die Luft aus.

„Ich weis nicht, ob er es geglaubt hat, aber ich bin zumindest noch am Leben, also kann er nicht allzu viel mitbekommen haben."

„Adrian? Der Junge scheint bis jetzt soweit wie möglich außer Gefahr zu sein."

„Gut. Lassen wir ihn in dem Glauben."

Endlich wandte er sich ihr zu. Seine Augen glänzten, ein Umstand, der sie beunruhigte.

„Du willst ihn nicht sterben lassen, oder? Er ist einer von uns."

„Ich habe nicht vor, ihn sterben zu lassen, aber ich glaube, dass unser *Freund* ihn auf jeden Fall töten will. Und was die Tatsache angeht, dass er angeblich einer von uns ist… ich bin mir nicht sicher. Irgendetwas stimmt da nicht. Nimm zum Beispiel seinen Heilungsprozess. Der scheint mir ja noch der eines Menschen zu sein."

„Du glaubst, er ist nach wie vor ein Mensch."

„Nicht wirklich."

Nach einer kurzen Pause fügte er hinzu: „Aber durch ihn haben wir nun die Gelegenheit, diesen verdammten Vampir endlich zu töten."

Unsanft wurde er von einem Fußtritt aus dem Schlaf gerissen.
„Steh auf!"
Da er den Tonfall kannte, kam er so schnell er nur konnte auf die Beine, vergaß dabei aber
seinen verletzten Knöchel und knickte zur Seite weg. Der Vampir knurrte animalisch, packte
den Jungen und stapfte mit seiner Last ins Haus. Dort angekommen, warf er ihn auf den Boden, nahm eine bereitstehende Eisenstange und drückte Handgelenke und Hals des Jüngeren fest auf den Boden. Er wusste, dass das diesem Schmerzen bereiten musste und setzte noch einen drauf, indem er die Stange so hoch schob, dass der Welpe unweigerlich keine Luft mehr bekam. Bevor er jedoch ohnmächtig werden konnte, zog der Vampir die Stange mit einem Ruck weg.
Er schlug seinem noch benommenen Gegenüber ins Gesicht, sodass er hören konnte, wie Ober.- und Unterkiefer hart aufeinander schlugen.
Dann zog er den Jungen auf die Beine. Chris machte diesmal nicht den Fehler, seinen gebrochenen Knöchel zu belasten. Dazu kam er auch gar nicht, denn sobald er nur halbwegs oben war, packte sein Peiniger seine Schultern und stieß ihn mir aller Macht von sich. Der Junge flog *durch* die Wand und blieb auf der anderen Seite regungslos liegen.
In Sekundenschnelle war der Vampir bei ihm und rammte ihm die Faust in den Bauch.
„Du wirst dir wünschen, nie geboren wurden zu sein. Das passiert, wenn man versucht, mich zu hintergehen!"

Anna hatte nun endgültig genug. Sie würde lieber bei irgendeiner ihrer Freundinnen übernachten, als noch länger allein zu Hause zu sitzen. Die Erlaubnis ihrer Eltern hatte sie ja, also musste sie sich nur noch auf den Weg machen.

Nachdem er die Hände und Füße des bewusstlosen Jungen an einen seiner Holzstühle gefesselt hatte, weckte er ihn mit einer Ohrfeige. Der Stuhl fiel beinahe um. Der Vampir wartete, bis der Junge vollends wach war und holte dann zwei Benzinkanister aus einem Schrank.
„Weißt du, was das Gute an diesem Haus ist?", fragte er im Plauderton. Als er keine Antwort erhielt, zuckte er mit den Schultern und beantwortete seine Frage selbst.
„Es ist absolut schalldicht. Niemand wird dich schreien hören."
Erst in diesem Moment wurde Chris klar, dass er nun sterben würde. Der Vampir hatte vor, das Haus nieder zu brennen und er selbst würde in den Flammen umkommen. Währenddessen ging sein Widersacher gemächlich zum Wasserhahn und fühlte den größten der Töpfe mit Wasser. Er kehrte zu dem Jungen zurück und goss ihm das kalte Nass über den Kopf. Dann riss er, für den Jungen völlig unerwartet, dessen Kopf an den Haaren zurück und fauchte ihm ins Ohr: „Du wirst sehr langsam und qualvoll sterben. Und währenddessen werde ich deine Familie töten."
Ein Laut der Verzweiflung entwich Chris durch den Knebel hindurch. Seine Eltern und Anna würde er nie wieder sehen. Er hatte ihnen nicht einmal Le-

bewohl sagen können. Alles tat ihm weh, besonders der blutende Rücken. Es fühlte sich an, als hätten tausend Höllenteufel dort einen Tanz veranstaltet. Er beobachtete den Vampir, als dieser Benzin im ganzen Zimmer verteilte. Er hasste den Geruch der Flüssigkeit, der ihm nun in die Nase stieg. Dann kam der Vampir als hätte er die Gedanken des Jungen geahnt, zu ihm und umriss den Stuhl mit dem höchst entzündbarem Stoff. Dann zog er eine Streichholzschachtel aus seiner Hosentasche, entzündete ein Streichholz und ließ es vor den Augen des Jungen auf den benzingetränkten Teppich fallen, der sofort Feuer fing.
Danach war er in Sekundenschnelle verschwunden.

AUENBERG BEI BERLIN, 1914

„Heinrich? Sag mal, hast du für heute noch nicht genug gearbeitet?"
Der Junge drehte sich kurz um und sah den Feldarzt an. „Nein. Da sind noch ein paar Verletzte, denen ich gern helfen würde. Aber ich komme nach, wenn ich fertig bin, Herr Müller." „In Ordnung. Das Essen macht sich ja schließlich auch nicht von allein." Der Junge nickte und drehte sich wieder um. Ein Glück, dass er sich den englischen Akzent abgewöhnt hatte. Die Deutschen hätten es in Kriegszeiten vermutlich sogar geschafft, einander umzubringen. Hauptsache war aber im Moment lediglich, dass er nicht französisch sprach,

denn das waren wohl die derzeitigen Gegner. Genau wie die Briten auch. Ob Königin Victoria wohl von einem solchen Krieg begeistert gewesen wäre? Mitnichten! Genau wie sein Vater derzeit, hätte er doch einiges finanzieren müssen. Nun, Henry wusste zumindest, was er selbst von Krieg hielt. Es war sinnlos. Kampfhandlungen mochten eine Sache der Weltpolitik sein, aber es kamen tägliche hunderte, wenn nicht tausende um. Er konnte den Krieg natürlich nicht verhindern, da es Schattenwandlern untersagt war, direkt in das Leben der Menschen einzugreifen. Aber er konnte sie heilen. Er besaß diese Gabe, und nutzte sie entsprechend. Allerdings hatte er gemerkt, dass er dadurch einen weit höheren Energieverbrauch sicherzustellen hatte als ein Durchschnittsvampir. Das gelegentliche Jagen von kleineren Säugetieren würde nicht mehr lange zur Blutversorgung ausreichen, wenn der Krieg erst die heiße Phase erreichte. Dann musste er entweder öfter Jagen, was die Gefahr einer Entdeckung erhöhte, oder Menschenblut zu sich nehmen. Henry wusste von seinen Freunden, dass ein Vampirbiss unter Umständen sehr heilsam sein konnte. Anders als offiziell angenommen verbreitete sich der Vampirismus nämlich durch den Austausch von Blut. Ein Biss war nur ein Mittel zur Nahrungsaufnahme.

Er sah sich noch einmal um, bevor er dem Arzt folgte, um sich zu vergewissern, dass er nicht beobachtet wurde. Seit Tagen schien ihm jemand auf der Spur zu sein. Dass er immer noch niemanden entdeckt hatte, ließ nur einen Rückschluss zu: jemand hatte ihn gefunden.

UNFÄLLE

Der silberne Ford der Familie Hill fuhr gerade um die Kurve, als Mr. Hill den Mann entdeckte, der da auf der Fahrbahn stand. Er wich ihm aus und das Auto krachte mit voller Wucht gegen einen Baum. Innerhalb eines Augenaufschlags war der Fremde am Auto, riss die Tür auf und vergewisserte sich, dass die beiden tot waren. Als er feststellte, dass der Mann noch atmete, brach er ihm kurzerhand das Genick.

„Riecht ihr das auch?" Adrian wandte sich seinem Rudel zu.
„Ja. Irgendwo ist wohl etwas angebrannt."
„Ich werde mal besser nachschauen gehen. Nicht, dass wir es mit einem Waldbrand zu tun haben."
„Mitten im Winter? Das glaube ich nicht."
„Soll aber auch schon vorgekommen sein."

Überall um ihn herum waren Rauch und Flammen. Sein Haar sowie seine Hose hatten Feuer gefangen, und obwohl der Vampir vorsorglich alles durchnässt hatte, breitete es sich schnell aus. Der Schmerz war unbeschreiblich. Er fragte sich mit Galgenhumor, ob es wohl möglich war, vor Schmerz verrückt zu werden. Versuchsweise schüttelte er heftig den Kopf, in der Hoffnung, das Feuer möge erlöschen, doch vergeblich. Von Todesangst gepackt zerrte er noch einmal an seinen Fesseln. Es war sinnlos.

Die Hitze erreichte seine Haut und verbrannte sie. Christian schrie. Der Rauch drang durch seine Nase in den Mund und ließ ihn husten und seine Augen tränen. Das Feuer fraß ihn auf.

Der Alphawolf war zu erfahren, um eine Warnung wie diesen Rauch nicht zu berücksichtigen.
Er ließ sich noch im Laufen auf alle Viere fallen und rannte, stetig dem Rauchgeruch entgegen.

Kurze Zeit später erreichte er eine schneebedeckte Landschaft – und ein Haus, das mittendrin wie ein teuflischer Dämon lichterloh brannte. Das Haus des Vampirs.
Adrian war sich sicher, dass er neben dem Prasseln des Feuers noch etwas hörte. Es klang wie Schreie – unregelmäßig, immer wieder unterbrochen und seltsam gedämpft.
Der Junge!
Dieser verdammte Bastard von einem Vampir wusste nicht nur, dass der Junge ein Werwolf war, er hatte von nun auch seinen Plan, ihn zu töten, in die Tat umgesetzt.
Er musste den Welpen da herausholen. Die Frage war nur noch, wie.
Kurz entschlossen rannte er in das Haus hinein, Rauch und Flammen entgegen. Das Feuer konnte dem Wolf ebenso gefährlich werden wie dem Mensch. Wenn er also zu langsam war, würde er sterben.
Kurz entschlossen rannte er in das brennende Haus. Beinahe so schnell, wie der Vampir vor einiger Zeit hinaus gerannt war.

Chris konnte nicht mehr. Der Rauch schnürte ihm den Atem ab und nun begann auch noch der Stuhl, zu brennen. Er ließ den Kopf nach hinten fallen, in der Hoffnung, so besser atmen zu können. Das Letzte, was er sah, bevor der Stuhl umfiel, war die Decke. Rauchgeschwärzt und von Flammen umzüngelt, erschien ihm das Ganze wie das Tor zur Hölle.

Die entscheidende Tür war abgeschlossen. Er trat sie einfach ein. Das Zimmer, das sich vor ihm eröffnete, kam ihm vor, wie ein einziges Inferno. Noch einen Raum weiter konnte er auch mit Sicherheit die Quelle des Brandes feststellen; Benzin. Das roch stark nach Brandstiftung, und er konnte sich beim besten Willen keine andere Ursache vorstellen. Niemand ließ sein Haus aus Versehen mit Benzin niederbrennen. Erst recht kein Vampir. Aber hier irgendwo musste der Junge sein...

Seine Haare fingen Feuer. Chris versuchte krampfhaft, normal zu atmen, aber das war unmöglich. Sein Körper wehrte sich gegen das den Raum langsam füllende, gasförmige Kohlenstoffdioxid und er bekam einen Hustenanfall. Krachend schlug irgendwo im Zimmer etwas Schweres auf den Fußboden und löste einen Funkenregen aus. Vor Erschöpfung und Sauerstoffmangel wurde er wieder ohnmächtig, in dem Wissen, dass er wahrscheinlich nie wieder aufwachen würde.

Nur Sekunden später fand Adrian ihn. Der Junge sah schrecklich aus. Er schickte ein kurzes Stoßgebet zum Himmel; *Auf dass es noch nicht zu spät sein möge!* Er hob den reglosen Körper hoch. Dabei war er froh, dass der Kleine bewusstlos war. In wachem Zustand hätte ihm das verdammt wehgetan. Dann rannte er nach draußen, ließ den Jungen in den Schnee fallen – und merkte, dass der nicht mehr atmete. Schnell fühlte er dessen Puls. *Er lebt noch!* Er musste ihn wieder zum Atmen bringen! Eine Pumpbewegung auf der Brust und Mund-zu-Mund-Beatmung mussten reichen, denn sonst..
Er begann sein Werk und merkte sofort, dass er zu viel Kraft verwendete, als er eine weitere Rippe des Jüngeren brach. Zum Glück erzielte er trotzdem die gewünschte Wirkung; Chris schlug bei dem unerwartetem Schmerz die Augen auf und riss den Mund weit auf. Dann fing er an, zu husten. Der Rudelführer half ihm, sich aufzusetzten, wobei er den Rücken des Jungen berührte. Der schrie vor Schmerz heiser auf, bevor er einen weiteren Hustenanfall bekam. Chris versuchte krampfhaft, etwas zu sagen.
„Meine Familie..er wollte sie umbringen..ihr müsst..ihnen helfen!"
„Ich bin am nächsten dran. Aber dann muss ich ihn hierlassen und er stirbt womöglich – aber das tut er auch, wenn ich hierbleibe.", dachte Adrian.
„Ich werde Cinderella ausrichten, dass sie dich abholen soll." So sanft wie möglich ließ er den Jungen von seinen Armen gleiten. Chris biss die Zäh-

ne zusammen. Ein letzter besorgter Blick, dann rannte der Leitwolf los.

Es war so wunderbar kühl im Schnee... er spürte, dass er schon wieder kurz davor war, bewusstlos zu werden. Irgendetwas in ihm schrie ihm mit aller Macht zu, dass er auf keinen Fall einschlafen durfte.

Sein Kopf sackte tiefer in den Schnee zurück.

„Cinderella!" Jemand rief sie. Sie besann sich kurz, bevor sie antwortete.

„Adrian?"

„Ja. Der Junge lebt noch. Aber nicht mehr lange, wenn er keine ärztliche Hilfe bekommt. Schick die Jungs her. Wir müssen einen Vampir zur Strecke bringen, bevor er noch mehr Unheil anrichtet. Kümmer dich um den Jungen! Du findest ihn vor dem Haus. Und vor allem, beeilt euch!"

Sie warf einen raschen Blick auf Perry und Anton. Die beiden beobachteten sie. Ihnen war völlig klar, dass sie mit Adrian in Verbindung stand. Sie nickte.

„Sind schon unterwegs!"

Nach einigen knappen Worten war alles geklärt. Die drei brachen jeder in eine andere Richtung auf.

Schnell fand sie den Jungen. Er war kaum noch bei Bewusstsein. Sie hob ihn hoch und sah auf das Blut im Schnee. Das würden sie später bereinigen müssen. Dann rannte sie los und umging so viele Hindernisse wie nur möglich. Der Körper in ihren Armen erschlaffte. Sie warf einen beunruhigten

Blick auf den Verletzten und wurde noch schneller, sodass sie nun kaum mehr für das menschliche Auge erfassbar war. Der Lykantrophie sei Dank! Mehr als eine Rippe des Jungen war gebrochen und eine drohte sich nun durch die Haut zu bohren. Sie rannte weiter. Das Rudel würde nicht innerhalb kürzester Zeit noch ein neugewonnenes Mitglied verlieren! Dazu musste die Wölfin nur noch das tiefer in den Alpen gelegene, eigens von und für Lykantrophen erbaute Krankenhaus erreichen.

Auf dem Radar blinkte etwas. Und der Geschwindigkeit nach zu urteilen, mit der es sich fortbewegte, bekam sie einen neuen Patienten. Das Krankenhaus war fast leer. Die meisten Rudel hatten sich irgendwohin zurückgezogen, meist betraf das Gegenden, in denen sie sich sicher fühlten. Einige jagten Vampire, solche Verrückten gab es zu jeder Jahreszeit. Aber Krankenhäuser wie dieses wurden sowieso nur in den allergrößten Notfällen aufgesucht. Das hatte einen guten Grund, denn die Selbstheilung der Wölfe war legendär. Darum waren diese und ähnliche Einrichtungen technisch auch bestens ausgestattet. Und genau darum sah sie jedem ankommenden Patienten mit einer Mischung aus Furcht und Neugier entgegen.

Der Junge würde so schnell nicht erwachen, so viel stand fest, denn sie hatte ihm ein starkes Betäubungsmittel gegeben. Dr. Helen Marronnier begutachtete ihn genauestens. Die Frau, die sich nun über ihren fünfzehnjährigen Patienten beugte, war selbst eine Wölfin. Sonst hätte sie es vermutlich nicht mit Einigen der im Fieberwahn tobsüchtigen Kranken aufnehmen können, denn sie war klein und zierlich. Schon vor ihrer Wandlung war sie Ärztin gewesen, doch um keine Schwierigkeiten zu bekommen, war sie in die abgelegenen Berge gezogen. Ihre kurz geschnittenen Haare vermittelten den Eindruck, sie arbeite beim Militär, und das war ihr nur Recht. Niemand stellte einer finster dreinblickenden Frau mit Narben im Gesicht aufdringliche Fragen.

Das Haus selbst war nicht besonders groß, sondern vermittelte eher den Eindruck einer mittelgroßen Alm. Fernab vom Schuss und tief im Wald gelegen, fanden nicht viele Menschen den Weg hierher.

Die meisten Besucher waren Wölfe, die in dieser geheimen Privatklinik auf Hilfe hofften. Aber sie nahm auch andere Schattenwandler auf, wenn es die Umstände erlaubten.

Der Junge war groß und blond, soweit von seinem Haar noch etwas übrig war. Inzwischen trug er eine Sauerstoffmaske, denn den Berichten des Rudels, das dafür gesorgt hatte, dass er ärztlich Hilfe bekam, hatte er wahrscheinlich eine Rauchvergiftung. Seine Wandlung war noch unvollständig oder wurde von irgendetwas unterdrückt, denn sonst wären einige Wunden schon längst verheilt.

Sie entdeckte neben den gefährlich aussehenden Brandwunden am ganzen Körper noch zwei gebrochene Rippen, und einen stark angeschwollenen, ebenfalls gebrochenen Knöchel. Auf dem Rücken waren noch nicht verheilte Peitschenhiebe zu erkennen. Blutige Fesselspuren krönten die Handgelenke wie makabere Andenken.

An der linken Hand des Jungen prangte ein *eiserner* Ring! Schnell zog sie ihn ab und warf ihn in den Mülleimer. Zurück blieb eine verbrannte Stelle. Eisen war Gift für sie. Für sie alle. Auch für alle anderen Arten von Schattenwandlern.

Der Vampir, der dem Jungen das angetan hatte, hatte dessen Wandlung absichtlich aufgehalten. Mit einem ausgewachsenen Werwolf konnte er es demnach wohl kaum aufnehmen. Sie hoffte sehr, dass das Rudel ihn in Stücke reißen würde.

Sie zog ein Papiertuch aus einem nebenstehenden Spender, und besprühte es mit einer alkoholischen Flüssigkeit. Dann machte sie sich daran, seine Wunden zu desinfizieren.

Mit Höchstgeschwindigkeit rasten sie von drei verschiedenen Seiten den Berg hinunter. Während Perry und Anton den Vampir von links und rechts in die Zange zu nehmen gedachten, raste Adrian geradewegs auf das Zentrum des charakteristischen Geruchs zu, der Vampire umgab. Es roch nach Nichts, vergleichbar mit dem Bild von Spinnenweben. Er hatte nun ernsthaft eine Rechnung mit ihrem Gegenspieler offen, nachdem er gesehen hatte, wie der den Welpen zugerichtet hatte. Er hoffte sehr, dass der Junge die Tortur überlebte.

Bevor er die menschliche Siedlung betrat, stellten sie ihn. Eine knurrende, wütende Meute aus Fleisch und Fell trieb den Vampir wieder weiter

von der bewohnten Fläche fort, bevor sie sich auf ihn stürzten. Als er bemerkte, dass er gegen sie alle zusammen keine
Chance hatte, griff er den am schwächsten aussehenden Werwolf an. Mit Händen und Zähnen attakierte er, und wand sich dabei so geschickt um den Körper seines Widersachers, dass dessen Gefährten nicht eingreifen konnten, ohne ihren Freund zu verletzen.
Dann jedoch wurde der Übeltäter durch einen unerwarteten Ruck vom Rücken des Wolfs geschleudert und sie stürzten sich gemeinsam auf ihren Gegner.
Innerhalb von Sekunden war er nicht mehr als ein Stück Fleisch. Alle menschlichen Züge waren aus dem zerfetzten Körper gewichen, bereits besiegt lag er auf der Straße und wartete auf sein Ende, als eine Eisenklinge seinen Kopf vom Rumpf trennte.

Adrian wischte das Blut des Untoten am Leder des schicken Sportwagens ab, von dem er wusste, dass er dem Vampir gehört hatte. Dann setzte er den Wagen in Brand. Einige Kilometer entfernt beobachteten sie die Explosion.
Derjenige, der das andere Auto entdeckte, dessen Motorhaube von der Begegnung mit einem Baum schon verbeult war, war Perry. Nach einem kurzem Signal ließen sie sich gleichzeitig auf alle viere fallen und rannten in diese Richtung.

Die Menschen, die in dem silbernem Ford gesessen hatten, waren tot. Die Airbags klebten als rie-

sige, weiße Ballen an den Scheiben. Nirgendwo war Blut zu sehen.
Aber es gab auch keinen Grund, der den Fahrer dazu hätte bewegen können, ausgerechnet gegen einen Baum zu fahren.
Sie wussten, was das bedeutete.
Der Vampir hatte Wort gehalten und die Eltern des Jungen getötet. Der Mann musste nach dem Aufprall noch gelebt haben, denn sein Genick war unnatürlich gebrochen. Der Kopf zeigte in eine Richtung, die anders sein musste, um einen Unfall zu simulieren. Aber sonst befand sich niemand in dem Auto.
Natürlich. Der Leitwolf erinnerte sich an eine Bemerkung des Jungen.
„Er tötet meine Schwester, wenn Sie das tun!"
Die Schwester. Sie hatten den Vampir nur in der Nähe der Menschen aufhalten können, weil dieser die Schwester des Jungen gesucht hatte.
Behutsam drehte er den Kopf des Mannes in eine Richtung, die natürlich aussah. Dann gab er das Zeichen zum Aufbruch. Wortlos drehten die beiden anderen sich um und folgten ihm, weg von diesem Ort des Grauens, in den Wald.

Sie hatte ihn so weit wie möglich wieder hergestellt. Aber sie war sich nicht sicher, ob das reichte. Angesichts der Wirkung des Eisens, die ihn schon so lange geschwächt haben musste, war sie sich nicht sicher, ob er es schaffen würde. Aber sie konnten hoffen. Sie seufzte und verließ das Zimmer, um den Wartenden diese Nachricht zu überbringen. Adrian betrachtete den Jungen besorgt.

Er hatte den Anderen bereits mitgeteilt, dass sie den Kleinen von jetzt an als Rudelmitglied zu betrachten hatten. Ohne den Ruß sah der noch weitaus entsetzlicher aus. Und dabei waren diese Blutergüsse und Brüche nicht einmal das Schlimmste, was der Vampir ihm angetan hatte. Er hatte das ganze bisherige Leben des Jungen zerstört, das wurde ihm nun klar.Einige Nächte später huschte ein Schatten über die Mauer des örtlichen Friedhofes. Beinahe bis Sonnenaufgang hockte Christian am Grab seiner Eltern. Tränen rannen heiß über sein Gesicht. Dann floh er vor den erwachenden Blicken und den Strahlen der Morgensonne und zurück blieben lediglich zwei gekreuzte weiße Rosen.

SCHLACHT BEI METZ IN FRANKREICH, 1944

Henry hatte sich wieder freiwillig gemeldet und dem französischem Sanitätsbataillon zuordnen lassen. Nun belagerten die Deutschen Metz bereits seit mehr als einer Woche, und die Lebensmittel wurden langsam knapp. Sein Vorgesetzter hatte ihn beauftragt, um neue zu beschaffen. Der Vampir fühlte sich unwohl in seiner Haut. Wie konnte er den Bürgern der Stadt jetzt, da es kaum mehr Nahrung gab, noch etwas wegnehmen, nur um die Soldaten durchzufüttern? Wenn sie schon hungerten, dann doch wenigstens alle zusammen!

Der Heiler fasste einen Entschluss: Er würde ohne die gewünschten Nahrungsmittel zurückkommen. Noch während er durch die Gassen ging, stürzte ihm ein Mädchen vor die Füße. Sie war nicht älter als siebzehn. Ihr Rock war genauso verschmutzt wie die Kleidung aller anderen. Sie durfte nicht verdursten, nur weil er beschlossen hatte, dass das Leben der Soldaten wichtiger war als das der Bürger!

Es störte ihn natürlich nicht, kein Essen zu bekommen, wenn er erfolglos war. Schließlich brauchte er es sowieso nicht und gab es nur den Kranken. Dabei achtete er darauf, nie etwas wegzuwerfen. Es gab immer jemanden, der bedürftig war.

Henry wusste, dass er bald weiterziehen musste. Er war schon so lange hier, dass es den Leuten langsam auffiel, dass er nicht alterte. Am Anfang hatte er sich als sechzehn ausgegeben, ein Jahr jünger, als er es vor seiner Wandlung gewesen war, aber inzwischen waren schon wieder zwei Jahre ins Land gezogen. Die Grenzen der Stadt und der Grafschaft, ja, vielleicht sogar des Landes, musste er nun bald hinter sich lassen.

Es war an der Zeit, wieder einmal nach Britannien zu ziehen, dort hatte sich in den letzten Jahren eine Menge getan. Sehnsüchtig dachte er an seine Heimat. Auch die Zeit dort würde nicht reichen: nach zwei, spätestens drei Jahren musste er weiterziehen. Immer und überall.

Er schüttelte den Kopf, um anzuzeigen, dass er keine Nahrung bei sich hatte. Dann half er dem Mädchen hoch, das trotzdem flehend die Hände nach ihm ausstreckte.

„Es tut mir leid, ich habe nichts."
Sie verstand ihn. Enttäuschung, dann Verachtung zeigten sich auf ihrem Gesicht, als sie sich losriss und wegging.
Der Rückweg ins Lager gestaltete sich nicht viel einfacher. Er fragte sich noch immer, was die Leute wohl an ihm fanden. Heilen konnte er sie, aber mehr nicht. Seine Kleider waren zerrissen und abgetragen, Schuhe trug er nicht. Er war beinahe unempfindlich gegen die Kälte geworden, seit er sich gewandelt hatte. Es war genauso eine Umstellung wie das Trinken von Blut.

Als er am nächsten Morgen ins Sanitätszelt gerufen wurde, wusste er sofort, dass etwas anders war. Die Deutschen mussten in der Stadt eingefallen sein, denn die Verwundeten, die nun zu ihnen gebracht wurden, waren nicht mehr ausschließlich Soldaten. Er hörte die Schreie von draußen. Einige verstummten nach einer Weile. Die Männer, die es nicht bis ins Zelt geschafft hatten, schrien um Hilfe - oder schwiegen für immer.
Er strich einem jungen Mann die Haare aus dem Gesicht, um die Kopfwunde besser versorgen zu können. Sie blutete stark und färbte das blonde Haar rot. Zum Glück war der Mann ohnmächtig! Fraglich, ob er noch einmal aufwachen würde. Er verband die Wunde und untersuchte den Soldaten dann mit einigen sicheren Handgriffen auf weitere Verletzungen. Froh, keine zu finden, stieß er den angehaltenen Atem aus. Zumindest konnte der Mann überleben.

Er wollte sich gerade dem Nächsten zu, als eine Stimme ihn zurückhielt.

„Stillgehalten!"

Die Spitze eines Bajonetts bohrte sich in den Rücken des Heilers. Er blieb stehen. Plötzlich fiel ihm die Stille auf. Es erklangen keine Schreie mehr von draußen, keine gebrüllten Befehle. Totenstille. Er schluckte.

„Was wollt ihr von mir?" Keine Antwort, nur ein weiterer Befehl.

„Umdrehen."

Hätte er jetzt seine Kräfte angewandt, hätte er wohl eine Wahl gehabt – aber danach hätte er vermutlich sterben müssen. Henry fürchtete sich zwar nicht vorm Tod, aber er wollte ihm trotzdem noch nicht begegnen. Er leistete auch diesem Befehl Folge.

Vor ihm stand ein deutscher Offizier, ein Leutnant, der Uniform nach zu urteilen. Der Mann musterte ihn mit kalten Blick.

„Na so was! Ich hätt´ nicht gedacht, dass die Wargebrüder auch hier vertreten sind!"

Henry wurde kalt. Der Mann hielt ihn für homosexuell! Soweit er bisher erfahren hatte, verachteten die Deutschen nichts mehr als Männer, die andere Männer liebten.

Dann fiel sein Blick auf einen der hinteren Männer, die während der kurzen Unterhaltung ins Zelt gekommen waren. Monsieur. Der Blick seines Freundes war ebenso hart und stechend wie die der ihn begleitenden deutschen Soldaten. Seine Glieder gefroren zu Eis.

Freunde taten so etwas nicht. Hatte Monsieur die Seiten gewechselt? Der Offizier reichte das Bajonett an einen seiner Untergebenen weiter und kam auf Henry zu. Er packte die Kehle des Jungen. Falls er gemerkt hatte, wie kalt dessen Haut war, so schien er es der Angst zuzuschreiben, denn sein Gesicht zeigte keine Regung. Henry war noch nicht lange genug Vampir, um nicht mehr atmen zu müssen. Als der Mann ihm die Luft abdrückte, öffnete und schloss sich sein Mund erfolglos beim Versuch, Sauerstoff auszunehmen.

Leutnant Müller stieß den Jungen verächtlich von sich. Monsieur betrachtete das Schauspiel mit ungerührter Miene. Er wusste schon seit einigen Tagen, dass Henry hier war. Der Junge war ein Heiler, folglich zog es ihn zum Krieg. Er hätte allerdings darauf verzichten können, dem Engländer hier gegenüber zu stehen. Seit Henry sich in London als unnütz erwiesen hatte, war er nicht besonders erpicht darauf, ihn wiederzusehen. Das hier konnte allerdings interessant werden, denn er wusste im Gegensatz zu dem anderen Vampir, dass Müller erst vor zwei Tagen seinen Bruder an die Franzosen verloren hatte, die er allesamt für warme Brüder hielt. Den Heiler bei einer so intimen Tätigkeit wie einer Heilung zu betrachten, hatte seine Wut wieder hochkochen lassen.
Henry schnappte nach Luft und rappelte sich auf. Sofort stieß ihn der Deutsche wieder zu Boden, diesmal härter. Er zog sein Messer und rammte es dem Jungen in den Bauch. Blut spritzte aus der Wunde, als er die Waffe wieder herauszog. Der

Heiler verzog das Gesicht, schrie aber nicht. Da er seine Kräfte bis jetzt noch nicht angewandt hatte, wollte er wohl unerkannt bleiben. Monsieur war versucht, die Stirn kraus zu ziehen. Wenn Henry das durchhielt, würde er heute seinen eigenen Tod vortäuschen müssen. Nun, diesmal würde er selbst nicht helfen. Der Junge hatte seine Gründe.
Müller stieß ihm das Messer zwischen die Beine. Henry schrie auf, als der Leutnant ihm die Hose auseinanderschnitt und dann nochmals zustieß. Der Deutsche griff in seiner Raserei nach einer Holzstange, die zufällig in Reichweite lag. Dann stieß er den Jungen an, damit dieser auf den Bauch rollte, bevor er mit der Stange zustieß. Monsieur belächelte die Eigenschaft des Deutschen, sich selbst in dieser Situation nicht die Hände schmutzig machen zu wollen. Und dabei hatte er sich gerade erst aufgewärmt.

Es war beinahe ein Wunder, dass er überhaupt erwachte. Sein ganzer Körper schmerzte, was sowohl an der Misshandlung durch die Deutschen als auch an dem enormen Blutverlust lag. Er registrierte verschwommen, dass jemand seine Wunden verbunden hatte.
Er stemmte sich hoch und stand nur wenig später auf den Füßen. Nach dem, was hier passiert war, mussten sie ihn für tot halten, es war also besser, wenn er so schnell wie möglich verschwand. Ihm wurde einen Moment lang schwarz vor Augen. Er streckte eine Hand aus und tastete blind nach der Liege. Seine Sicht wurde wieder klar. Er durfte nicht daran denken, was vor wenigen Stunden ge-

schehen war... Sein Fuß stieß gegen etwas Weiches. Der Heiler senkte den Blick und sah den Leutnant, der mit weit aufgerissenen Augen zu ihm herauf starrte. Der Mann war tot, das wusste er. Jemand hatte ihm die Kehle durchgebissen. Monsieur. Es konnte kein Anderer gewesen sein..
Er stieg über den Leichnam hinweg und trat aus dem Zelt. Der Wald war nicht weit weg, er konnte es also schaffen.
Nicht nachdenken.
Als hinter ihm ein Geräusch ertönte, zuckte er zusammen. Die Bewegung schmerzte.
Denk nicht daran.
Jemand schrie ihm eine Warnung hinterher. Nein, nicht ihm, sondern einem der Leichenfledderer. Henry stieg über den Körper eines Jungen, den er erst vor zwei Tagen kennen gelernt hatte. Die Schrotflinte seines Vaters lag noch in seiner Hand. Das Gesicht des Jungen war nicht mehr wiederzuerkennen, es bestand nur noch aus einer breiigen Masse. Henry wandte den Blick ab.
Nie wieder Krieg.

TYR *, 2012, MONTAFON, ÖSTERREICH

*Kriegsgott aus der nordischen Mythologie, gehört zum Asengeschlecht. Haupteigenschaften: kühn, beherzt

„Bist du sicher, dass es von hier kommt?"
Der Junge sah ihn fragen an. Es war nun schon länger her, seit er zu ihrem Rudel gestoßen war, doch Adrian würde vermutlich nie aufhören, ihn als Jungen zu betrachten, wie er es sich selbst eingestehen musste.

Aus der kleinen Hütte stieg Rauch auf, soviel wie schon seit Tagen nicht mehr. Und immer wieder erklangen seltsame Geräusche, die von einem Menschen möglicherweise nicht gehört wurden wären, doch die feinen Ohren der Werwölfe nahmen sie war. Es klang ein wenig wie das Schreien eines kleinen Kindes, nur unheimlich viel leiser.
„Ja. Ich werde nachschauen gehen, du wartest hier."
Der Rudelführer antwortete genauso leise, wie zuvor die Frage gekommen war. Ein Minimum an Lautstärke war oft genug erforderlich.
„Nein. Wenn das eine Falle ist, tappst du zielgerade hinein. Außerdem bist du zu wichtig. Stell dir vor, sie warten dort. Dann haben wir ein ernsthaftes Problem. Ohne dich sind wir doch total aufgeschmissen!"
Adrian musste sich widerstrebend eingestehen, dass Chris Recht hatte. Aber der nächste Satz des Jungen gefiel ihm überhaupt nicht.
„Ich kann gehen."
Aber ja, es stimmte. Nur behagte es ihm nicht, den Jungen allein zu lassen, was er ihm auch unmissverständlich sagte.
Der legte den Kopf schief.
„Du bist zu wichtig. Wenn sie gleich den Rudelführer in die Hände kriegen, werden sie wahrscheinlich keine Probleme haben, auch den Rest des Rudels ausfindig zu machen. Ich dagegen bin nicht so wichtig. Und wenn es sowieso nichts ist, ist es doch egal, wer geht."
„Du willst unbedingt den Helden spielen, wie?"

„Vielleicht." Chris schmunzelte, wurde aber gleich wieder ernst. „Wenn ich schon zum Rudel gehöre, will ich wenigstens versuchen, auch mein Bestes zu geben."
„Na gut. Wahrscheinlich ist eh nichts."
„Eben."
Adrian beobachtete den Jungen, als dieser aufstand und in geduckter Haltung zum Haus lief.

Chris war ein wenig stolz auf sich, da er Adrian hatte überreden können, ihn gehen zu lassen, aber zum größten Teil machte er sich Sorgen. Er vermutete eine Falle. Denn er kannte kein Wesen, das solche oder ähnliche Geräusche von sich gab. Es lag schon lange kein Schnee mehr, der sein Kommen verraten hätte können, außerdem hatte er den ganzen Sommer und auch schon zwei Winter beim Rudel verbracht. Aber inzwischen wurde es langsam aber sicher wieder Winter und er hatte trotz allem das ungute Gefühl, Fußspuren zu hinterlassen. Anders ausgedrückt: er fühlte sich beobachtet.
Inzwischen an der Tür angekommen, überprüfte er leise das Schloss. Es war nicht verriegelt. Er schob die Tür auf und fand sich in einem kleinem, nicht besonders dunklem Raum wieder. Das Geräusch kam aus einer Ecke, in der eine reglose, ebenso kleine Gestalt lag. Ihm wurde mulmig. Das Gefühl, dass hier etwas nicht stimmte, verstärkte sich um ein Vielfaches. Aber er war hierhergekommen, um nachzusehen, da konnte er jetzt nicht einfach so schnell wie möglich wieder hinausrennen.

Er trat näher. Das Ding rührte sich nicht. Er kniete sich hin, um es besser sehen zu können, und erkannte, dass es eine Puppe war. Die Tür fiel zu. Seine Instinkte schrien Alarm, bevor
ein schrecklich schriller Ton zu summen begann. Gepeinigt hielt er sich die Ohren zu. Jemand stieß ihn von hinten zu Boden und hielt ihn dort fest. Er wusste, dass er sich jetzt eigentlich hätte wehren müssen, aber seine Trommelfelle schrien auf, sobald er die Hände auch nur einen Millimeter bewegte.

Er bekam auch keine Gelegenheit mehr, es sich doch noch anders zu überlegen, denn schon nach einigen Sekunden stach etwas unangenehm in seinen freiliegenden Hals, und er spürte, wie sein Bewusstsein zu schwinden begann.

Er sah noch schwarze Stiefel in seinem Blickfeld auftauchen, bevor das Mittel ihn endgültig ohnmächtig werden ließ.

Theodor trat den Werwolf „zur Sicherheit", wie er sich ausdrückte. Anna starrte gebannt auf ihren Gefangenen herunter.

„Er ist so jung."

„Das Böse hat viele Gesichter." Theo klang so überzeugt, dass er es vermutlich sogar selbst glaubte.

Es fesselte dem Bewusstlosen die Hände hinter dem Rücken und band auch dessen Füße zusammen. Zusätzlich band er die gefesselten Hände noch am Oberkörper fest. Danach legte er die Handschellen an. Dann drehte er den Jungen um und hob ihn sich unsanft auf den Rücken. Anna er-

starrte. Zwar größer, mit einem anderem Haarschnitt, aber eindeutig wie…
Nein. Er konnte es nicht sein. Chris war tot. Vor mehr als einen Jahr gestorben bei einem schrecklichen Brand in diesem verfluchten Dorf. Am selben Tag wie ihre Eltern. Sie verdrängte seinen Namen, der ihr auf der Zunge lag. Chris war ein Werwolf gewesen, das wusste sie jetzt, auch wenn sie es damals nur schwer hatte glauben können. Was, wenn… nein!
Ihr Kollege winkte ihr vom Auto aus ungeduldig zu. Sein Gesicht war so voller sadistischer Freude, dass sie schauderte.
Die 18 – Jährige ging zum Auto und setzte sich auf den Fahrersitz. Theo würde hinten darauf achten, dass der Werwolf nicht aufwachte, bevor sie in der Basis waren.

Er erwachte nur langsam. Nebel verschleierten seine Sicht. Einen Moment lang starrte er teilnahmslos die Wand an, die ihm gegenüber lag. Dann erinnerte er sich wieder. Das Haus. Die Puppe.
Wo bin ich?
Der junge Werwolf hob den Kopf. Die Wände, die ihn umgaben, waren alle gleichermaßen grau. Es gab keine Tür, zumindest keine, die er entdecken konnte. Während er ohnmächtig war, hatten sie ihn gefesselt. Ketten *mit Eisenanteil,* wie er grimmig feststellte, die fest in der Wand verankert waren. Sie brannten ihm auf der bloßen Haut.

Anna beobachtete ihn auf dem Monitor der Überwachungskamera. Dann wandte sie sich an Theo, der neben ihr stand.

„Wir haben immer noch keinen Beweis, dass er ein Werwolf ist."

Mit hochgezogener Augenbraue sah er sie an.

„Wie wäre es denn damit?"

Er betätigte einen der Schalter, der das hohe Pfeifen wieder ertönen ließ und augenblicklich hielt sich der Junge vor Schmerz die Ohren zu. Dann stellte er den Ton wieder ab.

„Würdest du mich auch für eine Wölfin halten, wenn ich das hören könnte?"

Sie ließ ihn stehen.

Am nächsten Morgen erhielt sie ein wohlmeinendes Schreiben des Direktors, in dem sie für die nächsten zwei Wochen vom Dienst suspendiert wurde.

Die Wand öffnete sich und ein Mann kam herein. Er trug schwarze Stiefel, so wie die, die Chris in der Hütte gesehen hatte, aber es waren nicht dieselben. Außerdem roch er vertraut. Oh ja, er kannte diesen Geruch. Anna hatte so gerochen… er schloss die Augen und lehnte sich an die Wand. Sie hatten ihm nichts zu essen gegeben, während er hier war, und nun fing er bereits an, zu fantasieren. Seine Schwester konnte nicht hier sein, weil… verdammt, er wusste ja nicht einmal, wo „hier" war!

Theo trat ihn und er öffnete die Augen und knurrte den Mann an. Der lächelte herablassend angesichts dieser Drohung, stammte sie doch von ei-

nem Werwolf in Ketten. Dann nahm er die Hände nach vorn und zeigte dem Gefangenen, was er verborgen gehalten hatte. Chris trat nach ihm, doch der Jäger wich seinen Füßen geschickt aus. Stattdessen drückte er einen weiteren Knopf außerhalb der Reichweite des Jungen und Fußketten schossen aus der Wand und fanden ihr Ziel. Ein weiterer Knopf und Chris wurde an die Wand gezerrt.
Nur wenig später hing der Gestank verbrannten Fleisches in der Luft.
Christian schrie, schrie solange, bis ihn der Mann knebelte, um endlich in Ruhe arbeiten zu können. Telepathisch rief er nach dem Rudel, doch seine Rufe verhallten ungehört.

Ein einer winzigen, schon fast vergessenen Kammer krümmte sich jemand vor Schmerz, als er die Rufe doch vernahm. *Es wiederholt sich*, war sein einziger Gedanke.

Der Mann ließ erst von ihm ab, als er merkte, dass der junge Werwolf nicht mehr bei Bewusstsein war. Er nahm ihm das blutige Taschentuch aus dem Mund, verließ das Zimmer und warf es im Flur in den Papierkorb. Er sah sich kurz um und lächelte. Außer ihm war niemand hier. Niemand würde ihm in die Quere kommen, wenn er den Werwolf tötete.

Nach einiger Zeit kam der Mann wieder, er konnte in hören. Der junge Wolf blieb einfach liegen, er war zu schwach, um sich zu bewegen. Die Ketten kosteten ihn mehr Kraft, als er noch aufbringen konnte. Sein Kopf sackte zur Seite, als der Mann ihn schlug. Chris sah wieder und wieder die kalte Wand auf sich zukommen. Dann nichts mehr.

Er vermochte nicht mehr zu sagen, wie lange es schon so ging. Genauso wenig wusste er, ob die nächsten Szenen Traum oder Wirklichkeit entsprangen.
Kannst du mich hören?
Die Stimme in seinem Kopf war einfach da. Er wunderte sich nicht. Nicht, nachdem er das hier erlebt hatte.
Ja.
Er merkte selbst, wie schwach seine Stimme klang.
Ich bin Henry.
Chris.
Ein Hauch eines Lächelns wehte durch die Verbindung zu ihm hinüber.
Ich will dir etwas vorschlagen; ich helfe dir, das hier zu überleben, wenn du mir raushilfst. Dein Rudel ist ganz in der Nähe. Wenn du sie jetzt rufst, werden sie dich hören.
Etwas war seltsam. Ein leichter Hauch von Spinnenweben kam durch die Verbindung zu ihm. Sie trugen keinen Geruch.
Ich rieche Vampir.
Ja, das bin dann wohl ich. Was sagst du?
Du hilfst mir und im Gegenzug sorge ich dafür, dass die anderen dich nicht umbringen? Chris schloss erschöpft die Augen. Er war so müde..
So ist es.

Wenn ich bis dahin noch lebe, gern. Aber ich habe im Moment keine allzu großen Hoffnungen.
Die Tür öffnete sich und durch ihr geteiltes Bewusstsein sahen sie den Mann auf sich zukommen.
Ich werde versuchen, dir einen Teil der Schmerzen abzunehmen. Wenn du mich nicht rauswirfst.
Ich werde es versuchen.
Der Mann ging vor Chris in die Knie und zeigte ihm das Messer, das er in der Hand hielt.
„Dieses wunderschöne Stück besteht zu fünfzig Prozent aus Eisen. Lass uns doch ein bisschen spielen."
Er streckte die Hand nach dem Jungen aus und dieser zuckte zurück, konnte aber nicht verhindern, dass der Mann seine Wange streifte. Dann schlossen sich die Finger seines Peinigers um sein Kinn und drehten seinen Kopf ruckartig nach vorn. Er konnte es knacken hören.
Der Mann fuhr mit der eisernen Klinge seinen Hals entlang und brachte ihm einen langen Schnitt bei. Sein Schmerz entlud sich in einem mentalen Schrei.
„Adrian!"
Nur wenige Kilometer entfernt zuckte der Rudelführer zusammen, als gemeinsam mit dem Schrei des Jungen auch dessen Schmerzen übermittelt wurden. Er rannte los. Sie waren zielgerichtet in die falsche Richtung gelaufen.
Henry spürte zur selben Zeit, wie er aus dem Kopf seines Verbündeten hinaus gedrängt wurde.

Chris merkte, wie die Präsenz des Anderen aus seinem Kopf verschwand. Der Mann hob das Messer und stieß es mit aller Kraft in den Bauch des Jungen.
Dann betrachtete er zufrieden sein Werk, als der sich vor Schmerzen wand.
Für den jungen Werwolf ging die Welt in Flammen auf. Er schrie wie am Spieß.
Theo drehte das Messer genüsslich mal in die eine, mal in die andere Richtung.
Dann zog er es ruckartig heraus und verließ den Raum.

Er wusste, wann er ausgeschlossen wurde, und das war jetzt eindeutig der Fall. Chris musste ihn – bewusst oder unbewusst - rausgeworfen haben, als die Schmerzen zu groß geworden waren. Und jetzt konnte er ihn nicht mehr erreichen. Es war, als hätte es nie einen Werwolf gegeben, der hier gefangen gehalten wurde. Er war einfach nicht auffindbar. Also war er entweder ohnmächtig – oder tot. Hoffentlich nicht tot.

Die Hitze brachte ihn um. Er war keines klaren Gedankens mehr fähig. Sein Brustkorb schien zu explodieren und tauchte ihn in eine neue, stärkere Welle von Schmerz. Er öffnete den Mund, brachte aber keinen Ton heraus.

Adrian stand auf.
„Ich kann ihn nicht mehr hören."
Er flüsterte, aber die anderen vernahmen es trotzdem. Cinderella trottete zu ihm und stieß sei-

ne Hand leicht mit ihrer Schnauze an. Er beachtete sie nicht, lauschte nur.

Chris´ Schreie hatten einfach aufgehört. Es war, als hätte er den Höhepunkt der Schmerzen erreicht und war dann langsam und zielgerichtet darüber hinaus getrieben wurden. Dann war die Verbindung abgebrochen und das Rudel stand irgendwo im Schnee.

Adrian ließ sich wieder auf alle Viere fallen und sie rannten weiter, in die Richtung, in der sie Chris vermuteten.

Theo beobachtete befriedigt, wie der Körper des jungen Werwolfs unkontrolliert zuckte. Die Augen waren so verdreht, dass er nur noch das Weiße sah. Er wusste genau, dass der Junge zumindest zum Teil noch bei Bewusstsein war. Eisen vermochte den Geist solange im Körper eines Werwolfs festzuhalten, bis dieser den Dienst quittierte.

Er griff zur Flasche und gönnte sich noch ein Gläschen.

Anna ließ ihre Tasche auf ihr Bett fallen. Sie brauchte jedes Mal fast drei Stunden, um nach Hause zu kommen. Sie packte wie gewohnt alles sofort aus und setzte eine Waschmaschine an. Nach den Tagen im Hauptquartier war die Heimkehr jedes Mal erlösend. Sie nahm noch einmal das Schreiben des Direktors zur Hand. Nachdenklich las sie das Dokument und strich dabei mit dem Finger über die Unterschrift.

Wegen zu starker persönlicher Vorbelastung.. Der Junge hatte ihrem Bruder ähnlich gesehen. Chris wäre inzwischen älter, fast achtzehn. Er hätte einen Abschluss, genau wie sie, und vielleicht hätte er sogar studiert. Das Zeugnis, das er vor seinen letzten Ferien bekommen hatte, war gut gewesen. Er hätte es ohne Probleme auch noch bis zum Abschluss geschafft.
Ihr Blick fiel wieder auf die Unterschrift. R. Wegenrad. Der sonst so typische Schnörkel am R fehlte. Ein unguter Verdacht befiel sie. Was, wenn Theo sie einfach nur aus dem Weg haben wollte? Wenn er den Jungen tötete, nur weil sie nicht dort gewesen war? Sie griff sich Autoschlüssel und Jacke und rannte zur Tür.

Als er sah, wie der Junge zumindest kurzzeitig sein volles Bewusstsein wiedererlangte, stand Theo auf und ging wieder hinein. Nicht, ohne sich vorher zu vergewissern, dass er alles dabei hatte. Er schwankte leicht.

Schwarze Stiefel. Dazu ein Gesicht, das sich über ihn beugte. Er hatte keine Kontrolle mehr über seinen Körper. Sein Kopf wurde ruckartig nach hinten gerissen. Eine Hand zog ihn an den Haaren. Das hatte Anna immer gemacht, wenn sie sich stritten. Wo war sie eigentlich? Wo waren seine Eltern?
Die Hand ließ ihn los und er fiel wieder. Tiefer, immer tiefer, während sein ganzer Körper sich gegen ihn wandte.

Sie umkreisten das Gebäude ein paar Mal, in der Hoffnung, dort ein Lebenszeichen zu finden. Nichts. Das Einzige, was wirklich auffiel, waren die Überwachungskameras. Irgendetwas musste es hier also doch geben. Sie riefen mental nach Chris, aber er antwortete nicht. Dafür aber jemand anderes.
Wenig später standen sie auf dem Dach des Gebäudes und folgten den Anweisungen der Stimme.

Nachdem die Stimmen in seinem Kopf verstummt waren, fiel die Wand auf ihn hinab. Schmerzhaft trafen ihn einige Steinbrocken. Ihm wurde schließlich klar, dass er hätte ausweichen müssen, doch sein Körper versagte ihm den Dienst. Seine Augenlider fielen ihm beinahe zu, als jemand zu ihm trat und ihn hochhob.

Adrian barg den Jungen an seiner Brust. Er konnte das Eisen riechen. Chris´ Brust hob und senkte sich schneller als normal, während sein Körper gegen das giftige Schwermetall ankämpfte. Er war nur halb bei Bewusstsein.
Der Leitwolf verschob es auf später, sich um ihn zu kümmern. Er hatte ein Versprechen einzulösen.
„Wo bist du?"
„Wenn ihr das Dach circa zwei Meter neben der von dir aus gesehen linken Wand einbrecht, dürftet ihr mich finden. Denk an dein Versprechen."
Gerade, als Adrian den Raum wieder verlassen wollte, hörte er eine Tür zuschlagen. Ein Knopf wurde gedrückt und eine der Wände wurde enttarnt. Stattdessen erschien eine riesige Glasschei-

be. Dahinter konnte er eine Frau erkennen. Sie musterte erst ihn, dann das Loch in der Decke und schließlich erheblich länger Chris´ reglosen Körper. Der Junge erlitt einen Krampf. Sein Kopf zuckte kurz, blieb dann aber liegen. Die Frau sah kurz zu Boden und nickte dann.
Wie ein Windhauch zog ein Name durch den Kopf des Wolfes.
Anna.
Er sah die Frau noch einmal an, dann den Jungen in seinen Armen. Dann nickte auch er und sprang hinaus in die Nacht.

Die Anderen hatten inzwischen an der erforderlichen Stelle das Dach gesprengt. Sie sahen in eine Kammer, die genauso dunkel wie winzig war.
„Hallo?"
„Ich bin hier."
Die Stimme klang erstaunlich jung.
„Du kannst rauskommen."
„Hm.. hättet Ihr vielleicht irgendwas zum Hochklettern? Springen geht schlecht."
„Ich komme dich holen."
Adrian hatte seinen Freund in Cinderellas Obhut gegeben.
„Seid Ihr Euch da sicher?"
Er hielt einen Moment inne und verdrehte die Augen.
„Natürlich."
Dann sprang er hinab. Die Kammer wurde nur von oben beleuchtet. Der Junge unten hatte sich inzwischen erhoben, obwohl es ihm erhebliche Schwierigkeiten zu bereiten schien. Adrian trat an

ihn heran und umschlang ihn mit beiden Armen. Ein seltsamer Geruch wehte kurz auf, aber er ignorierte ihn, sprang und landete wohlbehalten auf dem Dach.
„Danke."
Der Werwolf ließ den Jungen los und betrachtete ihn kurz.
„Was bist du?"
„Ihr müsstet mich doch riechen."
Der Geruch des Jungen wehte zu ihm herüber. Adrian bleckte die Reißzähne. Er verspürte das Verlangen, sich auf dieses Wesen zu stürzen. Sie rochen genauso wie frisch gegossenes, völlig reines Glas: nach nichts. Die Erinnerung von Spinnenweben kam auf, doch er verwarf sie wieder.
„Vampir," knurrte er.
Perry und Anton kamen näher. Cinderella ging in die Hab-Acht-Stellung über, achtete aber darauf, Chris keinen Schaden zuzufügen.
Der Junge rang die Hände.
„Ich musste da raus. Es tut mir leid, wenn ich damit Ihr Territorium betreten habe."
Adrian wandte den Kopf. An Perry gewandt, fragte er:
„Die Abmachung war, ihn am Leben zu lassen, nicht wahr?"
Verzweifelt warf der Junge ein:
„Nein! Die Abmachung war, mich gehen zu lassen. Bitte!"
Er schloss einen Moment lang die Augen.
„Ich verschwinde auch sofort aus Ihrem Territorium, sobald ich wieder stark genug dafür bin. Bitte!"

Er hörte den mentalen Befehl des Rudelführers, kurz bevor sie sich auf ihn stürzten. Anton packte ihn mit einer Hand am verletzlichen Hals, während er ihm mit der anderen die Arme hinterm Rücken festhielt. Der Vampir gab einen erstickten Laut von sich, als Adrian dicht vor ihn trat. Der Junge war um Einiges kleiner als er, sodass er ihm direkt in die Augen sehen konnte.

„Du hast uns geholfen, Chris da raus zu holen. Deswegen werde ich dich nicht sofort töten. Aber du bleibst bei uns."

„Scheiße!"

Sie blickten auf. Cinderella kniete im Schnee und hielt Chris´ wild zuckenden Körper im Arm. Niemand bemerkte, dass auch der Vampir zusammenzuckte.

„Sie haben ihn vergiftet!"

Adrian nickte.

„Wir müssen zu Helen."

Nur wenig später saßen alle Rudelmitglieder und der Vampir im Wartezimmer des Bergkrankenhauses. Dr. Maronnier schloss die Tür hinter sich.

„Ich kann nicht sagen, ob er durchkommt. Eisen ist so ziemlich das Schlimmste, was einem Werwolf zustoßen kann. Er wird wenigstens ein paar Tage hier bleiben müssen."

Sie musterte den Vampir, der zwischen Perry und der Wand saß. Sein Kopf lehnte schwer an der Wand, die Augen waren geschlossen. Ungefährlich, soweit sie das beurteilen konnte.

„Adrian, komm doch mal bitte mit," richtete sie ihr Wort an den Rudelführer.

Sobald sie allein waren, fragte sie ihn:
„Darf ich den Vampir behandeln? Er stirbt euch unter den Händen weg, wenn er kein Blut bekommt. Es muss auch nicht viel sein."
„Er stirbt?"
Sie nickte. Er schloss kurz die Augen und schüttelte den Kopf.
„Das kann ich nicht zulassen."
„Gut. Soweit ich das beurteilen kann, ist er ungefährlich. Falls er euch dennoch angreift, tja.."
Sie öffnete die Tür wieder und scheuchte Adrian heraus. Dann holte sie den Vampir herein.
„Wie heißt du, Junge?"
„Henry. Sehr erfreut, Sie kennenzulernen, Madam."
Seine Stimme zitterte. Er hatte Schmerzen.
„Wann und wo wurdest du geboren?"
„Vierter April 1824, Southhampton, United Kingdom of Great Britain and Northern Ireland."
„Hast du große Schmerzen?"
„Das sind nicht meine Schmerzen. Sondern seine."
Er nickte in Richtung Wand. Sie bemerkte, dass seine Hände, die zuvor locker in seinem Schoß gelegen hatten, nun ineinander verschränkt waren.
„Christians? Wie meinst du das?"
„Ich kann die Schmerzen Anderer aufnehmen, damit sich ihre eigenen verringern."
Die Muskeln seiner Arme spannten sich an, als er einen Krampfanfall abhielt.
Sie musterte ihn einen Moment lang schweigend.
„Die Gaben eines Heilers. Ich habe davon gehört, es aber noch nie erlebt. Du bist zu schwach dafür, nicht wahr?"

Er hob den Kopf und erwiderte offen ihren Blick.
„Ja."
„Ich habe Blutkonserven hier." Mehr sagte sie nicht, aber es war auch nicht nötig. Er verstand.
„Menschenblut. An den absurden Gedanken, Menschenblut aus kleinen Kunststoffbeuteln zu trinken, habe ich mich noch nicht gewöhnt. Ich jage normalerweise Tiere. Das reicht zum Leben. Ich würde nie Menschenblut trinken. Ich könnte etwas falsch machen – ich könnte jemanden töten."
„Wann hast du das letzte Mal gespeist?"
„Vielleicht vor ..drei Monaten. Dann haben sie mich eingefangen."
„Wer?"
„Die Jäger. Ich habe kein Gesetz gebrochen, nicht eines. Deswegen glaube ich auch nicht, dass sie wirklich Jäger sind. Eher Menschen.."
Sie nickte und speicherte die Information damit ab.
„Und du kannst immer noch stehen. Interessant."
Sie drehte sich um und nahm einige Blutbeutel aus dem bereitstehenden Kühlschrank. Sie reichte sie ihm und drehte sich dann um.
Henry wog die Blutbeutel eine Weile lang bedächtig in seinen Händen. Menschenblut. Dann riss er den ersten auf und trank.
Seine Augen leuchteten einen Moment lang rot auf, bevor er die Selbstbeherrschung wiedererlangte.
Sie drehte sich wieder um und legte ihm eine Hand auf den Arm.

„Hilf ihm, aber nur so weit, wie es ungefährlich für dich ist. Allerdings muss ich dich warnen; es wird noch um Einiges schlimmer werden."

Anna starrte immer noch auf das Loch in der Decke. Werwölfe. Sie hatten sie davor bewahrt, eine grundlegende Entscheidung hinsichtlich des Gefangenen zu treffen. Wenn sie jetzt einfach ging und nie mehr an diesen grausigen Ort zurückkam.. Entschlossen drehte sie sich um.

Chris stemmte sich mit aller Kraft gegen die Gurte, als er einen weiteren Anfall abhielt. Er war noch immer nicht bei Bewusstsein, und würde es in absehbarer Zeit wohl auch nicht wiedererlangen. Henry überlegte eine ganze Weile. Sollte er es wagen, eine durch Eisen verursachte Vergiftung zu behandeln? Würde ihn jemand töten, wenn er es tat? Wenn er es nicht tat? Er hatte nicht die leiseste Ahnung.
Er rückte entschlossen zu Chris vor, um ihm die Hand auf den Arm zu legen. Sofort spürte er das Eisen. Dagegen konnte er nichts tun. Bestimmte Metalle waren gegen die Kräfte der Schattenwandler resistent, oder für sie sogar giftig. Aber er konnte zumindest dafür sorgen, dass der Werwolf den giftigen Stoff ausschwitzte.
Es war wohl besser, wenn das Rudel es vorerst nicht bemerkte.
Die Doktorin würde ihn nicht verraten. Sie schien sich ernsthaft um sein Wohl Sorgen zu machen, wenn er die Gabe anwandte.

Schnell nahm er die Hand weg, als die Tür sich öffnete.

Die Szenerie, die sich Adrian bot, war mehr als ungewöhnlich.
Ein Vampir neben dem Krankenbett eines Werwolfes.
Falls er das je einem Bekannten erzählen wollte, der würde ihn auslachen. Die Frage war jetzt nur, was er mit dem Vampir anstellen sollte. Der Junge war eigentlich aufgrund seiner mythischen Herkunft ein Feind, andererseits aber hatte er Chris vermutlich das Leben gerettet. Damit standen dieser, und auch das Rudel, in seiner Schuld. Sollte Chris allerdings sterben – Adrian hoffte nicht, dass das passieren würde – würde das Rudel den Vampir töten. Niemand konnte wirkliches Interesse am Tod eines Minderjährigen zeigen. Schließlich herrschte zurzeit kein Krieg.
Es sei denn, derjenige wollte den Ausbruch eines neuen Krieges herbeiführen..
Er dachte daran, was Dr. Maronnier ihm erzählt hatte. Der Vampir glaubte, dass diese sogenannten Jäger nicht wirklich Jäger waren, sondern eher Menschen. Wenn sich die Völker der Mythenwelt untereinander bekämpften, konnten die Menschen die einzelnen Gruppen besser auslöschen.
Die Jäger waren zwar nicht jedermanns Freund, aber sie waren die Polizei der Mythenwelt. Sie oder auch nur einige von ihnen auszuschalten würde einem möglichen Gegner sehr viel nützen.
Nachdenklich geworden betrachtete er den Vampir, der ein Stück von Chris abgerückt war. Offen-

sichtlich wollte er jeder Unterstellung einer bösen Absicht vorbeugen. Würde ein durchweg verdorbenes Wesen so handeln? Würde es in der unschuldigen Gestalt eines Kindes auftreten?
Er gab sich selbst die Antwort: Ja, das würde es, wenn es sie alle töten wollte. Der Vampir hatte keine Gnade zu erwarten, wenn es so weit war.
Adrian erinnerte sich noch schmerzlich genau an den Tag, als Chris vollends ein Mitglied ihres Rudels geworden war. Auch damals hatte er gedacht, der Junge würde sterben.
Er drehte sich auf dem Absatz um und ging hinaus, ohne den Vampir noch einen Blickes zu würdigen.
Henry seufzte auf, als der Alphawolf verschwunden war. Er legte seine Hand wieder auf den Körper des Kranken.
Der riss plötzlich die Augen auf und krümmte sich zusammen. Sein Blick schien durch den Heiler hindurch zu gehen, sodass der die Hand ließ, wo die war. Er presste die Lippen zusammen, wusste er doch, was eine Eisenvergiftung bei Werwölfen anrichtete. Er hatte bis jetzt nur Wenige getroffen, die den Kontakt mit dem Metall überlebt hatte. Einige von ihnen hatten ihn angegriffen, als er angeboten hatte, sie zu heilen…
Der Krampf verebbte. Chris´ grüne Augen fielen wieder zu. Henry betrachtete ihn eingehend. Sein Puls war erhöht, wie schon zu Anfang des Unglücks. Aber die graue Hautfärbung, die die Vergiftung hervorrief, ging schon langsam wieder zurück.

Er würde das Rudel bald verlassen müssen. Bei der Musterung der gleichmäßigen Wimpern des Wolfes wurde ihm klar, dass er das nicht wollte.
Henry nahm die Hand weg und lehnte sich zurück.
Er war zu lange allein gewesen, wenn er schon auf solche Gedanken kam.

„In zwei Tagen ist Vollmond."
Sie lag noch im Bett, während er sich bereits anzog. „Werdet ihr jagen?"
Er drehte sich um und sah sie nachdenklich an. „Ich weiß es noch nicht. Vor allem wegen des Vampirs. Mir gefällt der Gedanke nicht, Chris mit ihm allein zu lassen."
Helen zog eine Braue hoch. „Du wirst dich doch nicht ernsthaft gegen den Mond behaupten wollen, Adrian! Es funktioniert sowieso nicht. Und wenn ich ehrlich bin, weiß ich nicht, ob Chris die Verwandlung überleben wird."
Es erschien ihr nur fair, ihm das mitzuteilen.
„Und wenn ihr jagt, werde ich mitkommen."
„Du willst ihn und den Vampir allein lassen?"
„ Es gefällt mir auch nicht. Aber ich war schon zu lange nicht mehr jagen, um mich dem Vollmond widersetzen zu können. Es wäre gefährlich. Ich habe ja nicht gesagt, dass ich dem Vampir vertraue, also beruhige dich. Wir werden ihn anketten, außer Reichweite deines Jungen. Wenn Chris es überlebt, wird er wieder gesund werden, dass weiß ich. Aber mehr als Abwarten kann ich auch nicht mehr tun."
Adrians Stirn lag in tiefen Falten, ein sicheres Zeichen dafür, dass er nachdachte.

„Es geht wohl nicht anders.

VOLLMOND

Die Lykantrophen-Heilerin fesselte Henrys ihr dargebotene Hände mit einer Kette, die mit einem Eisenanteil versehen war. Der Vampir war noch geschwächt, deswegen würde es funktionieren. Dann überprüfte sie noch einmal die Verankerung der Kette und den Abstand zum Bett. Nein, so würde der Heiler niemandem schaden können. Chris lag im Zimmer nebenan, aber bis jetzt hatte er das Bewusstsein noch nicht wiedererlangt. Der Engländer beobachtete ihr Tun und fragte dann:
„Was, wenn ihr ihm bei der Verwandlung helfen müsst?"
Sie sah ihn erstaunt an. Zwar hatte sie von einer solchen Methode gehört, sie aber bis jetzt für wirkungslos gehalten, da sie noch niemanden getroffen hatte, der sie anwenden konnte.
„Wenn er es nicht allein schafft, werden wir ihm nicht mehr helfen können, selbst, wenn das möglich wäre."
„Es ist möglich."
Die dunklen Augen des Vampirs ruhten auf ihr. Sie spürte es, selbst, wenn sie gerade nicht hinsah. Sie festigte ihre Stimme, um ihm das zu sagen, was sie schon die ganze Zeit vor sich her geschoben hatte.
„Es dient genauso deiner Sicherheit wie seiner," sie nickte zur Wand hin, "wenn ich dich ankette. Wir müssen und werden auch jagen, also bist du in unserer Gesellschaft nicht mehr sicher."

„Ich weiß. Habt Ihr die durch Eisen verursachten Wunden ausgebrannt?"
Er interessierte sich offenbar mehr für den verletzten Werwolf im Nebenzimmer als für sein eigenes Schicksal.
„Ja. Das Ausschwitzen ist das einzig Wirkungsvolle gegen eine von Eisen geschlagene Wunde."
Gott, sie klang schon fast genauso dem viktorianischen Zeitalter entstiegen wie er! Das musste dringend aufhören! Fast schroff wandte sie sich ab.
„Ich werde jetzt gehen." Sie fixierte ihn. „Und ich werde genau wissen, wenn du etwas verändert hast."

Er sah der Ärztin nach, als sie den Raum verließ. Ihr letzter Satz hatte regelrecht drohend geklungen. Und dennoch.. er wusste, dass diese Ketten ihn nicht würden halten können. Wenn sie heute Nacht jagten, könnte er fliehen. Und Chris würde sterben, wenn er ihm heute Nacht nicht beistand. Sobald die Wölfe auf der Jagd waren, ging er hinüber und sah, was er tun konnte. Er saß am Lager des Kranken und wartete, bis der Vollmond am Himmel erschien. Chris´ Körper begann nach Ablauf dieser Zeitspanne zu zucken und sich zu verändern. Die Hände wurden zu Klauen. Über Arme und Beine, ja, die gesamte Haut, begann silbergraues Fell zu wachsen. Chris schlug die Augen auf und rief nach seinem Rudel. Sie leuchteten gespentisch grün in der Dunkelheit. Henry löste die Gurte, die den jungen Wolf am Bett festgehalten hatten, und teleportierte sich dann schnell in

das Zimmer zurück, aus dem er gekommen war, bevor etwas Schlimmes passieren konnte. Er war Heiler. Das Eisen, in das sie ihn gelegt hatten, hatte seiner Kraft nichts anhaben können. Das Einzige, was ihm wirklich schaden konnte, war Sonnenlicht.
Als die Wölfe am Morgen zurückkamen, schliefen beide Jungen. Dr. Maronnier betrat zuerst das Zimmer des Kranken und begutachtete zufrieden die Kratzspuren an den Wänden. Chris hatte die Verwandlung überlebt, also würde er es schaffen. Als sie dann den Vampir von den Ketten befreien wollte, stellte sie erschrocken fest, dass der sie schon abgelegt hatte.
Verblüfft machte sie kehrt. Es war nicht nötig, ihn zu wecken. Adrian allerdings musste so schnell wie möglich davon erfahren.

Chris schlug die Augen auf. Kurz darauf schloss er sie wieder, denn die Sonne blendete ihn. Er erinnerte sich an ein Haus – eine Falle. Dann irgendein Ort, an den sie ihn gebracht hatten. Schmerzen. In seinem Kopf pochte es dumpf. Er konnte sich kaum konzentrieren. Ein Geruch, der immer wiederkehrte. *Anna.* Er riss die Augen auf. War sie hier? Wusste sie etwa, dass er noch lebte? Konnte er es sich nach den verlorenen Wintern wieder erlauben, Familie zu haben?
Eine Bewegung streifte sein Gesichtsfeld. Ein bekanntes Gesicht. Er konzentrierte sich, und es gelang ihm, der Ärztin in die Augen zu schauen.

Dr. Maronnier traute ihren Augen kaum – schon zum zweiten Mal an diesem ereignisreichen Tag - als ihr Patient die Augen öffnete und sie ansah. Chris´ Blick streifte ihren, bevor er die Augen wieder schloss. Es war wirklich höchst erstaunlich, dass er jetzt schon das Bewusstsein wiedererlangte. Sie würde wohl nie auslernen. Dann kam ihr ein Gedanke. Die abgelegte Kette im Zimmer des Vampirs und die gelösten Gurte hier konnten doch nur bedeuten, *dass der Blutsauger hier gewesen war!* Sie stürmte aus dem Zimmer und riss die Tür des anderen auf. Henry öffnete die Augen und setzte sich auf.

„Ihr habt es bemerkt, nicht wahr?"
Sie schlug ihm ins Gesicht.
„Ich verlange eine Erklärung!"
Er sah ihr ruhig in die Augen. „Die Ihr nicht erhalten werdet. Erwartet nicht von mir, alle meine Geheimnisse preiszugeben."
Der Leitwolf kam ins Zimmer, er hatte die Geräusche gehört. Er packte den Vampir am Kragen und hob ihn vom Bett. Henry schluckte, wehrte sich aber nicht. In einem Gebäude voller Werwölfe war er eindeutig unterlegen. *Teleportiere dich!*
„Was hast du getan?"
„Lasst mich runter."
Adrian schrie jetzt. „Was hast du GETAN?"
„Lasst mich runter!"
Wutschnaubend senkte der Wolf die Hand soweit, bis der Vampir wieder Boden unter den Füßen hatte. Henry erwiderte ruhig den Blick. Er war so müde, die Augen hätten ihm zufallen können. Immerhin war es mitten am Tag, und er war seit

einigen Tagen und Nächten nicht zum Schlafen gekommen. Es sah jetzt allerdings gar nicht gut aus – wenn Adrian ihm die Knochen im Leib zermalmte, würde er sich nicht von hier weg teleportieren können.

„Du schuldest uns eine Erklärung!" Er sah zu Dr. Maronnier.

„Ich sagte Euch bereits, dass ich Heiler bin. Ich bin einhundertsiebenundachtzig Jahre alt. Euer Eisen kann mir nichts mehr anhaben. Ich weiß nicht, ob Ihr wisst, dass Heiler generell schneller immun gegen Schwermetalle werden, aber es ist so. Ich war gestern Nacht bei Chris, weil ich mir nicht sicher war, ob er es überlebt. Soweit ich es bis jetzt beobachtet habe, hilft meine direkte Anwesenheit zumindest ein wenig. Reicht Euch das?"

„Mmh. Akzeptabel. Wir haben keine Möglichkeit, das nachzuprüfen, also gehe ich zum jetzigen Zeitpunkt mal davon aus, dass du die Wahrheit sagst. Aber bleib gefälligst in deinem Zimmer, während du hier bist!"

Sowohl die Ärztin als auch der Leitwolf warfen ihm noch einen mehr oder weniger ungehaltenen Blick zu, bevor sie den Raum verließen. Er zuckte mit den Schultern. *Was soll´s.*

Dann ließ er sich zurück auf das Bett fallen und schloss die Augen. Die Sonne, die schon am Himmel stand, löste die übliche Lethargie in ihm aus. Heute würden sie ihn nicht mehr wecken können, das wusste er.

Die aufkommende Dunkelheit vertrieb die Trägheit seiner Glieder. Stimmen schwirrten um ihn herum.

„..was war das?"

„Tagestarre."

Henry registrierte, dass es um ihn ging. Er spitzte die Ohren, um den Rest des Gesprächs mitzubekommen, doch da kam nichts mehr. Also schlug er die Augen auf.

„Guten Abend."

Die Gesichter des Rudels wandten sich ihm zu. Weder die Ärztin noch Chris waren unter ihnen. Er fragte sich, ob das nun beunruhigend wirkte oder nicht, als Adrian das Wort ergriff.

„Chris wird überleben."

Henry nickte und wartete schweigend.

„Da du entscheidend dazu beigetragen hast, sehen wir davon ab, dich zu töten. Aber du wirst uns noch eine Weile begleiten, nämlich so lange, bis wir in unbewohnte Gebiete kommen. Dort kannst du tun, was immer du willst."

„Ich verstehe. Was immer ihr wollt. Sagt, habt ihr auch Namen? Der meine ist Henry."

Er wartete, ob sie auf das Friedensangebot eingehen würden. Töten wollten sie ihn immerhin schon nicht mehr. Der Leitwolf verzog das Gesicht zu einer Grimasse.

„Chris kennst du schon. Ich bin Adrian, Cinderella, Anton und Perry." Er wies auf die Genannten.

„Dann will ich euch allen danken. Ich stehe in eurer Schuld."

„Die du durch Chris´ Heilung abgegolten hast. Da ist nichts."

Adrian hatte kein Interesse daran, einen allzu dankbaren Vampir mit sich herumzuschleppen. Der Heiler sah zur Seite. Sie wollten also immer noch nichts mit ihm zu tun haben.

„Du heilst?"
Monsieur trat in den Raum. Mit einem Schritt war er hinter dem Engländer. Er hatte Michel schon längst abgeschrieben, als der die unglaubliche Dummheit begangen hatte, in ein Mühlrad zu fallen und sich zermalmen zu lassen. Was er nicht wusste, war, dass sein Freund damit Henry vor dem Sturz bewahr hatte. Er sah zu, wie der Körper seines Gefährten unter den Händen des Junges wieder zusammen zu wachsen begann. Die Wunden, vorher tödlich, schlossen sich. Er kam einen Schritt herum, um dem Jungen ins Gesicht blicken zu können. Henry stand die Anstrengung deutlich ins Gesicht geschrieben. Wäre er ein Mensch gewesen, hätte Schweiß auf seiner Stirn gestanden.
Ein Heiler. Wir haben einen Heiler gefunden!
Der Junge war offensichtlich zu beschäftigt, um zu antworten. Monsieur sah dem Spektakel eine Weile lang zu. Er stand eine halbe Stunde vollkommen still da, um den Vorgang zu beobachten. Henry schwankte, als er vom Bett wegtrat. Michels Gesicht war wiederhergestellt, auch seine Glieder schienen einigermaßen wieder intakt zu sein.
Der Franzose wandte sich an seinen Schützling.
„Wie lange kannst du das schon?"
„Seit London. Ich habe es im Krankenhaus entdeckt."

Der Junge lehnte sich an die Wand. Er schloss die Augen.
„Alles in Ordnung?"
„Wird gleich wieder." Er deutete auf das Krankenbett. „Das waren schwere Verletzungen."

Jagd

Chris trat verlegen von einem Bein auf das andere. Es war ihm peinlich, noch immer so schwach zu sein. Schon die kleinste Anstrengung war eine Hürde für ihn. Sein Leitwolf musterte ihn, noch immer fragend.
„Adrian, ich.. wollte fragen, ob wir noch eine Weile warten können. Mit der Jagd. Ich bin noch nicht fit genug."
Der hob fragend eine Augenbraue.
„Du kannst auch hierbleiben, Chris. Wir kommen dann wieder. Ich meine, Helen bleibt hier, und der Vampir. Wenn der dir was nützt."
Henry hörte das Gespräch im Nebenzimmer mit. Er ballte die Fäuste.
„Ich will euch nicht zur Last fallen."
„Wirst du nicht, wenn du hierbleibst. Wenn du noch zu schwach bist, werden wir einfach in zwei Tagen wiederkommen, und dich und den Blutsauger abholen."
Chris kaute auf seiner Unterlippe herum und nickte. Adrian legte ihm eine Hand auf die Schulter.
„Du weißt, dass du dich auf uns verlassen kannst."
„Ja. Ja, geht nur. Ihr wisst ja, wo ihr mich findet."

„Gut. Dann bis in zwei Tagen."
Adrian ging nach draußen und stieß zum Rest des Rudels. Chris drehte sich um und betrat von neuem den Flur. Er sah den Vampir dort sitzen und ihm entgegen blicken. *Wenn du jetzt stehen bleibst, hält er dich für einen Feigling.* Er riss sich zusammen und ging weiter. Dann flezte er sich auf das Sofa, das dem Stuhl des Vampirs gegenüberstand.
„Ich wollte mich noch mal bei dir bedanken. Hab gehört, ich hab zu großen Teilen deinetwegen überlebt."
„Kein Problem." Der Vampir grinste schief. „Du musst es ja nicht so schnell wiederholen. Aber jetzt geht's dir gut?"
„Hä, ich dachte, du merkst das. Von wegen, Heilkräften und so?"
„Naja, ich dachte, ich frage lieber. Meiner Erfahrung nach haben die Leute so ein bisschen was gegen irgendwelche fremden Vampire in ihrem Kopf."
Chris grinste, wurde dann aber wieder ernst.
„Nein, echt, Mann. Danke. Du hättest mir nicht helfen müssen."
Henry nickte.
„Ich habe es gern getan. Riechst du immer noch Spinnenweben?"
Chris hob witternd die Nase in die Luft. „Jep, irgendwie schon. Aber ich muss sagen, für einen Vampir bist du echt in Ordnung."
„Du auch, Werwolf. Du auch."
Schweigend saßen sie sich gegenüber. Nach einer Weile nahm Chris den roten Faden wieder auf.

„Was machst du eigentlich, wenn du das hinter dir hast?"

„Ich weiß es noch nicht. Vielleicht gehe ich wieder nach England."

„Von wo genau aus England kommst du denn? Also, wenn du´s schon mal erzählt hast, dann war ich da wohl gerade nicht da.."

„Nein, schon in Ordnung", lenkte Henry ein. „Ich wurde in Southampton geboren. Und du?"

„1995, Salzburger Land. Aber meine Eltern kommen eigentlich aus Wisconsin, Amerika. Kamen."

Der Gedanke an seine Eltern rief auch die Erinnerungen an Anna wieder wach. Anna, die er gesehen hatte – oder auch nicht. Seine Erinnerungen an die Zeit bei den menschlichen Jägern waren nicht besonders klar.

Er wischte den Gedanken an seine Schwester schweren Herzens beiseite. Es war sinnlos, sich um Dinge zu scheren, die man sowieso nicht ändern könnte – auch, wenn man es gewollt hätte. Das hatte er bei Arbeiten in der Schule auch immer so gehalten – irgendetwas kam doch immer raus. Manchmal wäre es ihm lieber gewesen, wenn er dieses Tattoo nie hätte stechen lassen – denn dann wären seine Eltern noch immer am Leben.

Abschied
Schneekuppe, Österreichische Alpen, 2012

Als Chris sich anschickte, Abschied von seinem Freund zu nehmen, wurde ihm klar, dass er inzwischen gar nichts mehr gegen einen Vampir im Rudel hatte. Henry war ein guter Kerl und völlig in Ordnung. Wenn da nicht dieses dumme Schattenwandler-Arten-Problem gewesen wäre. Einen Moment später war er froh darüber, dass keiner der anderen ihn im Moment hören konnte, wenn er keine Verbindung aufnahm. Sie sahen das wahrscheinlich immer noch anders, auch wenn der Heiler bewiesen hatte, dass er keinem von ihnen etwas Böses wollte. Der Vampir warf ihm einen seltsamen Blick zu, als er ihn umarmte. Chris erkannte, dass er ihm fehlen würde. Es war zwar schön und gut, Teil des Rudels zu sein, aber die Gesellschaft Gleichaltriger fehlte ihm doch – auch, wenn er es sich bis jetzt noch nicht eingestanden hatte. Von den anderen Wölfen verabschiedete Henry sich nur mit der erhobenen Hand, bevor er sich umdrehte und der Bergkuppe entgegen ging.

Chris stand winkend, mit dem erhobenen Arm, noch eine Weile lang da, bevor er sich zu seinem Rudel umwandte und ihnen in die entgegen gesetzte Richtung folgte.

Henry zwang sich, sich nicht umzudrehen. Es war vorbei. Chris war ein Wolf, es wäre sowieso nichts geworden. Er könnte wirklich nach England zurückkehren und dort seine Heimatstadt noch einmal aufsuchen – allerdings wusste er nicht, ob sie noch stand. Die Gräber seiner Schwester und seiner Eltern, ihrer Kinder und Enkel zu besuchen – er fühlte einen leichten Stich in der Magengrube. Nein. Das würde er sich für die Zeit aufheben, wenn er dafür bereit war. Er wusste, dass er in seinem momentanen Zustand zu Sentimentalität neigte. Er würde jagen - hier und jetzt. Es war nicht ausgeschlossen, dass er hier auf Wanderer stieß, also war Vorsicht geboten.

Seine Gedanken hingen noch immer den jungen Werwolf nach, als er von der Seite angesprochen wurde.

„Hallo, Henry."

Er fuhr herum. Die Stimme versagte ihm. Er starrte den Mann eine Weile lang an, bevor er sie wiederfand.

„Michel?"

Der ruckte mit dem Kinn. Dann stieß er sich von dem Baum ab, gegen den er sich gelehnt hatte, und kam auf den Heiler zu, der jetzt stehen geblieben war. Er hob das Kinn des Jungen an und küsste ihn auf den Mund. Henry schloss die Augen. Der Franzose ließ ihn los. Er lächelte nicht.

„Ich dachte, du wärst tot."

„Nein. Sieh mich an."

Henry drehte den Kopf und sah in seine Richtung. Er realisierte den Angriff erst spät. Der andere Vampir schoss auf ihn zu und hätte ihm beinahe den Kopf abgeschlagen, wäre er nicht ausgewichen.

„Michel, was soll das?"

Der kam nur ein Stück weit entfernt zum Stehen.

„Werwölfe, Heiler, sind kein Umgang für einen Vampir."

Henry riss die Augen auf. „Nein," wehrte er entsetzt ab, „lass mich das erklären!"
Der Franzose winkte verächtlich ab.
„Ich habe genug gehört. Ich bin dir gefolgt. Wenn du schon allem hinterherrennst, was Hosen trägt, sind wohl auch Wölfe nicht mehr vor dir sicher."
Henrys Gesicht verzerrte sich zu einer Grimasse der Wut. Er rannte auf den anderen zu und stieß ihm die Faust ins Gesicht. Michel wehrte den Angriff ab und jubilierte.
„Deine Ehre war schon immer dein Schwachpunkt, Kleiner."
Als er dem Heiler den Kopf abreißen wollte, schleuderte der ihn von sich. Nun standen sie sich als ebenbürtige Gegner gegenüber, nicht als die Liebhaber, die sie vor langer Zeit gewesen waren.

Der andere Vampir stieß ihn gegen einen Baum und hielt ihn dort fest. Der Stamm erzitterte. Henry kam nicht gegen seinen Gegner an. Schreien konnte er nicht und die mentale Bindung zu den Wölfen war auf diese Entfernung noch nicht stark genug.
„Du hättest Menschenblut trinken sollen, als du die Gelegenheit hattest. Merkst du, wohin deine Methode führt?"
Kein Ton kam aus der Kehle des Engländers. Der andere genoss seine Macht.
„Wölfe. Also wirklich, Kleiner. Niemand gibt sich mit Wölfen ab."
Er machte eine dramatische Pause.
„Hmh. Du wirst bezahlen müssen."

Der Angreifer schnappte nach ihm und schrammte nur haarscharf an seinem Hals vorbei. Henry erschauerte.

„Seltsam, nicht wahr? Keiner von deinen Freunden ist jetzt hier, um dir zu helfen." Er genoss seine Macht in vollen Zügen.

Der Vampir biss zu. Der Junge kämpfte um jeden Tropfen Blut.

Das Rascheln in den Büschen hörte er schon nicht mehr. Sein Gegner dagegen schon. Das Knacken von Zweigen kam immer näher, und war schließlich so nahe, dass er sein Opfer widerwillig fallen ließ, und flüchtete. Die Wölfe als zusätzliche Gegner brauchte er wirklich nicht, nachdem der Heiler allein schon so schwer zu schlagen gewesen war. Ein Wolf brach aus dem Gebüsch und verwandelte sich noch im Sprung.

Chris betrat die kleine Lichtung nur einen Moment nachdem der Vampir verschwunden war. Er sah seinen Freund eigenartig ungelenk daliegen.

„Henry?"

Der bewegte sich nicht.

Der junge Werwolf kam vorsichtig näher.

„Henry?" und dann „Scheiße!", als er die Bissspuren sah. Er hob den Vampir mit Leichtigkeit hoch und rannte dann sofort mit seiner Last in Richtung des Lagers.

„Du wirst ihm nichts von deinem Blut geben! Verdammt, Chris, das ist ein Vampir! Du hast ja keine Ahnung, was du damit anrichten könntest!"

Adrian war völlig aufgelöst. Stinksauer. Er marschierte auf der kleinen Lichtung auf und ab. Ein

Vampir in seinem Territorium! Noch dazu einer, der ihnen Probleme bereitete!
Er sah zu Chris hin, der Henrys leblosen Körper auf eine Moosfläche gebettet hatte. Was, wenn der Heiler für sie verloren war? Wenn er nicht mehr wiederkehren konnte nach diesem Vorfall? Die aufgeschlitzte Kehle jedenfalls sprach für sich.
„Dann lass mich jagen gehen! Henry ernährt sich doch sowieso von Tierblut! Irgendwas muss ihm doch helfen!"
„Nein! Wir wissen nicht, wo dieser Verrückte sich aufhält! Du bist noch zu schwach, Chris!"
Der Junge war außer sich vor Besorgnis. Er warf seinem Leitwolf einen Blick zu, der pure Mordlust widerspiegelte. Bevor Adrian es verhindern konnte, schnitt Chris sich mit einem Taschenmesser die Handfläche auf und presste sie an Henrys Lippen. Der Vampir reagierte zunächst nicht, doch gerade, als Adrian seinen Schützling von ihm losreißen wollte, begann er, zu trinken. Seine Augen öffneten sich zwar erst nach einer Weile, doch er gewann wieder an Farbe. Als die Wunde verheilt war, riss der Leitwolf Chris von ihm weg. Der war im Gegenzug immer blasser geworden. Er schwankte leicht, doch auch seine Wunde begann sich wieder zu schließen. Nur einen Moment später hatte er sich wieder gefangen.
Der Heiler schlug flatternd die Augen auf. „Montserrat", murmelte er. Sein Blick fiel auf Chris, der sich noch immer die Hand hielt. Er erschrak. Henrys Kopf fiel zurück, sein Körper bäumte sich auf. Er hatte noch nie frisches Menschenblut getrunken, es war ihm einfach zuwider gewesen. Das

Wolfsblut, das auch zum Teil in Chris´ Adern floss, war zu viel für seinen geschwächten Organismus. Die völlige Blutleere seines Körpers tat ein Übriges.
Die Wölfe sahen sich ratlos an. Adrian fing sich als erstes wieder. „Wenn hier irgendwo ein Vampir frei herumläuft, der so was anstellt, müssen wir ihn zur Strecke bringen. Cinderella, du bleibst hier bei Henry. Sag uns Bescheid, wenn er wieder zu sich kommt. Alle anderen kommen mit mir. Auch du, Chris", fügte er hinzu, als er den Blick des Jungen auffing.
Der wollte protestieren, besann sich dann aber. Das war wesentlich organisierter als sein Vorschlag es gewesen wäre.
Er folgte Adrian in den Wald.

Als Henry zum zweiten Mal erwachte, hatte er fürchterliche Kopfschmerzen, aber zumindest konnte er wieder das Rauschen von Blut hören, dass durch seine Adern floss. Er versuchte kurz, sich zu besinnen, wo er sich befand, doch sein Kopf begehrte laut pochend dagegen auf. Mit einiger Mühe richtete er sich auf und sah sich um. Das erste Lebewesen, auf das sein Blick fiel, war die einzige Wölfin aus Chris´ Rudel. Sie bewegte sich nicht, verlagerte nur kaum merklich ihr Gewicht. Gut. Keine Gefahr für ihn. Der Vampir lehnte sich im Sitzen gegen einen Baum. Schloss die Augen. Es war jetzt wichtig, noch einmal alles durchzugehen, was passiert war. Vorher konnte er sich seiner nicht mehr sicher sein.

Erst dann fiel es ihm wieder ein. Chris hatte ihm sein Blut gegeben. Das Blut eines Werwolfs. *Ich habe das Blut eines Werwolfs getrunken und es überlebt.*

Es war seltsam. Selbst, wenn er nur an ihn dachte, war Chris nicht nur irgendein Werwolf. Es steckte mehr dahinter. Der Heiler wusste es, seit er geholfen hatte, Chris im Quartier der menschlichen Jäger das Leben zu retten. Er fühlte eine Bindung zwischen ihnen. Ob die aber nur davon herrührte, dass sie sich nun gegenseitig das Leben gerettet hatten oder nicht – das vermochte er nicht zu sagen.

„Er ist aufgewacht, Jungs. Keine ernsthaften Verletzungen erkennbar."

Cinderella behielt den Vampir und ihre Umgebung im Auge. Sie spürte Adrians Anwesenheit am Rand ihres Bewusstseins, und fragte sich unwillkürlich, wie lange es noch dauern würde. Sie fühlte sich nicht ganz wohl in ihrer Haut, wenn sie darüber nachdachte, dass irgendwo hier draußen ein Vampir verrücktspielte und sie allein, getrennt von ihrem Rudel, auf einen anderen Vampir Acht geben musste. Auch, wenn Henry ein Heiler war, und Chris das Leben gerettet hatte, sie vertraute ihm deswegen kein Stück mehr als irgendeinem anderen Vampir. Aber wenn sie zu viel nachdachte, wurde sie unaufmerksam. Möglicherweise entgingen ihr gerade wichtige Details. Möglicherweise hatte der Heiler Blut geleckt – welch passende Metapher – und griff sie an. Obwohl es vorhin nicht danach ausgesehen hatte. Seit sie wusste,

dass Henry wieder wach war, spannte sie sich ein kleines Bisschen mehr an. Vielleicht wäre es besser gewesen, wenn Chris ihn nicht gefunden hätte, bis die Sonne aufging…
Es raschelte im Gebüsch und sie streckte ihre Fühler aus. Erhob sich. Näherte sich vorsichtig dem Heiler.
„Er ist hier, Leute. Bewegt eure Ärsche in meine Richtung!"
Sie konnte den fremden Vampir schon riechen. Ihren eigenen Geruch unterdrückte sie, so gut es ging. Sollte er doch glauben, es mit einer schwachen Menschenfrau zu tun zu haben! Sobald ihr Rudel hier war, würden sie ihn in Stücke reißen!

Michel Montserrat wusste, dass die Wölfe nicht weit sein konnten. Er sah Henry, der reglos an einem Baum lehnte. Der Heiler war zwar nicht mehr verletzt, aber er konnte auch noch nicht besonders stark sein. Eine Menschenfrau trampelte lautstark auf der Lichtung herum und telefoniert. Aufgeregt gestikulierte sie und sprach in ihr winziges Telefon.
„Helen? Ja, hallo, hier ist Cindy. Ich bin gerade im Wald Pilze pflücken, weißt du, aber hier liegt so ein Junge! Ich glaube, der ist bewusstlos! Kannst du mir noch mal sagen, wie ich erste Hilfe leiste?"
Die Frau am anderen Ende der Leitung kicherte wild drauflos und erzählte erst einmal über ihr letztes Rendez-vous mit einem Kerl namens Percival. Die Blondine lauschte angestrengt und brach dann ebenfalls in lautes Gelächter aus.

„Nein, das wusste ich noch nicht, aber das muss jetzt mal warten, ja, Liebes? Du musst mir hier jetzt mal helfen!"
Ein irrsinniges Gekreische auf der anderen Seite.
„He, das meine ich ernst!"
Die offensichtlich ebenfalls ein wenig beschränkte Gesprächspartnerin ließ sich nun dazu herab, erste Hilfe noch einmal zu erklären. Sie machte ein paar Dinge falsch, wie Michel mit fast diebischer Freude feststellte. Oh, es würde Spaß machen, dieser dummen Gans einen kleinen Schreck einzujagen!
Er war so beschäftigt damit, es sich auszumalen, dass er den Wolf nicht kommen hörte, bis der ihn von der Seite ansprang und unter sich begrub. Die Frau auf der Lichtung verabschiedete sich.
„Danke, Frau Doktor. Wir haben ihn."
Dann legte sie auf und nahm ihre Wolfsgestalt an. Michel stieß das Fellbündel über sich weg, nur um unter dem nächsten begraben zu werden. Der Wolf bleckte die Lefzen und schnappte nach ihm. Er spürte den warmen Atem des Tiers im Gesicht, als er den Kopf zur Seite drehte. Er trat dem Wolf in den Bauch, sodass der gegen einen Baum geschleudert wurde. Michel kam wieder hoch. Ein silbergrauer Lykantroph biss sich in seinem Unterschenkel fest und riss daran. Ein anderer – wie viele waren das denn, verdammt? – sprang ihm auf den Rücken.
Aus dem Augenwinkel nahm er wahr, dass Henry die Augen öffnete und langsam auf die Beine kam. Sein Stand war noch unsicher. Der wohl im Moment schwächste Angriffspunkt. Michel schüttelte

den Wadenbeißer ab. Der blieb mit einem Stück Vampirfleisch im Mund zurück, das sofort zu Staub zerfiel. Das Fleisch begann schon, sich wieder neu zu bilden.

Er hielt nicht einmal inne, als er sich erneut auf den Vampir stürzte. Die anderen warteten nicht länger und taten es ihm gleich. Sie rissen dem Vampir Wunden, bis sie weit genug vordrangen, um ihn ernsthaft verletzen zu können. Gegen eine solche Übermacht kam er einfach nicht an.

Es war schon fast vorbei, als Anton ihm die Kehle aufriss. Perry setzte dem Ganzen ein Ende, indem er dem Eindringling den Kopf abriss. Henry hatte sich inzwischen voll aufgerichtet. Er beobachtete das Geschehen. Auch die Werwölfe hatten Wunden davon getragen, aber das war natürlich nichts im Gegensatz zu Michel, dessen Körper schon zu zerfallen begann. Der silbergraue Wolf trottete zu ihm hinüber und nahm in Sekundenschnelle wieder Menschengestalt an. Chris stand vor ihm.

„Alles in Ordnung, Henry?"

Perry wischte sich das Blut vom Mund und spottete: „Ja klar, frag den Vampir, ob alles in Ordnung ist. Wir haben ja sonst nichts zu tun!"

Chris fuhr herum und funkelte ihn böse an. Cinderella griff ein, um eine Prügelei zu verhindern.

„Halt die Klappe, Perry. Ist jemand verletzt?"

Sie machte eine Handbewegung, die den Vampir mit einschloss. Henry starrte noch immer auf die Stelle, an der sein Angreifer endgültig gestorben war. Chris warf ihm einen unsicheren Blick zu, bevor er antwortete. „Nichts Ernstes, nein."

Der Heiler riss den Blick vom Boden los. Das Kopfschütteln hätte ihn beinahe das Gleichgewicht gekostet.

„Nein, alles ok."

Adrian stand etwas abseits. Bis jetzt hatte er noch kein Wort gesagt, beobachtete nur. Chris trat einen Schritt zurück. Es behagte ihm nicht, zwischen allen zu stehen. Besorgt musterte er seinen Freund noch einmal. „Bist du sicher?"

„Ja. Aber ich muss jagen. Tut mir leid."

Jetzt warf auch Anton etwas ein: „Alter, nimm's mir nicht übel, aber du kippst doch wieder um, sobald du auch nur einen Schritt machst."

Henry zuckte mit den Achseln.

Adrian hatte inzwischen genug von seiner Beobachterrolle. „Das ist also ein Problem. Musst du dir dein Blut selbst erjagen, Heiler?"

„Nicht unbedingt, aber ich will euch ja nicht zur Last fallen."

„Lass den Quatsch. Ich mache dir einen Vorschlag:.." „Ich jage für dich."

Chris ließ seinen Leitwolf nicht ausreden. Stattdessen warf er ihm einen entschuldigenden Blick zu, als er weitersprach.

„Es ist ja nicht so, dass ihr mich im Moment dringend brauchen würdet."

Adrian zog die Augenbrauen hoch und rieb sich die Schläfen, ein Zeichen dafür, dass er nachdachte.

Nach einiger Überlegung stimmte er Chris zu. Der entspannte sich ein wenig. Adrian hob den Finger.

„Aber nur unter einer Bedingung."

„Ja?"

„Du bleibst die ganze Zeit mit uns in Kontakt und meldest dich regelmäßig. Ich habe keine Lust, nochmal die Panik ausbrechen zu lassen, nur weil du dich wieder wegfangen lassen hast!"
Chris lachte.
„Ist klar, Chef! Sonst noch was?"
„Nein." Auch Adrian musste Grinsen. Die Situation war eindeutig makaber. Auch die anderen Rudelmitglieder konnten sich nicht mehr zurückhalten, er sah ihre Züge trotz der Dunkelheit. Henry nickte. Möglicherweise war Chris´ Gesellschaft jetzt genau das, was er brauchte, um auf andere Gedanken zu kommen.

Als sie später Seite an Seite durch den Wald gingen, herrschte eine Weile lang einvernehmliches Schweigen, das Chris aber nicht lange halten konnte.
„Sag mal, ist es dir nicht peinlich, wenn ich für dich jage?"
Henry hob nicht den Kopf, um zu antworten. Er studierte weiterhin den Boden und die Umgebung - alles, außer den Wolf an seiner Seite. Er wusste genau, wie Chris ihn jetzt musterte, wie er sich jetzt zu ihm drehte, und wie der Ausdruck seiner Augen sich von fragend zu resigniert änderte. Gerade, als der Werwolf glaubte, keine Antwort mehr zu erhalten, sprach der Heiler.
„Es wäre wenig pragmatisch, wenn ich versuchen würde, es selbst zu tun. Weißt du, dein Freund hatte Recht vorhin. Ich würde es allein nicht schaffen."
Chris verdrehte die Augen.

„Du darfst nicht alles ernst nehmen, was Anton sagt. Ungefähr fünfzig Prozent seiner Aussagen sind Schwachsinn."
„Er hatte Recht vorhin."
Wieder folgte eine Pause.
„Willst du nicht irgendwann mal anfangen, zu jagen? Deswegen bist du schließlich hier."
Es gefiel Chris nicht, dass sein Freund ihn so sehr abblockte.
„Ich will erst wissen, was los ist. Warum bist du auf einmal so schräg drauf?"
Endlich blieb der Heiler stehen und sah ihn an.
„Ich bin homosexuell, Chris. Ich kannte den Mann, den ihr heute umgebracht habt, schon sehr lange. Und zwar auf sehr persönlicher Ebene, wenn du verstehst, was ich meine. Er und sein Freund - wirklich nur ein Freund - haben mir sozusagen das Leben gerettet, nachdem einer ihrer Artgenossen mich ermordet hat. So. Das zum Einen. Und zum anderen hat er heute versucht, mich endgültig zu töten. Ist das deutlich genug?"
Der Wolf wich einen Schritt zurück. Henry nahm das zum Anlass, mit seiner Beichte fortzufahren, wenn er schon einmal dabei war.
„Und ich habe mich unglücklicherweise in dich verliebt."
Als Chris noch immer keinen Ton sagte und ihn nur reglos ansah, war es dem Heiler auf ein Mal unmöglich, in den Augen des anderen zu lesen.
„Aber da ich weiß, dass du auf Mädchen stehst, werde ich mich nach dieser Angelegenheit so schnell wie möglich von hier," Er machte eine um-

fassende Bewegung, die sowohl den Wald als auch die weitere Umgebung umfasste, „entfernen."
„Diese Angelegenheit also."
Chris wandte sich ab, sodass sein Gesicht im Schatten lag. Henry warf in einer verzweifelten Geste die Hände in die Luft.
„Komm schon, wenn wir das hier hinter uns gebracht haben, bist du mich endgültig und los!"
Der Werwolf wirbelte herum und packte Henrys Schultern. Der Heiler war zu überrascht, um einen Laut von sich zu geben, als er Chris´ Lippen auf seinen spürte. Nach einer gefühlten Ewigkeit ließ sein Freund ihn wieder los. Sie waren zwar erhitzt, aber keiner von beiden atmete schwer, ein entscheidender Vorteil, wenn man unsterblich war.
„Wenn du es von vornherein so angehst, könnte es ja auch nie was werden, nicht wahr, Henry?"
Erhitzt wollte Chris den Vampir schütteln, fuhr sich dann aber nur durchs Haar, als er sich eines Besseren besann.
„Vielleicht sollten wir es ja auch einfach mal ausprobieren!"
Henry reagierte endlich und riss ihn hart an sich. Ihre Münder trafen sich wieder und diesmal war es ein gegenseitiges Geben und Nehmen. Henry trat ihm die Beine weg und sie fanden sich auf dem Boden wieder.
„Wenn du es so angehst, wirst du mich nie wieder los, das weißt du hoffentlich!"
Chris nickte und schwenkte auf die Telepathie um, wobei er sich bewusst von seinem Rudel abschottete. In der menschlichen Gestalt war das Bedürfnis nach Zusammengehörigkeit zwar nicht so groß

wie im Körper des Wolfs, doch er wollte nicht riskieren, dass die anderen Rudelmitglieder genauere Kenntnis über sein Sexualleben gewannen.
„Mmh. Ich glaube, ich bin bi."
„Na, das wollen wir doch hoffen", kam Henrys amüsierte Antwort.

Ein wenig später lagen sie nebeneinander und betrachteten den Sternenhimmel. Chris war noch immer leicht schockiert. Er konnte schlichtweg nicht glauben, dass es so einfach sein sollte.
„Vielleicht sollte ich langsam mal mit Jagen anfangen. Adrian wird sich fragen, wo wir bleiben."
„Ja."
Henry neben ihm machte keine Anstalten, sich zu erheben, also stand Chris als Erster wieder auf. Er hielt seinem Freund die Hand hin und zog ihn hoch, als dieser sie ergriff.
„Warte hier. Ich bin gleich wieder da."
Die Hand entzog sich Henrys Griff, als Chris sich verwandelte. Der Wolf verschwand nur Sekunden später zwischen den Bäumen.
Der Heiler blickte ihm nachdenklich hinterher.

Die weite Fläche, auf der er sich jetzt befand, ähnelte ein wenig der, bei der ihr erster Abschied stattgefunden hatte. Der nur wenige Stunden gehalten hatte. Während Chris seinen Blick über die Berge und die angrenzenden Täler schweifen ließ, fragte er sich, von wem er sich jetzt verabschieden sollte. Wenn er bei seinem Rudel blieb, müsste er Henry ein zweites Mal ziehen lassen – und ihn und sich selbst damit todunglücklich machen. Er wollte es nicht. Sie würden sich wahrscheinlich nicht wieder sehen, wenn sie sich jetzt trennten. Zumal der Vampir ihm vorhin anvertraut hatte, dass er kein Ziel hatte, weder einen Ort noch eine Person. Er wollte, wenn es die Umstände erlaubten, einmal die Gräber seiner Familie besuchen.

Wenn Chris allerdings beim Rudel bliebe, würde er sein Leben genauso weiterführen wie vor ihrem Treffen: ständig unterwegs, sich seines Lebens und vor allem der Zukunft nicht sicher. Er wusste, dass er kaum altern würde, solange er nicht aufhörte, sich zu verwandeln, also kam ein Ruhestand irgendwo nicht in Frage. Es gab keine Rückzugsmöglichkeiten in seiner Welt, hatte sie bisher nicht gegeben. Das Leben, das er nun führte, seit er in etwa fünfzehn war, war das eines Vagabunden, eines Jägers. Er war sich sicher, dass es Henry genau so ging. Er fällte eine Entscheidung. Zunächst einmal würde er mit Henry reden müssen, damit er zumindest einen Eindruck von der Meinung des Heilers gewann. Er wusste nicht genau, ob ihm der Gedanke, eine enge Beziehung mit einem Jungen einzugehen, gefiel, oder nicht. Zunächst würden sie erst einmal reden müssen.

Uuh, das klingt ja ernst, dachte er bei sich. *Wie die Szene in den Fernsehserien, wenn die Frau sagt, sie müsse reden, und dann macht sie Schluss.*

Er hatte immer mit Anna zusammen über die Serien gelacht, wo so etwas vorkam. Sie hatten sich beide nicht vorstellen können, dass solche Szenen der Wirklichkeit entsprechen konnten.

Er dachte noch eine Weile darüber nach, bevor er sich wieder umdrehte, und mit dem Reh über der Schulter in den Wald ging.
Zurück zu Henry.

„Wo wirst du als nächstes hingehen?"
Der Rückweg kam ihm wesentlich kürzer vor als der Hinweg. Aber vielleicht lag das ja auch nur daran, dass sie dabei viel mehr zu klären gehabt hatten. Henry drehte nicht den Kopf, als er sprach. Es war nicht seine Art, da er zumeist schon mit dem Weiterdenken beschäftigt war, wie Chris festgestellt hatte.
„Vermutlich nach England. Mal wieder Heimatluft schnuppern, verstehst du? Obwohl ich davor sicherlich in irgendeinem Hafen werde arbeiten müssen, um die Überfahrt bezahlen zu können. Oder auf einem Schiff nach da anheuern werde. Mal sehen."
„Mmh, ich glaube nicht, dass mein Englisch besonders gut ist."
Henry riss seinen Blick vom Boden los und sah ihn an. Diesmal war es an Chris, rot zu werden und den Blick verlegen umherschweifen zu lassen.
„Du willst mitkommen?"
Er sah seinem Freund in die Augen.
„Würdest du mich denn mitnehmen?"
Henry tat so, als müsse er das überdenken. Chris bemerkte den Schalk in seinen Augen erst, als er den Heiler genauer musterte. Er boxte ihm leicht gegen die Schulter.
„He, spann mich nicht so auf die Folter, Mann."
Henry lachte.

„Natürlich würde ich dich gern mitnehmen. Und du bist dir sicher, dass du das wirklich willst?"
„Ich sollte wohl erstmal Adrian davon in Kenntnis setzen, aber wollen tue ich es auf jeden Fall!"
„Gut."

„Du willst was?"
Adrian schrie beinahe. Oder auch nicht nur beinahe, als er seine Lautstärke noch steigerte.
„Du kommst ernsthaft zu mir und machst mir den gottverdammten Vorschlag, für einen verfluchten Vampir das Rudel zu verlassen?"
Chris senkte den Blick und starrte auf den Boden, bis er sich wieder darauf besann, dass er ja nicht nachgeben wollte. Er hob den Kopf wieder und sah seinem Leitwolf dabei zu, wie der feuerspeiend seine Runden drehte.
„Ich werde Henry nach England begleiten."
Adrian fuhr herum und packte ihn am Kragen, um ihn hochzuheben.
„Er ist ein beschissener Vampir", spie er Chris ins Gesicht.
„Er ist mein Freund," fauchte Chris zurück.
„Er ist anwesend", murmelte Henry kaum hörbar.
Adrian ließ seinen Freund fallen und wandte sich dem Heiler zu, während Chris sich aufrappelte. Er vermied es, den Vampir anzufassen.
„Was hast du ihm eingeredet, Blutsauger?", knurrte er. Seine Stimme war ein dunkles Grollen.
„Nichts."
Die Wortkargheit des Heilers brachte den Werwolf erst recht zur Rage. Sein Körper begann, sich zu verziehen. Die restlichen Rudelmitglieder blickten

zwar nicht weniger wütend drein, verzichteten aber darauf, sich zu verwandeln. Sie überließen es ihrem Anführer, die unmittelbare Gefahr zu bannen. Perry packte Chris von hinten, während Anton ihm die Beine wegtrat. Gemeinsam hielten sie den fluchenden Jungen am Boden fest.
Henry sah es und wandte seine volle Aufmerksamkeit sofort wieder Adrian zu. Der stand jetzt als mitternachtsschwarzer Wolf vor ihm. Zähnefletschend umkreisten sie einander. Die Fangzähne des Heilers kamen zum Vorschein, als er die Zähne bleckte.
„Es gibt da etwas, das sich freie Entscheidung nennt. Solltest du mal ausprobieren, Wolf."
Adrians Augen glitzerten mörderisch, er knurrte, stürzte sich mit aufgerissenem Gebiss auf den Vampir – und schnappte in die Luft. Das todbringende Gebiss schloss sich um nichts als Luft an der Stelle, wo der Heiler gerade noch gestanden hatte. Der Wolf wirkte einen Moment lang verdattert, bevor er noch einmal knurrte und herumfuhr.
„Ich bin hier, Werwolf. Und ich bin sicher, dass du, wenn du auch nur einen Moment darüber nachdenkst, mit unserer Entscheidung übereinstimmen wirst."
Adrians Wut steigerte sich ins Maßlose. Sein Verstand war für logisches Denken nicht länger zugänglich. Er dachte nur daran, wie er den Vampir töten würde.
Es dauerte gefühlte Stunden, bis Henry und Adrian außer Hör- und Sichtweite waren. Chris fühlte sich verdammt unwohl in seiner Haut.

Perry und Anton zogen ihn hoch. Cinderella rührte sich noch immer nicht, ein sicheres Zeichen dafür, dass sie stinksauer war.

„Bist du jetzt vollkommen verrückt geworden, Chris?"

Ihre schneidende Stimme ließ ihn zusammenzucken. Cinderella bewegte sich nun doch, aber mit so abgeschnittenen Bewegungen, dass ihm mulmig wurde. Er hatte sie noch nie so wütend gesehen.

„Dein sogenannter Freund ist ein Vampir! Und auch wenn er bis jetzt noch nichts Verdächtiges getan hat, könnte er zu einem ihrer Clans gehören, die dich dann abschlachten, ehe du dich versiehst! Es hat seine Gründe, dass Werwölfe und Vampire einander meiden und töten, wenn sie sich begegnen!"

Chris zog unbehaglich den Kopf ein.

„Henry ist nicht so. Das solltet ihr wissen, ihr kennt ihn doch schon lange genug."

Cinderella wandte sich ab und schlug die Hände über dem Kopf zusammen. Dann fuhr sie herum, um mit ihrer Standpauke fortzufahren.

„Wir halten es für möglich, dass der Vampir dein Leben gerettet hat, um sich unser Vertrauen zu erschleichen. Hast du seine Reaktion nach dem Tod des anderen Blutsaugers denn nicht gesehen? Er war vollkommen am Boden zerstört!"

Chris konnte sich der verräterischen Gedanken nicht erwehren, die sich in seinem Kopf einnisteten.

Ich bin homosexuell, Chris. Ich kannte den Mann, den ihr heute umgebracht habt, schon sehr lange, erklang Henrys Stimme in seinen Gedanken.
„Sie waren ein Liebespaar."
Cinderella schüttelte den Kopf. „Hat er dich das glauben lassen? Sag mal, wie blöd bist du eigentlich?"
Sie wartete seine Antwort nicht ab, sondern fuhr einfach fort. „Du wirst nicht mit ihm nach England gehen, weil wir ihn jetzt töten werden. So einfach ist das."
Chris schnappte entsetzt nach Luft, als Cinderella sich vor seinen Augen verwandelte. Anton gab ihm einen Stoß, der ihn nach vorn auf die Knie fallen ließ. Als er Anstalten machte, sich ebenfalls zu verwandeln, wurden seine Arme nach hinten gerissen und festgehalten, während Perry ihn knebelte. Ein Krachen ertönte, und die Welt um ihn herum verschwamm. Sein restlicher Körper fiel vornüber auf den Waldboden. Schwärze verschluckte ihn.

Chris´ Stimme verstummte in seinem Kopf. Der Heiler hielt inne, einen Moment lang so schockiert vom plötzlichen Fehlen seines Freundes. Er begriff sofort. Das Rudel hatte Chris getötet oder zumindest außer Gefecht gesetzt, damit sie die Entscheidung des Leitwolfs abwarten konnten. Er war sich nicht sicher, ob die inzwischen gefallen war, denn aufgrund seiner Unachtsamkeit hatte er sein eigenes Stehenbleiben nicht gemerkt. Hinter ihm knackten Zweige, die den Wolf ankündigten. Er rannte sofort wieder los. Einen Baumstamm hinauf.

Da er keinen Geruch hinterließ, konnte es ihm vielleicht gelingen, dem wütenden Lykantrophen zu entkommen, bevor der ihn in Stücke riss. Henry zweifelte nicht, dass es soweit kommen würde, sollten sie ihn fassen.

Der Wolf preschte unten auf die Lichtung. Henry blieb still im Geäst sitzen. Das Tier hob witternd den Kopf – und rannte dann in eine andere Richtung, weg von dem Baum, auf dem er saß.

Henry wartete. Werwölfe hatten verdammt gute Ohren. Seine Gedankengänge setzen aus, als die dem Rudel zugehörige Wölfin aus dem Dickicht brach. Offensichtlich hatten sie die Jagd auf ihn eröffnet. Wenn die anderen beiden Wölfe ihm auch noch über den Weg liefen, konnte er sicher sein, dass Chris tot war.

Er hielt die Luft an. In der bangen Erwartung, zwei weitere Werwölfe zu Gesicht zu bekommen, starrte er auf die Lichtung hinunter. Nichts passierte. Erleichtert atmete Henry aus. Sein Freund lebte noch. Das machte die Lage zwar zugleich auch komplizierter, denn nun konnte er sicher sein, dass die anderen beiden Wölfe bei Chris Wachse hielten, aber in erster Linie machte es ihn froh. Langsam und so leise wie möglich machte er sich daran, seinen Unterschlupf zu verlassen, bevor die Wölfe zurückkamen und merkten, dass sie einer falschen Fährte aufgesessen waren. Er machte sich beinahe lautlos auf den Weg zurück zu der Stelle, wo er Chris zurückgelassen hatte.

Er wusste, dass der Alphawolf das Recht hatte, ein ungehorsames Rudelmitglied zu töten.
Gnade mir Gott, wenn ich Chris' Tod zu verantworten habe.
Er rannte auf schnellstem Wege zurück. Die beiden anderen Werwölfe würden ihn genauso wenig wittern können wie die beiden, die er in die Irre geführt hatte. Wenn es ihm nur gelingen würde, noch ein wenig schneller zu sein...
Ein Heulen ließ ihn seinem Ziel zumindest nahe kommen. Es wäre auch zu schön gewesen, wenn die beiden seine Spur wirklich verloren hätten. Das Knacken von Zweigen hinter ihm ließ ihn das Schlimmste ahnen.
Dennoch war er schneller auf der Lichtung als die Wölfe. Die zum Wachen zurückgelassenen bemerkten ihn nicht, so schnell war er in den Bäumen. Keine Minute zu früh, wie sich zeigte, als seine Verfolger auf die Lichtung preschten. Offensichtlich hatten sich die beiden Tiere gefunden, um gemeinsam eine Treibjagd auf ihn zu veranstalten. Wenn er nicht leise genug war, würde mindestens eins der empfindlichen Ohrenpaare zucken, bevor sich das Rudel daran machen würde, den Baum umzuwerfen, auf dem er saß. Eine Kiefer.
Vielleicht würde es ihnen sogar gelingen. Er erstarrte ihm Geäst, als er Chris erblickte. Sie hatten ihn bewusstlos geschlagen und gefesselt. Er lag zwischen zweien der Wölfe. Henrys Fänge bohrten sich schmerzhaft in seine Unterlippe. Wenn die Wölfe bemerkten, dass er nicht genauso stark

nach Werwolf roch wie sie, sondern ein wenig schwächer…nicht auszudenken.

Inzwischen hatten auch die beiden anderen ihre Wolfgestalt angenommen. Henry unterdrückte ein Schaudern. Wenn er Chris befreien wollte, musste er sich mit dem gesamten Rudel anlegen. Das würde ihm nicht gelingen – wenn er sich nicht schnell eine List einfallen ließ, mit der er wenigstens zwei Wölfe von der Lichtung weglocken konnte. Er schloss kurz die Augen. Ohne noch viel darüber nachzudenken, trat er mit dem Fuß auf einen Ast. Nicht den, auf dem er stand. Wenn er fiel, wäre er tot, bevor er auf dem Boden aufkam.

Die Wölfe blickten nach oben. Er befand sich außerhalb ihres Blickfeldes, direkt hinter dem Baumstamm. Er wusste, dass sie sich jetzt fragten, ob er dort oben war. Der Heiler atmete tief durch und gab seine Tarnung auf, indem er auf den nächsten Baum sprang. Der Leitwolf setzte sich sofort in Bewegung. Sein massiger Körper prallte mit einer solchen Geschwindigkeit auf den Baum, auf dem Henry gerade gelandet war, dass der bedrohlich knirschte und ächzte. Der Heiler beeilte sich, nicht hinunterzuschauen, sondern sprang federnd in die nächste Baumkrone, während der Wolf noch immer gegen denselben Baum anrannte.

Da Henry ein Heiler war, war es ihm nicht möglich, Zauber zu seiner Verteidigung zu weben – das konnten nur anderweitig magisch begabte Wesen der Mythenwelt. Es musste ihm einfach gelingen, die Werwölfe abzuhängen, denn sonst hatte er sein Todesurteil unterschrieben. Es gab kein Lebewesen, das Vampire schneller zur Strecke brachte als ein Werwolf.

Es überraschte ihn, dass er schon erwachte. Sein Schädel hämmerte zwar, und er trug noch immer Fesseln, aber er war allein. Offensichtlich hatten sie sich gescheut, zu hart zuzuschlagen. *Henry!*
Seine Gedanken kamen mit einem Mal in Schwung. Er musste sichergehen, dass sein Freund noch lebte, bevor er sich vornahm, zu fliehen. *Wäre immerhin gut, ein Ziel zu haben.*
Henry?
Er achtete darauf, seine Gedanken vom Rest des Rudels abzuschotten, als er nach dem Heiler rief. Das konnte er inzwischen schon recht gut.
Chris!
Henry antwortete beinahe sofort. Also war er noch nicht tot, wie Cinderella angedroht hatte. Seine Stimme klang erleichtert. Während Chris auf die Füße kam, versuchte er, die Handfesseln abzustreifen. Es war schwerer als gedacht. Anton und Perry hatten gewusst, mit was sie ihn langfristig festhalten konnten.
Wenn sie dich kriegen, töten sie dich!

Henry lächelte grimmig eingedenk der Warnung seines Freundes. Er saß auf einem Baum, der rundherum umzingelt war. Zwei der Wölfe schlichen grimmig um den Stamm des Baumes herum, während die anderen beiden damit beschäftigt waren, ihm den Fluchtweg abzuschneiden. Wenn er sich nicht schleunigst etwas einfallen ließ, wür-

de er den Baum verlassen müssen. Wo sie ihn töten konnten.
Das weiß ich, antwortete er seinem Freund. *Befrei dich so schnell wie möglich und hau ab.*
So wütend, wie Adrian war, hatte er dasselbe mit Chris vor. *Wenn ich es schaffe, deinem Rudel zu entkommen, treffen wir uns später.*
Kann ich dir helfen?
Das Angebot war ebenso selbstlos wie dumm. Wenn die Wölfe beschlossen hatten, Henry zu töten, würden sie auch vor einem der eigenen Art nicht Halt machen.
Nein. Flieh.
Er mobilisierte seine letzten Kraftreserven. Der Baum, den er im Visier hatte, stand zehn Meter weit entfernt. Bisher war ihm nur einmal ein solcher Sprung gelungen – und das war in Rom gewesen, wo die Jäger hinter Monsieur her gewesen waren. Sie hatten sich dort schließlich getrennt, um nicht alle gemeinsam abgeschlachtet zu werden. Keinem von ihnen war eine andere Möglichkeit in den Sinn gekommen. Als er vor einigen Jahren erfahren hatte, dass Monsieur noch lebte, hatte es ihn erfeut, doch er war nicht aufgebrochen, um ihn zu suchen. So kurz nach dem zweiten Weltkrieg hatte sich auch die Mythenwelt in Aufruhr befunden, da einige der Schattenwandler während des Krieges ihre Zugehörigkeit zu bestimmten Nationen erklärt hatten. Auch der kalte Krieg war nicht spurlos vorüber gegangen.
Der Heiler konnte hier zwar keinen Anlauf nehmen, aber er war in Lebensgefahr.
Ich denke, das läuft auf dasselbe hinaus.

Etwas stupste an seinen Gedanken. Er öffnete einen Zugang. Der Leitwolf sah zu ihm hinauf.
Komm herunter, Vampir, und wir töten dich schnell.
Henry sprang. Er streifte die angestrebte Baumkrone und konnte sich im letzten Moment noch festhalten, nur um gleich wieder weiter zu fliehen. Es durfte ihnen nicht noch einmal gelingen, ihn einzukesseln. Glück war eine wandelbare Sache. Er flog so schnell durch die Bäume, wie er nur konnte. Zugleich zog er die Mauern um seinen Geist wieder hoch.
Unter ihm heulten alle vier Wölfe enttäuscht auf, weil ihre Beute ihnen entkommen war.
Chris, bist du in Sicherheit?

Es war ihm gelungen, die Fesseln mit den Zähnen des Wolfs durchzubeißen und abzustreifen, als ihn Henrys Ruf erreichte. Er warf sich gegen den Wind.
Ich breche jetzt auf.
Seine Pfoten flogen über das verwelkende Laub. Der Wolf drängte an die Oberfläche und wollte seine Kameraden informieren, doch Chris hielt ihn zurück. *Noch nicht, Freund. Warte.* Das Tier knurrte und zeigte ihm die Lefzen. Er rannte schneller.
Ich bin ihnen fürs erste einen Schritt voraus, aber mein Vorsprung ist nicht besonders groß, fing er Henrys nächsten Ruf auf. *Wo muss ich hin?*
Chris sah sich um, während er rannte. Wenn er selbst sich im südlichen Teil des Waldes befand, musste sein Freund nach Norden, um ihm Deckung zu geben.

Versuch es mit Norden. Dort siehst du bald die Berge.
Der Wald, in dem sie sich befanden, lag in einem Tal, das von Menschen bewohnt wurde. Deswegen hatte die Masche mit der Pilzsucherin auch so gut geklappt, um den anderen Vampir auszuschalten.
Notfalls geht auch Westen, da ist die nächste menschliche Siedlung. Dann musst du allerdings auf den Dächern bleiben.
Gut. Ich nehme wieder Kontakt auf, wenn ich es geschafft habe. Spätestens kurz vor Sonnenaufgang. Chris kam ein Gedanke. *Warte! Teleportiere dich! Dann werden sie deine Spur verlieren!*
Es war so offensichtlich!

Henry sah hinter sich, fasste den Gedankengang auf, sprang – und verschwand. Er dachte noch zu menschlich. Wenn sein Freund nicht auf die Idee gekommen wäre..er schüttelte den Kopf.
Er dachte an die Bergwiese, auf der sie sich das erste Mal verabschiedet hatten und fühlte kurz darauf feuchtes Gras unter seinen Füßen.
Chris kam ihm entgegen. Der prächtige Körper des Wolfes flog auf ihn zu. Der Heiler rannte los. Auch, wenn das Rudel jetzt beinahe am anderen Ende des Waldes war, hatten sie immer noch nur einen Vorsprung, den sie bis zum Sonnenaufgang ausbauen mussten. Die Nacht war erst zur Hälfte um.

Adrian blieb stehen. Eben noch war der Vampir da gewesen – und im nächsten Moment verschwunden. Empört heulte er den Mond an. Alle verblei-

benden Rudelmitglieder waren hier: Cinderella, Perry, Anton und er. *Verdammt! Chris!*
Er warf sich herum und rannte los. Die anderen hatten den Gedanken aufgefangen und folgten ihm. Die Lichtung, auf der sie den Welpen zurückgelassen hatte, lag schon einige Kilometer zurück.
Von Wut angetrieben, erreichten sie sie schneller als zuvor. Die Fesseln waren durchgebissen wurden, zurück blieben lose Stricke auf der Erde. Adrian nahm wieder menschliche Gestalt an und richtete sich auf. Die Fährte, die Chris zurückgelassen hatte, ging bis zum Ende des Waldes. Silbernes Mondlicht fiel auf das Tal, das sie tags zuvor durchquert hatten.
Das Ganze war eine Finte gewesen. Während der Vampir sie abgelenkt hatte, musste sich Chris befreit haben, damit die beiden fliehen konnten.
Und er hatte tatsächlich geglaubt, der Heiler könne sich nicht teleportieren, so lange, wie sie ihn durch den Wald gejagt hatten. Er sah den Jungen immer noch über sich hinwegsegeln.
Cinderella trat neben ihn.
„Vielleicht sollten wir sie gehen lassen."
Adrian starrte weiterhin auf die Fährte.
„Wir folgen ihnen. Ich will wenigstens sichergehen, Chris´ Leiche nicht irgendwo auflesen zu müssen."
„Falls wir sie erreichen, müsstest du ihn töten."
„Dann werden wir sie nicht erreichen."

Zwei Wochen später.

Die Fähre nach Dover legte planmäßig um acht Uhr ab. Zwei Jungen standen an der Reling und sahen zu, wie sie sich immer mehr von der Anlegestelle entfernten. Henry hob den Arm und legte ihn seinem Freund um dich Schultern. Chris lächelte und drückte die gefasste Hand.
Wie so oft im Herbst regnete es in Strömen, doch das schien keinen der beiden zu stören.
Drei Männer und eine Frau tauchten am nebelverhangenen Land auf und sahen dem Boot hinterher. Als die Jungen sie bemerkten, hoben zwei von ihnen die Hände wie um sich zu verabschieden.
Chris erwiderte den Gruß.
Der Heiler neben ihm hob eine Augenbraue.
Ich glaube, ich habe mich in Adrian getäuscht.
Möglich, antwortete Chris auf dieselbe Art und Weise. *Vielleicht aber auch nicht.*

- Ende -

DRYADE

- EISMAGIER -
SCHATTENWELTEN 2

Zum Buch:

Nico war schon immer irgendwie anders als alle anderen. Allein schon sein Aussehen hob ihn immer von der Masse ab.
Dass da tatsächlich etwas ist, erfährt er kurz vor seinem siebzehnten Geburtstag. Ein schreckliches Unglück geschieht kurz nachdem sein Vater ihn in eine Welt voller Gefahren, Mythen und Geheimnisse eingeführt hat – und dann erwacht Nico, ohne sich auch nur an eines dieser Dinge zu erinnern und stolpert geradewegs in eine Falle…

Personen

Aaron	Dryade, Dorfoberhaupt
Caleb Sierewski	Dryade, Eismagier
Mattheus Sierewski	Dryade
Nicolai Sierewski	sein Bruder
Nadja Sierewski	ihre Mutter
Olga Sierewski	Dryadenmädchen
Wera Sierewski	ihre Zwillingsschwester
Konstantin	ihr Bruder
Henry	Vampir, Heiler
Elaine	Vampirin, Clan der Schlange
Monsieur	Vampir, Oberhaupt des Clans der Schlange
Symone	Vampirin, Clan der Schlange
Christian Hill	Werwolf
Linan	Hexe
Lisbeth	Mensch
Michael	Mensch

New Orleans, Vereinigte Staaten von Amerika, 2011

Wenn ich meine Familie retten will, muss ich meinen Sohn opfern.
Caleb setzte sich auf die Couch. Er beobachtete, wie seine Kinder miteinander spielten. Eine der Zwillinge, Olga, zerrte ihren großen Bruder an der Hose herbei. Ihre Schwester erkannte das Vorhaben und löste sich von ihrem Puppenhaus, um Nicolai ebenfalls zum Mitspielen zu bewegen. Ihre Mutter kam angesichts des Lärms aus der Küche, lächelte aber nur, als sie stehen blieb.
„Komm schon, Nico. Tu deinen Schwestern einen Gefallen."
Seufzend ergab sich der Junge und warf gespielt resigniert die Hände hoch.
„Na, dieser Übermacht muss ich mich wohl geschlagen geben."
Seine Schwestern kicherten und ließen ihn los. Er ergriff die Chance, ging in die Knie und packte jede von ihnen um die Hüfte, um sie hochzuheben.
Als sie wieder zur Ruhe kamen, setzten sich alle drei vor das Puppenhaus und Wera nahm ihre vorherige Tätigkeit wieder auf. Olga drückte Nico eine Puppe in die Hand, damit er mitspielen konnte.
Angesichts des fröhlichen Geschnatters wurde Caleb das Herz schwer.
Er würde seinen Sohn nicht töten können. Auch nicht, um seine Familie zu schützen. Es gab lediglich eine andere Möglichkeit… Cal sah hinunter auf

seine Hände. Wenn er den Jungen fortschickte, würde es Mord sein, das wusste er.

Obwohl Nicolai erst das zweite von fünf Geschwistern war, war er der einzige, der jetzt schon Macht ausstrahlte. Calebs ältester Sohn, Mattheus, wies keinerlei ähnliche Anlagen auf, genau wie sein jüngster, Konstantin. Nico dagegen war im Begriff, eine Gefahr für sie zu werden, obwohl er es noch nicht einmal ahnte. Die Barrieren, die Cal zum Schutz seiner Familie errichtet hatte, würden mit dem Beginn oder spätestens im Verlauf von Nicos Wandlung löchrig werden und schließlich verschwinden, bis sie ungeschützt wären, angreifbar für jedermann. Vor allem für die Vampir-Mafia, die hier in der Stadt agierte. Er musste sich abwenden. Nadja beobachtet ihn still von der Tür aus, sie hatte sehr wohl gemerkt, was in ihm vorging, aber sie hielt ihn nicht auf, als er das Zimmer verließ. Seine Frau wusste nicht, worum er sich Gedanken machte. Sie nahm vermutlich an, dass er sich wegen der Initiationsriten sorgte, die sein Sohn empfangen würde müssen. Das war bei Matt so gewesen, da er sich gesorgt hatte, das Potenzial seines Ältesten könne erst nach den Riten zum Vorschein kommen.

Es war ausgeblieben. Nico war anders. Er sandte schon jetzt Schwingungen aus, die die Schutzschilde durchbrachen und weitere Geschöpfe der Schattenwelt anlockten. In den letzten Wochen hatte sich schon allerlei zwielichtiges Gesindel in der Nähe ihres Hauses umher getrieben, aber die Schutzzauber hatten sie fern gehalten. Nadja wusste zwar, dass ihr Mann ein Eismagier war und nur noch zum Teil Dryade, doch sie hatte keine Ahnung, wie mächtig er war. Es war inzwischen schon so weit, dass er sich wieder im Sonnenlicht aufhalten konnte, ohne zu verbrennen.

Die meisten ihrer beider Kinder, die noch vor dem Beginn der Wandlung standen, hatten keine Ahnung, was sie wirklich waren. All die Jahre, die sie älter als ihre menschlichen Freunde werden würden. Die Unterschiede zwischen ihrem Aussehen und dem der Menschen. Zum Glück trat das auffälligste Merkmal eines jeden Dryaden erst nach der Wandlung auf: riesige, schwarze Pupillen mit einer schmalen blauen Umrandung. Damit konnten sie nicht länger offen unter Menschen leben, ohne erkannt zu werden. Dieser augenscheinliche Unterschied war der Grund dafür, dass Cal sowohl sich selbst als auch seine Frau und seinen schon erwachsenen Sohn mit Tarnzaubern schützte.

Würden sie unter Dryaden oder gar unter seinesgleichen leben, wäre all das kein Problem, nicht einmal Nicolais Wandlung – nun ja, bei den Eisdryaden wäre sie das wohl doch – aber er müsste nicht überlegen, seinen Sohn zu opfern, um den Rest der Familie zu schützen. Caleb war verstoßen wurden, sobald das Ausmaß seiner Macht sichtbar geworden war. Sein Volk hatte Angst vor ihm.

Nadja hingegen hatte ihn begleitet.

Seitdem wohnten sie ihn New Orleans. Wenn bekannt wurde, dass er seine Gaben weitervererbt hatte, würden seine Kinder nicht länger sicher sein.

Er erhob sich.

„Nico, kommst du mal kurz?"

Der Junge sah fragend zu ihm auf, erhob sich dann und nickte.

„Was gibt´s?"

Der offene Ausdruck im Gesicht seines Sohnes ließ Cal zögern. Er hoffte, das war ihm nicht anzumerken, als er seinem Sohn winkte, ihm zu folgen. Er ging in dessen Zimmer und schloss die Tür hinter ihnen. Nico flezte sich aufs Bett.

„Was ist denn jetzt so wichtig, Dad?"

„Du weißt, dass du in wenigen Tagen siebzehn wirst?"

„Natürlich. Ich arbeite doch schon ein ganzes Jahr drauf hin. Was denkst du denn?"

Schalk blitzte seinen Augen. Cal beschloss, dem Jungen sein Handeln erst zu begründen, damit er Nicolai zu nichts zwingen musste.

„Sieh mir in die Augen."

Cal ließ den Zauber fallen, der seine Augen menschlich erscheinen ließ. Er wusste, was Nico nun sehen würde: schwarze Iriden, die fast den gesamten sichtbaren Raum einnahmen, umrandet von einem dünnen hellblauen Band. Das Weiß der Augäpfel war bei Dryaden nur an den Seiten leicht ausgeprägt. Die Reaktion seines Sohnes ließ nicht lange auf sich warten. Nico wurde ernst. Dass er nicht erschauderte, gereichte ihm durchaus zum Vorteil.

„Was willst du mir damit beweisen?"

„Ab deinem siebzehnten Geburtstag wirst du nicht mehr menschlich sein, Nico." Beziehungsweise war er es auch nie gewesen, schließlich schlummerte das Potential eines Dryaden schon sein ganzes Leben lang unter seiner Haut. Die Un-

terschiede zwischen Nicolais und Mattheus´ Wandlung wiesen allerdings darauf hin, dass sein jüngerer Sohn kein Eisdryade sein würde, sondern wie er selbst ein Eismagier. Und das war das Problem. Wenn er das dem Jungen jetzt allerdings alles auf einmal sagte, wäre es zu viel. Schon allein das, was ihnen jetzt noch bevorstand, war hart.
Nicolai keuchte auf.
„Du machst mir Angst, Dad. Was sollte ich sein, wenn ich nicht länger menschlich wäre?"
„Die Sierewski sind Dryaden, mein Sohn. Mythenweltgeschöpfe. Dein Element wird das Eis sein. Deswegen leben Wesen unserer Art für gewöhnlich in den polaren Regionen. Du wirst ohne einen Schutzzauber nicht einmal mehr das Haus verlassen können, wenn du nicht bei lebendigem Leibe verbrennen willst. Und zudem habe ich starken Verdacht zu der Annahme, dass du meine Anlagen bezüglich der Eismagie geerbt hast. Wenn ich mich nicht täusche, wirst du ein stärkerer Eismagier werden als ich es je war und sein werde. Deine Kraft ist noch ungezügelt und wenn du mir nicht erlaubst, sie zu hemmen, werden uns andere Mythenweltgeschöpfe bis zu deinem Geburtstag aufspüren und töten."
Nico starrte seinen Vater an. Dann schüttelte er langsam den Kopf.
„Das ist verrückt. So etwas gibt es nicht, Dad."
Caleb ließ statt einer Antwort eine Stichflamme blauen Eisfeuers auf seiner Handfläche erscheinen. Sein Sohn beobachtete es mit gleichen Anteilen von Schrecken und Faszination.
„Fass hinein. Es wird dich nicht verbrennen."

Der Junge streckte die Hand aus. Er fuhr mit der Handfläche über das Feuer. Es war, wie sein Vater gesagt hatte. Die eisigen Flammen liebkosten seine blasse Haut und erfüllten ihn mit wohltuender Kälte. Er zog sie wieder zurück.
„Was muss ich tun, um unsere Familie zu schützen?"
Cal nickte. Er bemühte sich, seine Erleichterung nicht zu deutlich zu zeigen. Das hier würde schwer werden, das wusste er. Der Zauber war so kompliziert, dass sie beide sterben konnten, falls das hier schief ging.
„Leg dich hin. Ich werde dich mit einem Zauber belegen, der deine Entwicklung in die magische Richtung zumindest solange hemmt, bis du deine Kraft kontrollieren kannst," erklärte er, während Nico der Anweisung nachkam. „Es könnte ein wenig unangenehm werden."
Ein eisiger Wind fegte durch das Zimmer, obwohl beide Fenster geschlossen waren. Cal zog die Augenbrauen zusammen und beschleunigte seine Bewegungen. Dabei drehte er sich ein Stück weit von seinem Sohn weg, um die Macht nicht versehentlich an Nicolai zu verlieren. Wenn der Junge jetzt schon seine Umgebung beeinflussen konnte, stand er schon sehr knapp an der Schwelle zur Wandlung.
„Beruhige dich, Nico. Ich habe nicht gesagt, dass es wehtun wird."
Sein Sohn atmete leise aus und versuchte, sich zu entspannen.
„Vater..Da ist jemand hinter dir."

Das leise Stöhnen des Jungen ließ Caleb herumfahren.

„Jäger."

Die schwarzgewandete Gestalt wandte sich ihm zu, sah ihm ins Gesicht. Ein Messer, von ihrer Hand geführt, lag an der Kehle des Jungen.

„Caleb Sierewski. Endlich habe ich dich, Zauberer."

„Lass meinen Sohn los. Ich muss diesen Zauber ausführen, sonst ist meine Familie bald vogelfrei."

Im Gesicht des Jägers war keine Gefühlsregung zu erkennen. Cal spannte sich innerlich an. Er würde den Jäger töten, sobald sich die Gelegenheit bot. Und dann würde seine Familie erneut fliehen müssen. Aber das war es, was er schon sein ganzes Leben lang in Kauf genommen hatte. Er hoffte nur, es nicht vor den Augen seines Sohnes tun zu müssen…

„Ich warte so lang."

Das Messer bewegte sich keinen Millimeter, als Cal näher kam, um Nico die Hand auf den Oberkörper zu legen.

„Wenn du ihm Angst machst, wird daraus nichts."

Der Jäger trat einen Schritt zurück und an Cals Seite.

„Keine Tricks. Oder du hast die längste Zeit eine Familie gehabt."

Cal biss die Zähne zusammen. „Sieh mich an, Nico."

Sein Sohn kam dem Befehl nach. Der Eismagier begann mit der Litanei, sobald ihre Blicke sich trafen.

Abwartend stand der Jäger neben ihm. Nicos Augen schlossen sich, obwohl Cal fühlte, wie sein

Sohn dagegen ankämpfte. Dann fiel sein Kopf leicht zur Seite. Als Cal einen Schritt zurück trat, spürte er, wie sich ein stumpfer Gegenstand zwischen seine Rippen bohrte. „Warum müsst ihr mich unbedingt töten?"
Der Jäger schnaubte. „Du bist zu einer unberechenbaren Gefahr für das Allgemeinwohl geworden."
„Das Allgemeinwohl. Und was ist, denkst du, ein Atomkraftwerk?"
„Die können wir nicht aus dem Weg räumen."
Ein hauchdünnes Messer fraß sich einen Weg durch sein Fleisch bis hin zum Herzen des Eismagiers. Cal ging zu Boden, während der Jäger ihn im Würgegriff hielt. Nicolai kam wieder zu sich und schrie auf, als er sah, in welcher Gefahr sein Vater schwebte.
„Dad!"
Er stürzte sich auf den Jäger. Der ließ den Sterbenden los und schlug den Jungen nieder. Nach einem Blick auf den Magier vergewisserte er sich, dass dieser nun auch wirklich sterben würde, bevor er dessen bewusstlosen Sohn eine Flüssigkeit einflößte.
Er murmelte: „Du wirst dich nicht hieran erinnern."
Der Junge schlug die Augen auf und bäumte sich unter dem Griff des Jägers auf. „Nein!"
Der Knauf des Messers schlug gegen seine Schläfe. Es wurde schwarz um ihn herum.

Nico erwachte mit Kopfschmerzen. Seltsamerweise konnte er sich nicht daran erinnern, in sein

Zimmer gegangen zu sein. Er stand auf und stieß mit dem Fuß gegen etwas Weiches am Boden. Er vermutete ein T-Shirt, das wegzuräumen er vergessen hatte und wollte es beiseiteschieben, bevor er sich mit einem Blick noch einmal dessen vergewisserte. Er sah zu Boden und blickte in das schmerzverzerrte Gesicht seines Vaters.
„Dad!"
Er kniete sich neben dem Verletzten nieder.
„Was ist passiert?"
Cal resignierte. Er sah seinem Sohn an, dass der Trank des Jägers gewirkt hatte. Es war zu spät, um Nico noch einmal in die Geheimnisse seiner Familie einzuweihen.
„Sag deiner Mutter, sie soll die Kleinen in Sicherheit bringen. Und hol mir einen Krankenwagen, Junge." Nicos Augen füllten sich mit Tränen, doch er stand auf und gehorchte. Cal hörte, wie er in die Küche lief und Nadja benachrichtigte. Sie schrie auf, und schon rannten auch ihre flinken Füße über den Holzfußboden – in seine Richtung. Nico sprach aufgeregt in sein Telefon.
Cal schloss die Augen.

Nico wünschte fast, es wäre nicht seine Aufgabe als Zweitältester, Matt zu suchen. Seine Mutter Nadja hatte ihm diesen Auftrag gegeben, kurz bevor der Krankenwagen eingetroffen war, den er angefordert hatte. Der Junge schloss für einen Moment die Augen. Er machte sich ernsthafte Sorgen um seinen Vater, auch deswegen, weil er augenscheinlich im Zimmer gewesen war, als dieser eine Herzattacke erlitten hatte, und sich noch

immer an nichts erinnern konnte. Caleb hatte unnatürlich blass ausgesehen, als sie ihn in den Krankenwagen verladen hatten. Er war schon nicht mehr bei Bewusstsein gewesen.
Beinahe gewaltsam riss Nico sich von diesem Gedanken los und wandte sich den momentan im Vordergrund stehenden Problemen zu. Er musste Matt finden. Er sah sich um. Die Gegend hier gefiel ihm immer weniger, vor allem, da er das unangenehme Gefühl entwickelt hatte, von allen Seiten angestarrt zu werden. Es waren kaum Leute auf der Straße, die ihm auch nur heilwegs das Gefühl von Anstand vermittelten. Und doch hatten ihm Matts Freunde den Weg in dieses Viertel gewiesen, mit dem Ratschlag, er solle vorsichtig sein, wenn er seinen Bruder tatsächlich finden wollte.
Die Tür war so rostig, dass ein Teil des Metalls abblätterte, als er sie öffnete. Vorsichtig spähte er ins Halbdunkel der Lagerhalle, konnte aber nichts entdecken. Er ging einen Schritt weit hinein.
„Matt?"
Die Männer, die er draußen gefragt hatte, hatten ihm den Weg hierher gewiesen. Angeblich war sein Bruder hier. Er konnte es nicht so recht glauben, schließlich waren sie sich ja einig gewesen, unauffällig zu bleiben.
„Matt?"
Im Halbdunkel war der Lichtschimmer, der aus einer der hinteren Ecken kam, nur schwer wahrzunehmen. Nicolai sah ihn nicht. Hinter ihm krachte es, als die Tür ins Schloss fiel. Er fuhr zusammen. Dann hörte er Schritte und drehte sich um.
Ein Mann kam auf ihn zu.

„Hallo. Ähm..tut mir leid, dass ich hier einfach so reingekommen bin. Man sagte mir, mein Bruder wäre hier.."
Der Mann sagte nichts, sondern starrte ihn einfach nur an, während er immer näher kam. Als er dann doch sprach, meinte Nico, etwas unnatürlich Weißes in seinem Mund wahrzunehmen.
„Dein Bruder also."
Eine Gänsehaut überzog seine bloßen Arme. Er war sich relativ sicher, dass der Mann es nicht sehen konnte, aber auf dessen Gesicht blitzte plötzlich ein schmales Lächeln auf.
„Jaaa, könnte sein, dass ich mich hier verirrt habe...."
Der Mann ging nicht mehr auf seine Worte ein und war plötzlich verschwunden. Nico wollte sich schon wundern, offensichtlich hatte er sich das Ganze nur eingebildet, als er neben ihm wieder auftauchte. Er wurde zur Seite gerissen und an einen harten Männerkörper gepresst. Eine Hand presste sich auf Mund und Nase des Jungen. Nicos Körper begann vor Panik zu zittern.
 Dann fuhr sein Angreifer mit den Reißzähnen ganz leicht am Hals des Jungen entlang. Nico zuckte zusammen, als der andere Arm ihm den Brustkorb zusammenpresste.
Auf ein energiegeladenes „Du kommst mit." hin schwanden ihm die Sinne.

„Hast du Geschwister, Sullivan?"
Der Vampir richtete beiläufig das Wort an ihn, während der Stoff verpackt wurde. Sullivan war der Name, unter dem sie in ihrer amerikanischen

Wahlheimat bekannt waren. Matt konnte sich als ältester Sohn nur noch dunkel an Weißrussland erinnern, die Haupteindrücke waren die wohltuende Kälte und die Feindseligkeit der Menschen. Dass er hier mit den Vampiren zusammen arbeiten musste und sogar Drogen zu verkaufte, um seiner Familie ein kleines Zubrot zu verdienen, war aus Sicht eines jeden redlichen Menschen und Schattengeschöpfes undenkbar. Matt war froh, dass seine Eltern nicht wussten, was er hier tat. Außerdem gab er sein Bestes, um die Vampire nichts über sich erfahren zu lassen. Bei der ersten Begegnung allerdings hatten sie schon mitbekommen, dass er auch zu den Schattenwesen zählte, sie hatten seinen dryadischen Anteil riechen können. Deswegen war der Eisdryade sofort auf der Hut, als ihn einer von ihnen auf dieses Thema ansprach. Vampire waren zumeist von Grund auf verdorbene Wesen, nicht wenige von ihnen lebten ihren Blutrausch aus…

„Ja. Warum?"

Sein Geschäftspartner schlenderte der Wand entgegen. Matt erkannte im Dunkel die Umrisse zweier Gestalten.

„Gehört der hier zu dir?"

„Nico?" Er eilte zu seinem Bruder. Der wirkte nicht so, als sei er bei Bewusstsein. Matt bemerkte die Bisswunde am Hals und verengte die Augen.

„Ja. Ja, er gehört zu mir. Was ist passiert?"

„Er ist hier rumgeschlichen und hat dich gesucht. Wie kommt dein gottverdammter Bruder hierher?"

„Ich habe nicht die geringste Ahnung. Nico, kannst du mich hören?"
Sein Bruder gab ein Stöhnen von sich. Dann nickte er schwach. Als er sprechen wollte, unterbrach der Vampir ihn.
„Dein leiblicher Bruder?"
„Ja."
Nico schlug die Augen auf und fixierte zuerst den Vampir, dann Matt. Matt konnte die Angst in den Augen seines Bruders sehen. Es musste ihn eine gehörige Portion an Überwindung kosten, dass er jetzt überhaupt sprach. Aus dem Augenwinkel beobachtete er zugleich den Vampir, der seinem Bruder offensichtlich die Bisswunde zugefügt hatte. Es war nicht zu erkennen, was er dachte. Sicher war allerdings, dass er Nico hier raus bringen musste. Die Vampire würden andernfalls sonst was mit ihm anstellen.
„Dad musste ins Krankenhaus. Er hatte einen Herzinfarkt."
Matt sah ihn alarmiert an. Ein Eisdryade mit Herzinfarkt? An der Geschichte war eindeutig etwas faul. Aber sein Bruder wusste noch nichts vom Familiengeheimnis. Ab dem achtzehnten Lebensjahr würde auch Nico beginnen, sich zu wandeln. Bis er mit einundzwanzig ein vollständiger Eisdryade war. Aber solange die Wandlung andauerte, war er noch kein Schattenwandler.
Er drehte sich wieder um.
„Lasst ihn in Ruhe."
„Immer mit der Ruhe. Der Kleine ist noch ein Mensch, nicht wahr? Unsere Gesetze gelten für ihn nicht. Genau wie unsere Geschäftsbedingun-

gen." Er lächelte verschlagen. „Im Gegensatz zu dir können wir ihn mitnehmen. Ich habe gehört, Eisdryadenblut wäre eine Spezialität."
„Nein!"
Es war zu spät. Mitten im Raum lösten sich die Vampire plötzlich auf.
Teleportation.
Matt fuhr herum. Nichts als eine Rauchwolke kündete von der Anwesenheit seines Bruders. Sie hatten ihn mitgenommen. Er schlug mit der Faust gegen die Wand. Nicos Geburtstag war schon in zwei Tagen! Wenn er ihnen bis dahin nicht entwischte, war es nach den Gesetzen der Mythenwelt legitim, seinen Bruder festzuhalten!

San Francisco, Vereinigte Staaten von Amerika, 2011

Ein Vampir beugte sich über ihn. Nicos Körper war so kraftlos wie der einer Puppe, unfähig, sich dem Geschehen zu widersetzen. Tränen brannten in seinen Augen. "Bitte..", flüsterte er, unwissend, um was er eigentlich noch bat. Die vergangenen Stunden waren die schlimmsten seines Lebens gewesen: sein Vater hatte einen Herzinfarkt erlitten und er selbst war von irgendwelchen Wesen entführt worden, die sein Blut tranken. Einer von ihnen hatte gedroht, sich ihn sexuell gefügig zu machen. Er zweifelte nicht daran, dass auch diese Drohung in die Tat umgesetzt werden würde, wenn er auch nur eine falsche Bewegung machte. Dabei hatte er sich in den letzten Stunden so weit erniedrigt, sie um seine Freiheit anzubetteln und darum zu flehen. Die Vampire - die Vermutung lag nahe, nicht wahr? - hatten sich prächtig über seine Bemühungen amüsiert. Er konnte nur hoffen, dass seine Familie irgendwie von diesem Unglück verschont worden war. Er hoffte mit aller Kraft, dass es ihnen so gut ging wie unter gegebenen Umständen irgend möglich. Hoffte, dass sein Vater den widrigen Umständen zum Trotz bei guter Gesundheit war. Und, dass es ihm selbst vielleicht irgendwie gelang, zu fliehen, auch wenn er die meiste Zeit unter Beobachtung stand.

Seine Füße waren gefesselt, als er erwachte. Er sah direkt in die Augen eines Vampirs. Genau, wie es Vampire waren, die ihn schon seit Tagen gefangen hielten. Seit er Matt das letzte Mal gesehen hatte und ihm die Nachricht vom Herzinfarkt ihres Vaters überbracht hatte. Seinem Vater. Wie es ihm wohl gehen mochte? Ob er noch lebte? Nico hoffte es mit jeder Faser seines Herzens… Und seit dann herrschte in seinem Kopf irgendwie Leere, die aus der Unfähigkeit, zu denken, resultierte.
Sein Überlebenswille schaltete sich ein.
Nico zuckte zurück und schlug mit dem Kopf gegen die Wand. Prompt umfloss Schwärze seine Augenwinkel. Er zwinkerte mehrmals, um sie wegzubekommen. Wenn er ohnmächtig würde, würde alles nur noch viel schlimmer werden. Der Vampir lachte höhnisch.
„Du kommst hier nicht weg, Kleiner."
Eine Hand schnellte vor und hielt ihn fest, wo er war. Der Vampir beugte sich vor.

„Wir werden sicher viel Spaß zusammen haben."
Mit einem Fingernagel grub er eine blutige Furche in die Wange des Jungen. Dann leckte er das Blut ab. Die Hand, die noch frei war, umfasste Nicos Handgelenk. Der Junge schrie auf, als sein Peiniger plötzlich zudrückte. Es knackte schmerzhaft.
Während der Junge zurücksank, runzelte sein Peiniger die Stirn. Dann breitete sich ein sadistisches Grinsen auf seinem Gesicht aus. Er beugte sich vor, um dem Jungen etwas ins Ohr zu flüstern.
„Alles Gute zum Geburtstag, Dryade!"
Er lachte und ging, um die gute Neuigkeit seinen Kumpanen zu berichten. Sie hatten hier einen Fang gemacht, der Gold wert war! Ein Dryade, dessen Wandlung gerade erst begann, würde von Tag zu Tag besser schmecken!
Nico machte sich unterdessen so klein wie möglich, um den ständigen Zugriffen möglichst wenig Fläche zu bieten. Was hatte der Vampir zu ihm gesagt? Dryade? Was zum Teufel sollte das sein?
Vor seinen Augen verschwammen die Wände und begannen, sich zu drehen. Er schloss die Augen.

New Orleans, Vereinigte Staaten von Amerika, 2011

„Verdammt!"
Matt schlug mit der Faust auf den Tisch. Seine Mutter beobachtete ihn besorgt, während seine jüngeren Geschwister erschrocken auseinander stoben.
„Beruhige dich, Mattheus! Nicht vor deinen Geschwistern!"
Als Matt sie etwas genauer musterte, sah er die Schatten unter ihren Augen. Sein Vater war nicht wieder aufgewacht, im Gegenteil. Caleb Sierewski war nur eine halbe Stunde nach seiner Ankunft im Krankenhaus verstorben. Seinen Leichnam hatten sie bereits dem Bestatter übergeben, um sicherzustellen, dass die Ärzte des Krankenhauses nicht auf die Idee kamen, ihn zu obduzieren. Das würde zu zu vielen Fragen führen, vor allem, nachdem schon seine für Menschen extrem niedrige Körpertemperatur aufgefallen war. Die Ärzte hatten so schon zu viel bemerkt, denn ihnen war ein Loch in Calebs Herzen aufgefallen, dass sie für die Todesursache gehalten hatten. Matt hingegen wusste, dass das seinen Vater mit Sicherheit umgebracht hatte. Sie würden es den jüngeren Geschwistern erst noch sagen müssen, genauso wie die Tatsache, dass Nicolai seitdem verschwunden war. Und dann würden sie den Vater so schnell wie möglich unter die Erde bringen, bevor er sich auf die Suche nach seinem verschwundenen Bruder machen konnte. Er würde jedes Vampirnest in

der ganzen Stadt, ja, in ganz Amerika, wenn es sein musste. Bevor er ging, würde er allerdings eine andere Bleibe für seine verbliebene Familie schaffen müssen, die sein Vater nun nicht länger schützen konnte. Caleb war ein Eismagier gewesen, allerdings war es Matt ein Rätsel, woher die Anlagen dafür kamen. Jedenfalls war es seinem Vater durch die Magie, die er ausgeübt hatte, gelungen, Angreifer von seiner Familie fernzuhalten. Eine Aufgabe, die nun Matt zufiel. Er würde seine Mutter nur ungern mit seinen jüngeren Geschwistern allein lassen, aber er musste es tun, um Nico wieder zu finden. Es war im Moment oberste Priorität, Nico aus den Händen der Vampire zu befreien, in die er ohne eigenes Verschulden geraten war.

Matt verfluchte sich zum wiederholten Mal dafür, dass er mit den Vampiren überhaupt Handel getrieben hatte. Diese Blutsauger waren in der ganzen Mythenwelt dafür bekannt, kein Stück Skrupel im Leib zu haben. Es war seine Schuld, dass sein Bruder ihnen in die Hände gefallen war. Und das so kurz vor seiner Wandlung. Was, wenn sie ihn nun weiterverkauft hatten? Wenn sie ihn gar getötet hatten? Sein Bruder musste einfach noch am Leben sein. Er konnte nicht daran glauben, dass die Vampire, denen er die Drogen verkauft hatte, Nicolai schon getötet hatten. Denn sonst würde er wahnsinnig werden.

Er würde Nicos Hilfe brauchen, um die Familie über die Runden zu bringen, das wusste er jetzt schon. Die lockere Art seines Bruders, gepaart mit seinem liebevollen Umgang mit den kleineren Geschwistern, hatte sie schon in der Vergangenheit aus so mancher Krise gerettet. Nico wusste genau, in welchen Situationen er wie handeln musste. Er musste ihn einfach zurückholen, es ging nicht anders.

Seine Mutter wusste, welche neue Verantwortung auch sie jetzt übernehmen musste, aber auch sie musste sich erst daran gewöhnen. Die Zwillingsschwestern waren noch zu klein, um die Tragweite dessen zu verstehen, dass ihr Vater nicht mehr wiederkommen würde. Und Konstantin würde es wahrscheinlich aus jugendlichem Trotz einfach nicht beachten. Jetzt mussten sie die Familie durchbringen.

Als hätte sie seine Gedanken gehört, sah seine Mutter ihn an und nickte, bevor sie aufstand und nach

ihren jüngeren Kindern rief.

„Olga, Wera! Konstantin!"

Die Spielgeräusche brachen ab. Das Getrappel von Kinderfüßen auf Teppich ertönte, als die Zwillinge in das Wohnzimmer kamen. Die beiden waren hellblond, ein allerliebster Anblick, genau wie ihre Mutter. Sie sahen aus wie Porzellanpüppchen. Konstantin hingegen sah fast aus wie sein Bruder: schwarze Haare, schlank und jugendlich-schlaksig kam er ins Wohnzimmer geschlurft. Er erinnerte Nadja so schmerzhaft an Nico, dass sie sich einen Moment lang abwenden musste.

„Wann kommen Nico und Papa wieder?"

Damit waren sie schneller beim Thema, als Matt lieb war. Während seine Mutter sich um die Zwillinge kümmerte, kniete er sich hin, um mit seinem Bruder zu sprechen.

„Dein Papa hat dich lieb, das weißt du. Aber er ist gestern weggegangen und er wird nie wieder kommen, Konstantin. Papa ist jetzt im Himmel."

„Aber er ist doch gestern noch gesund gewesen!"

Matt sah seinem jüngeren Bruder an, dass dieser begriff, es aber nicht wahrhaben wollte. Bevor er jedoch weitere Ausführungen beginnen konnte, fragte Konstantin schnell: „Und wo ist Nico? Er ist doch nicht auch für immer weggegangen?"

Ich hoffe es nicht, dachte Matt. Und das machte ihm Angst. Dieselbe Angst sah er in den Augen seines Bruders.

„Ich weiß es nicht, Konstantin. Aber ich werde ihn zurückholen, egal, wie lange es dauert."

Das Verständnis verschwand und der Elfjährige stampfte mit dem Fuß auf. „Ich will aber nicht so lange warten! Sag ihm, dass er jetzt zurückkommen soll, sofort! Ich will mit ihm spielen! Olga und Wera haben auch beide jemanden zum Spielen, nur ich nicht!"

Dass seine kleinen Schwestern jemanden zum Spielen hatten, weil sie Zwillinge waren, ärgerte Konstantin gelegentlich, wenn weder Nico noch Matt Zeit hatten, um mit ihm zu spielen. Seine Freunde hänselten ihn manchmal wegen seiner blassen Haut, und das verletzte ihn. Aber wenn er heimkam und dann Nico da war, der ältere Bruder, der immer ein offenes Ohr für ihn hatte, und eigentlich immer bereit war, mit ihm zu spielen, dann war das schnell vergessen. Er sagte sich dann, dass die anderen im Gegensatz zu ihm kei-

nen coolen großen Bruder hatten, der mit ihnen spielte. Und Matt war schon viel zu alt, um ihm noch nahe zu sein, zumindest empfand er das so. Jetzt, wo auch noch sein Vater nicht mehr da war…Tränen stiegen ihm in die Augen.
Er wollte, dass ein Vater zurückkam, auch, wenn er wusste, dass das wahrscheinlich nicht passieren würde. Er wusste, dass er eigentlich ein großer Junge sein sollte, und seiner Mutter und seinem Bruder keinen Kummer bereiten, aber er wollte so sehr, dass ihm jemand sagte, dass alles wieder gut wurde, damit er vergaß, warum er so traurig war.
Und es gab keinen Vater mehr, der ihn in den Arm nehmen und trösten konnte…
Er wollte seinen Bruder zurück, sofort.
Und ein kleines Bisschen fragte er sich, ob Nicolai je wieder kommen würde, um mit ihm zu spielen, egal, wie sehr er es sich wünschte, egal, wie gern er ihn hatte.
Matt streichelte ein wenig überrascht über das schwarze Haar, das so sehr war wie Nicos, als ihm sein jüngster Bruder um den Hals fiel und zu weinen begann.
„Es wird alles gut, mein Kleiner."
Auch, wenn er nicht wusste, wie, würde er schon irgendwie dafür sorgen.
Neben ihm brachen die Zwillinge ebenfalls in Tränen aus, als sie Konstantin weinen sahen, und wollten beide von ihrer Mutter in den Arm genommen werden.
Matt sah zu ihnen hinüber, beobachtete ihre innige Umarmung, und verspürte den Wunsch, ebenfalls in den Arm genommen zu werden.

Er schlang seine Arme fester um den Körper seines Bruders und spürte, wie sein Hemd von dessen Tränen durchnässt wurde. Er wünschte, es gäbe da draußen jemand, der ihnen helfen würde, das alles zu überwinden. Wenigstens Nico wieder zu finden, wenn er schon nicht alles haben konnte.
Tränen stiegen nun auch in seine Augen und er hielt seinen kleinsten Bruder fest wie einen Rettungsanker. Warum war niemand hier, wenn man ihn brauchte?

San Francisco, Vereinigte Staaten von Amerika, 2011

Nico kniete auf dem Boden. Sein Atem ging so schnell, dass sein ausgetrockneter Hals beinahe den Dienst aufgab. Ein weiterer Peitschenschlag traf seinen Rücken. Er biss die Zähne zusammen, um nicht laut aufzuschreien. Stattdessen drang ein dumpfes Keuchen aus seinem Mund und hallte qualvoll laut im Raum wider.
Mit den gefesselten Händen versuchte er, sich so gut wie möglich auf dem Boden abzustützen, doch es gelang ihm nur mäßig. Blut rann an seinem Oberkörper herunter und tropfte auf den Boden. Seine Hände waren schon rot und ganz glitschig, was es noch schwerer machte, das Gleichgewicht zu halten. Er dachte kurz an seine Familie, und wie viel lieber er jetzt bei ihnen gewesen wäre, um ihnen zu helfen, sie zu unterstützen und sich von ihnen unterstützen zu lassen, bis der Schmerz das Denken in den hintersten Winkel seines Ge-

hirn verfrachtete. Auch der nächste Schlag ließ ihn nur aufkeuchen. Fast mit Gewalt brach sich der Gedanke Bahn, dass sein Vater, wenn er nur hier wäre, ihm hätte helfen können… Das warme Blut an seinem Körper kühlte ab, wurde eisig und gefror, ohne dass Nicolai ahnte, dass er selbst der Auslöser dafür war. Viel zu beschäftigt war er mit dem Gedanken, dass sein Vater tot sein musste, denn sonst hätte er ihn schon längst hier raus geholt. Vielleicht suchte ja trotzdem irgendjemand nach ihm..Matt vielleicht…

Schon beim dritten Schlag brach er zusammen. Die Wunde verursachte solchen Schmerz, dass ihm übel wurde und er, sich zusammenkrümmend, würgen musste. Nichts kam heraus, schließlich hatte er seit einer scheinbaren Ewigkeit nichts zu essen bekommen. Er hatte die Vermutung, dass sie das mit Absicht taten, um ihn schwach zu halten.

Der Vampir musste absichtlich fester zugeschlagen haben, denn Nico fühlte, wie sich das Blut in einer langen Wunde sammelte, die von seinem Nacken bis hinunter zum Hosenbund führte. Auch dort wurde das Kleidungsstück feucht. Ihm wurde klar, dass der Vampir ihm auch den Oberschenkel aufgerissen hatte.

Er bäumte sich mit letzter Kraft auf, als der Vampir neben ihm in die Knie ging. Die Methode der Vampire zeigte Wirkung, seine Kraftreserven waren praktisch nicht vorhanden. Scharfe Zähne bissen dicht neben der offenen Wunde zu und saugten genüsslich. Nico atmete panisch immer schneller. Das schmatzende Geräusch verstummte. Der

Vampir bewegte sich ein Stück und leckte die Wunde aus. Die Blutung versiegte und der pochende Schmerz ebenfalls. Zum Ausgleich für diese eine ließ er die anderen aber offen.
Nico konnte nur daliegen und spüren, wie das Leben aus ihm herausrann, während das Gift, das die Vampire mit ihren Bissen absonderten, langsam in seinen Blutkreislauf eindrang und ihn bewegungsunfähig machte. Hoffentlich ging es seiner Familie gut. *Bitte, Gott, mach dass es ihnen gut geht,* dachte er, während er an die farblose Wand starrte. Es hatte sein Leben zerstört, in diesem Moment nach Matt gesucht zu haben, um ihn von dem Unglück ihres Vaters zu unterrichten. Es musste einfach zu irgendetwas gut gewesen sein, dass er hier sterben würde...
Er schloss die Augen in stiller Resignation, die mit der zunehmenden Schwäche einherging. Sein Atem ging ruhiger und das Blut trocknete langsam an. Im Geiste sah er die Gesichter seiner Geschwister vor sich: Konstantin, der so stolz darauf gewesen war, einen großen Bruder zu haben, der mit ihm spielte; Olga und Wera, die so zuckersüß aussahen, wie sie mit ihren Puppen spielten, aber es in Wahrheit wirklich in sich hatten. Matt, der mit seiner ein wenig ruppigen Miene versuchte, so gut wie möglich für die Familie da zu sein...Und schließlich seine Mutter, Nadja, die immer für sie alle da gewesen war, ganz gleich wann oder wie oder warum. Die immer dafür gesorgt hatte, dass alles rund lief, das Haus sauber war, Essen auf dem Tisch stand und sie mit ihrer unvergleichlichen, stillen Liebe und Fürsorge umgeben hatte.

Genau wie sein Vater, der ein wenig Probleme zu haben schien, sich auszudrücken, aber das Geld heranschaffte und die leitende Hand des Hauses war. Sie alle beschützte. Seinen Vater in scheinbarer Gegenwart so real vor sich zu sehen, trieb Nico genauso die Tränen in die Augen wie das Wissen, dass er sie alle wahrscheinlich nie wieder sehen würde.

Zumindest war es ein vergleichsweise friedlicher Tod im Vergleich zu dem, was er hier schon erlebt hatte...Einfach sanft entgleiten, gelähmt vom Gift des Vampirs, während er an seine Familie dachte... Es war eigentlich keine schlechte Art zu sterben.

Der Vampir bemerkte, dass sein Gift wirkte. Die Vitalfunktionen des Dryaden waren deutlich heruntergefahren. Und auf seinen Wangen glitzerten Tränenspuren, die eindeutig vorher noch nicht da gewesen waren. Das ehemals glatte schwarze Haar des Jungen war verfilzt, seine Sachen und sein Körper dreckig. Er würde einen der Sklaven anweisen, ihn zu waschen, wenn er hier fertig war. Und das war noch nicht jetzt. Dass der Dryade offenbar zu glauben schien, dass es vorbei war, machte das Ganze nur noch amüsanter.

Er packte den Jungen an der Hüfte und warf ihn ein Stück hoch. Minutenlang starrte der Vampir sein Opfer einfach nur an, um sich an dessen Angst zu weiden. Die Resignation, die er stattdessen entdeckte, als der Dryade die Augen öffnete, ließ ihn die Zähne fletschen. Und das nicht nur, weil der Geruch des Blutes noch in der Luft lag. Seltsam teilnahmslos beobachtete der Dryade den Vorgang. Erst, als er den Jungen mühelos ein Stück hoch hob und ihn sich über die Knie legte, konnte er wieder die vertraute Angst sehen.

Sein Kopf schoss nach vorn und die Reißzähne bohrten sich in die Brust des Jungen, nur Millimeter von den empfindlichen Brustwarzen entfernt. Nico erbebte und wimmerte leise, außerstande, sich zu wehren. Das bösartige Geschöpf lachte in sich hinein und verpasste seinem Opfer dann mit einem Hieb eine tiefe, stark blutende Wunde. Dann lehnte er sich kurz zurück und genoss die Schmerzen des Jungen, bevor er fortfuhr.

Als er seine Zähne in den Hals des Jungen hieb, fiel dessen Kopf zurück und die nach Dryadenart gestalteten Augen blieben weit offen. Die zahlreichen blutenden Wunden verbreiteten ein herbes Blutaroma in dem hässlichen Raum, in dem der Dryade gefangen gehalten wurde. Rost und Tod. Der Vampir atmete tief durch die Nase ein, um alles von dem Augenblick in sich aufzunehmen.

Er würde wiederkommen.

Und wie er hierher zurück kommen würde.

SAN FRANCISCO, VEREINIGTE STAATEN VON AMERIKA, 2012

Nico gehörte zu den Blutsklaven, die ausersehen waren, die Gäste zu erfrischen. Das gewährte ihm in den Tagen vor dem Fest eine gewisse Schonung. Den Vampiren war es bis zu jenem Tag verboten, ihn zu verletzen oder gar Gliedmaßen auszureißen. Er wusste nicht, ob sie so etwas tatsächlich vor hatten, aber er hatte Schreie gehört, die sich sehr danach angehört hatten. Nicht einmal gewundert hatte er sich darüber, so abgestumpft war er inzwischen schon. Er war sich nicht einmal sicher, ob er noch Gefühle entwickeln konnte, die nichts mit Schmerz und Leid zu tun hatten. Sein Inneres fühlte sich vollkommen leer an, ein Hohlraum, den nichts mehr zu füllen vermochte.

Die Erinnerung an die glücklichen Tage mit seiner Familie war nur noch eine ferne Erinnerung. Er hatte das Gefühl, täglich ein bisschen mehr zu sterben. Die Glücksgefühle, an denen er zehrte, waren an Szenen wie das Spielen mit seinen Schwestern gekoppelt. Er fühlte sich allein schon dadurch dreckig, dass er sie irgendwie auf diese Weise mit hierher brachte, hatte er doch das Gefühl, sie schon allein dadurch zu entweihen. Er war zu schmutzig, um sich überhaupt an sie erinnern zu dürfen.

Er hatte sich also einigermaßen glücklich geschätzt - bis er gemeinsam mit seinen Leidensgenossen in die Fabrikhalle gebracht wurde, in der die Orgie stattfinden sollte.

Die Wände wurden von Ketten verziert, in denen Gerippe hingen. Manchen von ihnen sahen nicht einmal menschlich aus. Auf dem Boden klebten Flecken getrockneten Blutes, das gerade von niederen Dienern der vampirischen Mafia beseitigt wurde. Vor dem Fest waren die Gefangenen also vor den Blutsaugern sicher – aber währenddessen standen sie zum Töten bereit. Ein kleines, verhutzeltes Männchen kam direkt vor ihnen vorbei, einen Eimer voller Schädel vor sich her tragend. In der anderen Hand hielt es einen zweiten Eimer mit ebenso vielen Kerzenstummeln. Offensichtlich sollte das Ganze als Dekoration dienen.

Nico zuckte zurück, als der Vampir an der Kette riss, an der sie aneinander gefesselt waren. Er stolperte vorwärts, darauf bedacht, nicht zu stürzen. Die Vampire rissen jeden in Stücke, der Schwäche zeigte. Ein Stück hinter ihm konnte sich ein Mädchen nicht auf den Beinen halten. Sie stürzte zu Boden. Ganz plötzlich wurde es totenstill in der Halle. Alle Anwesenden erstarrten. In den Augen der Vampire glitzerte es mordlustig, während Köpfe im Zeitlupentempo gedreht wurden. Dann, ebenso plötzlich, gab es kein Halten mehr. Ein Kreischen wurde laut, das animalischer nicht hätte sein können. Nico blieb still stehen, auch, als das Mädchen anfing, zu schreien. Ihre Hilferufe wurden immer schriller, bis sie schließlich immer noch ungehört verstummten.

Die Stimmung wurde drückender, je näher die Eröffnung der Feierlichkeiten rückte. Er konnte kaum noch atmen, so schwer erschien ihm die Luft. Nico versuchte, sich einzureden, dass das nur an den Ketten lag, die ihn straff an die Wand fesselten, doch er wusste es besser. In dieser Lage fühlte er sich mehr denn je den Vampiren ausgeliefert. Auf Gedeih und Verderb. Als die Glocke geschlagen wurde, die den Beginn des Ganzen kennzeichnete, hätte er beinahe vor Angst die Augen geschlossen. Doch während seine Lider sich schon senkten, besann er sich und riss sie wieder auf. Er durfte auf keinen Fall Schwäche zeigen. Nicht vor den Vampiren, die nur darauf warteten, über ihn herzufallen und ihn ebenso in Stücke zu reißen wie das Mädchen von vorhin. Als er sich umsah, registrierte er erleichtert, dass keiner der Blutsauger ihn gerade beobachtet hatte. Dann löste sich einer aus der Masse der Hereinströmenden und kam direkt auf ihn zu. Er grinste bösartig und Nico erkannte denjenigen, der ihn überhaupt erst gefangen genommen hatte. Offensichtlich wollte der Vampir die Früchte seiner Arbeit auskosten. Ausgiebig.

„Können wir uns den Dryaden für einen kleinen Obolus eine Weile ausleihen?"
Das Oberhaupt der Vampir-Mafia lenkte seine Aufmerksamkeit auf das Pärchen vor ihm. Violet und ihr dichterischer Freund. Sadismus in seiner reinsten Form. Oh, es würde ihm Spaß machen, zu sehen, wie der Dryade gebrochen zu ihm zurück kriechen würde, um Gnade winselnd… aber zuerst würde er ein wenig mit ihnen spielen.
„Warum sollte ich das erlauben? Gibt es da einen besonderen Grund?" Er zog eine Augenbraue hoch, um noch durchtriebener zu wirken. Was ihm durchaus gelang, wie er an ihren Blicken erkannte. Der Dichter gab ihm die Antwort: „Wir kennen uns nun schon ein ganzes Jahrhundert lang und sind beinahe genauso lange schon in deinen Diensten. Da dachte wir, heute wäre eine gute Gelegenheit, das ein wenig zu feiern."
Was ihm allerdings zusagte. Aber er war noch nicht bereit, sein Katz-und-Maus-Spiel zu beenden.
„Lasst mich nachdenken. Wie viel wärt ihr bereit, dafür zu zahlen?"

Sie übernahm das Wort. „Zweitausend Dollar."
Er überlegte kurz. „Verdoppelt das, und er gehört für zwei Stunden ganz euch. Schließlich arbeitet ihr ja für mich. Aber ihr müsst ihn am Leben lassen." Der Blick, den der Dichter seiner Freundin zuwarf, bestätigte ihn in seiner Meinung. Die beiden hatten mit einer weitaus höheren Summe gerechnet. Vielleicht hätte er mehr verlangen sollen? Aber jetzt war es zu spät. Ein Handel war, einmal ausgesprochen, nicht umkehrbar.
Nico konnte den Kopf kaum noch heben, so viel Gift pulsierte durch die zahlreichen Bisse in seinem Blut. Dadurch erblickte er das Vampirpärchen erst, als sie knapp vor ihm standen. Die Frau hob einen Schlüssel und öffnete damit seine Ketten. Dann hob ihn der Mann herunter und legte ihn sich über die Schulter. Die Menge teilte sich vor ihnen, als sie ihn weg trugen. Das Zimmer, auf das sie zusteuerten, stand den Gästen Zeit ihrer Anwesenheit zur Verfügung. Ihm wurde mulmig. Als die Vampirin dann seine schwachen Barrieren durchbrach, um in seinen Kopf einzudringen, fühlte er nichts mehr. Sie übernahm die Kontrolle.
„Da ist verdammt viel Gift in seinem Körper. Was erklärt, warum er sich nicht bewegt."
Ihr Begleiter nickte und setzte Nico ab. „Das sollten wir mindern. Sonst haben wir nicht halb so viel Spaß"
Violet durchforstete seinen Körper, wühlte erbarmungslos Erinnerungen auf, die er hatte vergessen wollen. Dann brachte sie ihn dazu, mehr Adrenalin auszuschütten, um die Wirkung des Giftes einzudämmen, das der Dryade nicht verarbeiten

konnte. Da er bereits nackt war, bereitete ihr das weitere Vorgehen keinerlei Schwierigkeiten. Sie wandte sich an Philippe.

„Lass ihn uns zerstören, ja? Tu es für mich," setzte sie augenklimpernd hinzu. Philippe lächelte und trat hinter den Jungen, den sie hatte hinknien lassen. Mentaler und physischer Zwang waren nur zwei ihrer zahlreichen Talente. Sie genoss es, sie alle zur Befriedigung ihrer pervertierten Bedürfnisse auszuschöpfen...

Violet zog die Augenbrauen hoch, als sie das magische Potential des Dryaden entdeckte. Er war noch zu jung, um es nutzen zu können, soviel wusste sie bereits. Achselzuckend entkleidete sie sich und ihr Partner tat es ihr gleich. Er würde sich nicht wehren, keine Chance. Bei den Unmengen an Vampirgift, die sich in seinem Blut befanden, war es ohnehin wahrscheinlicher, dass er ihnen unter den Händen wegstarb. Kein Wunder, dass sein Preis so niedrig gewesen war. Dieser betrügerische Mafiosi musste gewusst haben, wie es um ihn stand.

Das machte sie nur noch wütender. Mehr Wut, die sie irgendwo auslassen musste...

Sie brachte ihn dazu, zu kommen, während Philippe ihn von hinten nahm. Als sie genug davon hatten, legten sie ihn auf den Boden, während sie ihr heißes Geschlecht an seinen Mund presste und ihn dann anwies, zu arbeiten. Es war umso befriedigender, dass sein Verstand noch vollkommen intakt war. Er war vollständig bei Bewusstsein, und er hasste sich selbst dafür.

Nachdem sie genug davon hatten, ihn sexuell zu erniedrigen, begannen sie, ihn zu foltern.

Die Knochen des Dryaden waren weitaus instabiler als die ihren. Es kam ihr vor, als würde sie Zahnstocher entzwei brechen. Sie tranken immer wieder von seinem Blut und ergötzten sich an den Schmerzen, die sie ihm zufügten. Die Kette, die ihn als Sklaven auswies, war ihnen dabei nützlich wie kaum etwas anderes. Sie hinderte ihn daran, vor Schmerz das Bewusstsein zu verlieren, bis der Zwang beinahe übermächtig wurde. Dann zwang sie ihn, aufzustehen und seine gebrochenen Knochen zu belasten. Plötzlich war es ihr unmöglich, den Dryaden zu erreichen. Seine Beine gaben unter ihm nach und er fiel zu Boden. Auch, als sie nach seinem Bewusstsein forschte, war da nichts mehr.

Nico sah durch seine halbgeschlossenen Augenlider, wie die Vampirin näher kam und ihren Mund an seinen Hals presste. Ihr Gefährte bearbeite mit der einen Hand das Geschlecht des Jungen so hart, dass es wehtat, während auch er die Zähne in das blutige Fleisch schlug. Der Dryade war nicht mehr fähig, sich zu rühren, so viel Gift pulste bereits durch seine Adern. Ein ersticktes Stöhnen kam aus seinem Mund.

Die winzige Bewusstseinslücke, die seine instinktive Reaktion ausgelöst hatte, gab der Vampirin wieder Zugang zu seinem Bewusstsein. Jedes Mal, wenn er wieder kurz vor der Ohnmacht stand, schlugen sie ihn, um ihn zurückzuhalten. Er stöhnte leise. Er glitt unaufhaltsam in die Dunkelheit, bis

ihn nicht einmal mehr der stärkste Schlag davon abgehalten hätte.
Violet ließ von ihm ab und auch Phillip erhob sich. Sie küsste ihn auf den noch immer blutverschmierten Mund, bevor sie sie noch einmal ausgiebig liebten, um den Abend zu vervollkommnen. Dann zogen sie sich wieder an und verließen beide mit federnden Schritten den Partyraum, mit dem Wunsch, die soeben aufgenommene Energie gewinnbringend wieder abzubauen. Sie würden heute Nacht noch eine Menge Spaß haben, so viel war sicher.

„Seid Ihr sicher, dass er noch lebt?" Der Gnom sah zweifelnd zu dem Vampir herauf, der ihn begleitet hatte, nachdem seine Artgenossen den Jungen nicht ordnungsgemäß wiedergebracht hatten. Immerhin, ihre zweistündige Frist hatten sie eingehalten.
Der junge Dryade lag blutüberströmt da, weder Atem noch Puls waren erkennbar. Seine Glieder standen in seltsamen Winkeln ab.
„Ich kann sein Herz schlagen hören."
Mit einem Grummeln griff der Gnom nach dem reglosen Körper und zerrte ihn auf eine Art Schubkarre. Die Vampire, die dem bedauernswerten Geschöpf das angetan hatte, befanden sich jetzt sicherlich in einer Art Delirium.

Nico brauchte mehrere Wochen, um sich von der brutalen Behandlung Violets und ihres Freundes zu erholen. Am Anfang war er den Großteil des Tages ohnmächtig, aber als es schließlich ein wenig besser wurde, verlor er vor Schmerz fast den Verstand. Seine Knochen heilten nur langsam, vor allem, wegen des ungeheuren Blutverlusts. Da selbst die Vampire offenbar eingesehen hatten, dass sie eine ihrer wichtigsten Blutquellen verlieren würden, wenn sie ihn auch weiterhin benutzten, ließ man ihn eine Zeit lang in Ruhe. Dafür verfrachteten sie ihn sogar in eine Kammer, die nur ein paar Schritte von der entfernt lag, die sonst sein Gefängnis war, aber offensichtlich eine Art Lazarett darstellte. Ein paar andere Nicht-Vampire waren ebenfalls hier untergebracht, sie alle trugen die Handschrift von unmenschlicher Grausamkeit. Es gab sogar einen Patienten mit nur noch einem Bein, womit sich die schaurige Theorie der abgerissenen Gliedmaßen in der schlechtesten Weise bewahrheitete.

Als Nico wieder einmal zwischenzeitlich das Bewusstsein wiedererlangte, stupste ihn etwas seitlich an. Als er mühsam den Kopf drehte, sah er in die schräg stehenden Augen eines Mädchens. Auch bei ihr waren mehrere Gliedmaßen gebrochen, unter anderem beide Beine.

„Hallo, ich bin Linan. Wer bist du?" Ein leicht rollender Akzent schwang in ihrer Stimme mit, der seinem eigenen ein wenig ähnelte.

„Nico."

„Und was bist du? Oh, warte, lass mich raten!"

Sie musterte ihn von oben bis unten. Schwarze Haare, weiße Haut. Augen, die so groß und schwarz waren, dass sie unwillkürlich von ihnen gefesselt wurde. Ein schmaler, blauer Rand und das kaum sichtbare Weiß der Augäpfel... Eins sei-

ner Augen war zugeschwollen von dem Schlag, der ihm dorthin verpasst worden war.
„Du bist ein Dryade, nicht wahr? Ein Eisdryade?"
„Wahrscheinlich, ja."
„Du weißt es nicht?" Ihr seltsamer Akzent war plötzlich fast verschwunden und sie sah ihn ernst an.
„Woher kommst du?"
„Weißrussland."
„Aber wenn du aus Weißrussland kommst, musst du ein Eisdryade sein. Andere Wesen gibt es dort oben nicht. Du bist aber nicht sehr gesprächig, oder? "
„Nein. In der Regel nicht. Aber ich kann ja mal eine Ausnahme machen."
Er wurde gleich darauf von einem Hustenanfall geschüttelt. Seine gebrochenen Rippen schmerzten fürchterlich.
„Ich habe sie sagen hören, dass dein Blut das schmackhafteste von uns allen ist. Wenn du nicht entkommst, werden sie dich töten. Das ist dir klar, oder?"
„Wie sollte ich denn entkommen. Es gibt niemanden, der mir helfen würde."
„Was ist mit deiner Familie, Dryade? Die würde dich doch sicherlich freikaufen."
„Sie wissen nicht, dass ich hier bin."
„Oh, das ist aber traurig. Meine Familie steht bereits in Verhandlungen mit den Vampiren. Wenn sie nur genug zahlen, komme ich auch hier raus. Hexen machen das so."
„Du bist eine Hexe?"

„Ja, was glaubst du denn, Dryade? Ich bin schon einmal kein Vampir, wäre ich ein Werwolf würdest du es merken, ich bin auch nicht wie du und einen Fischschwanz habe ich auch nicht. Es bleibt also nicht viel übrig." Tatsächlich blieb noch eine ganze Menge übrig, und das wusste sie.
„Entschuldige."
„Und ich glaube, dir täte es besser, wenn du auch weiterhin den Mund hältst. Sei mir nicht böse, aber du siehst scheiße aus."
Er versuchte ein Lächeln, stöhnte dann aber vor Schmerz, als seine Schläfen zu pochen begannen. Unter Linans prüfendem Blick wurde er ein weiteres Mal ohnmächtig.

Nico erwachte aus seinem Halbschlaf, als sein Bett sich ruckartig bewegte. Er zuckte zusammen und stöhnte vor Schmerz. Langsam öffnete er die Augen. Ein Vampir beugte sich über ihn. Er musterte gierig Nicos pochende Halsschlagader. Nur kurz schweifte sein Blick ab und streifte die Augen des Jungen.
„Ich habe schon viel zu lange gewartet. Wenn ich nicht endlich dein Blut bekomme, drehe ich durch!"
Es gab Vampire, die so viel Blut zu sich genommen hatten, dass sie davon wahnsinnig geworden waren, und einen unstillbaren Hunger nach immer größeren Mengen Blut entwickelten. Sie starben in der Regel recht schnell, weil sie unvorsichtig wurden. Nico war sich sicher, ein solches Exemplar vor sich zu haben. Sein rational denkender Verstand fiel aus, als er dem Kerl weiterhin in die Au-

gen starrte. Die Panik brach durch, als er versuchte, sich auf irgendeine Weise zu wehren, wie auch immer…und es ihm einfach nicht gelingen wollte. Er versuchte krampfhaft, seine Hände zu heben, um den Vampir fortzustoßen, doch dann stellte er zu seinem Entsetzen fest, dass seine Hände ans Bett gekettet waren. Trotzdem hob er sie, soweit es ging, um den Blutsauger von sich weg zu schieben. Als seine Handflächen den Körper des Vampirs berührten, schlug dieser ihn ins Gesicht. Sein Kopf flog herum. So sah er, dass Linan ihn beobachtete. Der Vampir beugte sich über ihn und schlug seine Zähne in Nicos Hals. Seine Augen verdrehten sich nach oben. Das Gift wirkte schnell und setzte ihn außer Gefecht.

Als er diesmal erwachte, schmerzten die Farben in seinen Augen. Das Licht war zu grell, die Geräusche zu laut. Er ertrug es kaum, dass Bettlaken auf seinem beinahe nackten Körper zu spüren. Als er die Augen wieder schließen wollte, kniete sich eine Vampirin neben sein Bett, die ihn kritisch musterte. Sie schob eine Hand unter seinen Kopf und hinderte ihn so daran, zur Seite zu kippen. Die Welt drehte sich vor seinen Augen.

Ihr blutroter Blick flog über sein Gesicht, huschte dann aber weiter zu seiner Halsschlagader.

„Er hat es überlebt. Gerade so." Im Hintergrund erklangen Schreie. Er hörte, wie etwas dumpf auf den Boden fiel und noch weiterrollte. Er meinte sogar zu hören, wie Blut an die Wand spritzte. Seine Augenlider waren so schwer, dass sie wieder zu fielen.

„Linan?"
Sein erster Gedanke war, dass sie gesehen haben musste, wie der Vampir sich auf ihn gestürzt hatte. Doch als er den Kopf nach links drehte, war das Bett leer.
„Sie ist tot.", erklang es von der anderen Seite des Raumes. Nico erschauderte.
„Was?"
„Sie hat versucht, abzuhauen, nachdem der Blutsauger dich attackiert hat. Ist ihr nicht gut bekommen."
Nico schloss wieder die Augen. Linan war also tot. Er hatte sie als so etwas wie seine Freundin betrachtet. Außerdem war sie die einzige gewesen, die ihm möglicherweise mehr über sein Wesen erzählen hätte können. Tot. Als er das Wort dachte, fügte sein Unterbewusstsein einen weiteren Satz hinzu: *Das wirst du auch bald sein.*
Leider war die Erholungspause auf der Krankenstation viel zu kurz. Sobald er wieder länger bei Bewusstsein blieb und genug Blut produzierte, holten die Vampire ihn wieder ab, um ihn erneut in die Kammer zu stecken, in der er auch zuvor schon gefangen gehalten worden war. Sie zerrten ihn aus dem Bett und trieben ihn dort hin, als wäre er nicht besser als ein Tier.

„Bist du wahnsinnig?!"
Nico hörte den Ausruf des fremden Vampirs nur noch undeutlich. Er zitterte vor Blutverlust, während der, der bisher über ihm gekniet und sein Blut gesaugt hatte, sich aufrichtete. Die Hand des Jungen zuckte kurz, als der andere die offene

Wunde berührte, die einmal sein Bauch gewesen war.

„Du bringst ihn um."

„Seit wann stört dich das?"

„Seit ich entdeckt habe, dass das Blut von Eisdryaden derart nahrhaft ist. Tu was du willst, aber lass ihn am Leben."

Noch bevor ihm endgültig die Sinne schwanden, spürte er den Geschmack von Blut im Mund. *Eisdryade? Dann hatte Linan Recht..*

„Nein!", murmelte er.

Der Vampir brachte ihn zum Schlucken, dann wurde es schwarz.

„Darf ich dir helfen?"

Ein weiterer Vampir war vor ihm niedergekniet. Der hier sah zwar jünger aus, aber er war nichtsdestotrotz ein Vampir. Nico wich zurück. Wieder wurde ihm schlecht. Der andere drehte kurz den Kopf, um sich zu vergewissern, dass da niemand mehr war.

„Sch. Ganz ruhig. Ich tu dir nichts."

Dann wiederholte er noch einmal seine Frage, langsam diesmal.

„Darf ich dir helfen?"

Das hier war ein Vampir, ein Vampir, der ihn höchstwahrscheinlich schlagen würde – oder Schlimmeres – wenn er das Angebot annahm...Aber er hatte solche Schmerzen. Er konnte nicht mehr klar denken, sich nicht bewegen, ohne dass er vor Schmerz zu wimmern begann...

Nico nickte ein klein wenig.

Schlimmer konnte es nicht mehr werden, selbst wenn das hier eine neue Masche war, die sie an ihm ausprobieren wollten. Der Vampir rückte zu ihm hin und legte ihm die Hände auf.
„Wie heißt du?"
„Nicolai Sierewski."
„Sierewski? Sibirien, richtig? Ich werde versuchen, deine Familie zu verständigen. Wo kann ich die finden?"
Nico schwieg. Auch, wenn der Vampir ihm jetzt half, war es möglich, dass er das nur tat, um an seine Familie heranzukommen, und das würde er auf keinen Fall zulassen. Der Vampir warf ihm einen undeutbaren Blick zu, den Nicolai als Bedauern interpretierte. Erstaunlicherweise hörte der Vampir nicht auf mit dem was er tat, sondern fuhr fort.
„Ich bin Henry. Geht es dir jetzt besser?"
Nico überprüfte, ob das der Fall war und stellte überrascht fest, dass es stimmte. Seit dem Vorfall mit Violet war das das erste Mal, dass er keine Schmerzen hatte. Er nickte.
Der Vampir sah ihm noch einmal kurz in die Augen, nickte, stand dann auf und verschwand. Er würde Hilfe holen.
Die Tür flog nur Sekunden später auf. Der Vampir stürmte herein und sah sich um. Er roch die Teleportation.
„Wer war das?"
Sein Peiniger kam näher und riss ihn hoch. Die Ketten, mit denen er neuerdings gefesselt war, klirrten. Er konnte fühlen, wie sein Knochen splitterte, als der Vampir ihm ins Gesicht schlug. Blut

lief ihm übers Gesicht, der Schmerz war sofort wieder da. Es war, als wäre der Fremde nie hier gewesen. Voller Wut schleuderte der Vampir ihn gegen die Wand. Beim Geräusch splitternder Knochen wurde Nico schwarz vor Augen.
Er erwachte schreiend. Der Vampir kniete über ihm und hielte seinen Kopf fest, während er mit der freien Hand nach dem Auge des Jungen griff. Dann hatte er es gefunden und bohrte seinen Finger hinein. Der Schmerz war das Grässlichste, was Nico bisher erlebt hatte. Der Vampir riss an dem Auge. Plötzlich war da nur noch Blut. Der Vampir war nicht so gnädig, ihm zu erlauben, das Bewusstsein zu verlieren. Nico hörte ein unmenschliches Schreien, das ihm in den Ohren schmerzte. Er erkannte es nicht als sein eigenes. Erst, als er kaum noch Knochen im Leib fühlte, die nicht gebrochen waren, verschlang ihn die lindernde Schwärze.

Henry war schon zu weit weg, um die Schreie zu hören. Er materialisierte sich direkt neben Chris, das angstverzerrte Gesicht des Dryaden noch immer klar vor Augen. Der Junge hatte Todesangst gehabt. Er kam immer, wenn er in der Gegend war, in die Lagerhallen. Die Vampirmafia in San Francisco hielt Blutsklaven, seit sie existierte. Er heilte, wo er nur konnte, nur, um am nächsten Tag oder in der nächsten Woche erfahren zu müssen, dass seine Patienten gestorben waren. Er wusste, dass sie ihn irgendwann vermutlich erwischen würden und in diesem Fall blühte ihm kein besseres Schicksal als den armen Kreaturen, denen er half. Deswegen konnte er immer nur sehr unregelmäßig kommen, um keine Spuren zu hinterlassen. Aber die Wesen, die dort gefangen gehalten wurden, erlebten das schlimmste Schicksal, das er sich nur vorstellen konnte. Selbst ein Heiler war gegen die Alpträume nicht gefeit, die ihn nach einem solchen Besuch oft noch wochenlang heimsuchten.

Chris schlang von hinten die Arme um ihn.

Du hast es wenigstens versucht. Und jetzt hast du ja mich.

Henry grinste und drehte sich um, um seinen Freund auf den lächelnden Mund zu küssen. Es war noch immer ein wenig seltsam, die Gedanken eines anderen so einfach mithören zu können, aber er bekam allmählich Übung darin.

Nico merkte, dass er sich veränderte. Zunächst hatte er es der unverhofften Heilung durch den Vampir zugeschrieben, aber seit der andere Vampir ihm das Auge heraus gerissen hatte, war er viel schneller geheilt als vorher. Sehr zum Vorteil der Vampire, schließlich hatten sie so mehr Gelegenheiten, ihn zu benutzen. Es musste daran liegen, dass er sich wandelte. Etwas in der Art. Er war schließlich nicht dumm; Nico konnte spüren, wie er schneller gesund wurde. Er fühlte sich auch nicht mehr so schwach, als wäre er dem Tod für einen Moment entronnen. Was eine irrsinnige Hoffnung war, wie er wusste, weil die Vampire es ebenfalls bemerkt hatten und ihn nun nur noch besser bewachten.

Ihr Gift wirkte nicht mehr so stark auf ihn. Sehr zu

seinem Leidwesen dauerte es nun länger bis er bewusstlos wurde und zog so auch seine Qual in die Länge. Und sie hatten ihm das angetan, verflucht sollten sie sein. Er ahnte, dass er auf irgendeine Weise anders als vorher auf das Gift reagierte. Sie würden ihm zwar nicht die Zeit lassen, es herauszufinden, aber entweder er entwickelte eine Art Immunität...oder das hier war die Ruhe vor dem Sturm, auf die etwas noch Schlimmeres folgen würde.

Wenn er allerdings dem unguten Bauchgefühl Glauben schenkte, dass er bei alldem hier hatte, dann musste er noch einen weiteren Faktor in Betracht ziehen. Sie ließen ihm zwar nicht besonders viel Zeit zum Nachdenken, besonders, da er sich zu Tode fürchtete, wenn er auch nur daran dachte, was als Nächstes auf ihn zukommen würde, aber in der Kürze der Zeit war er trotzdem zu einem Resultat gekommen.

Es konnte sein, dass er mit dem Blut des Vampirs auch noch etwas anderes in sich aufgenommen hatte. Etwas, das sich nun in ihm ausbreitete und wucherte wie Unkraut.

Etwas, das ihn zu einem Teil ihrer bizarren Gesellschaft machte.

Ihm graute nur noch mehr, wenn er daran dachte.

Seit sie entdeckt hatten, dass nicht nur das Blut des Dryaden ihnen Geld bringen konnte, verschacherten sie ihn stündlich. Nachdem die Besucher wieder gegangen waren, überprüften die Vampire ab und an, ob er noch lebte, und wie viel Blut er noch entbehren konnte, bevor sie den oder die nächste vorließen.

Ihm schwante, dass sie ihn irgendwann einfach tot vorfinden und dann als Sondermüll entsorgen würden. Sein Körper war allerdings schon viel zu lange ein Frack, als dass Nico sich besondere Sorgen um diesen Umstand machen konnte.

Er wünschte sich einfach nur, dass es irgendwann vorbei war...

Die Misshandlungen waren inzwischen so schlimm, dass Nico den Hauptteil des Tages in einem Dämmerzustand verbrachte. Er war zu schwach, um sich zu wehren, als sie ihm Drogen spritzten. In gewisser Weise retteten sie ihm damit das Leben, denn er war sich sicher, dass er verrückt geworden wäre, wenn sie ihn nicht betäubt hätten. Andererseits tat sein Körper so weh, dass er jedes Mal erneut gelinde Überraschung verspürte, wenn er überhaupt noch etwas fühlte. Plötzlich nahm er nicht nur einen, sondern gleich mehrere Vampire wahr, die von seinem Blut tranken.

Sie verkauften sein Blut und seinen Körper zu einem bestimmten Preis. Nur die engsten Mitglieder der mythischen Mafia bekamen den lebenspendenden Saft umsonst, während die Arschkriecher es als Belohnung erhielten. Alle anderen mussten horrende Summen dafür bezahlen.

Die Vampire kamen nicht mehr so oft. Im Gegensatz zu ihrem sonstigen Benehmen rannten sie hektisch durch die Gegend. Nico konnte ihre

Schritte draußen auf dem Flur hören. Außerdem hörte er die Schreie.

Es hatte angefangen, als der Mond draußen seinen Zenit erreicht hatte. Das wusste Nico, weil er es fühlen konnte, wie er es schon immer gefühlt hatte. Vor Erschöpfung fiel sein Kopf auf die Brust. Es war unmöglich, gegen all das gewappnet zu sein. Er hatte langsam das Gefühl, als würde mit jedem Biss ein Stück seiner Seele schwinden. Die Schreie draußen kamen näher. Als die Tür auflog wurde ihm plötzlich klar, was sie bedeuteten. Die Vampire verließen dieses Lager – und töteten alle Blutsklaven. Eine Hand packte sein Kinn und hob es an.

„Der hier lebt noch."

Der Vampir fletschte die Zähne und biss ihn. Kurz, bevor er die Kontrolle über seinen Körper verlor – wieder einmal – hörte Nico einen anderen rufen:

„Ihn nicht!"

Die folgende Erklärung drang nicht mehr zu ihm durch.

San Francisco, Vereinigte Staaten von Amerika, 2013

„Nico?"

Matt nahm das Gesicht seines Bruders in beide Hände. Blut tropfte auf seine Hose. Er versuchte, die Bisswunden nicht zu beachten, die Nicos Körper aufwies. Unter den geschlossenen Lidern des Jüngeren quollen blutige Tränen hervor. Das Halbdunkel verdeckte sie nur ansatzweise, genauso wie die auskühlenden Körper, die um sie herum lagen. Behutsam fuhr der Eisdryade mit den Händen über den reglosen Körper.

„Sch. Ich bin ja da. Alles wird gut."

Plötzlich erstarrte er, als er feststellte, dass die Körpertemperatur seines Bruders sich verändert hatte. Er war zu kalt. Die Wandlung war noch nicht abgeschlossen, also…

„Nein!"

Sein Bruder war mehrere Male schwer verletzt und misshandelt wurden, und hatte dennoch überlebt. Vielleicht hatten sie ihn töten wollen, als sie ihn mit diesen Wunden hier zurückließen, vielleicht hatten sie aber auch etwas ganz anderes im Sinn gehabt.

„Nein! Nico, bitte…bitte sag mir, dass sie das nicht getan haben!"

Eine Hand drückte sanft die seine. Sein Bruder sah ihn aus scheinbar halb geöffneten Augen an.

„Nur zur Hälfte."

Mehr als ein Flüstern brachte er nicht zustande.

„Bitte, Matt, lass mich nicht hier… sterben."

Der Ältere wich ein Stück weit zurück.

„Du bist Einer von Ihnen!"

„Nein! Bitte. Wenn..ich sterbe, werde ich mich wandeln. Bitte nicht. Bitte, Matt!"

Er bemerkte erst jetzt, dass Nicos linke Augenhöhle leer war. Sein Bruder atmete nur noch stoßweise. Er kniete sich wieder neben ihn und hielt ihm schließlich entschlossen den Mund zu. Nicos noch vorhandenes Auge weitete sich. Er zuckte ängstlich zurück, und ein Schwall Blut ergoss sich auf den Fußboden und über die Kleidung seines Bruders.

„Ich lasse dich nicht hier. Du bist immer noch mein Bruder."

Aber es kam nicht von Herzen. Matts Stimme nahm einen distanzierten Tonfall an, den Nico kannte. Bisher hatte er ihn nur Fremden gegenüber angewandt.

Nicolai wurde ohnmächtig, als sein Bruder ihn hochhob. Sein Kopf fiel nach hinten. Der Dryade konnte die Arme und Beine seines Bruders nicht gleichzeitig halten, sodass sie hinab fielen. Nicos Körper schaukelte, so leicht war er. Matts Blick streifte eine zerbrochene Fensterwand, an der er vorbeikam. Eine Figur, die eine andere trug, blickte ihm entgegen. Die kleinere Person wirkte wie eine zerbrochene Puppe.

SIBIRIEN, 2014

Es hatte viele Wochen lang gedauert, bis Nicos Wunden soweit geheilt waren, dass die Brüder abreisen konnten. Obwohl Matt es nie ansprach, wurde Nico bald klar, dass sein Bruder ihn nur als zusätzliche Last betrachtete, nicht mehr als einen geliebten Angehörigen. Das tat weh. Sein Körper, der jetzt einem Halbwesen gehörte, mochte geheilt sein. Doch seine seelischen Schäden wurden in diesen Wochen nur noch größer. Als Matt seinem Bruder schließlich eine Augenklappe schenkte, die seine Gebrechen mehr hervorhob als verbarg, zerbrach die Bindung zwischen den beiden endgültig.

Das sibirische Dorf, in das sie schließlich zogen, stellte sich als Silbermine heraus. Die Bewohner nahmen Nicos Anwesenheit zur Kenntnis, mieden ihn aber dennoch wie die Pest. Mit fast zwanzig Jahren war Nico so einsam wie nie zuvor. Dabei war sein Zustand nicht einmal seine Schuld. Egal, was Matt sagte, er würde es nicht hinnehmen, selbst daran schuld zu sein.
„Was bin ich, Matt?"
Er hatte seinem Bruder die Frage gestellt, sobald er damals wieder zu sich gekommen war. Diese Wesen hatten sein Blut getrunken und ihn geschlagen. Nico wollte wissen, warum. Er befürchtete, die Antwort schon zu kennen, denn das Wort Eisdryade hallte in seinem Kopf wider, nachdem Linan es ihm gesagt hatte. Während der zahllosen Nächte, die er in der Vampirhölle schlaflos verbracht hatte, hatte es den Schmerz gelindert, zumindest ein wenig. Jetzt jedoch pochte und pulsierte es in seinem Kopf als wolle es heraus.
„Warum bin ich so?"
Matt wusste, was sein Bruder meinte. Die Antwort kam dennoch nur unwillig.
„Du bist zur Hälfte Eisdryade. Das hast du von unserer Familie vererbt bekommen."
„Und was ist das?"
Matt wurde ungeduldig.
„Dein Element ist das Eis, Bruder. Du bist so eng mit ihm verwachsen, dass zu starke direkte Sonneneinstrahlung dich binnen Minuten tötet. Die Wandlung zum Dryaden beginnt bei jedem Heranwachsenden unserer Art mit Beginn des siebzehnten Lebensjahres. Jeder hat andere Fähigkei-

ten, die sich im Laufe der Jahre vollends entwickeln; ich zum Beispiel kann den Schneesturm rufen. Unsere Kräfte sind wie das Wasser vom Mond abhängig. Bei einer vollkommenen Mondfinsternis bist du also machtlos. Reicht das?"

"Aber ich bin nicht normal, oder? Nicht mehr."
Nicolai wurde traurig. „Ich bin anders."
Sein Bruder bestätigte es ihm. „Du bist anders. Ich kann nicht sagen, wie sehr. Trinkst du Blut?"
„Nein!" Die Unterstellung war infam, vor allem nach dem, was ihm die Vampire angetan hatten.
„Dann ist es ja gut. Aber eins sage ich dir, Nico: Mach mich nicht für deinen Zustand verantwortlich! Du hättest damals nicht kommen müssen."
„Natürlich musste ich! Sie haben Dad ins Krankenhaus gebracht! Du musstest es doch wissen!"
Der Halbdryade war entsetzt; sein Bruder stellte alles in Frage, woran er die vergangenen Jahre lang geglaubt hatte. Matt erwiderte kalt seinen Blick. „Es ist nicht meine Schuld. Lerne endlich, damit zu leben."
Er drehte sich wieder weg. Dabei wusste er, dass es genau das war, was er gegenüber seinem Bruder empfand: Schuld. Er konnte Nicolai nicht einmal ansehen, ohne zu wissen, dass er dafür verantwortlich war. Aber deswegen würde er es noch lange nicht zugeben!
„Was ist mit ihnen passiert? Unserer Familie, meine ich. Werden wir zu ihnen gehen?" Er sehnte sich so schmerzlich danach, sie wiederzusehen, hoffte so sehr, dass sie ihn nicht auch wie einen Ausgestoßenen behandeln würden - so, wie Matt es tat.

"Sie sind alle tot. Du und ich sind die einzigen Überlebenden."

Nico wurde noch kälter als ohnehin schon. Seine Welt zerbrach in tausend Stücke. Ihr Aufkommen auf dem Boden hörte sich in seinen Ohren an wie zersplitternde Hoffnung. Sein Magen zog sich so schmerzhaft zusammen, dass er kaum sprechen konnte.

"Aber – alle? Selbst Olga und Wera? Konstantin?"

Seine Schwestern waren erst vier gewesen, sein kleiner Bruder elf. Sie hatten doch so gern miteinander gespielt, hatten auch mit ihm gespielt. Und seine Mutter hatte sie beschützt. Er wusste, dass sie es sogar dann noch getan hatte, als sein Vater nicht mehr da gewesen war. Es konnte doch nicht sein, dass sie plötzlich alle nicht mehr da sein sollten?

"Jeder von ihnen ist tot."

"Warum? Wie?"

Mattheus explodierte.

"Hör verdammt noch mal auf, immer nach dem Warum zu fragen! Du bist neunzehn nicht neun!", schrie er ihn an. Nico wich verängstigt ein Stück zurück. Matt wurde klar, dass er einen Fehler gemacht hatte. Er zwang sich, die Stimme wieder zu senken. Sein Bruder hatte fast drei Jahre in Gefangenschaft verbracht. Und egal, was er gesagt hatte, es war nicht Nicos Schuld. Genauso wenig wie das Massaker an ihrer Familie. Es tat Matt einfach schrecklich weh, zu sehen, wie sehr die Vampire seinen Bruder zerstört hatten. Er erinnerte sich noch immer an den freundlichen, zu Scherzen aufgelegten, unschuldigen Sechzehnjährigen, den er

als Letztes gesehen hatte. Dieser neue Nico, beziehungsweise jener Rest, den die Vampire von ihm übrig gelassen hatten..Er konnte sich einfach nicht überwinden, diesen Nico anzunehmen, die vampirische Hälfte zu akzeptieren, die sein Bruder jetzt in sich trug. Denn damit würde er akzeptieren, dass sein Bruder nie wieder so werden würde, wie er einmal gewesen war.

Allerdings hatte sein Bruder ein Recht darauf, zu erfahren, wie seine Familie gestorben war.

„Einige Vampire haben unser Versteck aufgespürt und alle getötet. Ich hatte nur Glück, weil ich dich zu diesem Zeitpunkt gesucht habe." Er hob die Hand, um sie auf die Schulter seines Bruders zu legen, doch der zuckte zurück.

„Ich werde dich nicht schlagen, Nico. Es tut mir leid."

Regungslos blieb der Jüngere, wo er war. Er zog sich aber auch nicht zurück, als Matt näher kam und ihn an sich zog. Nicolai mochte zwanzig und erwachsen sein, doch er hatte gerade die schlimmste Zeit seines Lebens hinter sich gebracht. Matt strich in einem Anfall von Zärtlichkeit über den rabenschwarzen Kopf seines Bruders. Der erwiderte die Umarmung nun. Auch, wenn Nico schon mehr als einen Meter achtzig maß, war Matt an die zwei Meter groß.

„Wir fangen irgendwo neu an, das verspreche ich dir."

Damals hatte er das noch geglaubt. Erst nach monatelanger Suche wurde auch Nico klar, das Matt sein Versprechen nicht halten konnte.

Es war November, als es passierte. Die Vampire führten ihren endlosen Krieg gegen die Werwesen in eine neue Runde. Es dauerte nicht lange, bis die Dryaden sich geeinigt hatten, Nico aus ihrer Mitte auszustoßen, befürchteten sie doch, er könne sie ausspionieren.

Zumal Matt immer größeren Einfluss gewann und zu einem ihrer Führer wurde. Die restlichen Dryaden suchten sich einen Tag aus, an dem Matt mit Jagen an der Reihe war, um sich Nico vorzuknöpfen. Der Halbvampir kam seinen Aufgaben nach wie jeder andere auch, aber seine bloße Anwesenheit verstörte die anderen. Selbst die Luft wurde in seiner Gegenwart merklich kühler und in seiner Stimme schien Eis zu klirren. Die Augenklappe verschreckte die Kinder.

Diesmal hatten sie vor, ihn wirklich zu töten. Zwar wurde Nico noch gebeten, mitzukommen, und wehrte sich auch nicht, als sie ihm Ketten anlegten, doch als die Masse ihn in Richtung der Höhlen zerrte, sträubte er sich. Er versuchte, das Dorfoberhaupt zu fragen, doch Aaron tat so, als höre er ihn nicht.

„Wo bringt ihr mich hin? Was wollt ihr?" Er erhielt keine Antwort.

Nico versuchte, sich loszureißen. Er zerrte an den Kettenglieder, um der Dunkelheit zu entgehen. *Nein!* Die schweigende Menge begleitete ihn tiefer und tiefer in den Berg, wo sie ihn anketteten und zurückließen. Ihn hier verhungern zu lassen war ein grausamer Tod, und auch einer, der lange dauern würde, doch das wussten sie nicht. Nico

sah zu, wie sie die Höhlen wieder verließen und bereute, mit ihnen gegangen zu sein.
Die Dryaden schützten nur ihre Art. Mischwesen wie er waren ihnen ein Gräuel. Nicos schwarze Haare verschmolzen mit der Finsternis, als die Fackeln seinem Blickfeld entschwanden.
Er war allein.
Die Finsternis um ihn herum schien ihn zu ersticken wie die Vampire es mehrmals versucht hatten. Es fühlte sich so an, als würden sie darin lauern, nur darauf wartend, dass er sich eine Blöße gab, um ihn in Stücke zu reißen.
Nico erinnerte sich daran, dass auch die Kammern, in denen sie die Leichen und Todgeweihten gelagert hatten, immer pechschwarz gewesen waren.
Der Schmerz begann als Kribbeln in den Fingerspitzen und erfasste seinen ganzen Körper. Sie hatten ihn tatsächlich zurückgelassen, abgelegt wie ein nutzloses Spielzeug. Er meinte plötzlich, die rotglühenden Augen der Vampire in der Dunkelheit auf sich gerichtet zu spüren. Spürte, wie aus dem Nichts Finger nach ihm griffen, roch frisches Blut in der modrigen Höhle. Nico konnte es nicht länger ertragen. Er kniff die Augen zu und riss sie nur eine Sekunde später wieder auf. Schlechte Idee. So sah er ihre Gesichter vor sich, die weißen Zähne zum Angriff gebleckt. Er öffnete den Mund, eigentlich nur, um Luft zu holen. Heraus kam ein Schrei. Er konnte nicht aufhören, hatte das Gefühl, verrückt zu werden. Erst, als er keine Stimme mehr hatte, versiegte das Geräusch. Die Stille selbst klang atemlos. Die Ketten um seine Arme und Beine verstärkten den Eindruck

noch. Er war gefangen, hilflos ausgeliefert. Sie hatten extra abgewartet, bis sein Bruder abwesend war, um ihn hier verhungern zu lassen. Wenn er Glück hatte, war er bei Matts Rückkehr noch am Leben. Und sein Bruder wollte ihn hier rausholen.... Er dachte an seinen Vater. Der hätte ihm geholfen. Weil er ihn geliebt hatte. So wie der Rest seiner Familie. So, wie es Matt offenbar nicht länger möglich war. Der nächste Schrei brandete in ihm auf, sammelte sich hinter seinen Lidern und brannte sich seinen Weg nach draußen. Es war kaum noch etwas zu hören.
Es sollte einige Tage dauern, bis sein Bruder von der Jagd zurückkehrte, und noch länger, bis der die Dorfbewohner überzeugt hatte, Nico wieder in die Freiheit zu entlassen.
Es gab nicht viele Dinge, für die der Halbdryade seinem Bruder im Rückblick dankbar war, aber dieses war eines davon.

Sibirien, 2014

„Wenn ihr nicht wegen des Silbers hier seid, was wollt ihr dann?"
Der Eisdryade drehte kurz seinen Kopf in Nicos Richtung. Die Augenklappe, die dieser seit seiner Befreiung trug, schmälerte die frostige Schönheit nicht.
„Mit dir rede ich nicht, Blutsauger."
Nico schloss kurz die Augen und atmete tief durch. Die Unterbrechung war zwar kaum merklich, aber ein aufmerksamer Beobachter bemerkte sie trotz-

dem. Dann sah er wieder zu den Besuchern hin, die sich in ihrer Stube ausgebreitet hatten.

Matt bemerkte es, ignorierte aber die Beleidigung des Störers. Er wiederholte die Frage.

„Er hat Recht. Was also wollt ihr?"

„Euch eine Warnung zukommen lassen. Hier in der Nähe sind wieder Vampire aufgetaucht. Ihr solltet gerüstet sein, für den Fall, dass euer Clan einem begegnet."

„Warum kommt ihr damit zu mir und nicht zu den Ältesten?"

„Dort waren wir schon. Aber sie ziehen es vor, die Gefahr zu ignorieren."

Matt nickte. Er hatte so etwas erwartet, da die hiesigen Stammenoberhäupter anscheinend nichts Besseres zu tun hatten als sich hinter ihren hoffnungslos veralteten Gesetzen zu verkriechen. Er war hierhergekommen, um die Missstände zu beheben. Die Dorfbewohner akzeptierten ihn. Lediglich sein Bruder war ihm ein Klotz am Bein. Er warf ihm einen missmutigen Blick zu. *Ich hätte ihn sterben lassen sollen. Und dann endgültig beiseiteschaffen.*

Nico sah auf und erwiderte den Blick. Matt sah wieder den Besucher an. Leicht wehmütig dachte er daran, dass er Nico einmal von Herzen geliebt hatte, so sehr, wie man einen Bruder nur lieben konnte. Er war so offen gewesen, so freundlich, und stets so hilfsbereit...bis die Vampire ihn in ihre Hände bekommen und zerstört hatten.

Oh, wie er sie dafür hasste. Und wie sehr er das Ergebnis ihrer „Bemühungen" verabscheute!

„Ich sorge dafür, dass entsprechende Maßnahmen getroffen werden."

Nico fragte sich einen Moment lang, was für eine Lösung sein Bruder anstrebte. Matt war ihm schon lange fremd, aber so wie heute hatte er ihn noch nie angesehen: mit Verachtung. Er beobachtete, wie der Besucher ihm noch einen misstrauischen Blick zuwarf, bevor er verschwand. Matt begleitete ihn noch bis zur Tür, sich nicht einmal nach seinem Bruder umsehend. Nico zog sich zurück, bevor sein Bruder ihm befehlen konnte, es zu tun. Es war eine schmerzliche Erinnerung, daran zu denken, dass sie einmal eng miteinander verbunden gewesen waren. Freunde, nicht nur Brüder. Inzwischen waren es nur noch die Blutsbande, die sie zusammenhielten. Und die Tatsache, dass ihre restliche Familie tot war. Er seufzte auf, so leise, dass sein Bruder ihn nicht hören konnte. Dann ging er so leise wie möglich hinaus, in den Schnee. Er würde sich irgendwo in einiger Entfernung vom Dorf ein Plätzchen suchen, wo er ungestört war, allein mit sich selbst. Wo ihn niemand mehr schief ansah oder weit weg wünschte, so wie sein Bruder es tat.

Als Matt sich umdrehte, war sein Bruder verschwunden, und mit ihm der eisige Hauch im Zimmer. Er zuckte die Schultern. Ihm war es gleich, was Nicolai tat oder nicht tat. Solange er irgendwann wiederkam, damit es nicht so wirkte, als habe er sie verraten oder er, Matt, habe ihn umgebracht.

Die Dorfältesten hatten diese Variante schon damals favorisiert, als sie vor einem guten halben

Jahr hier angekommen waren, aber damals hatte er die Veränderungen, die sein Bruder durchlaufen hatte, noch nicht wahrhaben wollen. Jetzt fragte er sich, wie er so dumm hatte sein können. Er spürte mit jeder Sekunde der Anwesenheit, dass Nico anders war. Dass er *etwas* anderes war. Könnte er die Zeit zurückdrehen, hätte er seinen Bruder dort hinausgeholt, um ihn nicht endgültig zum Vampir werden zu lassen, und dann irgendwo ausgesetzt. Vielleicht auch da, wo die Sonne ihn verbrannt hätte. Oder er hätte gewartet, bis Nicolai starb, sich verwandelte, und ihm dann einen Pflock ins Herz gejagt. Diese Kreatur war nicht länger sein Bruder.
Er würde schon einen Weg finden, ihn loszuwerden.

Nicolai sah sich um und erblickte seine Fußspuren hinter sich im Schnee. Er musste sich das Geräusch eingebildet haben. Da war nichts außer weißer, glitzernder Weite. Trotzdem überkam ihn ein mulmiges Gefühl, als er wieder nach vorn blickte. Möglicherweise war es nicht besonders schlau, seinen Instinkt in den Wind zu schlagen und weiter in die Richtung zu gehen. Er drehte noch einmal den Kopf. Nein, hier war nichts. Rund um ihn herum war die Ebene leer. Schnee und Eis, auch ein paar Strauchgewächse, aber mehr war nicht zu sehen. Er sah wieder nach vorn und traute seinen Augen kaum. Dort, nur ein paar hundert Meter weiter, klaffte ein Riss im Boden, der vorher noch nicht da gewesen war. Noch während er hinsah schob sich eine Hand durch den Boden und krallte sich in das Eis. Die Fingernägel waren lang und blutig. Unter den Nagelkuppen konnte Nicolai sogar von hier aus das getrocknete Blut sehen. Sein Instinkt sagte ihm, dass er so schnell wie möglich hier weg musste. Er hob die Hände und schloss die Augen, bereit, seine Umgebung in sich aufzunehmen. Der Infrarote Eindruck, den ihm seine Magie lieferte, verkündete ihm, dass der Riss im Boden nicht das einzig unnatürliche auf der Lichtung war. Die Kreatur, die zuvor unter Tage eingesperrt gewesen war, gelangte jetzt unaufhaltsam nach oben. Nicolai sah Reißzähne und grässliche Schuppen, die aussahen, als wären sie in Blut gebadet wurden. Er machte eine gleitende Bewegung und brachte den mit Eis durchwirkten Permafrostboden dazu, sich zusammenzuziehen. Die Kreatur schrie auf, laut und unmenschlich. Nico presste die Zähne zusammen, um die Hände nicht hochzureißen und sich die Ohren zuzuhalten, wie er es gern getan hätte. Wenn er den Zauber jetzt abbrach, würde die Kreatur nur noch viel schneller an die Oberfläche kommen, inzwischen wissend, dass er da war und sie daran hindern wollte. Die Enden des Spaltes begannen bereits, sich wieder zu schließen, und mit ihr das Erdreich. Der Eisdryade befürchtete inzwischen, es mit einem Dämon zu tun zu haben. Die Hand der Kreatur schaute immer noch heraus, bis sie sie mit einem Fluch zurückzog und schnell in Sicherheit brachte. Nico presste die Hände zusammen und das Erdreich schloss sich mit einem dumpfen Grollen, so, als hätte es die Präsenz des Bösen nie gegeben. Als er wieder die Augen öffnete, konnte er eine dicke Rille im Schnee sehen, wo der Boden sich aufgewölbt hatte, weil er ihn so fest zusammengepresst hatte. Auch mit den geschärften Sinnen, die ihm die Eismagie verlieh, war er jetzt nicht mehr in der Lage, durch den Boden hindurch zu blicken, so sehr hatte es ihn angestrengt, den mutmaßlichen Dämon wieder unter die Erde zu drängen. Er würde sich ausruhen müssen. Er ließ die Arme sinken und blickte sich noch einmal um. Es war unnatürlich still um ihn heran. Die ohnehin schon wenigen Tiere mussten den Dämon gespürt und sich vor ihm versteckt haben. Als er seine Sinne jedoch noch ein wenig weiter ausstreckte, konnte er eine halbe Meile entfernt wieder Leben wahrnehmen. Zum Glück war er weit genug vom Dorf entfernt, um schon die Siedlung wahrzunehmen. Wenn ihn einer der Dryaden beobachtet hätte, würde er jetzt in Lebensgefahr schwebten, und das auch, weil sie ihm sowieso schon misstrauten. Nicht, dass er ihnen verdenken konnte, schließlich vertraute er sich selbst auch nicht. Es war eigentlich ein Wunder, dass es immer noch weh tat, wenn er die Ablehnung seines Volkes spürte. Zumal er schon einmal an einem Punkt angekommen war, an dem er überzeugt davon gewesen war, überhaupt keine Empfindungen mehr spüren zu können. Das hatte sich erst geändert, als Matt ihn gerettet hatte – nur, um ihn gleich darauf zurückzustoßen. Er wünschte sich in seinen schlimmsten Augenblicken, sein Bruder hätte es damals nicht getan. Vielleicht wäre die Welt ohne ihn ja ein ganzes Stück besser dran.

Das Einzige, was ihn eigentlich noch aufrecht erhielt, waren Hass auf die Vampire und die Wut, die sich aufstaute, wenn er sich der Ablehnung seines eigenen Volkes gegenüber sah.
Er spürte eine enorm starke persönliche Verbindung zur Magie, die allen Dinge inne wohnte, dass er zunächst gedacht hatte, dass sei etwas, das alle Dryaden gemein hatte, doch nachdem keiner der ihm bekannten Dryaden etwas ähnliches geäußert hatte, war ihm klar geworden, dass das noch etwas sein musste, das nur ihm inne wohnte. Nichts Vampirisches, gegen das er tiefe Abneigung hegte.
Er spürte, dass dieser Teil anders war. Irgendwie...reiner. Ursprünglicher.
Denn obwohl Matt ihm gesagt hatte, dass jeder Dryade eigene Kräfte entwickelte, war er sich nicht sicher, ob das, was er konnte, darunter zählte. Und wenn er in noch mehr als einem Aspekt auffällig wurde, würden „seine" Leute nicht zögern, ihn zu töten. Er wusste ja nicht einmal, ob sein Bruder es tun würde.
Seufzend überprüfte er noch einmal die Landschaft, bis ihm kein triftiger Grund mehr für sein Fernbleiben vom Dorf einfallen wollte. Zögernd machte er sich auf den Rückweg, unsicher, was er dort vorfinden würde.

Es war mitten in der Nacht. Nico schimpfte sich einen Idioten, aufgewacht zu sein, wo er doch schon lange nicht mehr gut schlief. Er drehte sich wieder um und schloss die Augen.
„Wenn die Vampire hier aufkreuzen sollten, opfert ihn."

Die Stimme seines Bruders klang so klar und deutlich an sein Ohr, dass Nico die Augen aufriss, um herauszufinden, ob Matt neben ihm stand. Matt, der ihn in letzter Zeit behandelte wie das letzte Stück Dreck. Seit dem Vorfall konnte sein Bruder ihm nicht mehr in die Augen sehen. Dann hielt er abrupt in der Bewegung inne.

Wenn die Vampire hier aufkreuzen sollten, opfert ihn. Ihn. Nicolai. Die Ältesten wollten ihn umbringen! Matt wollte ihn umbringen. Nico setzte sich im Bett auf, um seine Umgebung besser im Auge behalten zu können, während er nachdachte. Er spürte im täglichen Umgang mit seinem Bruder, dass dieser ihn schon länger loswerden wollte. Wenn tatsächlich ein Vampir hier aufkreuzte, würden sie ihn ausliefern. Ohne Gegenwehr.

Sie werden es dir nicht danken, wenn du für sie stirbst.

Nico seufzte. Er hatte keine andere Möglichkeit als hier zu bleiben, auch wenn ihn möglicherweise der Tod erwartete. Die anderen Familienmitglieder hatten den schlanken jungen Mann und seinen Bruder nach dem Massaker an ihrer Familie und Nicos Wandlung ausgestoßen. In ihren Augen war er weniger wert als eine Handvoll Dreck. Und allein dort draußen würde er nicht einmal eine Woche überleben, so gefährlich wie die freie Natur für Eisdryaden war. Auch wenn er im kalten Sibirien nicht erfrieren konnte, so durfte Nicolai sich doch nicht ungeschützt der Sonne aussetzen, und er musste essen. Nur wenige Dryaden besaßen so etwas wie Geld; es war einfach unnötig.

Er würde bleiben, weil er es musste, um noch ein wenig länger zu überleben. Nicht, weil er es wollte.
Der Halbdryade legte sich wieder hin und starrte an die Decke.
Ich hätte nicht gedacht, dass Matt mich so schnell verrät. Eine andere Stimme meldete sich zu Wort: *Er hat dich längst verraten, du Idiot.*

Der Vampir trat vor die Dryaden. Durch die Mondfinsternis geschwächt, konnten sie ihm nicht viel anhaben. Zumal Dryaden sowieso nicht die Stärksten waren. Es war die Gelegenheit.
Ein Ältester richtete das Wort an ihn. Dessen Stimme zitterte.
„Was willst du?"
„Ich will einen von euch. Dafür verschone ich den Rest."
Nico atmete tief ein. Und aus. Ein und aus.
Die Menge teilte sich vor ihm. Hände stießen ihn nach vorn. Er schüttelte sie ab und ging allein weiter. Wenn er schon für sie sterben sollte, dann wenigstens würdevoll. Schade war nur, dass er sich mit Matt gestritten hatte, als sie sich das letzte Mal gesehen hatten. Obwohl er sich in der Hinsicht generell nicht sicher war. Vielleicht war Matt dieser Umstand ja sogar egal. Nach seinem Verhalten in letzter Zeit zu urteilen, verhielt es sich definitiv so. Weniger als einen Sekundenbruchteil lang durchzuckte ihn Überraschung. Er hatte nicht geglaubt, einmal einsam und von seinem eigenen Volk verraten zu sterben. Dann dachte er wieder an den letzten Vorfall, als sie ihn selbst hatten hin-

richten wollen und unterdrückte die Verwunderung.

Der Feind sah ihm entgegen, als er in die Knie ging und sich so offiziell unterwarf.

„Was denn, ist das alles?"

Der Junge selbst antwortete ihm.

„Mehr werdet Ihr nicht bekommen und mehr verdient Ihr auch nicht, nutzt Ihr doch auf so schändliche Weise unsere Schwäche aus."

Dennoch blieb er auf den Knien liegen. Der traditionelle Ablauf einer Opferung musste eingehalten werden.

Die Augen des Blutsaugers glühten rot auf. Er spürte, wie die Menge durch die klaren Worte des Jungen langsam aufbegehrte. Er würde sein Blut bekommen, egal wie aufmüpfig der Spender war. Er rannte nach vorn und packte den Jungen, um mit ihm zusammen in luftiger Höhe zu verschwinden.

Dann dachte er an das Tal, in das er wollte, und schloss die Augen. Zurück blieb eine rauchige Wolke mit dem schwefligen Geruch des Bösen.

Sie schlugen auf einem Stein auf. Der Junge keuchte, was den Vampir zum Lächeln brachte. Zu seiner Erheiterung mussten Eisdryaden im Gegensatz zu Vampiren atmen. Er hatte zwar auch schon von Vertretern seiner eigenen Art gehört, die es bevorzugten, zu atmen, doch eigentlich war es unnötig, und nur ein verzweifelter Versuch, den Menschen ähnlicher zu sein. Der Kniefall zwecks Unterwerfung war nicht dumm. Er bewies, dass die Gesetze der Schattenwelt keineswegs von dummen Leuten geschrieben worden waren. Schließlich waren damals auch Vertreter seiner eigenen Spezies Mitglieder der Gremien gewesen. Der Unterlegene überließ es dem Sieger, über sein Leben oder seinen Tod zu unterscheiden.

Der Junge befreite sich aus dem nicht allzu festen Griff seines Gegners und rollte herum, um wieder auf die Füße zu kommen. Kampflos zu gehen kam nicht in Frage. Er knurrte. Der Vampir mochte schneller als er sein, aber Nico war nach inzwischen jahrelanger Übung ein ernstzunehmender Gegner. Die Dryaden würden ihm nicht helfen, nein, das nicht, aber würden sie ihn wegschicken, wenn er lebendig wiederkam? Vermutlich. Notfalls würden sie ihn auch aus der Siedlung hinaus prügeln. Falls er das hier überlebte, würde er noch einmal von vorn anfangen müssen. Allein, irgendwo in der Wildnis.

Der Vampir grinste. Das versprach ja doch noch, ganz lustig zu werden. Erst würde er den Jungen brechen, dann eine Weile quälen, und schließlich trinken. Bevor er ihn zum Sterben liegen ließ. Er suchte den Geist seines Gegners in der kalten Abendluft. Fand ihn. Und hielt inne, als er auf turmhohe Mauern stieß. Er würde wohl während des Kampfes versuchen müssen, dort einzudringen. Er stürzte sich auf den Jungen. Der wich zunächst aus und trat nach ihm. Der Vampir flog vorbei. Aus der anderen Richtung kommend, wirbelte er selbst den Fuß durch die Luft. Wieder wich der Junge durch einen Luftsprung aus. Der Vampir kannte nun die Kampfkraft seines Gegners gut genug, um ihn auch mit seinen anderen Kräften anzugreifen. Er schleuderte eine Böe gegen

den Jungen, die diesen gegen einen Felsen warf. Kurz sank die Mauer um dessen Geist. Das genügte.
Hab ich dich.
Er rief den physischen Schmerz. Dann den psychischen. Der Junge sackte zu Boden. Der Vampir schickte die Schmerzen zumindest für eine Weile wieder fort, als er neben seiner Beute stand. Der Dryade drehte den Kopf und fauchte. Der Vampir sah die Reißzähne seiner eigenen Art, witterte den Betrug und schlug zu.
Als er trank, krümmte sich seine Beute noch immer vor Schmerzen, doch die Zuckungen wurden schwächer. Raureif überzog ihrer beider Haut. Der Vampir schaute zum Himmel. Der Mond warf wieder sein silbriges Licht auf die Landschaft. Er verstand. Der Kleine war weder Eisdryade noch Vampir, sondern etwas dazwischen. Sein Blut schmeckte köstlich.
Aber die Dryaden hatten ihn dennoch betrogen, als sie ihm jemanden schickten, der weder ihrer noch sonst einer Gattung angehörte. Und dafür würden sie büßen.
Er stieß den Körper von sich und sprang wieder in den Himmel.

Er war tot. Er musste tot sein, denn er spürte den warmen Sonnenschein auf seiner Haut. Kurz driftete der Gedanke an seine Familie und seine jüngeren Geschwister an ihm vorbei, bevor er die Augen wieder schloss. Wenigstens würde er jetzt wieder mit ihnen zusammen sein können. Es bestand ja immer noch die Chance, dass sie ihn noch

lieben konnten, ungeachtet dessen, was er jetzt war.
Um ihn herum wurde es kalt und dunkel. Die Schatten der Wolken zogen über ihn hinweg. Seine Haut wurde porös und fing an, zu brennen. Er brachte kein Schreien mehr zustande. Dann packten ihn wieder Hände und zogen ihn in den Schatten. Es hörte auf, zu brennen. Gnädige Dunkelheit umfing ihn.
„Hallo? Kannst du mich hören?"
Er öffnete mühsam die Augen und sah einen blonden Jungen, der sich über ihn beugte. Der Hauch eines Stöhnens kam über seine Lippen. Er war zu schwach, sie jetzt schon zu öffnen.
Der Junge redete weiter, offenbar, um ihn bei Bewusstsein zu halten.
„Ich bin Chris."
Nicos Augen fielen wieder zu.

„Henry?"
Bei Sonnenuntergang fiel die Tagesstarre langsam von ihm ab. Chris saß ihm schräg gegenüber auf dem Boden und beobachtete ihn beim Aufstehen. Zu Füßen seines Freundes lag ein regloser Körper. Schnell richtete der Vampir sich auf und ging vor diesem in die Knie.
„Mein Gott. Wo hast du ihn gefunden?"
„In einem Tal, nicht weit von hier. Jemand hat ihn dort liegen lassen, in der Sonne. Er war vorhin kurz wach. Kennst du ihn?"
„Ich glaube schon. Warte…"
Er schloss kurz die Augen.
„Nicolai Sierewski. Dryade. Oder etwas in der Art."

„Du meinst, er ist nicht wirklich einer?"
„Ich bin mir nicht sicher. Nicht ganz. Hast du gesehen, wer das getan hat?"
„Nein. Er war allein. Aber die Sonne stand schon eine Viertelstunde am Himmel. Er wäre verbrannt. Zum Glück war es wenigstens wolkig."
Sie sahen beide auf den Bewusstlosen herunter.
„Kannst du ihn heilen?"
Henry sah kurz auf, um seinen Freund anzublicken. Dann fuhr er fort mit seiner provisorischen Untersuchung. Der Dryade – oder was immer er auch sein mochte - hatte Brandwunden davongetragen, die nur schwer wieder abheilen würden. Henry war sich nicht sicher, ob er ihm wirklich helfen konnte.

„Ich kann seine äußeren Wunden heilen. Und mit ein wenig Zeit auch seine inneren. Aber den Blutverlust kann ich nicht ausgleichen."
Der Junge hatte also keine allzu großen Chancen. Er konnte immer noch sterben, auch wenn er jetzt Hilfe bekam. Vor allem musste er schnell geheilt werden. Henry machte sich sofort an die Arbeit.
Eine Weile später musste Chris den Vampir stützen, damit dieser nicht umfiel. Die Heilung kostete jedes Mal Kraft, aber das hing auch von der Schwere der Verletzungen ab.
Der Wolf hatte den Geruch des Dryaden sofort wahrgenommen, aber ungleich schwächer als bei anderen Vertretern dieses Volkes. Irgendetwas war komisch.
Er erhielt seine Antwort, als Nicolai unter dem fahlen Licht des Mondes wieder zu sich kam. Henry

beugte sich gerade über ihn und versuchte mit aller Macht, die Wunden zu verschließen.

„Vampir!"

Es war mehr ein Keuchen als ein Wort, aber sie verstanden es trotzdem beide. Chris stand auf und kam zu seinem Freund, für den Fall, dass der Dryade sie mit unbekannten Mitteln angreifen würde.

Henry packte die Schultern des Verletzten und drückte ihn ruhig wieder zu Boden.

„Mein Name ist Henry. Wir sind uns bereits begegnet, in San Francisco."

Chris sah erschrocken zu seinem Freund herüber. Henry hatte ihm gegenüber nicht erwähnt, woher er den Dryaden kannte. San Francisco, die Mafia und ihre Lagerhallen waren ein wichtiges Thema. Jedes Jahr verloren dort hunderte von Mythenweltbewohnern ihr Leben zugunsten des Blutgenusses der Vampire.

Wenn der Dryade dort gewesen war, musste Henry ihn geheilt haben – und dann verstand der Werwolf durchaus, warum er sich so sehr vor Vampiren fürchtete, dass er noch halb tot vor ihnen davonlaufen wollte.

Nicolai beobachtete sie beide einen Moment lang aus halb geschlossenen Augen, bevor er sie wieder schloss. Chris war sich nicht sicher, ob der Dryade ohnmächtig geworden war oder nur schlief.

Obwohl Henry sein Möglichstes tat, um dem Dryaden zu helfen, zeigte dieser weiterhin keine

Regung. Falls er bemerkt hatte, dass sie sein Leben retten wollten, trug er nicht aktiv dazu bei.

So zumindest dachte Chris, bis ihn Henry eines Nachts beiseite nahm und ihm erklärte, dass der Dryade schon lange tot wäre, wenn er nicht so unerbittlich kämpfen würde. Und das, nachdem ihn der Werwolf zum Rasen brachte und ihn vor dem kommenden Vollmond warnte. Er war kurz davor gewesen, sich den Dryaden für seine Undankbarkeit zur Brust zu nehmen.

Nico wandte den Kopf ab. Sie redeten über ihn. Auch, wenn sie glaubten, dass er schlief, konnte er sie immer noch hören. Er wusste, dass er schrecklich aussah und sich entsetzlich benahm, aber er fürchtete, dass es noch einige Zeit dauern würde, bis er dem Vampir-Heiler die Dankbarkeit entgegen bringen konnte, die mehr als angebracht war, nachdem dieser ihm das Leben gerettet hatte. Mit Hilfe des Werwolfs. Die Erinnerungen an San Francisco kamen immer wieder hoch. Je länger er in der Nähe eines Vampirs war, desto schlimmer wurden seine Alpträume. Sehr zu seinem Glück verfiel der Heiler tagsüber in einen komaähnlichen Zustand und der Werwolf war sehr viel mehr an der Sicherheit seines Freundes interessiert als an der eines dahergelaufenen Dryaden. Nicht mehr lange, und er würde sich wieder eigenständig bewegen können. Aufstehen, laufen. Vermutlich war das spätestens der Zeitpunkt, an dem seine beiden Helfer ihre Lager streichen und aufbrechen würden. Dann würde er sich gezwungen fühlen, wieder in das Dorf zurückzukehren.

Allein bei dem Gedanken daran wurde ihm übel.

Die feindseligen Blicke, der Hass der Dryaden ihm gegenüber, der er nicht so recht einer von ihnen war. Das Dorf war nie seine Heimat gewesen, nicht einmal ein Zufluchtsort. Denn schließlich hatten sie nicht zum ersten Mal versucht, ihn loszuwerden.

Es war nicht so schlimm, als Matt noch zu mir gehalten hat.

Aber inzwischen hatte auch Matt ihn verraten, sein Bruder, von dem er am inständigsten gehofft hatte, er möge anders sein als all die anderen. Eigentlich war es nicht erst jetzt gewesen, schließlich hatte Matt ihn bereits von sich gestoßen, als er entdeckt hatte, was die Vampire ihm angetan hatten. Er hatte es nur immer nicht wahrhaben wollen.

Feindselige Blicke empfingen ihn, als er das Dryadendorf ein letztes Mal betrat. Genau wie erwartet. Nico lenkte seine Schritte so schnell wie möglich zur Hütte seines Bruders. Er war hier nie willkommen gewesen, das war ihm jetzt klar. Reichlich spät, wie er feststellte.

Die Tür war wie immer nur angelehnt. Er schob sie auf und trat in den dunkleren Raum.

„Der Vampir ist zurückgekommen und hat Aaron getötet. Was hast du getan?"

„Er wollte Dryadenblut und nicht meines. Ich habe nichts getan. Und das weißt du."

„Dann warst du wieder einmal unzureichend."

Matt löste sich aus dem Dunkel neben dem Kamin und trat in die Mitte des Raumes. Nicolai hatte inzwischen endgültig genug von der Herablassung, mit der sein Bruder ihn behandelte.

„Es ist nicht meine Schuld, dass ich so bin!"

Er spürte, wie die Fangzähne sich vorschoben und es war ihm egal.

„Und wenn wir schon mal dabei sind: ich bin mir sicher, ihr alle seid froh, wenn ich gehe. Ist es nicht so? Du selbst hättest schon längst eine Gruppe angeführt, die mich fortgejagt hätte, wäre ich nicht unglücklicherweise ausgerechnet dein Bruder. Schade aber auch."

„Du bist eine Schande. Für mich, für unsere Familie und für unser Volk. Du wirst Keinem fehlen, wenn du gehst."

Mir auch nicht, sagten seine Augen.

Nico konnte sich nicht mehr erinnern, was er vor zwei Tagen wohl von diesem Mann, der sich seinen Bruder nannte, gehalten hatte, dass er sich hatte verabschieden wollen. Er sah nicht mehr zurück, als er die Hütte verließ.

Eines der Kinder hüpfte zu ihm heran und zog spielerisch an seinen Kleidern. Er strich dem Kind noch einmal flüchtig durchs Haar, bevor er einen vernichtenden Blick der Mutter auffing. Sie rief ihre Tochter im selben Moment zu sich, da er ihr einen verabschiedenden Klaps gab. Sie lachte und stob davon.

 Ihr sah er noch nach, bevor er endgültig ging.

Sowohl der Werwolf als auch der Heiler warteten am Waldrand auf ihn. Er wagte es nicht, ihnen in die Augen zu schauen, während er näherkam. Das unerwartete Glücksgefühl, das ihn durchströmt hatte, als der Vampir ihn gefragt hatte, ob er sie begleiten wolle, war verschwunden. Er hatte sich klarmachen müssen, dass sie, wenn sie ihn jetzt ohne eine Bitte seinerseits mitnahmen, vermutlich einen Grund dafür hatten, der ihrer Sache diente. Auch, wenn er sich nicht ganz sicher war, was diese war. Bei ihnen angekommen, hob er dann doch den Kopf und nickte. Der Vampir erwiderte seinen Blick ebenso ernst. Es erschreckte ihn, dass der Halbdryade für seinen Abschied von seinem ganzen bisherigen Leben nur eine knappe Viertelstunde gebraucht hatte. Wie viel sagte dies doch darüber aus, wie sehr die Dorfbewohner ihn verabscheuen mussten.

Henry fragte sich, ob es nicht wenigstens eine Familie gegeben hatte, die ihn zurückhalten hatte wollen. Oder, noch schlimmer, ob es womöglich eine gab, die es nicht getan hatte.

Er hatte Nicolai in den letzten Tagen näher kennen gelernt. Auch, wenn es dem Dryaden schwergefallen war, einen Vampir auch nur bis auf zehn Schritte weit an sich heranzulassen, hatte er seine Angst niedergekämpft und seinen Dank so gut wie irgend möglich ausgedrückt. Das war schon mehr, als Henry sich erhofft hatte. Es erschreckte ihn, dass Nicos traurige schwarze Augen selbst dann noch suchend umherirrten, wenn ringsum kein Zweig knackte, nichts. Ganz so, als ob er jeden Moment fürchtete, angegriffen zu werden.

Belgien, Frühjahr 2015

„He, wollt ihr nun arbeiten oder was?"
Chris von dem Störenfried abzulenken, war alles andere als einfach. Henry packte den Oberarm des Werwolfs, um zu verhindern, dass der den Mensch anknurrte. Nico wandte sich dem Besitzer der Bar zu.
„Ja, unbedingt."
Was für eine Antwort. Als sie heute Nachmittag hier erschienen waren – noch dazu zu dritt – hatten sie einige misstrauische Blicke geerntet. Dem hatten sie Abhilfe geschafft, indem sie sich als Rucksacktouristen ausgaben. Was den Teil der hiesigen Bevölkerung, der sie schräg ansah, auf etwa die Hälfte reduziert hatte. Es war nur logisch, dass sie Aufmerksamkeit auf sich zogen: alle drei waren sie groß, Nico und Chris erreichten beinahe die Zweimetermarke. Die Augenklappe des Dryaden war auch ungewöhnlich genug, um ihm Blicke einzutragen, die er sonst nicht geerntet hätte. Und dass sie erst nach Anbruch der Dunkelheit auftauchten, trug nicht gerade zu ihrer Beliebtheit bei. Chris war der Einzige von ihnen, der sich bei Tag draußen aufhalten konnte. Und Henry brauchte Blut, um zu überleben. Und obwohl Chris den Vampir von sich trinken ließ, waren ab und an andere Blutquellen nötig, beispielsweise, wenn der Heiler seine spezielle Gabe eingesetzt hatte.

Ja, sie waren eine seltsame Gemeinschaft, selbst vom Standpunkt der Mythenwelt aus. Deswegen mieden sie alle Konzentrationszentren von Mythenweltbewohnern, um Niemandem in die Quere

zu kommen. Leider merkten aber auch die Menschen mit ihren niedrigeren Wahrnehmungsschwellen, dass die drei jungen Männer etwas an sich hatten, das Signale an den Lauf-oder-Stirb-Trieb aussandte.
Und dabei mussten sie arbeiten, um an Geld zu kommen, damit sie sich wenigstens legal Nahrung beschaffen konnten.
Nico hörte sich an, was der Mann ihm zu sagen hatte und gab es telepathisch an seine Freunde weiter. Chris hatte sich inzwischen so weit beruhigt, dass Henry ihn loslassen konnte, sodass die beiden sich am Gespräch beteiligen konnten.
„In Ordnung. Also, ihr könnt hier erst einmal drei Tage lang arbeiten und dann sehen wir weiter. Die Straße runter gibt es auch eine alte Jugendherberge, da könnt ihr sicherlich unterkommen. Ich muss nur noch mal eure Ausweise sehen, damit ich euch in die Beschäftigtenliste eintragen kann. Ihr seid doch volljährig, oder?"
„Ja." Nico zog seinen Pass hervor – den amerikanischen – und legte ihn dem Mann vor. Chris tat dasselbe, nur war seiner aus Österreich und Henrys aus dem Vereinigten Königreich. Henrys Pass war natürlich gefälscht. Es war einfach schwer zu erklären, dass Henrys eigentlicher Pass aus dem neunzehnten Jahrhundert stammte. Nico war bereits einundzwanzig, Chris erst zwanzig. Das Hauptproblem des Werwolfs war, dass er eigentlich tot war, weswegen auch sein Ausweis gefälscht war.
Der Wirt nahm ihre Pässe und verglich sie dann mit den Gesichtern vor sich. Sein Blick verweilte

ein wenig bei Henry, der laut seinem gefälschten Pass erst achtzehn Jahre alt war. Aber da der Pass auf einen Heinrich Frisch ausgestellt war, stellte das Ganze kein Problem dar, denn in Deutschland erreichte man seine Volljährigkeit bereits mit achtzehn. Da sie untereinander Englisch sprachen, war es auch nicht weiter verwunderlich, dass sowohl Chris als auch Nico ihn Henry nannten.
Der Mensch schob die Papiere wieder über den Tresen.
„Geht klar. Ihr könnt sofort anfangen: hinten in der Küche gibt´s Geschirr zum Abwaschen." Dann drehte er sich um und drückte Chris eine Schürze und einen Block samt Stift in die Hand.
„Du bedienst."
Damit war alles geklärt. Der Werwolf blieb im Schankraum, während sich die anderen beiden in die Küche begaben. Dort wartete eine Frau auf sie, die sich als Ehefrau des Inhabers und Köchin vorstellte. Ihr Name war Lisbeth.

"Nico, kommst du mal?"
Der junge Weißrusse blickte auf, als sein Name fiel. Heute Abend war er für das Servieren zuständig, der Ruf an sich war somit nicht ungewöhnlich. Allerdings war es mehr als seltsam, dass jemand seinen Namen kannte. Beziehungsweise seinen Spitznamen, denn als er kurz an sich herab sah, um sein Erscheinungsbild zu überprüfen, entdeckte er wieder sein Namensschild. Da stand allerdings Nicolai drauf. Er war schon wieder drauf und dran, misstrauisch zu werden.

"Nico, beweg endlich deinen Hintern hier rüber! Wir haben nicht ewig Zeit!"
Noch einmal sah er sich um, konnte den Rufer aber immer noch nicht entdecken. Jemand tippte ihm auf die Schulter.
"Hier."
Er drehte sich so langsam wie möglich um, obwohl sein Herz bei der Berührung zu rasen begonnen hatte und er ein krampfhaftes Schlucken unterdrücken musste. Der Lehrling des Kochs stand vor ihm. Er zog eine Augenbraue hoch, weil Nico noch blasser zu sein schien als sonst, ließ es aber unkommentiert.
„Kannst du mir mal helfen, die Kartoffeln rein zu tragen? Es ist gerade eine Lieferung gekommen und ich kann Chris und Henry gerade nicht finden. Mein Chef geht hoch, wenn er nicht bald seine Kartoffeln hat."
Dem Eisdryaden schoss kurz durch den Kopf, dass es deswegen eigentlich andere Gehilfen gab, aber als er kurz einen Blick über die Schulter warf, stellte er fest, dass das Restaurant beinahe leer und die anwesenden Gäste versorgt waren.
"Ja, ich komme."
Der Lehrling - er hieß Michael - nickte und drehte sich um. Nico folgte ihm. Als sie aus dem Hintereingang traten, stand dort ein Kleintransporter. Nico sah kurz in die Nacht hinein, um sich zu vergewissern, dass da sonst niemand war. Er hatte das ungute Gefühl, beobachtet zu werden.
Nun ja, eigentlich hatte er dieses Gefühl nicht erst seit heute, es schien ihn zu verfolgen. Wohin auch immer er ging, ganz gleich, ob er sich in einem

Gebäude oder außerhalb aufhielt. Chris und Henry hatte er nichts davon erzählt, immerhin hatte ihn das Gefühl fast sein halbes Leben lang begleitet – zumindest fühlte es sich so an. Vielleicht war er ja auch einfach nur paranoid, von vornherein erst einmal allem und jedem misstrauisch gegenüberzustehen, aber er konnte einfach nicht aus seiner Haut.

Deswegen konnte er es einfach nicht als gutes Zeichen werten, dass außer ihnen nichts und niemand hier draußen zu sein schien.

Es tauchte auch niemand auf, um sich ihnen in den Weg zu stellen, als sie die Kartoffelkisten in die Küche trugen. Seltsamerweise wäre ihm das fast lieber gewesen. So fühlte es sich viel zu sehr wie die Ruhe vor dem Sturm an.

Sie blieben eine Woche in dem Lokal, bis Henry eine Nachricht erhielt. Nicht in Form eines Briefes, sondern gewissermaßen als Flugpost. Der Kurier, der am frühen Abend an ihr Fenster klopfte, entpuppte sich als Rabe. Chris öffnete die Fenster, um das Federvieh zu verjagen, bevor der Vampir ihn davon abhielt.

„Warte. Er hat was am Fuß."

Der Vogel flog herein, sobald das Fenster offen war und hielt zielgerade auf Nico zu, der sich wegduckte, sodass der Rabe hinter ihm auf dem Schrank landete. Er krächzte und schlug noch einmal mit den Flügeln, bevor er zur Ruhe kam. Henry kam langsam auf den Vogel zu, um ihn nicht zu verschrecken. Raben waren unter Vampiren eine verbreitete Luftpostmöglichkeit. Allerdings

kannte er nicht viele Vampire, die ihm irgendwelche Nachrichten schicken würden. Der Rat der Vampire wusste von seiner Existenz, weil er ein Heiler war, aber auch nicht viel mehr. Was er dem Umstand zu verdanken hatte, dass er oft genug in der Weltgeschichte umher reiste.
Michel war tot, von Monsieur hatte er auch seit fünfzig Jahren nichts mehr gehört. Alle anderen waren bestenfalls flüchtige Bekanntschaften.
Entsprechend gespannt war er also, als er dem Raben den Zettel abnahm. Chris hatte sich inzwischen auf sein Bett gesetzt, um das Tier nicht zu verjagen. Selbst halbwegs vernunftbegabte Tiere hielten sich von Werwölfen fern, sobald sie das Alphatier in ihnen erkannten.
Henry rollte die Nachricht auf und las. Sie bestand aus einigen Stichpunkten und einer Unterschrift.

„Komm zum Clan der Schlange. Frz. Pyrenäen, du weißt, wohin. Schnell. Monsieur."

Das Puppenhaus im Fenster eines Spielzeugladens fesselte Nicos Aufmerksamkeit. Die winzigen Balken waren mit Stuck verziert, die Bettchen hatten allesamt Bettdecken mit Blumenmustern. Ein solches Puppenhaus wäre der Traum seiner kleinen Schwestern gewesen. Zumal auf einer Bemerkung am Rand stand, die Lampen wären alle funktionsfähig... Er stellte sich vor, wie die Zwillinge damit spielten, ihre Puppen fein anzogen und sich dann stritten, wer welches Zimmer haben dürfte. Wie sie ihn schließlich zum Mitspielen bewegt hätten und Konstantin sich auf das Sofa gesetzt hätte, um etwas anderes zu tun, weil er mit seinen zehn Jahren doch schon zu alt für so einen Mädchenkram war.

Die Hand, die plötzlich auf seiner Schulter landete, holte ihn unsanft in die Gegenwart zurück.

„Hey, Kumpel."

Chris' grüne Augen sahen ihn fragend an.

„Ist was?"

So war Chris: immer für andere da und seinen Freunden durch und durch ergeben. Hatte wahrscheinlich auch was mit der Rudel-Geschichte unter Werwölfen zu tun, aber der Kerl war auch definitiv so veranlagt. "Meine kleinen Schwestern hätten verdammt gern so ein Puppenhaus gehabt.", sagte Nico deshalb und wandte sich dann wieder dem Schaufenster zu. Chris' schweigende Präsenz neben ihm gab ihm irgendwie den Rückhalt, den er brauchte, um sich dem Gedanken zu stellen, dass seine Geschwister das nie wieder tun würden. Chris sah sich derweil um und überzeugte sich, dass in der Nacht um sie herum keine Spaziergänger oder sonst irgendwelche irrlichtende Gestalten sie beobachteten. Absolute Leere. Niemand. Er drehte sich wieder zu Nico.

„Ich mache mir Sorgen um Henry."

Nico wandte ihm den Kopf zu, schwieg aber und gab ihm so die Möglichkeit, weiterzureden.

"Ich denke nicht, dass dieser Monsieur ehrliche Absichten hat. Es kommt mir ein wenig skurril vor, dass er diese Schuld ausgerechnet jetzt einfordert, und Henry dann nicht einmal wissen lässt, worum es eigentlich geht."

Nico zuckte mit den Schultern. "Er ist ein Vampir. Ich traue denen im Allgemeinen nicht. Wobei Henry eine Ausnahme ist." Chris ließ diesen Kommentar seines Freundes einzig und allein deswegen unkommentiert, weil Nico es wie eine Feststellung formulierte, nicht als Anschuldigung. Sein Freund hatte seine Gründe, Vampiren gegenüber misstrauisch zu sein. Er stand ihnen im Normalfall ja auch nicht gerade aufgeschlossen gegenüber. Es gab viel zu viele Vampire, die ihren Sadismus als Unsterbliche ausleben konnten. Henry war eine sehr löbliche Ausnahme. Er hatte ihn allerdings auch noch nie wirklich wütend erlebt. "Ja, ich weiß, aber...", antwortete er deshalb. Nico unterbrach ihn mit der ihm eigenen knappen Direktheit. "Ich weiß, was du meinst. Ich finde es ja auch bedenklich." Chris nickte. "Wir werden dort oben gut auf ihn aufpassen müssen."

Französische Pyrenäen, 2015

„Wir sind jetzt also auf dem Weg zu irgendeinem Typen, den du fünfzig Jahre lang nicht gesehen hast?" Chris war zu Recht wütend. In der Nacht nach der Ankunft der Nachricht hatten sie ihr Quartier abgebrochen und waren weitergezogen. Was bedeutete, dass sie nun mit Essen für zwei Wochen in den Bergen feststeckten. Zumal Nico spürte, dass bald ein Schneesturm aufziehen würde. Er warf einen prüfenden Blick in den Himmel. Sie hatten noch etwas Zeit.

„Er hat mir das Leben gerettet. Gemeinsam mit Michel."

Der Werwolf schwieg einen Moment. „Warte. Meinst du etwa den Michel, der dich vor einem guten Jahr umbringen wollte?"

Nico horchte auf. Das hatte er nicht gewusst. Die Antwort des Heilers kam prompt.

„Ja. Michel Montserrat. Er und Monsieur waren meine Mentoren."

Er verschwieg wohlweislich die Tatsache, dass Monsieur wahrscheinlich bei seiner Vergewaltigung im zweiten Weltkrieg zugegen gewesen war. Und es nicht aufgehalten hatte. Damals war er noch jünger gewesen und unerfahren. Er hatte nicht gewusst, was Krieg aus den Menschen machte. Vor allem, da er immer hinter der Front geblieben war, in den Lazaretten. Bis auf jenen verhängnisvollen Tag, da die französische Armee soweit zurückweichen hatte müssen, dass das Lazarett, in dem er gedient hatte, direkt hinter der Frontlinie gewesen war.

„Verdammt, du kannst doch nicht einfach dort hin spazieren und dir sagen, dass er dir nichts Böses will! Was, wenn dieser Monsieur dich genauso tot sehen will wie der Andere?"

Henry dachte an Michel und schob den Gedanken beiseite. Chris ereiferte sich weiter, während sie durch den Schnee stapften. „Was ist das überhaupt für ein Name, Monsieur? Hat der keinen richtigen Namen? Ist er Franzose?"

„Ja. Ist er. Und nein, hat er nicht. Und ich muss dahin, weil ich ihm etwas schuldig bin. Nämlich mein Leben. Weißt du, nach Vampirrecht schul-

dest du deinem Erschaffer dein Leben. Er hat das Recht, dich zu beanspruchen oder zu jedem Zeitpunkt deine Treue einzufordern. Und da mein Erschaffer tot ist und Michel auch, ist dieses Recht auf Monsieur übergegangen. Und wenn ich nicht komme, wenn er mich ruft, hat er wiederum das Recht, mich zu töten."
„Das ist ein Haufen gequirlter Mist."
„Ja, aber es ist ein Haufen gequirlter Mist, wegen dem sie mich töten können. Also muss ich dahin. Sag mal Nico, es sieht da oben ganz schön dunkel aus. Was ist da los?"
„Ein Schneesturm zieht auf."
Chris war sprachlos. Nico ließ sich das eben Gehörte durch den Kopf gehen.
„Henry, hat dann mein Erschaffer auch ein Recht auf mich? Oder meine Dienste?"
Der Werwolf riss die Augen auf und starrte ihn an. Dabei vergaß er fast, weiterzulaufen. „Scheiße."
„Stolper nicht über deine Füße."
Henry sah nach vorn. Daran hatte er noch gar nicht gedacht. Und dabei war es logisch, dass auch Nico irgendwie zur Vampirgesellschaft gehörte...
„Hat deine Spezies denn keinen eigenen Rat?", fragte Chris den Halbdryaden unterdessen.
„Ich gehöre keiner Spezies mehr an. Eigentlich bin ich zur Hälfte beides. Aber ich habe die Vermutung, dass...ich auch vorher nicht zu ihnen gehört habe."
Chris konnte seinen Freund wieder nur anstarren. Er hauchte ein zweites Mal „Scheiße!", aber keiner der beiden anderen beachtete ihn.

„Also laut vampirischem Recht schuldest du deinem Erschaffer so lange etwas, bis er oder sie tot ist. Was der Grund ist, warum viele Vampire nie irgendjemanden erschaffen. Die Gefahr, umgebracht zu werden, ist zu groß."
Chris fragte gleichzeitig: „Wie meinst du das?"
„Ich weiß nicht genau, ob ich vorher wirklich ein Dryade war. Ich meine, mein Bruder ist einer. Aber bei meinem Vater bin ich mir da nicht so sicher."
Henry schwieg zu dieser Feststellung. Er hatte schon einige Dryaden getroffen, aber nicht so viele, dass er hätte sagen können, ob Nico zu ihrer Art gehörte geschweige denn, was und wieviel sein Freund mit ihnen gemeinsam hatte. Chris hatte noch keinen Dryaden getroffen außer Nico und der hatte Recht – genaugenommen war er kein Dryade mehr und ihnen auch nicht länger hörig. Sie betrachteten ihn als Ausgestoßenen, würden aber andererseits nicht zögern, ihn zu irgendetwas zu verpflichten, wenn es ihnen hilfreich erschien. Und das in jeder Hinsicht. Nico war seines Lebens nicht mehr sicher gewesen, solange er sich bei ihnen aufgehalten hatte und würde es auch nie wieder sein. Die Natur eines Wesens änderte sich nicht von heute auf morgen.
Er hatte gesehen, wie die Dryaden Nico mieden.

„Ein Eismagier."
Sie wandte sich ab und das Bild im sehenden Wasser verschwand. Zu schade, dass sie nicht wusste, wo er sich aufhielt. Sie hätte ihn gern in ihre Hände bekommen, auch, wenn er irgendwie vom Vampirismus infiziert wurden war. Diese Dryaden

hatten ja keine Ahnung, was sie in ihren Händen gehabt hatten. Und er selbst wusste es auch noch nicht, was gut war. So hatte sie mehr Zeit, um ihn gefangen zu nehmen. Irgendwie. Nachdem sie herausgefunden hatte, wo er sich aufhielt – und wie sie seiner habhaft werden werden konnte. Und das alles, bevor er herausfand, wie mächtig er in Wirklichkeit war.
Seit Calebs Tod hatte sie lang genug nach einem Eismagier gesucht, um diese Chance jetzt verstreichen zu lassen. Wegen dieser Dummheit grollte sie den Jägern noch immer – obwohl sie einst eine von ihnen gewesen war. Deswegen hatte sie diese unsäglichen Geschöpfe auch schließlich verlassen müssen. Sie schlachteten die machtvollsten Geschöpfe der Nacht einfach ab. Sie dagegen hatte inzwischen einen Weg gefunden, ihnen ihre Macht zu nehmen, bevor sie sie tötete. Es war gut möglich, dass dieser hier Calebs Sohn war. Ein reinblütiger Eismagier war besser, als sie es sich vorstellen konnte. Welche Macht das bedeuten musste!

Nicolai hatte die enge Bindung zwischen Vampir und Werwolf schon wahrgenommen, als sie ihm das Leben gerettet hatten. Doch hier draußen, in der eisigen Wildnis, trat sie besonders stark zu Tage. Bald merkte er, dass sie mehr als nur Freunde waren. Nach einer sturmumtosten Nacht, die er allein in einem Iglu ausharrte, kamen Henry und Chris erst bei Tagesanbruch wieder zurück, um Schutz vor der Sonne zu suchen. Sie tauschten Blicke, wenn sie glaubten, seiner Aufmerksamkeit entgangen zu sein. Er bereitete ein Essen zu, das hauptsächlich aus Hasenfleisch und getrockneten Früchten bestand.

Die beiden waren ein Liebespaar.

Es wurde dem Weißrussen irgendwann zu bunt. Das Schweigen war es nicht, dass ihn störte. Er war es schließlich gewohnt, mit seinen Worten und Gefühlen hinter dem Berg zu halten. Aber dass die beiden ein Geheimnis hatten, von dem sie glaubten, es vor ihm bewahren zu müssen, brachte ihn fast zum Lachen. Dabei saßen sie auch viel zu dicht beieinander, um ihn nichts merken zu lassen!

„Ihr müsst nichts vor mir verstecken, was ich sowieso schon weiß."

Nico blickte nicht auf, während er sprach.

„Wenn ihr zusammen glücklich seid, müsst ihr das nicht vor mir verbergen."

Er hob den Blick, um die Reaktion seiner Freunde aufzufangen. Er grinste sogar ein wenig. Und machte tatsächlich einen Scherz, als sie ihn nur anstarrten.

„Keine Angst, ich werde mich nicht ausgeschlossen fühlen. Ihr müsst keine Rücksicht auf mich nehmen."

Er lachte, als sie noch immer nichts sagten. Chris´ Augen leuchteten fröhlich, als auch er nicht mehr an sich halten konnte. Henry war verblüfft. Er hätte seinem schweigsamen Freund keine derartige Menschenkenntnis zugetraut. Dabei war es zu seiner Zeit vollkommen undenkbar gewesen, homosexuell zu sein. Als Chris und Nico erst in sein Gesicht und dann wieder zueinander blickten, brach auch der Vampir in befreiendes Gelächter aus.

Wenig später, als sie sich schlafen legten, kuschelte Chris sich dicht an den Vampir. Seine grünen Augen glänzten vor Glück, als sein Kopf auf Henrys Brust zum Liegen kam. Auch Nico lächelte im Schlaf.

Nach so langer Zeit hatte er endlich wieder eine Heimat gefunden. Der Gedanke an Olga, Wera und Konstantin ließ ihn leise seufzen. Es wäre schön gewesen, diesen Moment mit seinen jüngeren Geschwistern zu teilen.

Die Gegend hier war genauso rau und unwirtlich, wie Nico sich im Inneren fühlte. Er wollte nur hier weg. Es konnte nicht gutgehen, zu irgendwelchen Blutsaugern zu gehen – Entschuldige, Henry – und dann zu erwarten, heil wieder hier rauszukommen. Für Henry war die Chance wohl relativ groß, hier wieder raus zu kommen, aber für ihn und Chris war es gefährlich, da sie nicht mehr länger zu einer der Gruppierungen oder Stämme der Mythenwelt gehörten. Seit Chris sich von seinem Rudel losgesagt hatte, um mit Henry loszuziehen. Und Chris als Werwolf gehörte zum Erzfeind der Vampire.

Wie aus dem Nichts materialisierte sich eine Vampirin vor ihnen. Chris ging sofort in Angriffsstellung.

„Willkommen beim Clan der Schlange. Ihr befindet euch ab hier auf unserem Territorium. Identifiziert euch."

Henry trat vor. „Ich bin Henry. Der Heiler. Monsieur hat mich hierher gerufen."
Die Vampirin nickte. „Weiß er, dass du nicht allein kommst?" Sie warf einen misstrauischen Blick auf Chris, bevor sie Nico auch nur wahrnahm. Sein Aussehen verriet ihn. Es war offensichtlich, dass er zu den Dryaden gehörte. Sie leckte sich die Lippen.
„Ja. Ich habe ihn per Luftpost informiert."
Frag ihn, was dieser Vampir von dir will, forderte Chris ihn gedanklich auf. Henry warf ihm einen Blick aus dem Augenwinkel zu. *Stell dich mal normal hin. Wir wollen nicht noch mehr Schwierigkeiten, als wir möglicherweise schon haben.*
„Weißt du, was Monsieur von mir will?"
Sie schüttelte den Kopf. „Folgt mir. Ich bin übrigens Symone", sagte sie, während sie sich umdrehte.

„Euer Freund muss draußen bleiben"
Symone warf dem Werwolf einen kalten Blick zu.
„Wir dulden keine Lykanthropen."
Chris zuckte mit den Schultern und entfernte sich ein Stück weit vom Höhleneingang. Er hatte verstanden.
Eine der Wachen musterte ihn mit ebenso stechenden Blicken wie die Wächterin selbst. Henry zog ebenfalls kurz die Schultern hoch und bedeutete seinem noch verbleibende Begleiter dann, ihm zu folgen. Der Halbdryade tat es ohne einen Blick zurück.
Chris beobachtete ihren Abgang und setzte sich dann auf einem Baumstamm in der Nähe. Er musterte eine Weile lang den Höheneingang, dann die

Wachen, die stur geradeaus starrte und ihn geflissentlich ignorierten. Nein, nicht ganz. Das einzige Mädchen, das dort Wache hielt, warf ihm hin und wieder neugierige Blicke zu.
Schließlich wurde es ihm zu langweilig und er verschwand im Wald. Die herrliche, schneeglänzende Natur erinnerte ihn an seine Heimat. Die Pyrenäen hatten zwar rein oberflächlich nichts mit den Alpen zu tun, aber schneeweiße Berge waren nun einmal schneeweiße Berge.
Schritte im Schnee ließen ihn aufhorchen. Er drehte sich um. Das Mädchen folgte ihm in sicherer Entfernung. Er blieb stehen. Sie kam näher. Auf die Entfernung konnte er erkennen, dass sie älter war, als er zunächst geglaubt hatte. Rein körperlich mochte sie sein Alter haben. Aber Henry hatte, äußerlich betrachtet, ebenfalls dasselbe Alter wie er selbst, und war um hundert Jahre älter.

Der Werwolf war stehen geblieben. Nach ein paar weiteren Schritten tat sie es ihm nach, und überlegte, ob sie ihn tatsächlich jagen wollte. Er schien kräftig zu sein, wenn auch recht jung. Ach was. Monsieur hatte befohlen, und sie hatte zu tun, was er ihr gesagt hatte.
Jagen also. Nur lebendig musste sie ihn fangen.
Falls Monsieur doch vorhatte, die drei gehen zu lassen, konnte sie ihre Beute immer noch wieder frei geben. Sie rannte los. Er erschrak kaum merklich, wandte sich aber sofort zur Flucht.
Mit pochendem Herzen rannte er die Schneewehe hinab, umging die nächste und wich einem Baum aus. Nach kurzem Überlegen sprang er und wan-

delte sich im Flug. Der Wolf war hier schneller. Silbernes Fell verschwand hinter dem nächsten Hügel.

Der Junge war verschwunden. Sie dachte nach. Vermutlich hatte er sich verwandelt. Das mochte ihm zwar im Moment Vorteile verschaffen, aber nicht auf Dauer. Sie wohnte schließlich schon bedeutend länger hier. Die Frage war jetzt nur noch, welche Farbe sein Fell hatte, damit sie nicht versehens einen der Gebirgswölfe angriff. Die konnten ihr natürlich nicht gefährlich werden, es wäre nur schade um die schönen Tiere.

„Leute? Ich werde verfolgt. Und diesmal habe ich wirklich nichts gemacht. Wie sieht´s bei euch aus?" Chris' Stimme in seinem Kopf war für Nico immer noch ein wenig gewöhnungsbedürftig. Aber schließlich gehörte er jetzt, genau wie Henry, zu dessen Rudel. In Wolfsrudeln war es offensichtlich normal, die Gedanken mit den anderen zu teilen. Er warf einen Blick in die Runde. Die Vampirin führte sie immer noch durch endlos lange Gänge. Dann antwortete er:
„Bisher ereignislos. Wer verfolgt dich denn?"
„Ich werde von einer Vampirin durch den Wald gejagt. Weiß noch nicht, wie ich das finden soll. Sie hat aber zumindest noch nicht angegriffen. Henry, kennst du die?"
Sie empfingen das Bild einer windumtosten Frauengestalt. Der Heiler wandte nicht den Kopf, als er antwortete.
„Nein. Aber halt dich lieber von ihr fern."

„Mach ich."
Die Präsenz des Wolfes verschwand aus ihrem Geist.

Der große Wolf hob seinen Kopf und sog die Luft tief ein. Vampire hatten in der Regel keine Witterung. Also musste er sich wohl oder übel wie ein normaler Wolf gebärden. Als sie gestern auf ein Rudel gestoßen waren, hatten die Tiere ihn willkommen geheißen. Sie erkannten das Alphamännchen an. Ihre Fellfärbung war der seinen sogar recht ähnlich. Verstecken würde er sich trotzdem. Nach Wolfsmanier.
Das klägliche Fiepen der Jungen lenkte ihn ab. Er war sich sicher, dass sie zu dem Rudel von vorhin gehörten. Er wusste zwar, dass er verfolgt wurde, aber er konnte den Tod dieser Welpen nicht verantworten, nur weil er sich versteckte. Er brach aus dem Gebüsch und nahm wieder Menschengestalt an.
Die Falle, in die die Kleinen getappt waren, war weder besonders tief noch gut ausgebaut. Sie schien ein Bubenstreich zu sein, der nun Leben forderte. Er wurde wütend auf die Verursacher dieses Übels. Aber aus Rücksicht auf die Jungen bleckte er nur kurz die Zähne und knurrte nicht.
Nachdem er sich vergewissert hatte, dass sie wohlauf waren, rief er ihr Rudel. Das Heulen war tief und ausdauernd. Es verging kaum Zeit, bevor er Antwort erhielt. Danach verlor er keine Zeit, um sie herauszuholen.
Sie sprang aus dem Gebüsch auf ihn zu und warf ihn zu Boden. Er hatte wieder seine menschliche

Gestalt angenommen, was angesichts des vorherigen Versteckspiels eine Dummheit war. Aus dieser Nähe hatte sie zunächst seine muskulöse Gestalt betrachtet, um seinen Plan zu durchschauen. Nach einigen Minuten war ihr klar geworden, dass er keinen hatte. Er war lediglich wütend wegen der Jungtiere in der Falle und hatte sie befreien wollen.
Sie zwang ihn nieder und umfasste seinen Hals mit einem Würgegriff. Wölfe mussten atmen.
Elaine konzentrierte sich auf seine vollen Lippen. Wenn sie blau anliefen, musste sie wohl loslassen. Aber vorher...
Sie beugte sich hinunter und küsste ihn. Zu ihrem Erstaunen erwiderte er den Kuss, erst zaghaft, dann feuriger. Sie lockerte den Griff ein wenig und umfasste seinen Nacken von hinten. Mit der anderen Hand drückte sie ihn noch immer zu Boden.
Sein Mund wanderte ein wenig tiefer, als er ihre Halsschlagader erkundete. Sie wusste, was er dort vorfinden würde, doch ihr war, als beginne ihr Herz plötzlich wieder zu schlagen.
Ihre Reißzähne schossen hervor und sie betrachtete eine Winzigkeit lang seinen freiliegenden Hals. Dann schlug sie ihre Zähne hinein.
Der Wolf in ihm erwachte wieder und er stemmte sich gegen ihren unerbittlichen Griff. Der Schnee um sie herum schmolz langsam.
Sie ließ nicht los, bis sie merkte, wie er unter ihr erschlaffte.
Die Vampirin sprang auf, packte ihn und warf ihn sich über die Schulter. Sie war sich nicht sicher, ob Monsieur es gutheißen würde, dass sie das Blut

eines Wolfes getrunken hatte. Aber das Lebendgewicht über ihrer Schulter fühlte sich erstaunlich beruhigend an.

Nico versteckte sich hinter der starren Maske seiner Gesichtszüge. Er durfte diesen Vampiren nicht zeigen, wie groß seine Furcht war. Nicht einmal seine Freunde ahnten etwas davon. Und er hatte sich geschworen, Henry und Chris zu schützen, denen er sein Leben schuldete. Die ihm die eigene Familie ersetzten. Er war sich nicht sicher, ob sie das wussten. Nach einer scheinbar endlosen Wanderung durch das unterirdische Tunnelsystem, gelangten sie zu einer Höhle, die größer war als die bisherigen. Symone verbeugte sich noch einmal in Richtung des Felsenthrones, der dort stand, bevor sie sich unterwürfig ein Stück zurückzog.
Henrys Augen richteten sich auf den Thron. Ein Lächeln huschte über sein Gesicht, während auch er sich kurz verbeugte. Als Heiler war er clanlos und daher ungebunden, was er auch sein musste, wollte er den Streitigkeiten der Clans auf Dauer entgehen.
Nico verbeugte sich nur leicht. Als Halbwesen war er erst recht nicht zu einem Tribut verpflichtet. Es verursachte ihm schon allein ein ungutes Gefühl, dass sie Chris hatten draußen zurück lassen müssen. Und er konnte die Blicke der Vampire um sich herum spüren. Sie witterten wahrscheinlich sein Blut. Er wich ihren Blicken aus. Je eher sie hier wieder draußen waren, desto besser. Er konnte es kaum erwarten. Beim Anblick des offensichtlich höchstgestelltem unter ihnen lief ihm ein kalter

Schauer über den Rücken. Der Vampir sah nicht aus, als würde er ehrliche Absichten ihnen gegenüber hegen. Und dabei hatte er sie hierher beordert. Henry hatte seinem Ruf folgen müssen, weil er aufgrund lange zurück liegenden Geschehens in der Schuld des Mannes stand. Ihn selbst streifte der Vampir nur kurz mit seinen Blicken, fixierte dann aber Henry. Nico meinte, in seinen Augen etwas Verschlagenes zu erkennen. Er hoffte um Henrys willen, dass er sich irrte. Der Mann konnte einfordern, was immer er wollte, so, wie es das vampirische Gesetz vorschrieb. Und am allermeisten sorgte er sich, weil sein Freund dem Mann offenbar freundschaftlich verbunden war. Er fürchtete, dass der Heiler den Clanführer deswegen in einem verklärten Licht sah. Ein Gefühl sagte ihm, dass Henry nicht wusste, wozu der Vampir fähig war. Zudem nahmen die zuvor locker im Raum um sie herum verteilten Vampire langsam eine Aufstellung ein, die sie kreisförmig umzingelte. Nein, das gefiel ihm ganz und gar nicht. Hier ging eindeutig etwas vor sich. Leider konnte er noch nicht mit Sicherheit sagen, was.

Nach einem Seitenblick begrüßte Henry ihren Gastgeber.

„Monsieur."

„Henry. Wie schön, dich wiederzusehen. Ich muss sagen, ich war überrascht, von dir als Heiler zu hören. Aber ich hätte es mir schließlich denken können, nach dem Krieg. Du warst schon immer bei den Kranken."

Der Engländer lächelte wieder, diesmal breiter. Sein Akzent kam zum Vorschein, als er erneut sprach, zusammen mit der altenglischen Sprechweise.

„Es dauert mich wirklich sehr, dass wir uns so lang nicht sahen. Nun, wie geht es Euch, mein Freund?"

„Gut, ich danke. Und deinerseits?"

„Ebenfalls. Doch nun zurück, so sehr ich´s bedaure: warum habt Ihr mich rufen lassen, Monsieur? Ihr seht nicht aus, als wärt Ihr krank."

„Einer meiner Untergebenen ist es. Ich hoffe doch sehr, dass du ihm helfen kannst."

„Das kann ich Euch erst sagen, wenn ich ihn gesehen habe."

„Gut. Diesmal ist es nicht weit, gleich hier. Aber sag, willst du mir nicht deinen Begleiter vorstellen? Ich rieche Dryade, wenn ich mich nicht irre."

„Nicolai Sierewski." Nico sprach zum ersten Mal selbst. Seine Stimme war tiefer als die Henrys. Eisige Kälte kroch durch den Raum, als er sich vorstellte. „Und Ihr riecht richtig. Zum Teil."

„Darf man erfahren, was der andere Teil ist?"

„Vampir. Aber lasst Euch nicht von mir von Eurem Vorhaben abbringen." Er war sich sicher, dass der Vampir eines hatte. Die Vampire rückten immer näher an sie heran. Ihre Nähe machte ihn nervös und sorgte dafür, dass er auf die Fragen des Clanoberhaupts - der Name des Mannes war Monsieur - viel zu ausführlich antwortete. Während Henry sich mit den Vampiren unterhielt, schlug Nicos Instinkt Purzelbäume. Nur sein Stolz hinderte ihn daran, entweder zu fliehen oder aber die gesamte Höhle einzufrieren. Möglicherweise bildete er es sich nur ein, aber die Vampire schienen immer näher zu kommen... Nein, es war definitiv keine Einbildung. Zwei von ihnen waren jetzt so nah, dass er zwischen ihnen eingekeilt stand. Henry bemerkte es nicht, so sehr war er mit diesem Monsieur beschäftigt. Nico scheute seinerseits davor zurück, einfach einen Schritt von ihnen wegzutreten, weil er wusste, dass das als Schwäche ausgelegt werden würde. Also blieb er stehen, obwohl kaum noch Platz zum Atmen war. Irgendwie spürte er die Präsenz seinesgleichen, obwohl das eigentlich nicht möglich war… Er sann über den Widerhall in seinem Blut nach und vergaß darüber, auf die potentiell feindlichen Vampire zu achten.

Schaltet den Dryaden aus. Er darf unseren Freund nicht sehen.

So übersah er den Wink Monsieurs, der ihn sonst hätte die Flucht ergreifen lassen und ermöglichte es seinen Feinden, ihn ohne Gegenwehr nach hinten zu ziehen. Einer von ihnen zog seinen Kopf in den Nacken und öffnete den Mund, um ihn jederzeit beißen zu können, während er ihm mit der anderen Hand den Mund zuhielt. Panik brandete in ihm auf und versetzte ihn in die Lage eines wütenden Stieres in einer Stierkampfarena. Das plötzliche Aufwallen von Magie schickte einen kalten Windstoß durch die Höhle. Er bekam nicht mehr mit, was sein Freund und das Clanoberhaupt überhaupt redeten.

Er ließ sich zu Boden fallen, um zu entkommen, doch sofort war der nächste bei ihm und drückte ihn hinunter. Der Geruch frischen Blutes strömte durch die Halle. Henry ballte die Fäuste. Die Vampire schielten zu Nico. Der über ihm Kniende fuhr die Reißzähne aus, bereit zu trinken. Kurz vor der frostigen Haut hielt er inne und blickte zu seinem Clanoberhaupt.

Sichtlich geschockt wandte sich Henry an Monsieur.

„Was soll das?"

„Ich treffe nur Vorsichtsmaßnahmen."

Er nickte beiläufig, und der Vampir begann, zu trinken. Nicos Blick wurde leer, als seine mentalen Barrieren beim Kontakt fielen. Henry ballte die Fäuste.

„Wen soll ich heilen?"

Monsieur erhob sich und ging voraus.

„Es ist nicht weit."

Eine von Nicos Erinnerungen überrollte ihn, gleich nachdem sie in der nächsten Höhle angekommen waren.

Ein Paar glitzernder grauer Augen über ihm. Die Schmerzen an seinem Hals, am ganzen Körper. Dann, plötzlich nichts mehr. Leere.

Wärme. Hitze! Er verbrennt!

Der Vampir, den er heilen sollte, hatte einst Nicos Dorf angegriffen, und seinen Freund fast getötet. Das brachte ihn auf einen Gedanken. Er rief telepatisch nach Chris.

Wo steckst du, Kumpel?

Fast schon wie erwartet, erhielt er keine Antwort. Der Raum jedoch lieferte eine. Sein Freund wurde von einer weiteren Vampirin auf dem Boden festgehalten. Er roch das Gift, bevor er es sah. Es berührte Chris´ Lippen, bevor er eingreifen konnte.

„Was ...?"

„Jetzt hast du wenigstens einen Anreiz. Dein Freund stirbt wenn du ihm nicht hilfst. Und ich werde dir erst erlauben, ihm zu helfen, wenn du meinen Gast geheilt hast. Symone?"
Sie trat hinter ihn.
Henry stürzte sich auf seine Arbeit. Sobald er den Vampir geheilt hatte, eilte er zu seinem Geliebten. Das Handauflegen half auch dabei, das Gift aus dessen Körper zu verbannen. Chris kam langsam wieder zu sich.
Kaum war zu erkennen, dass er überleben würde, rissen sie den Werwolf von ihm weg. Die Vampirin, die den zuvor am Boden gehalten hatte, war nun verschwunden. Wütend wandte sich der Heiler an das Clanoberhaupt.
„Was zum Teufel soll das?"
Ein leichtes Lächeln umspielte Monsieurs Lippen. Seine grauen Augen suchten die des Heilers.
„Es wäre doch schön, wenn du noch eine Weile lang bei uns bleibst, Henry, nicht wahr?"
Chris wurde hinaus geschleift. Als der Heiler erneut aufbegehren wollte, hielt Monsieur ihn fest.

Sie war regelrecht schockiert, als sie den Wolf in ihrem Schlafgemach entdeckte. Die anderen hielten ihn fest und prügelten auf ihn ein. Erst, als sie ihre Anwesenheit bemerkten, ließen sie quälend langsam von ihm ab. Sie registrierte, dass der Wolf an ihr breites Bett gefesselt war. Ein Knebel erstickte jeden Laut.
„Der Boss schickt dir ein Geschenk, Elaine. Du kannst mit ihm machen, was du willst. Er muss es nicht überleben. Lass dir ruhig Zeit."

Sie schenkte dem Vampir, der gesprochen hatte, einen eisigen Blick. Er war so unbedeutend, dass sie sich nicht einmal an seinen Name erinnerte. Seine Wandlung war erst zwei Jahre her, daher verzichtete sie darauf, ihm den Kopf abzureißen. Sie war um Jahrzehnte, Jahrhunderte älter.
„Dringt *nie wieder* ohne meine Erlaubnis hier ein. Und jetzt raus!"
Sie knurrte das letzte Wort. Der Jungvampir verzog den Mund und hob die Hände.
„Ich befolge nur meine Befehle, okay? Bin ja schon weg."
Der Rest zog mit ihm ab, als er aus dem Zimmer schlich. Sie bemühten sich sogar, die Tür leise zu schließen. Sie wandte sich dem Wolf zu, der auf ihrem Bett lag. Grüne Augen blickten ihr angsterfüllt entgegen, obwohl er die Angst gleichzeitig zu verbergen suchte. Nur ein Narr hätte in seiner Situation keine Angst gehabt. Ein anderer Ausdruck, den sie nicht benennen konnte, trat in seine Augen.
Sie betrachtete ihn ruhig. Groß, blond, muskulös. Ein wenig gebräunt. Den Wolf auf seinem Rücken hatte sie bereits gesehen, als sie ihn hergebracht hatte. Sie fragte sich, ob er dadurch infiziert worden war. *Er muss es nicht überleben.* Sie schnaubte. Wenn sie noch einmal von ihm trank, würde er dann genauso reagieren wie vorhin? Würde er sich wehren? Sie ging zum Bett und strich fast beiläufig mit der Hand an seiner Seite entlang. Er zitterte ob der Berührung. Als sie den Druck verstärkte und zu seinem Bauch überging, stöhnte er auf und riss an den Ketten.

Diese Mistkerle haben ihm die Rippen gebrochen! Werwölfe waren deutlich weniger widerstandsfähig, als sie vermutet hatte. *Oder er hat noch das Gift im Körper, das du ihm vorhin eingeflößt hast.* Dann aber merkte sie, was wirklich los war. Er drohte an dem Knebel zu ersticken. Sie entfernte den Stoff. Seine Augen hatten sich zu einem dunkelgrün verändert und blickten jetzt wütend. Er versuchte, ihr in die Hand zu beißen, als sie das Tuch endgültig wegzog, blieb aber stumm. Elaine zog die Hand schnell weg.

„Ich bin älter als du, Wolf. Ich kenne diese Tricks."
Er erwiderte nichts. Seine Augen fingen regelrecht an, zu glühen, bis er sich wieder unter Kontrolle hatte. Chris konnte sich nicht Schlimmeres vorstellen, als wehrlos einem Vampir ausgeliefert zu sein. Er durfte sich nicht wandeln, denn die wenigen Momente, die er dann schutzlos sein würde, reichten schon aus, um ihn zu töten. Er biss die Zähne zusammen, um nicht vor Schmerz laut aufzuschreien, als sie ihm ins Gesicht schlug. Gleichzeitig merkte er, wie sein ganzer Körper zu zittern begann. Die Nähe eines Vampirs lockte den Wolf in ihm an die Oberfläche. Sein Kiefer verzog sich, um Platz für die Reißzähne zu machen. Sein Verstand arbeitete fieberhaft. Sie hatte ihn vorhin im Wald nicht getötet, obwohl sie die Gelegenheit gehabt hatte. Schuldete er ihr ein Leben, dafür, dass sie das seine verschont hatte?

„Ich kann den Wolf nicht länger zurückhalten."
Er merkte erst angesichts ihres überraschten Gesichtsausdrucks, dass er seine Gedanken laut ausgesprochen hatte. Er verfluchte sich für seine ei-

gene Unachtsamkeit. Seine Knochen begannen bereits, im Lauf der Verwandlung zu krachen. Er verzog schmerzlich das Gesicht. Je stärker er gegen das Tier ankämpfte, desto schlimmer wurde es. Sie zog eine Augenbraue hoch.
Er verwandelt sich.
„Ich kann auch den Wolf problemlos töten."
Wie zum Beweis packte sie seinen Hals und würgte ihn, so wie im Wald. Seine Rippen knackten, als sie auf ihn stieg. Er stöhnte durch den geschlossenen Kiefer. Sie merkte, wie sich seine Oberschenkelknochen zu verziehen begannen. Obwohl Chris die Verwandlung jetzt nicht mehr zu verhindern versuchte, ging es quälend langsam. Er verlor kurzzeitig das Bewusstsein. Elaine verengte die Augen. Sie gönnte ihm die wohltuende Ruhe einer Ohnmacht nicht. Sie fuhr sanft mit der Hand an seinem Bauch entlang, bis sie die gebrochene Rippe ertastete und zudrückte. Ihr Gefangener riss die Augen auf. Sie knebelte ihn wieder, diesmal aber so, dass er noch atmen konnte. Ihr stand nicht der Sinn nach Gesprächen, welcher Art auch immer. Sein Blick war hasserfüllt, als er ihren Weg um das Bett herum verfolgte. Sie fuhr mit den Händen über seinen nackten Körper, zum Teil, weil sie seinen Abscheu noch anstacheln wollte, teils aber auch, weil sie ihn erregen wollte, bis er alles andere vergaß.
„Weißt du, Werwolf, ich hatte schon ziemlich lange keinen richtigen Mann mehr im Bett. Wie sieht es aus – Hast du Lust, diese Rolle zu übernehmen?"

Er gab ein animalisches Knurren von sich. „Hm. Dachte ich mir. Aber eigentlich ist mir vollkommen egal, ob du willst oder nicht."
Sie merkte an seiner Erektion, dass sie ihn gegen seinen Willen erregte. Was sie nur noch eifriger machte. Sie wusste, dass er seine Beine nicht anwinkeln konnte. Es war unmöglich, diese Ketten zu durchbrechen. Also konnte sie sich gefahrlos auf ihn setzen. Ein leiser Schmerzenslaut entschlüpfte ihm, als sie sich langsam auf ihn herunterließ und ihn in sich aufnahm. Er stöhnte. Ob vor Schmerzen oder Erregung vermochte sie nicht zu sagen. Sie begann sich zu bewegen, während sie seine Hüften packte, um ihn zum Mitmachen zu bewegen. Er ballte die Hände zu Fäusten. Ihr Anblick raubte ihm den Atem. Sie kam zum Höhepunkt, verweigerte ihm aber dasselbe, indem sie in seinen Kopf eindrang und das Verlangen auslöschte. Sie hatte ihn benutzt wie eine männliche Hure. Chris wandte den Kopf ab, als sie sich vorbeugte, um ihm in die Augen zu sehen. Sie packte sein Kinn und riss es herum, wo sie ihn festhielt.
„So ist das mit einem Vampir, Werwolf. Wir sind gemein, hinterhältig und abgrundtief böse – und euch trotzdem haushoch überlegen!"
Sie bog seinen Kopf zurück, um an den Hals zu gelangen. Die ultimative Demütigung: der Biss eines Vampirs. Sie versenkte ihre Zähne in seinem Fleisch und saugte, während sie seine Reaktion beobachtete. Er bäumte sich auf und kam in ihr. Sie tätschelte seinen Kopf wie den eines Haustieres, als sie von ihm herunterstieg.
„Braves Hündchen."

Dann schlug sie ihn bewusstlos.
Als er wieder zu sich kam, war die Vampirin verschwunden und das Zimmer stockfinster. Er sah mit den Augen des Wolfes, dass es sich eigentlich um eine Höhle handelte. An den Wänden standen Möbel und Schmuckgegenstände, die das zu vertuschen versuchten. Eine riesige Wandmalerei kam hinter ihnen zum Vorschein. Die Wandlung war noch nicht einmal zu einem Drittel abgeschlossen. Er riss wieder an den Ketten. Wenn es ihm gelang, von hier zu fliehen, würde er im Wald seine Wunden lecken können. Das Wolfsrudel war jederzeit bereit, ihn wieder aufzunehmen, nachdem er ihre Welpen gerettet hatte.
Er war sich nicht sicher, ob er es bis in den Wald schaffen würde.

Elaine hatte gelangweilt von ihm abgelassen, als er ohnmächtig geworden war. Nun kam sie von der Jagd zurück und war erstaunt, ihn wieder in wachem Zustand vorzufinden. Die Wandlung war nur wenig weiter fortgeschritten als zum Zeitpunkt ihres Aufbruchs. Monsieur hatte Recht gehabt mit seiner Warnung. *Trink niemals das Blut eines Werwolfs!* Sie konnte seine Gedanken hören.
Nachdem sie sich von dem ersten Schrecken erholt hatte, blieb sie still stehen. Er hatte sie noch nicht bemerkt. Der Gedanke, ihn jetzt zu überraschen, war ausschlaggebend. Leise zog sie sich zurück, um ihr Jagdmesser zu holen. Als sie die Höhle wieder betrat, bemerkte er sie wieder nicht. Ihr kamen leise Zweifel. Irgendetwas passte nicht ins

Bild. Sein Körper war fiebernass. Sie zuckte mit den Schultern. Sie hatte nicht vor, ihn noch viel länger am Leben zu lassen, egal, wie weich seine Lippen auch sein mochten. Er war ein Lykanthroph – er würde sterben! Das Messer in ihrer Hand, trat sie näher. Er wandte plötzlich den Kopf und sah sie an. Die Vampirin fasste einen Entschluss. *Du wirst mir gehören, bevor du stirbst. Ich werde dein Vertrauen erringen, um zu sehen, wie du um dein Leben bettelst!*

Sie legte das Messer weg und kam unbewaffnet auf ihn zu. *Du wirst mir hörig sein.* Er lag ganz still, um sie nicht zu provozieren. Sie strich mit ihren flinken Händen flüchtig über seine Brust, dann seine Beine entlang. Sein Blut pulste gleichmäßig unter der Haut hindurch. Durch ihre Berührungen erregt, ging sein Atem schneller. Sie küsste ihn flüchtig. Ihre Berührungen waren wie der Wind, der im Frühling durch die Blätter streift. Sein Puls erhöhte sich. Sie lächelte an seinem Ohr und biss sanft hinein. Noch immer lag er still, obwohl es ihm schwerfallen musste. Sein Kiefer hatte sich bereits in Richtung des Wolfs hin verändert, war markanter und rauer geworden. Sie nahm eine seiner Brustwarzen und zwirbelte sie zwischen den Fingern. Als er erschauerte, biss sie zu. Sein Blut schmeckte wild, anders als im Wald. Dann wurde ihr klar, dass sie das Gift mit der Nahrung aufnahm. Er gab ein Winseln von sich, das sehr nach Wolf klang. Sie ließ ihn los und verschwand wieder in der Dunkelheit. Nur Sekunden später sah sie, wie das Gift, das ihre Zähne freisetzten, zu wirken begann. Er sackte in sich zusammen. Sie lachte leise. Wenn sie Glück hatte, würde das Vampirgift die Wirkung des anderen aufheben.

Ob es Zufall war, dass Monsieur sie am nächsten Tag mit einer Aufgabe im Nachbartal beauftragte? Elaine wusste es nicht. Fakt war, dass sie zwei Tage lang nicht in ihrer Höhle weilen würde, und den Werwolf so warten lassen musste. Sie zog in Erwägung, ihm jemanden für Speis und Trank zu schicken, unterließ es dann jedoch. Es gab keinen im Clan, dem sie so weit trauen würde. Als sie verschwand, spürte sie seine Gegenwart am Rande ihres Bewusstseins. Die Präsenz verschwand, als sie tiefer in die Wälder vordrang.

Fremde Vampire drangen in die Höhle vor, kaum, dass sie sie verlassen hatte. Chris stellte sich zunächst schlafend, doch sie "weckten" ihn mit einem Kübel eiskalten Wassers. Diese Zuflucht blieb ihm also verwehrt. Es verwunderte ihn sehr, plötzlich eine Ziege in der Höhle auftauchen zu sehen. Einer der Vampire zerrte sie an einem Strick hinter sich her. Ruckartig wurde ihm klar, dass er einige von ihnen schon einmal gesehen hatte. Sie hatten ihn hierher geschleift.

Henry nahm beide wahr: sowohl Chris als auch Nico. Doch als er nach ihnen rief, antwortete keiner von beiden. Er fragte sich, ob die dicken Höhlenwände möglicherweise die Telepathie störten. Vielleicht waren es auch Schutzzauber, man konnte sich nie sicher sein. Bei dem Imperium, das Monsieur hier aufgebaut hatte, erschien ihm langsam nichts mehr unmöglich.

Missmutig stand der Heiler auf und ging bedächtig an den Wänden seiner Höhle entlang. Der marmorierte Schiefer schuf eine gar zu kalte Atmosphäre. *Passt ja gerade ganz toll zu mir,* dachte er ironisch. Vor dem Eingang standen Wachen, die stur geradeaus starrten. Der Vampir wusste, dass sie ihn in Wirklichkeit scharf im Auge behielten.

Nico erwachte mit einem hämmernden Schädel und einem Schleier vor Augen. Er war vollkommen bewegungsunfähig, selbst, als er versuchte, die Muskeln anzuspannen. Es bewirkte nicht das Geringste. Er stöhnte und blinzelte, um wenigstens wieder klar sehen zu können. Dabei hatte er das Gefühl, sich dringend an irgendetwas erinnern zu müssen…Blitzartig zuckte eine Erinnerung an scharfe, schneeweiße Zähne auf und versetzte ihn in Alarmbereitschaft. Die Erinnerungen an Reißzähne, die Taubheit seines Körpers…Selbst sein Ruf nach dem Eis verhallte ungehört. Nichts. Wenn er gekonnte hätte, hätte er sich ruckartig aufgesetzt. Sie waren gefangen genommen worden. Chris hatte er zwar nicht mehr gesehen, aber er konnte ihn spüren, wenn auch auf mentalem Wege nicht erreichen.
Er war gebissen worden.
Wieder.
Das Schwarz seiner Pupillen weitete sich noch mehr, überzog den Rest der Iris, als er sich daran erinnerte. Fast zeitgleich legte sich eine Hand um sein Kinn und zog seinen Kopf langsam nach hinten, um seine Kehle frei zu legen. Der Vampir sah, dass er wach war, und strich noch einmal langsam

und genüsslich über seine Halsschlagader. Nicos Atem beschleunigte sich, ohne dass er etwas dagegen tun konnte. Nicht einmal die Möglichkeit, dem Vampir in die Augen zu schauen, bot sich. Er begann wie von selbst, krampfhaft zu schlucken. Als der Vampir mit dem Gesicht dicht über seine Kehle fuhr, war er sicher, dass der Mann seine Angst riechen konnte, aber er war machtlos ihr gegenüber. Etwas Spitzes, Scharfes durchstieß gewaltsam seine Haut und drängte sein Bewusstsein kraftvoll zurück. Sein Kopf rollte zur Seite, als der Vampir schließlich von ihm abließ, die Augen zwar offen, aber seltsam leblos.

Elaine kam missmutig von ihrer Mission zurück. Das Nachbartal war weit entfernt, eingeschneit und zu allem Überfluss waren die Menschen dort vor allem in den Wintermonaten sehr unfreundlich. Sie konnte sich nicht erinnern, auf einem ihrer Ausflüge dorthin jemals Spaß gehabt zu haben. Eine Aufmunterung war jetzt genau das, was sie brauchte! Sie hatte sich dazu durchgerungen, dort Essen für den Werwolf zu kaufen. Er musste inzwischen hungrig sein. Die Vampirin trat in das Höhlenlabyrinth. Während sie sich auf dem Weg in ihre Höhle befand, kam sie an einer anderen vorbei, in der der Heiler sich aufhielt. Zwei jüngere Clanmitglieder hielten dort Wache. Monsieur musste es wohl bewusst so eingerichtet haben, damit der Heiler sich nicht bedroht fühlte. Dabei war der nur wenig jünger als sie selbst! Zumindest physisch. Sie wusste, dass er mehr als einhundert Jahre alt war, irgendetwas um die einhundertfünfzig herum. Das menschliche Alter nicht mitgezählt. Seine Aura war jetzt schon stark. Sie sah ihn nicht, spürte aber seine Anwesenheit. Die Fackeln flackerten unruhig in ihren Ringhalterungen. Das Licht, das sie in die Gänge warfen, reichte nur wenige Meter weit. Der beißende Geruch, den das Pech auslöste, zog durch alle Ritzen und Spalten. Es wäre eigentlich nicht nötig gewesen, die Höhlen zu beleuchten; Vampire sahen im Dunkeln genauso gut wie tagsüber. Aber Monsieur hatte die Fackeln angeordnet, um zu verdecken, dass keiner der Bewohner der unterirdischen Stätten einen Eigengeruch hatte. Das sollte sie menschlicher wirken lassen. Dabei war es scheinbar der Aufmerksamkeit des Clanoberhauptes entgangen, dass die Menschen heute vorwiegend überirdisch lebten. Sie betrat ihre Wohnhöhle. Der junge Vampir, der schon einmal unerlaubt hier eingedrungen war, starrte ihr entsetzt entgegen. Seine Gespielen hielten in der Bewegung inne und taten es ihm gleich. Sie wurde so wütend, dass sie sich nicht mehr die Mühe machte, den restlichen Raum zu inspizieren.

„Ich habe dir gesagt, dass du nicht unerlaubt in mein Zimmer eindringen sollst!"

Sie war schnell wie der Blitz bei ihm, und riss ihm den Kopf ab. Die kopflose Leiche zerfiel noch im Fallen zu Staub.

„Keiner von euch!"

Sie war versucht, mit den anderen beiden dasselbe zu tun, doch sie ließ Milde walten. Der Clan brauchte schließlich Mitglieder, wenn auch nicht unbedingt solche, wie sie fand. Die übrig geblie-

benen Missetäter rannten so schnell wie möglich zur Tür, um sich vor ihrer Wut in Sicherheit zu bringen. Zu spät, um ihnen noch nachzueilen, fiel ihr ein, dass sie alle wohl kaum grundlos hier gewesen waren. Der Wolf.
Sie fuhr herum. Seine Verwandlung war nur ein wenig weiter fortgeschritten, was ihr Sorgen machte. Die Jungvampire hatten seinen Zustand noch verschlechtert. Nun wurde ihr auch klar, was die Ziege im Zimmer sollte: die Salzfolter. Sie hatten die empfindliche Haut seiner Fußsohlen mit Salz bestrichen, ihm die Augen und den Mund verbunden, und dann die Ziege auf ihn losgelassen. Jetzt waren seine Fußsohlen blutig; das Bett ebenfalls vom Blut besudelt. Als sie betroffen an sein Lager trat, zuckte er zusammen. Sie liebkoste seine verletzten Füße. Dann nahm sie ihm behutsam die Augenbinde und den Knebel ab. Seine Augen waren unter dem Tuch geschlossen gewesen, erst jetzt öffnete er sie langsam. Das grüne Funkeln war erloschen. Seine Temperatur war noch weiter gestiegen, während sie weg gewesen war. Er erkannte sie nicht einmal, bevor seine Lider wieder hinunter fielen.

Nico kam immer wieder zu sich. Es zeigte ihm, dass zwischen den Bissen viel Zeit verging. Er wusste aus Erfahrung, dass sein Körper zwei Stunden brauchte, um sich vom Vampirgift zu erholen. Entweder, der Clan hatte zu viel Zeit – oder sie wollten seine Gegenwehr auskosten. Der Halbdryade erschauerte bei der Vorstellung. Er kannte Vampire wie diese viel zu gut. Ein Lufthauch kündigte die neue Gefahr an. Eine Frau beugte sich schnell über ihn und schlug noch in derselben Bewegung zu. Während seine Pupillen ob des Schmerzes größer wurden, vereiste die Höhle. Er erkannte noch die Vampirin, die Henry und ihn durch die Gänge geführt hatte, als sie hier angekommen waren, während sein Bewusstsein abdriftete. Symone lachte höhnisch.

Elaine schritt im Zimmer auf und ab. Sie kannte nicht einmal seinen Namen! Abrupt hielt sie inne. Halt! Was ging es sie an, wie der Werwolf hieß? Sie wollte ihn doch töten!
Der Werwolf fieberte. Sie roch seinen Schweiß, und, was noch schlimmer war, sie war sich sicher, dass es auch die anderen taten. Seit sie wieder angekommen war, bewachte sie ihre Höhle eifersüchtig. Auch, wenn ihr Gefangener inzwischen nur noch sporadisch das Bewusstsein wiedererlangte, wollte sie ihn noch nicht sterben lassen, bevor sie ihren Plan in die Tat umgesetzt hatte.
Sie setzte sich neben ihn auf ihr Bett und lauschte seinen angestrengten Atemzügen. Monsieur hatte dem Heiler nicht genug Zeit gelassen, um das Gift ganz aus dem Körper seines Freundes zu verbannen. Deswegen würde der Werwolf jetzt wohl langsam daran zugrunde gehen.
Sie konnte den Heiler nicht zu Rate ziehen, also würde sie tun, was sie vor einigen Jahrzehnten gelehrt worden war. Sie holte sich einen Eimer mit Schnee, der langsam schmolz und eisiges Wasser hinterließ. Dann tauchte sie ein paar Leinentücher hinein und legte ihm eines auf die Stirn, während

sie von den Fußgelenken bis zu den Waden hinauf kalte Wickel anlegte. Anschließend holte sie eine weitere Decke und breitete sie über ihm aus. Zufrieden betrachtete sie ihr Werk. Sie zog sich in einen Sessel zurück und wartete ab.

Es dauerte seine Zeit, bis sie überhaupt eine Änderung seines Zustandes bemerkte. Er schien sich beruhigt zu haben, denn sein Herz schlug jetzt wieder ein wenig langsamer und kam so dem normalen Rhythmus schon näher als vorher. Als sie sich über ihn beugte, hatte sie das Gefühl, dass er sie wiedererkannte. Doch dann schloss er erschöpft die Augen und fiel in einen unruhigen Schlaf, bevor sie die Möglichkeit hatte, das näher zu erkunden.

Gedankenverloren strich sie mit einer Hand sanft an seiner Seite entlang. Erst, als sie merkte, was sie tat, zog sie ihre Hand beiseite und ballte sie wieder zur Faust. Es sollte sie nicht interessieren, ob der Werwolf lebte oder starb!

Chris´ letzte Erinnerung war ein blasses Gesicht, das sich über ihn beugte, nachdem die Schmerzen nachgelassen hatten. Er wollte schon nach Henry rufen, als ihm wieder einfiel, wo er war. Dunkelheit umschloss ihn. Aber etwas hielt ihn davon ab, die Augen ein zweites Mal zu schließen. Er konzentrierte sich, soweit das neben dem hämmernden Kopfschmerz möglich war. Da war ein Wispern in seinem Kopf, das ihm verriet, dass er weder dort noch hier allein war. Weder Henry noch Nico würden sich nicht zu erkennen geben, sobald sie in seine Gedanken eindrangen. Er tastete sich vorsichtig weiter vor, erkannte dann die Präsenz eines Vampirs.

Die Vampirin. Ihre Anwesenheit war deutlich spürbar. *Sie muss meine Gedanken lesen können, seit sie mich im Wald gebissen hat.* Er schloss vor Entsetzen kurz die Augen. Seine Reaktion auf sie, auf ihren Kuss draußen im eisigen Gebirge erschreckte ihn immer noch. Sie hatte ihm hier, in ihrem Reich deutlich gezeigt, was er von ihr zu erwarten hatte. Sie benutzte ihn als Sexspielzeug, während sie die Kontrolle über seinen Körper hatte. Und, Teufel auch, er konnte nicht einmal sagen, dass es ihm missfallen hatte. Nicht einmal, wenn sie ihn gebissen oder ohnmächtig geschlagen hatte. Im Gegenteil, die Gewalt hatte sein Verlangen nach ihr nur noch verstärkt. Es war lächerlich. Selbst, während Vampire ihn und seine Freunde gefangen nahmen, konnte er nur an das eine denken: Sex. Verdammt, er hatte ein echtes Problem. Noch dazu hatte er einen Freund, und es fühlte sich verdächtig danach an, als würde er ihn betrügen, auch, wenn sein Aufenthalt hier kein selbstgewählter war…

Wenn wenigstens Henry bei ihm gewesen wäre, wäre die Situation eine andere, aber so…

„Du bist wach, nicht wahr, Werwolf?"

Er drehte den Kopf und sah sie an.

Die Vampirin stand behände auf und kam an sein Bett. Er musste sich anstrengen, um nicht zu zittern. Dennoch verkrampfte er sich, als sie federleicht über seinen rechten Arm strich.

„Du wirst nicht sterben, bevor ich es dir befehle, verstanden?"

Mordlust stieg in ihm auf. Wer glaubte sie zu sein, um ihm etwas befehlen zu können? Der Wolf drängte gewaltsam an die Oberfläche und riss an seinen Ketten.

Elaine beobachtet belustigt, wie der Werwolf die Zähne zusammenbiss und sie aus wütend blitzenden grünen Augen anstarrte. Seine Muskeln begannen, sich zu verziehen. Als sie sich ein winziges Stück weiter zu ihm vorbeugte, schnappte er sogar nach ihr. Sie schlug ihm ins Gesicht.

„Böses Hündchen. Wage es noch einmal und ich reiße dir den Kopf ab!"

Die Mordlust glitzerte sie unverändert an, aber wenigstens versuchte er jetzt nicht mehr, sie zu beißen.

Sie setzte sich auf die Kante des Bettes, um seinen zornbebenden Körper zu streicheln. „Du wirst hier sterben, Werwolf. Und ich werde dafür sorgen, dass es lange dauert."

Sehr lange, fügte sie in Gedanken hinzu, um die Ideen, die ihr beim Anblick seines nackten Körpers in den Sinn kamen, auszugleichen.

Er bäumte sich auf und riss an den Ketten. Ihr lief ein kalter Schauer über den Rücken, als sie seinem Blick begegnete. Das Grün seiner Augen war zu einem dunklen Tannennadelgrün geworden und strahlte Gefahr aus. Das Metall der Ketten schnitt in seine Handgelenke und ein dünner Blutstrahl trat hervor. Sofort war sie über ihm und drückte ihn nieder.

„Oh nein, Werwolf! Du wirst hier nicht wegkommen, nicht einmal, wenn du es könntest! Vergiss

nicht, dass wir uns in einem Höhlensystem voller Vampire befinden!"
Sie umfasste seine Kehle und drückte zu, während ihr Daumen ihn streichelte. Ruckartig riss er den Kopf zur Seite, doch es nützte nichts. Sie war schneller.
Ihre Zähne gruben sich einmal mehr in sein heißes Fleisch. Sie schluckte genüsslich, als er das Bewusstsein verlor.
Sie ließ ihn los, als sie satt war. Es machte nur halb so viel Spaß, wenn er bewusstlos war.

Als er diesmal wieder zu sich kam, überprüfte er zuerst seine geistigen Barrieren und achtete darauf, die Vampirin bewusst abzuschotten. Er spitzte die Ohren. Nicht das leiseste Geräusch war zu hören. Die Höhle war so still, wie es nur einer übernatürlichen Existenz zuzuordnen war. Aber der Geruch nach Nichts drang ebenso wenig in seine Nase wie ein wie auch immer gearteter Klang an sein Ohr.
Vorsichtig öffnete Chris die Augen. Er hatte sich nicht getäuscht. Die Vampirin war nicht hier. Auch nichts anderes.
Er zuckte zusammen.
Die Vampirin hatte ihm vermutlich das Leben gerettet.
Er hatte kein Recht, ihr so zu begegnen. Andererseits war sie es auch gewesen, die ihn überhaupt erst in diese Lage gebracht hatte. Da sie ihn verfolgt und schließlich gefangen genommen hatte, war es wohl ihr zu verdanken, dass er überhaupt hier war. Er wunderte sich immer wieder aufs

Neue, noch am Leben zu sein, wenn er erwachte. Möglicherweise waren die Blutsauger doch nicht so verdorben, wie sie alle Welt glauben machen wollten. Henry war das –nun ja - *untote* Beispiel dafür.

Aber sie konnte ihn auch nicht leben lassen. Er verkörperte schließlich ihren Erzfeind. Chris dachte an Anna, die ihn vor einem guten Jahr in den Alpen gefangen genommen hatte. Seine eigene Schwester hatte ihn erst erkannt, als es schon fast zu spät gewesen war. Er schüttelte den Kopf, um sich wieder aufs Wesentlich zu konzentrieren. Wie zum Teufel, sollte er hier raus kommen?

Er konzentrierte sich auf die Ausgänge, die er gesehen hatte. Das Problem war, dass es nur einen gab. Der einzige Ausgang also, der in die ihm unbekannten Gänge führte. Wenn er den Wolf allerdings die Führung übernehmen ließe, würde er sich da draußen zurecht finden. Allerdings musste er dazu erst einmal seine Ketten sprengen, die Vampirin überraschen und dann auch noch die Tür unverschlossen vorfinden. Es lag also durchaus im Bereich des Möglichen, was er sich vorgenommen hatte. Ja, definitiv. Leider brannten in den Gängen mit Teer beschichtete Fackeln, die es ihm unmöglich machten, das Nahen der Vampire zu wittern. Er konnte ihr Kommen nur spüren, wenn sie schon nahe genug bei ihm waren. Zu spät also.

Aber wenn er die Augen schloss und nach ihnen tastete, bemerkte er die fremden Schwingungen um ihn herum. Die Entfernung der einzelnen Vampire voneinander sagte ihm, wie groß die Entfernung war. Er tastete nach Henry.

„Chris?" Die vertraute Stimme in seinem Kopf zu hören war eine ungeheure Erleichterung. Er spürte, wie Henry zunächst erstarrte und sich dann vom Boden erhob, wo er gesessen hatte. *„Ich bin hier.",* beruhigte er seinen Freund.

„Geht es dir gut? Ich konnte das Gift nicht ganz aus dir herausfiltern."

„Es geht. Es ging mir schon schlechter. Ich kann…" Der Werwolf warf einen Blick auf seine nunmehr verschorften Fußsohlen. *„auch noch laufen."* Es würde zwar verdammt schmerzhaft werden, aber es war möglich. *„Kannst du Nico spüren? Hast du mit ihm geredet?"*

„Ich kann ihn spüren, aber er antwortet nicht auf meine Rufe. Irgendwas hier verhindert Telepathie."

Chris hob eine Augenbraue. *„Tja, was denkst du, tun wir gerade?"*

Zur Antwort erhielt er ein Schnauben. *„Ich weiß. Aber von allein konnte ich weder Nico noch dich erreichen."* Die Sorge um ihren Freund hing unausgesprochen in der Luft. Nicos Blut war verlockend, ganz besonders für Vampire. Der Clan der Schlange konnte ihm sonst etwas angetan haben.

Irgendwann musste er wohl wieder eingeschlafen sein. Eine seltsame Erregung weckte ihn. Als er die Augen aufschlug, sah er die Vampirin, die zu seinen Füßen Platz genommen hatte und mit einer Hand über die Innenseite seines Beines strich. Es war eine fast zärtliche Geste, die ihn erstaunte. Schließlich hatte sie noch vor ungefähr einer Stunde noch gedroht, ihn zu töten.

Doch dann ritzte einer ihrer langen Fingernägel sein Fleisch und Blut trat aus der Wunde. Schlagartig war der Moment vorbei. Chris war froh darüber, Henry nichts über die Art und Weise, wie sie ihn behandelte, erzählt zu haben. Er wollte nicht, dass sein Freund sich noch mehr Sorgen machte, als er ohnehin schon hatte.

Sie hatte sich einen Spaß daraus gemacht, den Werwolf so sehr zu schwächen, dass er sich kaum noch bewegen konnte. Immer wieder hatte sie sein Blut genommen, jedoch ohne ihm etwas zu essen oder zu trinken zu geben. Jetzt verlor er ständig das Bewusstsein. Allerdings wollte sie ihn nicht sterben lassen. *Noch* nicht. Sie sagte sich, dass sie das noch tun würde. Dass sie ihn töten würde. Andererseits war da eine leise Stimme in ihrem Inneren, die ihr sagte, dass sie ihn gar nicht mehr töten wollte. Dass sie nur leiden würde, wenn sie ihn jetzt tötete.
Nichts sprach dagegen, das Blut des Werwolfs zu nehmen. Schließlich waren ihre beiden Rassen verfeindet. Vermutlich hatte er schon mehrere ihrer Artgenossen zur Strecke gebracht.
Unentschlossen sah sie zu ihm herüber. Er war nicht wach, zum Glück. Sie schwankte nach wie vor. Monsieur hätte es sicherlich für gut befunden, wenn sie den Wolf langsam zu Tode gequält hätte, doch sie brachte es einfach nicht übers Herz, ihn zu töten, während er hilflos war.
Und zu allem Übel musste sie immer an den Blick seiner grün leuchtenden Augen denken, als sie ihn in sich aufgenommen hatte – Erstaunen, Furcht

und Misstrauen hatten sich dort gespiegelt, bevor er die Augen geschlossen und ihr somit den Blick in seine Seele verwehrt hatte.

„Elaine?"

Wenigstens einmal klopfte jemand zur rechten Zeit an und riss sie aus ihren sinnlosen Gedanken. Er musste sterben. Basta.

„Was ist los?"

„Monsieur schickt nach dir."

Wortlos ging sie zur Tür und öffnete sie. Der Vampir, der davor stand, erhaschte einen Blick auf den an ihr Bett geketteten Werwolf und das Blut sowie die Kälte, die sie verströmte, bevor sie die Tür wieder schloss. „Ich komme. Wo ist er?"

„In der Kapellhöhle."

Die Kapellhöhle trug diesen Namen, weil sie über und über mit Zaubern angefüllt war, die jedes unerwünschte Geräusch im Keim erstickten, jeden anderen Zauber aufhoben und noch vieles mehr. Monsieur hatte dafür gesorgt, dass der Dryade dort gefangen gehalten wurde.

Sie fragte sich, was er jetzt schon wieder im Schilde führte. Den verhältnismäßig kurzen Weg zur Höhle hatte sie in Sekundenschnelle zurückgelegt, darauf achtend, den jüngeren Vampir, der als Bote gedient hatte, abzuschütteln.

Bevor sie die Höhle betrat, atmete sie noch einmal tief durch.

„Elaine! Wie schön. Du hast dir mehr als nur einen Hund als Belohnung für deine außergewöhnlichen Dienste verdient!", begrüßte Monsieur sie überschwänglich. Ihr war mulmig zu mute. Sie konnte den Dryaden sehen. Er lag auf einer steinernen Plattform, bewegte sich aber nicht.

„Mein Freund Nicolai hier steht dir zur freien Verfügung. Eine Stunde lang. Du musst ihn allerdings am Leben lassen." Das böswillige Glitzern in den Augen des Clanchefs war nicht zu übersehen. Elaine bezweifelte langsam, dass diese ganze Geschichte nur damit zu tun hatte, dass sie einen Heiler brauchten, wie Monsieur den Vampiren die ganze Aktion erklärt hatte. Da steckte eindeutig mehr dahinter.

„Danke." Sie erwartete, dass Monsieur die Höhle verließ, doch das tat er nicht. Stattdessen stellte er sich in eine Ecke und wartete darauf, dass sie anfing. Sie riss sich von seinem Blick los und ging zu dem Dryaden. Im Näherkommen schon erkannte sie, dass der Dryade bei Bewusstsein war. Sein Auge wareinen Spalt weit geöffnet, der Blick jedoch verschleiert. Sie bezweifelte, dass er sie wiedererkennen würde. Seine Haut war so weiß, so anders als die leicht gebräunte Haut des Werwolfs..unwillkürlich streckte sie die Hand aus, um ihn zu berühren. Gespannt beugte sich Monsieur vor. Ein kalter Luftzug strich leise durch die Höhle.

„Schlag ihn!" Der Sprung ins kalte Wasser. Statt den Dryaden weiterhin fasziniert berühren zu wollen, holte sie aus und schlug ihm ins Gesicht. Sein Kopf wurde herumgeworfen, sodass sie seinen Gesichtsausdruck nicht länger erkennen konnte. Die Seite mit der Augenklappe lag nun ihr zugewandt. Außer einem leichten Zucken, das durch seinen Körper lief, zeigte er keine Reaktion. Elaine war sich nicht sicher, ob er überhaupt gemerkt hatte, dass etwas passiert war. Seine blassen, schlanken Finger jedenfalls blieben nach wie vor unbeweglich – genau wie der Rest seines Körpers. Sie hielt den Atem an und lauschte nach seinem Herzschlag. Sehr langsam, aber dennoch regelmäßig, erklang ein dumpfes Pochen.

„Du darfst ihn auch beißen, wenn du willst." Monsieurs Worte waren ein Befehl, auch, wenn er ihn als Vorschlag tarnte.

Sie schloss die Augen, froh darüber, dass Monsieur ihr Gesicht nicht sehen konnte. Der Werwolf würde es ihr nie verzeihen, wenn sie seinem Freund etwas antat. Andererseits war der Werwolf erstens nicht hier und zweitens kümmerte es sie nicht, was er von ihr dachte, *weil sie ihn sowieso töten würde!* Sie beugte sich hinunter und fuhr mit einer Hand langsam, fast zärtlich, am Hals des Dryaden entlang. Sein Zustand war miserabel, soweit sie es beurteilen konnte, aber das war egal. Nicht einmal, als sie leicht mit den Zähnen über seinen Hals strich, rührte er sich. Das Einzige, was sie erkennen konnte, war ein leichtes Flattern seiner Augenlider. Als sie ihn biss, schloss er die Augen.

Der Werwolf war noch immer bewusstlos, als sie ihre Höhle wieder betrat. Sie hielt inne und griff nach einer Flasche Wasser, die sie hier hatte, seit er ihr Gefangener war. Vampire benötigten keine Nahrung außer Blut. Sie setzte ihm die Flasche an die Lippen. Er trank nicht, ja, öffnete nicht einmal den Mund. Mit einem Fluch auf den Lippen zog sie seinen Unterkiefer herunter, um ihn zum Trinken zu zwingen.

Das Wasser tat ebenso wenig das, was sie von ihm wollte, wie er selbst. Zum Beispiel starb er nicht einfach, um ihr das Leben zu erleichtern.

In seinem Traum waren da weiche Hände, die ihn streichelten, die ihn anflehten, zurückzukommen. Chris bewegte seine Hände. Die Ketten an seinen Handgelenken waren noch immer da, die an den Füßen konnte er genau so spüren. Seltsam. Er hatte sich wirklich eingebildet, sie wären für einen Moment verschwunden gewesen.

Jemand strich ihm eine Haarsträhne ins Gesicht. Seltsam. Wenn Henry hier war, warum trug er dann noch immer Ketten? Er hätte es gern herausgefunden, aber seine Augenlider waren zu schwer, um sie zu öffnen. Er schluckte. Durst nagte an ihm wie ein hungriges Tier. Wenn ihm doch nur jemand Wasser geben würde...

Henry. Wasser.

Als sie seine Gedanken hörte, zuckte Elaine zurück. Hastig sah sie sich um. Der Heiler war nicht hier. Konnte es sein, dass der Werwolf sie mit seinem Freund verwechselt hatte? Die beiden waren doch nicht etwa...Nein, zu abwegig. Sie waren nicht zusammen. Das konnte einfach nicht sein. Schließlich war es ihr sehr wohl gelungen, ihn zu erregen...Nein. Die beiden waren einfach lange Zeit zu zweit durch die Weltgeschichte gezogen, mehr war da nicht.

Eine leise Stimme in ihr fragte sich, warum er dann nicht nach dem Dryaden gerufen hatte.

Ehe sie sich versah, ertappte sie sich dabei, aufzustehen und in die Richtung der Wasserflasche geeilt zu sein. Stirnrunzelnd blickte sie auf die Wasserflasche in ihrer Hand hinab. Sie hatte Tage gebraucht, um ihn wieder in einen heilwegs ansprechbaren Zustand zurück zu holen und jetzt das.

Sie musste ihn wirklich schnellstens loswerden. Sonst passierte es noch, dass sie sich nicht mehr von ihm trennen konnte. Und dabei war er nur ein Spielzeug! Sie ging zurück zum Bett. Eine Vampirin, die sich einen Werwolf als Haustier zulegte, würde in der ganzen Mythenwelt verachtet werden. Oder gar eine, die sich mit einem Werwolf einließ! Undenkbar, egal, wie gut er auch aussah.

Bitte.

Seine Gedanken unterbrachen die ihren. Sofort stand sie neben seinem Bett und flößte ihm ein wenig der kostbaren Flüssigkeit ein.

Jetzt war sie ihm also schon hörig!

Ruckartig zog sie das Wasser weg, sodass er es nicht mehr erreichen konnte. Es zeigte Wirkung. Der Werwolf bemühte sich, mit den Lippen irgendwie die Wasserflasche zu erreichen, doch es gelang ihm nicht. Ein leises Knurren kam über seine Lippen. Dabei wusste er nicht einmal, wer ihn angriff, oder warum, aber er wollte sich verteidigen…

Als sein prachtvoller Körper sich vor Schmerz verkrampfte, als er versuchte, sich aufzurichten, begann er zu keuchen. Seine Augen waren nur einen Spalt weit geöffnet, weit genug, um die Wasserfla-

sche sehen zu können.. Seine Hände zuckten, als er versuchte, an das wertvolle Wasser zu gelangen. Elaines Herz zog sich bei seinem Anblick zusammen. Er war noch immer um Einiges zu schwach, um ihre Spielchen mitzuspielen.
Also konnte sie nicht verhindern, dass er ihr immer näher kam. Was für ein verfluchter Mist, in den sie sich da wieder hineinmanövriert hatte. Seufzend setzte sie die Wasserflasche wieder an seine Lippen. Der leise Laut, den er ausstieß, als er wieder zu trinken begann, fuhr ihr direkt ins Herz.

Der Werwolf schlief. Wieder einmal. Vielleicht war er auch bewusstlos, sie wusste es nicht so genau. Sein Kopf ruhte seitlich auf dem Kissen ihres Bettes. Seine Haut war leicht bronzefarben. Das fiel ihr immer als erstes auf, wenn sie ihn betrachtete. Ganz im Gegenteil zu ihrer, die seit Jahrhunderten keine Sonne mehr gesehen hatte.
Er sah so verdammt jung aus, so verletzlich... Elaine betrachtete ihn gedankenverloren. Wenn sie ihn noch länger so anstarrte, schwand die Wahrscheinlichkeit, dass sie ihn unbeteiligt würde umbringen können, immer mehr. Sie wandte den Kopf ab und starrte stattdessen an die steinerne Wand. Gleich darauf schalt sie sich einen Narren. Monsieur würde von ihr verlangen, den Werwolf zu töten. Wahrscheinlich zeremoniell, vor allen anderen. Sie kannte sich inzwischen gut genug, um sich einzugestehen, dass sie es nicht tun würde. Also musste sie irgendeinen Weg finden, ihn hier wieder heraus zu bringen. Es war unwahrscheinlich, dass er ihr dafür danken würde, aber

vielleicht... Möglicherweise machte sie sich auch einfach falsche Hoffnungen. Wenn sie erreichen wollte, dass er ihr verzieh, dass sie ihn hier festhielt beziehungsweise festgehalten hatte, musste sie nicht nur dafür sorgen, dass er hier lebend wieder heraus kam, sondern auch seine beiden Freunde. Was den Heiler mit einbezog, dem Monsieur schon lange Zeit hinterherlief... Das bedeutete, dass sie sich einen neuen Clan suchen musste. Sie hätte noch Glück, wenn Monsieur keinen Preis auf ihren Kopf aussetzte. Und das alles für einen Werwolf... Sie sah wieder zu ihm herüber. Vielleicht wäre es besser, ihre törichte Schwärmerei für ihn zu vergessen und ihn einfach so schnell wie möglich zu töten. Dann hätte sie es hinter sich...

Chris konnte nur vermuten, aber er glaubte nicht, dass sie wusste, dass er wach war, während er sie unter halb geschlossenen Augenlidern dabei beobachtete, wie sie durch die Höhle tigerte. Irgendetwas hatte sie in Aufruhr versetzt. Er wusste, dass es nicht seine Gedanken in ihrem Kopf gewesen sein konnten – er wusste um die Blutsverbindung, die entstand, wenn ein Vampir von einem telepatisch begabten Mythenweltgeschöpf trank. Dementsprechend hielt er seine Gedanken unter Verschluss. Sie wirkte in letzter Zeit häufig abgelenkt. Unruhig.
Nicht, dass er besonders oft wach gewesen war, aber er konnte ihre Schwingungen in seinen Gedanken spüren.
Dennoch waren sie nicht der eigentliche Grund für sein Erwachen. Nein, er hatte ganz im Gegenteil

ein Gespräch belauschen können. Sie und irgendjemand anders. Eine andere Vampirin vermutlich, die Stimme war weiblich gewesen. Wer sonst könnte hier sein.

Er rief sich das Gespräch noch einmal in Erinnerung.

„Ich glaube nicht, dass der Dryade es noch allzu lange macht." Die andere Vampirin war zu ihr gekommen und hatte sich nicht die Mühe einer Einleitung gemacht. Angst um Nico packte ihn bei den Worten, die sie an seine schöne Gefängniswärterin richtete. Die Wahrscheinlichkeit, hier unten noch andere Mythenweltwesen außer Vampiren und ihrer Dreiergruppe vorzufinden, war praktisch gleich null, oder? Noch dazu Dryaden, die normalerweise in Sibirien lebten, also am anderen Ende der Welt... Er war einmal dort gewesen und es hatte ihm für den Rest seines Lebens gereicht.

Sie musste einfach Nico gemeint haben.

Dennoch waren es ihre nächsten Worte, die ihn fast dazu gebracht hätten, sich als wach erkennen zu geben und seinen Protest zu äußern, irgendwie Widerstand zu leisten..

„Wie ich höre, hast du ihn gekostet?" Zunächst hatte er zwar gedacht, dass die andere möglicherweise ihn selbst, Chris, meinen könnte, aber dann war ihm klar geworden, dass die Vampirin von seiner Gefängniswärterin und Nico sprach.

Sein Herz begann zu hämmern, als wolle es aus seiner Brust heraus springen, während sich eine leise Stimme in ihm zu Wort meldete, und fragte, warum es ihm so viel ausmachte, dass *sie* es war, die von seinem Freund getrunken hatte.

Ihre Antwort war einsilbig gewesen: *„Ja."* Ein kurzes Schweigen, dann*: „Was willst du, Symone? Schickt Monsieur dich?"*
Chris wusste sehr gut, dass sie es eben diesem Monsieur zu verdanken hatte, überhaupt hier zu sein. Der Kerl hatte Henry schließlich herbestellt und damit seine Schulden eingefordert.
Laut vampirischem Recht hätte er Henry töten können, wäre dieser dem Ruf nicht gefolgt.
Er konzentrierte sich wieder auf das Gespräch, das er mitgehört hatte. *„Nein"*, hatte die andere Vampirin geantwortet, aber er hatte ihren Blick fast körperlich spüren können. Er konnte sich denken, dass sie wahrscheinlich zu den Informanten des Clanführers gehörte. Sie verbarg es ja nicht einmal offen.
„Ich wollte nur mal kurz mit dir reden."
In der darauffolgenden Stille wäre ein herabfallendes Blatt laut gewesen. Er dachte sich, dass seine Vampirin vermutlich eine Augenbraue hochgezogen hatte, wie er es schon ein paar Mal bei ihr gesehen hatte, und dann hatte sie gesagt: *„Nun. Hast du. Dann wünsche ich dir noch eine schöne Nacht."*
Danach war die Tür zugefallen und seitdem lief sie wie ein aufgescheuchtes Tier in der Höhle herum. Er schloss die Augen und konzentrierte sich, bemüht, nicht tief durchzuatmen, um sie nicht merken zu lassen, dass er wach war.
Henry?
Die Antwort des Heilers kam prompt und klang atemlos. *Ja?*

Ich habe gerade ein Gespräch mitgehört. Es ging um Nico. Ich befürchte, dass er nicht mehr lange durchhält.

Sein Freund und Geliebter schwieg verdächtig lange, bevor er antwortete.

Ich bin in einer Höhle, die Tag und Nacht bewacht wird. Ich kann hier unmöglich weg. Unsere einzige Chance ist es eigentlich, tagsüber hier raus zu kommen, aber du bist der Einzige, der sich bei Sonnenlicht draußen bewegen kann.

Er brauchte nicht laut auszusprechen, dass es sowohl ihn als auch Nico das Leben kosten würde, mit der Sonne in Kontakt zu kommen. Allerdings würden sowohl der Werwolf als auch der Dryade sterben, wenn sie noch viel länger hierblieben. Henry kannte Monsieur, er wusste, wozu dieser fähig war. Auch, wenn er es zunächst nicht hatte glauben wollen, obwohl er es mehr als einmal mit eigenen Augen gesehen hatte. Der Heiler hatte das ungute Gefühl, dass Monsieur sich für irgendetwas an ihm rächen wollte. Und dass er aus demselben Grund Nico und Chris tot sehen wollte.

Nun, eines jedenfalls war sicher: Sie mussten etwas tun und sie mussten es bald tun. Sonst waren sie alle drei nicht mehr lange am Leben.

Als sie dem Werwolf das nächste Mal zu trinken – und diesmal auch etwas zu essen - gab, war er fast völlig ausgehungert. Das war wahrscheinlich auch der Grund dafür, dass er die Drogen nicht bemerkte, die sie seinem Essen beigemengt hatte. Sie musste ihn füttern, weil es zu gefährlich gewesen wäre, ihn loszumachen. Er fraß ihr sprichwörtlich aus der Hand. Dabei war das Zeug weder besonders schmackhaft noch besonders reichhaltig, denn sie hatte schließlich nicht einfach in einen menschlichen Supermarkt gehen können – abgesehen davon, dass sie auch gar kein menschliches Geld hatte. Nein, so etwas hatte nur Monsieur, der als Clanoberhaupt über die weltlichen Besitztümer des Clans verfügte.

Sie hätte ihn also fragen müssen. Was bedeutete, dass der Werwolf verhungert wäre. Nein, sie wollte ihn nicht Hungers sterben lassen, dass erschien ihr seiner einfach nicht würdig. Deswegen also war sie extra auf die Jagd gegangen. Da er in seiner menschlichen Form war, hatte sie das blutige Fleisch sogar noch über dem Feuer gegart, um ihm wenigstens in dieser Hinsicht nicht zu schaden.

Zu diesem Zeitpunkt war sie auch auf die Idee gekommen, ihm mit der Mahlzeit Drogen zu verabreichen. Sie wollte probieren, was das mit ihm anstellen würde. Natürlich hatte sie Halluzinogene nicht jederzeit bei der Hand, also hatte sie einige Pflanzen gesammelt, die, richtig zubereitet, Wahnvorstellungen auslösen konnten.

Die Wirkung der Drogen ließ nicht allzu lange auf sich warten: Auf seinem Gesicht breitete sich bald ein seliges Lächeln aus. Sie hatte ihn noch nie lächeln sehen. Sehr zu ihrem Unbehagen wurde er dadurch nur noch attraktiver. Es stand ihm einfach ausgezeichnet. Als sie ihre Kleidung ablegte, verbarg er nicht, dass seine Augen ihr folgten. Als sie dann schließlich zu ihm kam, war er beinahe zärtlich.

Es schien beinahe so, als hätte sie ihn dort, wo sie ihn haben wollte – zumindest für den Moment.

Zum wahrscheinlich ersten Mal in ihrem Leben war Elaine nicht bei der Sache, während sie jagte. Der menschliche Jäger, den sie töten wollte, wilderte schon seit Jahren im Gebiet der Vampire. Und nun war es möglich, dass er das Höhlensystem entdeckt hatte, in dem ihr Clan lebte…Sie musste ihn ausschalten, Befehl von Monsieur.
Das war ja auch nicht der Punkt, der sie daran störte. Es war alles in Ordnung, solange sie nur ihre Aufgabe erfüllte. Jetzt, wo sie endlich wieder eine hatte. Aber wie gern hätte sie jetzt Gesellschaft gehabt…
Das Bild des nackten Werwolfs tauchte vor ihrem geistigen Auge auf. Wie der Schweiß auf seiner bronzefarbenen Haut geglänzt hatte, nachdem er, noch unter Drogeneinfluss, mit ihr geschlafen hatte…Nein, Moment, das war falsch. Sie schlief nicht mit ihm. Sie hatte Sex. Sie wollte Sex. Ihr Körper prickelte als sie daran dachte, was sie mit ihm anstellen konnte, wenn sie wieder zurückkehrte. Es war amüsant gewesen, ihn unter Drogen zu setzen…wahrscheinlich war es auch nur ihrem Einfluss zu verdanken gewesen, dass er sich diesmal nicht gewehrt hatte. Es hatte fast den Anschein gemacht, als gäbe er sich ihr freiwillig hin…

Als sie zurückkam, dämmerte es beinahe. Langsam war sie es leid, die Drecksarbeit für Monsieur zu erledigen. Der Kerl hatte sie in letzter Zeit einfach zu oft losgeschickt. Sie wollte nur noch in ihre

Höhle und sich dort zur Ruhe legen. Vielleicht nach ein wenig Zeit mit dem Werwolf, aber viel blieb ihr nicht mehr, bis sie in die Tagesstarre verfallen würde, und dann wollte sie nicht unbedingt in der Nähe seiner Hände sein. Sie war schließlich nicht so dumm, ihm zu vertrauen. Auch, wenn das Tag für Tag schwerer wurde, mit jedem Mal, wenn sie in seine grünen Augen sah…

„Ah, Elaine."

Monsieur drehte sich um, als sie die von Flammenschein erhellte Thronhalle betrat. „Gut, dass du kommst. Ich wollte gerade nach dir rufen lassen."

„Was willst du?" Sie bemühte sich nicht, irgendwie gemäßigter zu klingen als sie sich gerade fühlte. Es war ihr einfach nur verdammt egal, was er im Moment von ihr dachte.

„Hast du schlecht geschlafen?"

Sie nickte mürrisch. Sollte er das doch glauben. Auch, wenn sie schlechte Laune hatte, war das noch kein Grund, ihren Überlebensinstinkt zu ersticken. Im Wesentlich verkürzte er die Zeit, die sie vor dem Morgengrauen noch mit dem Werwolf verbringen konnte, und das schätzte sie gar nicht.

„Der Heiler braucht eine Motivation, um hier zu bleiben. Die werden wir ihm liefern. Ich hoffe ja, dass der Werwolf noch am Leben ist?"

„Ist er."

„Kann er gehen?"

Sie durfte sich jetzt nicht zu betroffen zeigen, auf keinen Fall, sonst war sie ihren Kopf los. „Bis morgen? Ja."

„Mit der Abenddämmerung."
„Was hast du vor?"
„Ich will, dass du den Werwolf vor den Augen des Heilers tötest."

Als Elaine in ihre Höhle zurückkehrte, war ihr übel. Als sie die Tür aufstieß und den Werwolf entdeckte, der immer noch auf ihrem Bett lag, musste sie sich das traurige Lächeln verkneifen, das gern herausgekommen wäre. Er musste nicht wissen, was sie zu tun gezwungen war.
Und dabei war es von Anfang an ihr Ziel gewesen...*ihn zu töten.*
Langsam und auf leisen Sohlen trat sie an das Bett. Er schlief noch. Oder wieder. Das Liebesspiel, zu dem sie ihn zwang, verlangte ihm von Tag zu Tag mehr ab. Und das Schlimmste war, dass sie wirklich nicht wollte, dass er jetzt starb.
Sie wusste, dass seine Hoffnung, jemals wieder das Tageslicht zu erblicken, von Tag zu Tag geschwunden war. Soviel hatten seine Gedanken ihr verraten. Und ihr war klar, dass er ihr auf irgendeiner Ebene vertraute. Das tat weh.
Als sie sich neben ihn setzte, um sanft über seine Haut zu streichen, fasste sie einen Entschluss: Einmal im Leben würde sie nicht tun, was Monsieur von ihr verlangt hatte. Einmal nur würde sie tun, was sie wollte. Brauchte, wenn sie es sich recht überlegte. Nun, jedenfalls würde sie genau das tun, was sie eigentlich von Anfang an hatte vermeiden wollen: Sie würde den Werwolf retten.
Sie zog die Hand wieder weg und lauschte überrascht dem protestierenden Laut, den er von sich

gab. Er versuchte im Schlaf, sich in seinen Ketten zu ihr zu drehen. Ihr Herz blutete. Sollte er nicht überleben…Falls Monsieur ihren Plan zu früh durchschaute…

Nein. Das würde sie nicht zulassen.

Sie weckte ihn mit einem Streicheln. Kein intimer Kontakt, nur kurz. Er blinzelte verschlafen und sah sie dann aus grünen Augen unter gesenkten Lidern an. Lauernd, vielleicht. Man hätte fast denken können, sein Gesichtsausdruck so kurz nach dem Aufwachen wäre zutraulich, beinahe liebevoll.

„Hey."

Er räusperte sich und blinzelte. Der Moment war vorbei.

„Hey", antwortete er. Seine Stimme klang rau, wild…ungenutzt. Sie hatte nicht besonders viel mit ihm geredet, während sie ihn hier behalten hatte.

„Wirst du mich töten, wenn ich heute Nacht mit dir in diesem Bett schlafe?"

Die Frage war halb scherzhaft gestellt, doch es war ihr noch nie so ernst gewesen. Forschend musterte sie ihn. Er ließ sich Zeit, bevor er antwortete.

„Nein. Sollte ich?"

Sie winkte ab. „Vielleicht, Werwolf. Vielleicht. Aber ich werde mich darauf verlassen, dass du es nicht tust."

Ihr fielen auf Anhieb genügend Möglichkeiten ein, wie er sie mit den Ketten erwürgen könnte. Allerdings war er noch zu schwach, um sich loszureißen, dafür hatte sie gesorgt. Und sie wollte noch einmal seine Nähe fühlen, bevor sie hier weggingen und sie ihn und seine Freunde aller Wahrscheinlichkeit nach nie wieder sehen würde.

Der Werwolf warf ihr einen überraschten Blick zu, als sie ihn fesselte. Er wehrte sich nicht. Braves Hündchen, dachte sie anerkennend und strich ihm über die Schulter.
„Das hier wird nicht lange dauern."
Es tat ihr Leid, ihn auf diese Weise hintergehen zu müssen, aber es gab keine andere Lösung. Schließlich musste sie ihn hier heraus bekommen.
Sie führte den Wolf durch verschiedene Gänge, bis sie spürte, dass er inzwischen nicht mehr so recht wusste, wo er war. Dann ging sie in die Höhle, in die Monsieur sie bestellt hatte.
Der Heiler fuhr herum, als sie die Höhle betraten.
„Chris!" *Das ist also sein Name!*
Sie drückte den Wolf zu Boden. Er zog die Augenbrauen zusammen und wollte zu ihr hochsehen, doch sie schob seinen Kopf mit Nachdruck nach unten. „Was zum Teufel soll das hier?", wandte sich Henry an den Clanführer.
Dieser hob eine Augenbraue. „Du sollst wissen, was auf dem Spiel steht, wenn du mein Angebot ablehnst. Deine Freunde werden sterben. Beide. Das Einzige, was du tun kannst, um sie zu retten, ist, einzuschlagen." Er hielt dem Heiler seine Hand hin.
„Du bleibst. Sie gehen. In diesem Fall bin ich sogar bereit, dir einen Blutschwur zu leisten, dass ich ihnen weder jetzt noch in Zukunft etwas antun werde."
Elaine fiel auf, dass sein freiwilliges Angebot des Blutschwurs nicht beinhaltete, Befehle zu geben, die den Tod der beiden herbeiführen sollten. Oder

ihre Gefangennahme, Folter..all das war nicht integriert. Sie hoffte sehr, dass der Heiler nicht so blöd war, auf diesen Handel einzugehen. Sie sah zu ihm hin. Er schüttelte den Kopf. Monsieur wurde deutlicher.

„Um es dir noch einmal klar zu machen: du bleibst als Heiler hier. So lange, wie ich es für richtig befinde. Und sowohl dein Liebhaber als auch dein Freund können gehen. Wenn nicht, sterben sie beide und ich werde dafür sorgen, dass du es für den Rest deines jämmerlichen Lebens bereust, nicht auf meinen Handel eingegangen zu sein."

Der Heiler ballte die Fäuste. Elaine starrte ihn fassungslos an. *Liebhaber?* Aber doch wohl nicht...Sie sah auf den Werwolf herunter, dessen Muskeln sich anspannten und ihr ein herrliches Bild boten, wenn sie darauf geachtet hätte. *Liebhaber?* Der Heiler war schwul? Sie hoffte wirklich sehr, dass sein Liebhaber der Dryade war. Sonst würde das ja bedeuten, dass sie die ganze Zeit mit einem Mann gespielt hatte, dessen Orientierung auf dem anderen Ufer lag!

„Lass sie gehen. Ich bleibe."

„Schwörst du es?"

Stille. Der Heiler würde verschwunden sein, sobald er seine Freunde in Sicherheit wähnte.

Monsieur sah sie befehlsgewohnt an.

„Töte ihn."

Der Heiler schrie auf. Elaine stieß dem Werwolf den Dolch in die Brust. Er starrte sie überrascht an, brachte aber keinen Ton heraus. Seine Lider zitterten, bevor sie das schwächer werdende grüne Leuchten endgültig verdeckten. Blut rann wie in Zeitlupentempo an seiner Brust herunter. Sie fing ihn auf, als er fiel. Dann zerrte sie ihn weg. Henry sank auf die Knie und starrte auf die Stelle, an der sein Freund gestorben war. Monsieur lächelte nur, und wiederholte dann seine Bitte. Der Heiler hörte ihn nicht.

Er fühlte ihre Anwesenheit, bevor er vollends wieder zu sich kam. Die Erkenntnis, dass sie ihn verraten hatte, brannte tief in seiner Brust. Die Vampirin hatte von Anfang an nicht vorgehabt, ihn am Leben zu lassen. Sein Überleben musste ein Versehen sein.
Das viele Blut hatte wohl auch das restliche Gift aus seinem Körper gespült. Noch immer benebelt warf er sich herum, und verwandelte sich noch im Fallen. Er stieß sie um. Sie rief ihm nach, und er rannte schneller. Ein silbergrauer Blitz schoss durch den unbewachten Eingang. Die Vampirin würde ihn töten, wenn sie ihn einholte!
Er versank in einem Schneeberg und sprang wieder heraus. Schnell, schneller als ein Zweibeiner suchte er nach dem Wolfsrudel. Über eine zweite Schneewehe sprang er hinweg. Als er landete, wurde sein linker Hinterlauf weggerissen. Blut befleckte den Schnee, bevor er den Schmerz spürte. Genauso schnell wie vorhin wechselte er die Gestalt, um sich zu befreien.

Benommen kam Elaine wieder auf die Beine. Seine Flucht hatte sie überrascht. Es war nicht eingeplant gewesen, dass er so schnell verschwand. Der Wolf war viel schwerer als der junge Mann es gewesen war. Sie machte einen ersten, unsicheren Schritt, bevor sie antrat und losraste, um ihn einzuholen. Wenn er sich fremde Hilfe holte, war der Plan hinfällig!

Er hörte ihre Schritte im Schnee, als er das Fußeisen auseinanderbog. Seine Brust schmerzte. Chris zog seinen verletzten Fuß aus der Falle und nahm sich kurz die Zeit, den Schaden zu mustern. Noch ein wenig tiefer, und das Ding hätte ihm die Sehnen zerschnitten. Er wechselte wieder die Gestalt, als sie vor ihn trat. Noch während der Wandlung fuhr er herum, ein Wirbelsturm aus Eis, Schnee und silbergrauem Fell.
Der Wolf knurrte sie an und machte vorsichtig einen Schritt nach hinten. Blut befleckte sein Fell an Brust und Bein. Sie ging in die Knie, um auf gleicher Höhe zu sein. Er bleckte die Zähne und wich noch weiter zurück.
„Ich muss dir Einiges erklären, Wolf."
Er beobachtete sie nur. Fasziniert sah sie zu, wie seine Lefzen sich wieder senkten. Seine Augenfarbe war immer noch jenes leuchtende Grün, dass seine Emotionen widerspiegelte. Inzwischen war es so dunkel vor Misstrauen, dass sie sich hütete, auch nur ein falsches Wort zu sagen. Er wechselte die Gestalt nicht, um mit ihr reden zu können. So war er ihr ebenbürtig.
Er ging viel zu nahe. Näher, als gut für sie war. Seine Gedanken erklangen klar und deutlich in ihrem Kopf. Sie sah jetzt ein, dass er gewusst hatte, dass sie sie hatte hören können. Oder zumindest einen Teil, wenn er in Menschengestalt war.

Ich will dir aber nicht zuhören, Vampirin!
„Ich habe dich mit Absicht nicht getötet! Schau her," wies sie ihn an. Sie zog das Messer heraus und er wich zurück. „Das Teil ist einklappbar!" Sie stieß die Klinge gegen ihre Hand. Ein dünnes Blutrinnsal erschien, doch das Messer wich nach nur wenigen Zentimetern in den Griff zurück. Misstrauisch beobachtete er, wie die Wunde heilte. Der Wolf fuhr sich mit der Tatze über die Schnauze.
Was ist mit Henry und Nico?
„Ich weiß nicht, was mit deinen Freunden ist. Aber wir können sie da rausholen, wenn du es unbedingt willst. Das mit dem Heiler könnte zwar schwierig werden, ist aber zu schaffen."
Er ging unschlüssig ein paar Schritte. Dann verwandelte er sich, ging auf sie zu und hielt ihr die Hand entgegen.
„Deal." Ein breites Grinsen erschien auf seinem Gesicht. Seine Augen jedoch blieben ernst. Und nach wie vor misstrauisch. „Ich bin Chris."
Sie ergriff die ihr dargebotene Rechte. „Elaine."

„Nicolai?"
Er kämpfte, um die Augen aufschlagen zu können, als er seinen Namen hörte. Dichter Nebel umgab ihn und verfestigte sich scheinbar nur langsam. Bis Nico einer anderen Vampirin ins Gesicht blickte. Er erkannte sie nicht, aber das war nicht ungewöhnlich. Nur wenige achteten darauf, dass er bei Bewusstsein war, bevor sie ihn bissen. Er wusste nicht einmal, ob sie eine davon gewesen war. Das Gift des letzten Bisses floss noch immer durch sei-

ne Adern. Wenn es zu viele zu kurz hintereinander wurden, würde er sich nicht mehr widersetzen können. Seinen Namen hatte allerdings noch keiner verwendet.

Sie löste seine Fußfesseln. Er fuhr bei ihrer Berührung zusammen. Sie sagte nichts dazu.

„Ich bin Elaine. Chris wartet im Wald auf uns. Kannst du gehen?"

Er öffnete den Mund, aber kein Ton kam heraus. Wenn sie ihm kein Wasser gab, würde er nicht reden können, so ausgetrocknet war er. Die Vampirin schöpfte ein wenig Flüssigkeit aus einer Schale, die sie ihm dann einflößte. Seine erste Reaktion war, die Lippen zusammen zu pressen. Er hatte mit Vampiren bereits mehr Erfahrung, als er sich jemals hätte wünschen können.

„Das ist Wasser, du kannst es ruhig trinken."

Als er so weit war, beantwortete er die Frage.

„Nein. Es ist noch keine zwei Stunden her, dass ich gebissen wurde."

Sie musterte ihn nicht gerade freundlich. „Du wirst es trotzdem versuchen müssen." Dann zog sie ihn hoch. Seine Füße wollten ihn nicht tragen, als sie auf dem Boden aufkamen, doch er biss die Zähne zusammen und machte einen Schritt vorwärts. Sein Humpeln wurde deutlich. Die Vampirin beobachtete ihn prüfend. Er schüttelte den Kopf.

„Auch, wenn es geht, bin ich zu langsam. Ich würde euch aufhalten."

Macht er mir gerade den Vorschlag, ihn hier zu lassen?

Der Halbdryade sah auf. „Wie viel Zeit haben wir?"

„Höchstens zwanzig Minuten. Für dich und Henry."

„Sag mir, wo der Ausgang ist, dann komme ich irgendwie hin. Hol Henry. Ihr müsst mich dann irgendwo aufgabeln." *Wenn ich es so weit schaffe.*

Sie schien zu ahnen, was er vorhatte, nickte aber. Sie musste den Heiler benachrichtigen. Wenn ihnen noch genug Zeit blieb, würde sie versuchen, dem Dryaden zu helfen. Sie bezweifelte es allerdings. Und sie wusste, dass ihm klar war, dass er es möglicherweise nicht schaffen würde. Sie bewunderte ihn dafür, sich für seine Freunde opfern zu wollen. Noch einmal musterte sie den Eisdryaden. Es war mehr als deutlich, dass er sich kaum auf den Füßen halten konnte. Es war utopisch, zu glauben, dass er es allein schaffen könnte.

„Ich werde versuchen, dich zu holen, falls du es nicht schaffst. Und jetzt zum Weg. Wenn du hier raus gehst, halte dich links. Dort gibt es einen Hauptgang, der aber nicht beleuchtet ist, da er so tief im Berg liegt. Dem folgst du, bis du zu einer Kreuzung kommst. Dort gehst du rechts. Der Gang hat keine weiteren Abzweige; du gehst einfach so lange weiter, bis du Licht siehst. Pass auf, er ist lang. Du darfst aber trotzdem auf keinen Fall umkehren. Wiederhole, was ich gesagt habe!"

„Links, rechts, Licht."

Er drehte sich um und ging los, noch ehe sie nicken konnte.

Der Heiler starrte an die Wand, als sie die Höhle betrat. Der vermeintliche Tod seines Freundes hatte ihn schwer getroffen. Elaine registrierte,

dass er und der Wolf entweder sehr enge Freunde oder sehr viel mehr sein mussten. Die Wachen vor der Höhle waren verschwunden. Monsieur hatte wohl gemerkt, dass er es jetzt nicht mehr nötig hatte.
„Chris lebt noch."
Er wandte den Kopf und starrte sie an. „Du hast ihn getötet!" Der Schmerz, der aus diesen Worten sprach, war beinahe unerträglich. Die Vampirin trat näher an ihn heran und packte seine Schulter. „Er lebt und wartet im Wald auf dich und deinen Freund. Ich konnte ihn ja schlecht wieder mitherbringen!"
So etwas wie Hoffnung flackerte in den Augen des Heilers auf. Er beugte sich vor, ohne sich dessen bewusst zu sein.
„Chris lebt noch? Und das ist keine Falle, um Monsieur ein weiteres Mal seinen Triumph auskosten zu lassen?"
Es war traurig, wie sehr er vom Leben des Wolfs abhing. Für einen Moment kam ihr der Gedanke, der Heiler könnte ihr den Wolf wieder streitig machen. Schnell schob sie ihn beiseite.
Er ist nicht mein Wolf. Allerhöchstens mein Freund. Er gehört zu dem Heiler und dem Dryaden. Der Gedanke an den Dryaden erinnerte sie wieder an ihren knappen Zeitplan.
„Wenn du ihn sehen willst, komm mit. Sollte ich dich täuschen, kehrst du auch nur wieder hierher zurück."
Er stand auf, als sie sich umdrehte. Sie würden einen anderen Weg nehmen als der Dryade. Das war von hier aus näher.

Nico verfluchte den Gang, in dem er sich gerade befand. Auch, wenn er so leise wie möglich war, machte er in diesem Zustand unweigerlich Geräusche. Sein Gleichgewichtssinn verabschiedete sich immer wieder, also musste er unweigerlich Pausen machen. Inzwischen war er schon in dem zweiten Gang angekommen, der ihm – wie die Vampirin gesagt hatte – endlos lang erschien. Er wusste, dass er das Zeitlimit längst überschritten haben musste. Ob es wohl richtig gewesen war, ihr zu vertrauen? In seiner Verzweiflung versuchte er noch einmal, zu rennen. Nach einigen Schritten knickte sein Knöchel seitlich weg. Er fiel zu Boden. Als er sich hochstemmte, konnte er nicht anders, als zwischen zusammengebissenen Zähnen zu stöhnen. Er krallte sich in der Wand fest und rief das Eis. Wenn er jetzt auch nicht mehr laufen konnte, so musste er doch irgendwie hinaus gelangen. Der Boden war bald glatt und glitzerte. Er ließ sich bäuchlings darauf fallen und schob sich mit den Händen ab.

Symone wanderte unterdessen durch die Höhlen. Von dem Dryaden war bisher keine Spur zu sehen gewesen. Dabei lechzte sie nach dem Geschmack seines Blutes! Sie war beinahe süchtig danach, seit Monsieur sie das erste Mal von ihm hatte trinken lassen.

Und was vorhin passiert war, machte die Sache noch spannender. Der Weißrusse besaß offenbar Kräfte, die ihnen bisher unbekannt gewesen waren. Vielleicht hatte Monsieur ihn zu sich geholt?

Er war ebenso mit allem Drum und Dran unauffindbar.
Aber wenn der Dryade geflohen war, war es ihre Aufgabe, ihn wieder einzufangen. Und es würde ihr Spaß bereiten! Sie wusste schließlich, dass er verletzt war. Symone blieb stehen. Aus einem Gang kam ihr ein leichter, eisiger Wind entgegen. Sie schlug dessen Richtung ein.
Hier versteckst du dich also.
Nico richtete sich am Ende des Ganges auf, um zu überprüfen, ob er den richtigen Ausgang gefunden hatte. Den verletzten Fuß belastete er wohlweislich nicht. Er sah, wie zwei Vampire auf den Wald zueilten. Der eine war diese Elaine, der andere..
Henry!
Der Heiler sah sich um. Elaine folgte seinem Blick und entdeckte den Dryaden, der in einem der Ausgänge stand. Etwas Verwischtes schoss aus dem Hintergrund auf ihn zu.
Nico, hinter dir!
Der Dryade fuhr herum und strauchelte. Bevor er fiel, holte ihn die Gestalt ein. Elaine erkannte noch immer nicht, wer es war, bis sie zum Stehen kam.
Symone.
Chris tauchte am Waldrand auf, angelockt durch die Aufregung seiner Freunde. Er hatte die Wolfsgestalt angenommen, um unerkannt zu bleiben. Mit Schrecken beobachteten sie, wie Nicolai zu Boden geworfen wurde. Symone beugte sich über ihn und ritzte seine Halsschlagader mit ihren Zähnen. Das Vampirgift drang erneut in seinen Kreislauf ein. Sie empfing einen starken Elektroschock, bevor sein Blick teilnahmslos wurde. Die Vampirin

beugte sich über ihre Beute und biss zu. Der Genuss währte nur Sekunden lang. Sie wurde weggerissen. Zwei Sekunden später gab es sie nicht mehr.
Henry beachtete die zu Staub zerfallende Leiche nicht. Er war so schnell wie möglich bei Nico. Auch Chris kam mit großen Sprüngen auf sie zu. Er verwandelte sich nicht, sondern sicherte in stummen Einverständnis mit Elaine den Heiler ab.
Henry heilte Nicos verletzten Knöchel und stoppte den Blutfluss aus der Bisswunde. Dann nahm er ihn auf die Arme. Der schmale Körper des Dryaden wog kaum etwas.
„Wir müssen hier weg."
Sie flohen im Eiltempo Richtung Wald. Monsieur würde bald aus seinem Freudentaumel herausfinden und feststellen, dass die Freunde nicht mehr da waren. Elaine wurde im Laufen klar, dass ihr Plan einen Haken hatte: sie. Auch, wenn die Anderen in Sicherheit waren, würde sie nicht zum Clan zurückkehren können.
Als sie schließlich hielten, verschwanden Werwolf und Vampir zusammen im Wald. Sie blieb mit dem noch immer bewusstlosen Halbdryaden allein zurück. Und fragte sich, ob Vampirgift sich auf alle mythischen Organismen so auswirkte.
Henry und Chris gingen so lange schweigend nebeneinander her, bis sie außer Hörweite der Vampirin waren. Chris fühlte sich schuldig. Er musste seinem Freund und Liebhaber sagen, dass die Möglichkeit bestand, er sei abtrünnig geworden…genauso, wie Nico es erfahren musste. Aber jetzt gleich?

Henry sprach schließlich als Erster.
„Ich glaubte schon, dich verloren zu haben. Als ich sah, wie Elaine dich erdolchte, war mir, als bräche mein Herz in zwei Hälften. Ich würde es ohne dich nicht mehr aushalten. Das weißt du, Chris, oder?"
„So genau, dass es mir Angst macht."
Sie umarmten sich.
Ich will dich nicht verlieren. Henrys mentale Stimme war brüchig vor Tränen.
Das wirst du auch nicht, ich verspreche es dir. Chris küsste seinen Freund sanft auf die Halsschlagader. Er meinte sogar, einen Puls zu spüren.
Henry schluchzte und zog ihn noch enger an sich.

Elaine beobachtete währenddessen, wie sich der Dryade wieder auf die Beine kämpfte. Im Schnee liegend, schlug er die Augen auf und richtete sich dann abrupt auf, nur um kurz inne zu halten. Er sah sich kurz um und entschied anscheinend, dass er sicher hier war, denn kurz darauf stand er auf. Seine Bewegungen waren ungelenk und eckig und wollten nicht recht zu seinem restlichen Erscheinungsbild passen. Die Augenklappe ließ ihn nur noch düsterer wirken. Sie erinnerte sich daran, wie sein Blut geschmeckt hatte und schämte sich sofort deswegen.
„Du bist Elaine, nicht wahr?"
Selbst seine Stimme klang wie klirrendes Eis. Er passte sich der Umgebung fabelhaft an. Schon allein seine weiße Haut hob sich kaum vom beschneiten Hintergrund ab. Hätte sie nicht den Werwolf, sondern ihn jagen müssen…Sie konnte nicht mit Sicherheit sagen, dass sie seiner habhaft

geworden wäre. Und vor allem war es erschreckend, dass er schon wieder so stark war. In der Höhle war er schwach gewesen, fast zu schwach, um allein zu gehen – und sie hatte das Eis in seiner Stimme kaum gemerkt. Genau wie die Tatsache, wie sehr seine Hautfarbe der des Schnees ähnelte.
„Ja."
Er nickte bloß. Als er sich mit schwankenden Schritten durch den Schnee auf einen Baumstamm zu bewegte, wäre sie beinahe aufgesprungen, um ihm zu helfen, doch sie verstand, dass er ihre Hilfe wahrscheinlich nicht einmal angenommen hatte. Schon die Tatsache, dass er hier war, allein, entfernt von seinem Stamm, sprach Bände. Dryaden lebten normalerweise genauso wie Vampire in Clans. Sie wusste zwar nicht mit Sicherheit, ob Eisdryaden es da anders hielten, glaubte es aber nicht. Seine eigenen Leute mussten ihn verstoßen haben, denn anders konnte sie es sich nicht erklären..
Ihr Blick glitt über den Waldrand, hin zu der Stelle, an der Heiler und der Werwolf im Wald verschwunden waren. Sie hatte sich gewünscht, dass es um den Dryaden ginge – andererseits hatte sie bereits etwas geahnt, als sie den Befehl bekommen hatte, den Werwolf vor den Augen des Heilers zu töten.
„Nicolai?" Der Dryade zuckte zusammen, als sie seinen Namen sagte. Ein eiskalter Windstoß fegte ihr die Haare ins Gesicht. „Entschuldige." Der Wind legte sich augenblicklich, als er sie ansah. „Was ist?"

Sie starrte ihn einige Sekunden lang an und suchte in seiner riesigen Pupille nach Anzeichen, dass er diesen Wind verursacht hatte, doch dann schüttelte sie den Kopf und stellte ihre Frage.
„Warum bist du nicht bei deinem Clan?"
Er zog ein Gesicht, als hätte sie ihn geschlagen, das aber nur eine Sekunde lang tatsächlich sichtbar war, bevor er seine Gefühle hinter einer Maske verbarg. Er musterte sie schweigend, offenbar abwägend, ob er es ihr verraten sollte. Sein Urteil musste positiv ausgefallen sein, denn er gab ihr tatsächlich eine Antwort.
„Sie haben mich verstoßen."
Damit schien das Thema für ihn erledigt zu sein. Sie versuchte nicht, nachzubohren.
Offenbar erinnerte er sich nicht mehr daran, dass auch sie sein Blut getrunken hatte. Vermutlich war das besser so, er war so schon misstrauisch genug. Aber gegenüber Monsieur hatte sie sich einfach nicht weigern können.

Als sie zurückkehrten, waren beide ein wenig zerzaust. Nico stand bereits wieder auf seinen Beinen und schenkte ihnen ein unsicheres Lächeln. Die Vampirin blickte ernster drein als noch vor ihrer Ankunft.
„Wohin werdet ihr jetzt gehen?"
Elaine konnte nicht fassen, dass das Objekt ihrer Begierde tatsächlich schwul war. Der Werwolf war mit dem Heiler zusammen? Was zum Teufel sollte das? Dass auch immer die besten Männer schwul sein mussten! Unversöhnlicher Zorn stieg in ihr auf. Und dabei war er ihr in den letzten Tagen ge-

folgt wie ein treuer Schoßhund. Nun ja, ein angeketteter treuer Schoßhund, aber nichtsdestotrotz hatte er ihr gehört, verdammt noch mal!

Sie hatte es ja bereits geahnt, als er in Gedanken nach dem Heiler gerufen hatte, kurz bevor er aufgewacht war. Aber es tatsächlich bestätigt zu wissen, war doch noch einmal etwas anderes.

Die drei Freunde tauschten Blicke. Nicos tiefe Stimme klang noch ein wenig ungeübt, als er antwortete.

„Das wissen wir noch nicht." Er wandte sich an seine Freunde. „Hättet ihr etwas gegen eine Reise nach Sibirien?"

Chris schüttelte den Kopf, sodass seine blonden Haare hin und her flogen. „Verdammt kalt da, Kumpel. Willst du wirklich deinen Bruder besuchen? Ich denke, er will nichts mehr von dir wissen?"

„Will er auch nicht. Aber ich könnte meine anderen Verwandten wenigstens mal kennenlernen."

Seid ihr sicher, dass wir ihr vertrauen können?

Chris überprüfte seine Schutzbarrieren. Wenn dieses Gespräch sich wirklich in die Richtung entwickelte, in die er vermutete, durfte Elaine nichts davon mitbekommen. Er antwortete:

Können wir. Sie hat genug Chancen, mich umzubringen, ungenutzt verstreichen lassen.

Henry beendete das Gespräch mit einem: „Sibirien klingt gut. Schön ruhig." Er wandte sich wieder an Elaine. „Also Sibirien. Wir sind dir zu großem Dank verpflichtet, Elaine." Er ging in die Knie. Seine Freunde taten es ihm gleich.

„Wann auch immer du unsere Hilfe brauchst, ruf uns. Ohne dich wäre jetzt keiner von uns mehr am Leben."

Weil ich mich umgebracht hätte, sobald die Gelegenheit gekommen wäre. Diesen Gedanken behielt der Heiler lieber für sich. Ihre Retterin trat unruhig von einem Fuß auf den anderen. Ein typisch menschliches Verhalten, das sie unterbunden hätte, wenn sie nicht so nervös gewesen wäre.

„Hmmh, naja , also ich hätte da ein Problem.. Hört mal Jungs, wäre es zu viel verlangt, euch ein Stück des Weges zu begleiten? Ich meine, es muss ja auch nur soweit sein, wie ihr wollt und so – aber ich kann jetzt unmöglich wieder zurückgehen und so tun, als sei nichts geschehen."

Es war ihr sichtlich unangenehm.

„Wäre das möglich?"

Nico rieb sich scheinbar fröstelnd die Arme.

Noch ein Vampir? Ich habe ja nichts gegen dich, Henry, aber..

Er fing einen scharfen Blick seiner beiden Freunde auf. *Finde dich damit ab, Dryade. Schließlich hat sie uns allen das Leben gerettet. Wenigstens das sind wir ihr schuldig.*

Der Weißrusse gab klein bei. *Ja. Ihr habt Recht. Entschuldigt.*

Chris nickte ihr zu. „Natürlich kannst du mitkommen."

Elaine sah von ihm zu den anderen und stand dann auf, als sie keine Anzeichen für Missbilligung entdeckte.

„Danke."

Sie war es ebenso wenig gewohnt, sich ehrlich für irgendetwas zu bedanken wie sie es gewohnt war, um Dinge zu bitten. Nun ja, irgendwann gab es immer ein erstes Mal.

Und um beim Thema zu bleiben: Sie würde gern mit dem Werwolf schlafen. Sehr gern sogar. Ohne, dass sie ihn dazu zwingen musste.

Aber da er und seine Freunde jetzt den Ton angaben, konnte sie es sich nicht leisten, irgendwie über die Stränge zu schlagen. Sie würde nehmen, was sie kriegen konnte.

Verstohlen sah sie zu dem Dryaden herüber. Er hatte in keinster Weise auf ihre Anwesenheit reagiert, also wusste er wahrscheinlich nicht mehr von ihrer Beteiligung bei Monsieurs Folter. Zum Glück.

„Und ihr wollt wirklich nach Sibirien?"

Nicht, dass es sie wunderte, dass der Dryade Verwandtschaft dort hatte, aber es war eben doch verdammt ungemütlich. Und zu allem Überfluss war in der Einöde dort draußen auch rein gar nichts los.

„Nein." Der Dryade antwortet ihr, während Chris und Henry Blicke tauschten. Sie war zu abgelenkt von der ganzen Situation, um sich zu wundern, dass seine Stimme den Tonfall klirrenden Eises angenommen hatte. „Wir wollen nach Österreich, die Gräber meiner Eltern besuchen." Der Werwolf selbst hatte ihr geantwortet.

Seine Eltern waren tot? Ob es unhöflich war, wenn sie fragte, wie sie gestorben waren? Es konnte ja etwas ganz Normales dahinter stecken, ein Autounfall oder so. Aber alles, was aus ihrem Mund

kam, war „Aha." Wenn er es nicht von selbst erzählte, dann musste entweder mehr dahinter stecken oder er wollte einfach nicht mit ihr darüber reden. Letztere Vorstellung machte sie ein wenig eifersüchtig, wusste sie doch, dass sowohl der Dryade als auch der Heiler um die Geschichte wissen mussten. Dann aber schalt sie sich selbst einen Esel. Wenn sie auf eine engere Beziehung zu dem Werwolf hoffte, musste sie sich zurückhalten. Überhebliches, eifersüchtiges Verhalten wirkte da nur abstoßend. Zumal sie kein Recht hatte, eifersüchtig zu sein, weil er mit dem Heiler zusammen war.
Wenn sie sich das oft genug sagte, würde sie es sicherlich irgendwann auch glauben.

Die Ausgestoßene strich mit der Hand über die Oberfläche des sehenden Wassers. Sie wusste, wo er war. Seit er mit seinen Begleitern beim Clan der Schlange eingetroffen war, hatte sie Zeit genug gehabt, um deren momentanen Aufenthaltsort zu bestimmen. Sie hatte zwar auch gesehen, wie die kleine Gruppe gemeinsam mit einer weiteren Vampirin geflohen waren, doch nun, da sie wusste, dass sie sich in den Pyrenäen befanden, konnte sie ihn aufspüren.
Jetzt musste sie nicht länger warten, bevor sie mit ihren Plänen fortfuhr. Wie überaus praktisch.

Nico stieß sich von dem Baum ab, an dem er gelehnt hatte, als er hinter sich Schritte hörte. Ruhig wartete er, bis der Heiler herangekommen war und hob dann die Hand zum Gruß.

„Henry."
Dann ließ er sich im Schnee nieder und sog dessen hypnotisierende Kälte auf. Henry seinerseits konnte nicht behaupten, dass es eine Überraschung für ihn war, Nico hier draußen zu finden. Sein Freund zog sich oft in die Wildnis zurück, wenn er nachdenken wollte. Oder ihm ihre Gesellschaft einfach zu viel wurde. Er wollte ja nicht behaupten, seinen Freund so weit verstehen zu können, aber immerhin konnte er nachvollziehen, was ihn manchmal hier raus trieb. Nico hatte einfach schon zu viel erlebt, um noch optimistisch sein zu können. Er erschien äußerlich selbst dann ruhig, wenn es in ihm brodelte.
So wie jetzt.
Henry betrachtete kurz den Schnee und setzte sich dann neben seinen Freund, obwohl seine Sachen im Gegensatz zu Nicos davon nass werden würden. Nun ja, er konnte ihn ja später darum bitten, sie zu trocknen, wenn sie es nicht von selbst taten.
Nico hatte sein Gesicht der mattweißen Scheibe des Mondes entgegengestreckt, in dessen Schein der Schnee um sie herum glitzerte. Seine Augen waren geschlossen, während er das Licht in sich aufsog. Das lange, schwarze Haar fiel ihm glatt und weich über die Schultern. Nico trug nur ein T-Shirt, aber er war hier draußen ganz in seinem Element. Seine leicht fremdländischen Gesichtszüge verstärkten den Eindruck, er sei hier zu Hause.
„Du schläfst nicht gut, nicht wahr?"
Der Schrei, mit dem sein Freund in der letzten Nacht aufgewacht war, war der eigentliche Grund

für Henrys Anwesenheit. Aufmerksam beobachtete er Nicos Reaktion, während er auf dessen Antwort wartete. Ein Muskel im Gesicht seines Freundes zuckte. Abrupt öffnete er die Augen und drehte den Kopf, um ihm in die Augen sehen zu können.

Den riesigen schwarzen Pupillen und dem blassblauen Band darum ausgesetzt zu sein war für Henry lange schon nichts Neues mehr. Nico beobachtete sowieso weit mehr, als er sprach.

„Ich habe wieder von ihnen geträumt."

Henry sagte nichts und wartete ab. Er wusste aus Erfahrung, dass es nichts brachte, seinen Freund zu irgendetwas zwingen zu wollen.

Nico wandte unter seinen forschenden Augen den Blick ab. „Ich habe nicht gedacht, dass du es gehört hast."

Sie schliefen in getrennten Iglos, damit Chris und Henry ihre Privatsphäre hatten. Erstmalig hatte Nico nicht nur zwei, sondern drei Iglos errichtet, damit auch Elaine unterkommen konnte.

Henry zuckte nur die Schultern. „Es war schon fast wieder Nacht."

„Ja." Nico schloss wieder die Augen. Dann ließ er sich rückwärts in den Schnee fallen.

Zur selben Zeit waren Elaine und Chris allein im Lager der Gruppe. Das erste Mal nach dem Verlassen der Höhlen des Vampirclans. Sie waren beide verlegen. Elaine wusste, dass er sich wegen der Erlebnisse zwischen ihnen schuldig fühlte. Sie wusste auch, dass er sich einen Ausweg aus der verfahrenen Situation wünschte. Er war sich sicher, seinen Freund betrogen zu haben. Doch dummerweise war sie zu feige, um alle Schuld auf sich zu nehmen. Sie fühlte sich extrem unbehaglich dabei, doch sie hatte sich in ihn verliebt.

Irgendwie, zwischendurch. Sie wusste, dass es so war. Jetzt, wo sie nicht länger vor ihren Gefühlen davonrennen musste, tat er es.

„Was da drin passiert ist, tut mir leid."

Er fragte nicht, was sie meinte, schließlich war es ihm genauso klar wie ihr. Sie sprach von den Höhlen. Allerdings hob er den Kopf, um sie genauer zu mustern.

„Tut es das?"

Als sie den Kopf senkte, während sie nickte, war ihm das Antwort genug. Sie sprach trotzdem. „Ja."

Der Wind schien heute noch eisiger zu wehen als sonst. Zumindest kam ihr das so vor. Und mit dem Dryaden in der Nähe konnte es schließlich auch durchaus sein, dass sie Recht hatte. Sie wollte noch mehr sagen, hatte noch mehr auf dem Herzen, jetzt wo der Damm einmal gebrochen war.

„Ich habe die anderen im Übrigen nicht dazu angestiftet, dich zu foltern. Das solltest du wissen."

Er wusste es. Er hatte selbst halb im Delirium noch wahrgenommen, wie sie die anderen Vampire verjagt und einen von ihnen getötet hatte.

„Ich weiß." Als er seinen Blick von dem Baum, den er angestarrt hatte, um nicht sie anzustarren, weg und zu ihr hin sah, bemerkte er, dass sie ihrerseits nicht so zurückhaltend gewesen war. Sie starrte ihn sogar immer noch an.

Nun, vielleicht wollte sie einfach eine ausführlichere Antwort. Die er ihr nicht geben würde, aber...

„Ich habe mitbekommen, dass du Nicos Blut getrunken hast. "

Er formulierte es zwar nicht als Anschuldigung, sondern lediglich als Vorwurf, aber sie fasste es trotzdem als eine auf.

„Monsieur hat mich dazu gezwungen. Um meine Loyalität zu testen. So was tut er andauernd", verteidigte sie sich in anklagendem Ton. Er kannte diesen Ton von seiner Schwester, es war der *Wie-kannst-du-es-wagen*-Tonfall. Anna hatte ihn gern und oft angewandt, wenn sie sich gestritten hatten.

Sie hatte zumindest immer einen Teil der Wahrheit gesagt, wenn auch nicht immer die ganze. Und er war gewillt, zu glauben, dass Elaine es genauso hielt.

Allerdings hatte auch er Nico letzte Nacht wieder schreien hören, wie sein Freund es zuletzt kurz nach ihrem Weggang aus Sibirien durchgemacht hatte, und er wollte verflucht sein, wenn Elaine es nicht gehört hatte.

Die Erinnerungen mussten schrecklich sein. Es klang jedes Mal so, als würde der Dryade sterben, und Chris musste sich immer gewaltsam davon abhalten, draußen nach Feinden Ausschau halten zu wollen. Nico versiegelte ihre Lagerplätze magisch, sie waren also unauffindbar für Menschen und Tiere. Andere Magier konnten sie zwar aufspüren, aber das auch nur, weil Nicos Magie sein Kennzeichen trug und damit für sich verfolgbar war. Er hoffte einfach, dass keine oder zumindest keine feindlich gesinnten Magier in der Nähe waren.

Nun, zumindest dieses Thema war für ihn abgeschlossen.

„Er war nur halb bei Bewusstsein, als ich ihn gebissen habe. Er war noch zu benommen vom letzten Mal, um es überhaupt wahrzunehmen."

„Ich hoffe wirklich, dass du damit Recht hast."

Nico war feinfühliger als manch anderer, den er kannte. Anna hätte sich sicher gut mit ihm verstanden.

Er sah wieder zu Elaine herüber. Sie war so schön, scheinbar so vollkommen.

Es war wirklich eine Schande, dass sie ihn zunächst einmal verraten hatte. Er wusste, dass aus ihnen beiden mehr hätte werden können.

Das erste Mal in seinem Leben bedauerte er es, mit Henry zusammen zu sein.

Der Dryade war nicht dumm: Er hatte den Blickkontakt zwischen ihr und dem Werwolf bemerkt. Zumindest nahm Elaine das an, gesagt hatte er es ihr natürlich nicht. Er redete nicht besonders viel, und noch weniger mit ihr. Sie hatte gewisse Schuldgefühle deswegen, weil es ihr vorkam, als würden sie den Heiler irgendwie übergehen, aber dann wieder sagte sie sich, dass seit der Flucht vor dem Clan ja nichts mehr zwischen ihnen gewesen war. Wenn man das, was dort passiert war, überhaupt als etwas bezeichnen konnte. Zu mehr als Blicken also waren sie nicht gekommen. Sie glaubte auch nicht, dass Chris seinen Freund mit ihr betrügen würde, auch, wenn sie inzwischen wusste, dass seine sexuellen Neigungen sich wahrscheinlich auf beide Geschlechter bezogen. Dafür war er nicht der Typ. Er blieb treu. Allerdings hatte sie festgestellt, dass er Schuldgefühle haben musste, wegen dem, was in den Höhlen passiert war, denn er sah dem Heiler nur noch dann direkt in die Augen, wenn es unbedingt nötig war. Müsste sie raten, würde sie vermuten, dass er seinem Freund noch nicht von ihrer „Beziehung" in der Höhle erzählt hatte.

Zunächst aber hatte sie nun endlich die Gelegenheit, ungestört mit dem Halbdryaden zu reden. Sie hatte das starke Gefühl, dass die beiden anderen ihn jeweils mit Absicht nicht mit ihr allein gelassen hatten. Heute jedoch war das anders gewesen: Sie hatte sie streiten sehen. Am Ende hatte Nicolai seine Freunde zusammen in den Wald geschickt. Vermutlich war es ihm ein Anliegen, dass sie sich aussprachen, oder zumindest ein wenig Zeit zu zweit hatten.

Nun saß er nach dem Errichten der Iglos – die er mithilfe des Eises entstehen lassen hatte - mit ihr am Lagerplatz ihrer Gruppe. Sie hatten inzwischen fast den Rand der Pyrenäen erreicht. Dabei hatten sie es nicht eilig, an ihr Ziel zu kommen. Sie hatte nicht den Eindruck, dass ihre jeweiligen Ziele besonders dringlich waren.

Bisher waren die drei in der Welt umher gezogen, Henry hatte da und dort geholfen. Um Nico zu unterstützen, blieben sie meist in den kalten Gegenden, häufig im Gebirge oder Hochgebirge.

Wenn sie diese Gelegenheit nicht ergriff, um dem Dryaden ihre Frage zu stellen, würde sie nie eine Antwort erhalten, das wusste sie. Das war ihre Chance, ihn zum Reden zu bringen.

"Nicolai?"

Er sah sie fragend an. "Was ist?"

"Was hat meine Spezies dir angetan?"

Ruckartig drehte er den Kopf weg.

"Außer dem, was da drinnen passiert ist?" Er hob den Arm und deutete in Richtung der Höhlen, die das Quartier des Schlangenclans waren. Zumindest nahm sie das an, schließlich waren sie inzwischen mehrere Tagesmärsche von dort entfernt.

"Ja."

"Ich war etwas über ein Jahr lang Gefangener in San Francisco. Sie haben mich zu dem gemacht, was ich jetzt bin." Sie wollte erst nachfragen, doch dann fiel es ihr auf. Er war zur Hälfte Vampir. Offensichtlich alles andere als freiwillig. Dann erst drang zu ihr durch, dass er von San Francisco gesprochen hatte. Die Mafia. Krimineller Abschaum vom Feinsten. Wenn er dort gefangen gewesen war, konnte das eingedenk seines einzigartigen Blutes nur eines bedeuten. Sie hatten ihn als Blutsklaven gehalten. Unwillkürlich erschauerte sie. Und das länger als ein Jahr....

Oh Gott, sie konnte sich nicht einmal eine Woche in den Händen dieser Ungetüme vorstellen.

„Das tut mir leid."

„Du warst nicht dort. Es ist nicht deine Schuld." Sie schwiegen, jeder den eigenen Gedanken nachhängend. Der Halbdryade sah zu Boden, so, als könne er sich nicht überwinden, sie anzusehen. Ihr wurde klar, dass er auf eine Reaktion ihrerseits wartete.

„Ich sehe dich deswegen nicht anders als vorher."
Sie erkannte an seinem Gesichtsausdruck, dass er ihr nicht glaubte.
„Ich werde dich auch nicht anders behandeln als vorher, das verspreche ich."
Er entspannte sich ein wenig. „Ich vertraue dir in dieser Hinsicht. Auch dahingehend, dass das unter uns bleibt." Sie wollte schon auffahren, unterdrückte ihre Impulsivität aber. "Das werde ich nicht.", sagte sie deswegen nur. Als Nicolai den Kopf hob und ihre Augen sich trafen, hatte sie das Gefühl, dass er geradewegs in ihr Innerstes blicken konnte. Seine Mundwinkel hoben sich leicht zur Andeutung eines Lächelns und vermittelten ihr einen Eindruck davon, wie schön sein Lachen sein musste. Sie erkannte auch, dass er jünger war, als er wirkte.
„Wie alt bist du, Nicolai?"
Das Lächeln wurde unsicher, strauchelte, und löste sich auf, bis nur noch ein leichtes Heben der Mundwinkel übrig blieb. Sie bedauerte, dass sie ihn wieder ernst hatte werden lassen.
„Einundzwanzig."
Was bedeutete, dass er in seinem Heimatland gerade einmal alt genug war, um Alkohol zu trinken.

2015, SPANISCHE PYRENÄEN

"Henry, ich muss dir was sagen." Er konnte Nico ansehen, wie unangenehm ihm das Ganze war. Das ließ nichts Gutes für die Nachricht erahnen, die er zu verkünden gekommen war. Er holte tief Luft. "Chris hat bei der Vampirin gelegen."

Als er sah, wie Henry blass wurde, lenkte er schnell ein. "Ich bin sicher, er wollte es dir sagen, aber sie steht auf ihn...ich weiß nicht, ob er sich auch was aus ihr macht. Aber ihr müsst dringend miteinander reden." Henrys Gesichtsausdruck verdunkelte sich. "Ich habe sie nur beobachtet. Sie haben nicht wieder miteinander geschlafen, seit wir dem Clan entkommen sind. Ich musste es dir einfach sagen, sobald ich sicher war. Aber bitte, sprich mit ihm, bevor du irgendetwas unüberlegtes tust." Der Heiler hob die Hand. "Natürlich. Ich liebe ihn."

"Ich habe mir auch eher um sie Sorgen gemacht."

Henry war so wütend, dass ihn nicht einmal der Umstand, dass Nicolai einen Scherz gemacht hatte, lächeln ließ. Der Dryade hielt ihn zurück, als er sich abwenden wollte.

"Im Ernst. Ich will dein Wort."

"Du hast es."

Nicolai entspannte sich. "Danke." Er hatte lange mit sich gerungen, ob er es Henry sagen sollte und dabei einen Tag wach gelegen. Aber er selbst hätte es wissen wollen, also war er mit der Abenddämmerung zu seinem Freund gegangen. Nun hoffte er, das Richtige getan zu haben, denn es fühlte sich verdächtig wie ein Verrat an Chris an, die Beziehung Henry zu offenbaren. Allerdings hatte er auch sehen können, dass der Werwolf ebenso mit sich rang, wie er es getan hatte. Hoffentlich fühlte Chris sich nicht hintergangen. Er wollte wegen dieser Sache eigentlich nicht zwischen die Fronten geraten. Leider hatte er so eine Ahnung, dass er sich dort bereits befand.

"Er hat dir was gesagt?" Chris konnte es nicht fassen, dass Nicolai ihn dermaßen hintergangen hatte. Und vor allem war er entsetzt, dass es dem Halbdryaden überhaupt gelungen war, hinter sein Geheimnis zu kommen. Momentan war das ein nicht unwesentliches Problem, dass zwischen ihm und dem wütenden Vampir vor ihm stand.

"Ich wollte es dir sagen, Henry, wirklich. Aber Elaine...naja, sie hätte mich foltern können, während ich ihr Gefangener war. Aber sie hat mich lediglich dazu gezwungen, mit ihr zu schlafen."

Und sie hatte sein Blut getrunken. Was ihn so wütend gemacht hatte, dass er sie hatte umbringen wollen.

„Ach, und das rechtfertigt, dass du mich mit ihr betrogen hast? Dass sie dich hätte töten können? Verdammt, Chris, es geht mir nicht darum, was sie getan und gelassen hat, sondern darum, wie du dich verhalten hast! Wie soll ich mir denn sicher sein können, wenn mein Freund es nicht einmal mehr für nötig hält, mit mir Schluss zu machen, wenn er sich eine andere sucht?"

„Henry…" Chris verstummte. Der Vampir starrte ihn wütend an.

„Du hattest nicht einmal die Courage, es mir von dir aus ins Gesicht zu sagen! Und wag es ja nicht, Nico anzuschuldigen! Er mag ja hinter deinem Rücken mit mir geredet haben, aber er hat es mir wenigstens gesagt. Ich glaube nicht, dass das hier auch nur einigermaßen friedlich abgelaufen wäre, wenn du noch länger gewartet hättest."

Der Meinung war Chris eindeutig nicht, aber das würde er jetzt bestimmt nicht laut aussprechen.

„Er hatte kein Recht dazu." Wenigstens das konnte er mit Sicherheit sagen.

„Chris! Sein Bruder hat ihn bereits einmal verstoßen! Wenn du jetzt dasselbe tust, wird ihn das zerstören!"

Der Werwolf winkte ab. „Er wird darüber hinweg kommen." *Dann hätte er es eben nicht tun sollen.*

„Nein, verdammt! Das wird er nicht! Sieh mal, ich verstehe sowohl, dass du wütend bist, als auch, dass du nicht mehr mit mir zusammen sein willst." *Ich muss nur noch mein Herz davon überzeugen, loszulassen.* „Das macht mich wütend, sogar sehr," fuhr Henry fort, „aber es ist nun einmal so. Wenn du mit Elaine glücklich bist, dann bleib bei ihr." Es linderte seinen Schmerz ein wenig, dass es eine Frau war, mit der Chris zusammen sein wollte. Sie konnte er nicht als wirkliche Rivalin wahrnehmen. Allerdings würde er sich ernsthaft überlegen, bei ihnen zu bleiben, wenn die beiden zusammen blieben. Aber...konnte er sich ein Leben ohne Chris überhaupt vorstellen? Ein Leben, in dem er sein Lachen nicht mehr hören, ihn nie wieder sehen, ja, ihn nie wieder berühren durfte? Die traurige Antwort lautete nein. Und das machte ihn wütend.

Er wollte es einfach nicht wahrhaben. Was ihm auch nicht weiter half. Er fühlte sich immer noch wie der letzte Versager, und daran würde sich wahrscheinlich auch nicht mehr viel ändern.

„Sollte sie dir allerdings wehtun, werde ich sie mit eigenen Händen umbringen."

Chris verzog das Gesicht. „Na, das klingt ja toll."

„Ich meine es ernst. Wenn sie dir wehtut, bringe ich sie um."

Oh ja, dieser Schwur wurde von jeder Faser seines Körpers unterstützt. Den würde er ja so was von in die Tat umsetzen, wenn die dazugehörige Bedingung je erfüllt sein würde. Das wünschte er Chris allerdings nicht.

„Deswegen bin ich aber immer noch wütend auf dich, weil du es mir nicht gesagt hast, hörst du? Das vergesse ich dir nie."

Chris seufzte. „Henry, ich hatte Angst, es dir zu sagen. Ich habe immer wieder überlegt, wie ich es am besten rüberbringe, damit du dich nicht verletzt fühlst, aber.."

„Na, besten Dank auch." Es fühlte sich lediglich an, als hätte der Kerl sein Herz zerquetscht. Kein großes Problem.

„Lass mich ausreden. Ich hatte Angst, wie du reagieren würdest. Noch dazu, weil sie eine Frau ist, weißt du?"

Nein, wusste er nicht. Henry verstand nur Bahnhof. Chris sah ihn forschend an, also schüttelte er den Kopf. „Naja, ich meine, weil…du dich am Anfang, als wir uns kennen gelernt haben, und ich dir von Iris erzählte, weißt du - das Mädchen, in das ich in der Schulzeit verknallt war - so verletzt warst."

Henry starrte ihn nur an und schüttelte dann langsam, wie in Zeitlupe den Kopf.

„Ich werde lieber für eine Weile in den Wald verschwinden. Versuch nicht, mich zurückzuholen."

Er würde die Zeit brauchen, um sich abzukühlen. Wieder herunterzukommen. Wut kochte in ihm, sowohl gegenüber Chris, weil der es ihm nicht gesagt hatte, dann gegenüber Nico, der es ihm nicht eher gesagt hatte, und ihm dann auch noch das Versprechen abgenommen hatte, sich wie ein zivilisierter Mensch - beziehungsweise Vampir – zu verhalten, und auch gegenüber Elaine, weil er einfach eifersüchtig auf sie war. Weil sie Chris haben konnte und er nicht mehr.

Noch einmal schüttelte er den Kopf, dann drehte er sich ohne ein weiteres Wort um und ging. Chris blieb allein zurück. Und stinksauer.

Oh ja, er wusste genau, wen er sich jetzt vorknöpfen würde. Wem er das alles zu verdanken hatte.

Und wo er denjenigen finden würde. Sie waren zwar einige Schritte entfernt vom Lager aufeinander getroffen, aber Nico war noch dort.

Schnurstracks machte er kehrt und stapfte durch den Schnee darauf zu.

Er war wütend, und er machte sich nicht die Mühe, das zu verbergen, als er auf Nico zukam. Allein der Anblick des Halbdryaden reichte, um seinen Zorn nur noch zu schüren. Nico drehte sich nicht um, obwohl er ihn bemerkt haben musste – wie er gerade erfolgreich unter Beweis gestellt hatte, gab es nicht viel, das ihm entging. Erst, als Chris ihn beinahe erreicht hatte, drehte er sich um. Dem Werwolf war das nur Recht so, so musste er sich selbst nicht die Mühe machen, ihn an der Schulter herumzureißen, obwohl ihm das zum Abreagieren durchaus nicht unlieb gewesen wäre.

„Ich kann nicht glauben, dass du das getan hast, Nico."

In diesem Moment verabscheute Chris seinen Freund. Der Dryade schluckte. "Es tut mir leid, Chris, aber.."

„Was? Missgönnst du mir mein Glück so sehr?"

„Nein, das ist es nicht. Ich.."

Chris unterbrach ihn. " Es ist mir egal, was dein Grund war. Es war falsch."

„Bitte Chris, lass mich doch ausreden!" Nico klang verzweifelt, aber das war dem Werwolf egal.

„Nein. Ich will es nicht hören. Und ich will dich auch nicht mehr sehen. Geh mir aus den Augen, Nicolai. Und wage es nicht, mir noch einmal unterzukommen."

Der Dryade musterte ihn ernst aus traurigen Augen. "Es ist dir ernst damit, nicht wahr?"

Chris nickte. Er war viel zu wütend, um daran zu denken, was das bei Nicos Vergangenheit in ihm auslösen würde. "Oh ja."

Nico wandte den Blick ab. "Es tut mir wirklich leid, Chris. Das musst du mir glauben."

„Spar dir deine Worte für jemanden auf, der sie hören will." Der Werwolf drehte sich um und ließ ihn stehen.

„Ich konnte es nicht mehr ertragen, Henry leiden zu sehen", flüsterte er, als Chris außer Hörweite war. Er liebte seine Freunde. Zwar nicht so, wie sie einander liebten, aber die beiden waren die einzige Familie, die er hatte, seit er seine eigene verloren hatte.

Schmerz strich in heißen Wogen über seine Fingerknöchel. Er ballte die Fäuste. Die beiden hatten

ihn gerettet, er schuldete ihnen also sein Leben. Chris hatte es ernst gemeint, das wusste er. Wenn sie ihn nicht mehr wollten, würde er gehen müssen. Am besten noch heute Nacht, damit es ihn nicht zerriss. Noch einmal in ihre Gesichter sehen zu müssen, bevor er sie verließ, würde er nicht ertragen. Dann würde er es nicht über sich bringen, sie zu verlassen.
Aber vermutlich war es am Besten so. Schließlich waren sie beide wütend auf ihn. Oder zumindest Chris war wütend genug für beide.

Nico warf noch einen letzten Blick zurück auf ihr Lager. Die beiden Iglos aus Eis und Schnee, die er hatte entstehen lassen, damit sie einen Schlafplatz hatten. Das eine, das Elaine und Chris sich teilten, leuchtete von innen heraus bläulich. Sie hatten wahrscheinlich Feuer gemacht, um es gemütlicher zu haben. Obwohl ihre beiden Spezies es eigentlich nicht nötig hatten, sich zu wärmen, da sie ihre Körpertemperatur regulieren konnten. Aber es war schlichtweg gemütlicher so und außerdem eine menschliche Gewohnheit, die sich nicht so einfach ablegen ließ. Und im Gegensatz zu ihm waren die anderen alle einmal Menschen gewesen. Auch Henry, doch das Iglo, in dem er selbst gemeinsam mit dem Heiler geschlafen hatte, war dunkel. Henry selbst hatte ihn zwar nicht aufgefordert, zu gehen, aber da es Chris' Wunsch war, würde er sich nicht querstellen. Nun ja, dachte er, als er sich abwandte. Er würde es schon irgendwie schaffen, allein da draußen zu überleben. Wenn nicht gerade ein Vampirclan in der Nähe lebte, der ihn behelligte, und er die Wunde in seinem Inneren ignorierte, die davon herrührte, dass er jetzt zum zweiten Mal von jemandem weggeschickt wurde...Nun, er musste ja nicht zwingend daran denken. Vielleicht könnte er sich sogar häuslich irgendwo niederlassen. Zum Beispiel in der Nähe des Polarkreises, da würde er es schön kalt haben und die Wahrscheinlichkeit, dass sich jemand dorthin verirrte, war verschwindend gering. Warum also zögerte er noch immer? Sein Freund hatte ihn aufgefordert zu gehen, also würde er das tun. Entschlossen drehte er sich von den Iglos weg. Wie aus dem Nichts kommend, fasste ihn Elaine am Arm, um ihn zurückzuhalten.

„Das sind deine Freunde, Nico. Sie werden es dir nicht danken."

Der Satz war derselbe, den er einst im Zusammenhang mit seinem Volk im Kopf gehabt hatte. Allerdings ohne den Teil mit den Freunden. Kurz bevor sie ihn seinen schlimmsten Feinden ausgeliefert hatten.

Er schüttelte den Kopf und löste vorsichtig ihre Finger. Ihr über den Weg zu laufen hatte er am wenigsten erwartet. Vermutlich weil sie noch nicht lang genug bei ihnen war, um sich an ihre Anwesenheit gewöhnt zu haben. Aber dazu würde es jetzt keine Gelegenheit mehr geben, schließlich gab es ihn von jetzt an nicht mehr zusammen mit der Gruppe.

„Jetzt nicht mehr. Zumindest Chris hat mir deutlich zu verstehen gegeben, dass ich gehen soll. Das zumindest bin ich ihnen schuldig."

Langsam fragte er sich, ob er wirklich so unerträglich war, dass ihn zuerst sein Bruder und dann sein Freund weggeschickt hatten. Aber er war nicht willens, das ausgerechnet mit Elaine zu diskutieren. Falls es überhaupt diskutiert werden würde. Was sowieso unwahrscheinlich war, schließlich war er gerade im Begriff, allein in die Wildnis da draußen aufzubrechen. Fraglich, ob er da überhaupt in nächster Zeit auf jemand anderen stieß. Er ließ seinen Blick noch einmal von Elaine weg über die schneeverwehte Alpenlandschaft schweifen. Eigentlich wollte er nicht weg, seine Freunde - denn das würden sie für ihn immer bleiben - nicht verlassen. Sie hatten so viel zusammen durchgestanden. Aber er stand auch in ihrer Schuld, hatte er ihnen doch sein Leben zu verdanken. Und wenn Chris die Zeit jetzt für gekommen hielt, diese Schuld einzufordern, konnte er sich nicht sperren. Bedauern herrschte in ihm vor, als er sich wieder zu Elaine umdrehte und ihr zum Abschied die Hand reichte. „Es war mir eine Ehre, dich kennen zu lernen. Ich hoffe, du wirst mit Chris glücklich."
Er wünschte ihnen beiden das Glück, das sie verdienten. Sie ergriff die ihr dargebotene Rechte und drückte sie.
„Viel Glück. Ich werde versuchen, sie umzustimmen."
Er nickte ihr dankend zu, obgleich es ihm irgendwie sinnlos vorkam. Chris war in der Regel niemand, der seine Meinung schnell änderte.
„Lebe wohl."
Damit rief er einen Eissturm, während er sich bemühte, sie auszusparen, hob ein letztes Mal grü-

ßend die Hand und ließ sich und seinen Schmerz von ihr forttragen. Er legte den Kopf in den Nacken, verlor sich in der wohltuenden, lindernden Kälte der eisigen Luft. Irgendwie, wurde ihm klar, hatte er gerade sein Zuhause verloren. Und dass, obwohl er eigentlich schon seit Jahren keines mehr hatte, Vagabund, der er geworden war.

Nach dem schrecklichen Streit zwischen dem Vampir und ihrem Werwolf hatte Elaine sich dezent im Hintergrund gehalten. Sie hatte beobachtet, wie sich Chris´ Wut gegen den Dryaden gerichtet hatte. Und dann schließlich hatte sie Nico nicht davon abhalten können, das Lager zu verlassen. Sein Schritt hatte so verzweifelt gewirkt und gleichzeitig so endgültig…
Weder Nicolai noch der Heiler waren seitdem wieder in ihrem provisorischen Lager aufgetaucht. Und Chris brodelte noch immer. Entschlossen trat sie an ihn heran und legte ihm die Hand auf die Schulter.
„Du musst ihm verzeihen." Was auch immer der Dryade getan hatte, es konnte nicht Grund genug sein, um das Verhältnis zwischen den jungen Männern zu zerstören. Er versteifte sich nur noch mehr unter ihrem Griff. „Nein. Nicolai hat uns verraten." Elaine zog beunruhigt die Mundwinkel nach unten. „Was hat er getan?"
„Er hat Henry über das Verhältnis zwischen uns beiden in Kenntnis gesetzt. Zwischen dir und mir, meine ich."
Als ob sie nicht wüsste, dass er kein Verhältnis mit dem Dryaden hatte!

„Das hättest du schon lange tun sollen, Chris. Und du weißt das. Der Heiler hängt zu sehr an dir, als dass es ihm nicht wehtun würde, dich loszulassen."

Endlich drehte Chris den Kopf und sah sie an. Sie erschrak über seinen Gesichtsausdruck, zog sich aber nicht zurück. „Nicolai hat nur getan, was er für richtig gehalten hat. Genau wie du. Dass ihr dabei aneinander geraten seid, ist nur verständlich. Also krieg dich wieder ein und verzeih ihm."

Chris sah sie einen Moment lang undeutbar an, dann drehte er den Kopf weg. Er bebte noch immer vor Wut.

„Nein. Und das ist mein letztes Wort."

„Nein!" Sie hob die Hand, bevor ihr Handlanger den Eismagier erneut schlagen konnte. Sie betrachtete das Blut, das in den Schnee rann. „Er ist bereits bewusstlos. Schafft ihn weg."

Sie brauchte noch ein wenig Zeit, um das Ritual vorzubereiten, für das sie ihn brauchte. Mitternacht. Im Schein des Sichelmondes würde seine Kraft auf sie übergehen. Dafür würde sie schon sorgen.

Als Nico wieder zu sich kam, lag er auf dem kalten Boden einer Höhle. Es gelang ihm nicht, sich aufzurichten, um zu erkunden, wo er war. Die Erinnerungen kamen plötzlich wieder: Der schreckliche Streit mit Chris, was er Henry gesagt hatte...und wie er gegangen war, so, wie es der Werwolf von ihm verlangt hatte. Danach war er eine Weile herumgeirrt. Dabei war er auf Männer gestoßen, die

ihn zu suchen schienen. Es war ihm kaum gelungen, die Überraschung zu verbergen. Sie hatten sich freundlich gezeigt - und dann hatten sie ihn angegriffen. Ihn bewusstlos geschlagen und verschleppt. Verdammt. Was nur bewies, dass er allein nichts zu Wege brachte. "Na, gut geschlafen, Eismagier?" Nicolai fuhr zusammen, als über ihm eine Stimme erklang. Die Sprecherin war ohne Zweifel weiblich, aber er hatte noch nie eine Stimme gehört, die dermaßen kalt klang. Gefühllos. Er fühlte sich versucht, den Kopf zu drehen, aber ein scharfer Schmerz ließ ihn innehalten.
„Keine deiner besten Ideen, Eismagier."
Sie wartete die Antwort nicht ab - nicht, dass er ihr eine gegeben hätte. "Du wirst morgen sterben. Im Licht der aufgehenden Sonne." Panik befiel ihn. Warum wollten sie ihn töten? Er wollte nicht sterben. Gut, er dachte vielleicht öfter daran, aber das hieß noch lange nicht, dass er den Tod begrüßen würde.
„Aber erst, nachdem du mir deine Kraft übertragen hast."
Daher also wehte der Wind. Was ihn eindeutig kein Stück weiterbrachte. Seine Fingerspitzen begannen, zu kribbeln, als ihm klar wurde, dass niemand wusste, dass er hier war. Und ihm auch niemand zu Hilfe kommen würde. Er war auf sich allein gestellt. Sein Atem beschleunigte sich, ohne, dass er etwas dagegen hätte tun können. Sie lachte.
„Angst, Eismagier?"
Ja, zum Teufel! Die hatte er. Er hätte nie gedacht, dass es sein Schicksal sein würde, sich von ir-

gendwelchen wahnsinnigen Magiern umbringen zu lassen.

„Es wundert mich, dass du sie verlassen hast, Eismagier. Ich habe euch für unzertrennlich gehalten." Sie hatte ihn also beobachtet. Und offensichtlich den Streit verpasst. Schmerz ging in Wellen von ihm aus. Aber dann wusste sie auch nicht, dass die beiden anderen nicht nach ihm suchen würden. Wenn sie weiter redete, würde es ihm vielleicht gelingen, seine Fesseln zu lösen. Auch wenn er keine Ahnung hatte, wie er das anstellen sollte. Es sei denn, er rief das Eis herbei... Was sie merken würde.

Er konnte sich lebhaft genug vorstellen, was sie tun würde, wenn er es wagte, sich ihr zu widersetzen.

Während sie mit den Fingern scheinbar zerstreut durch sein Haar fuhr – vermutlich, um ihn noch besser unter Kontrolle zu haben, sprach sie weiter. „Ich kann allerdings nicht das Risiko eingehen, dass du nur einen Weg erledigen wolltest und sie dich holen kommen werden. Ich werde also dafür sorgen müssen, dass die beiden verschwinden."

Ein gemeines kleines Lächeln spielte um ihre Mundwinkel, als sie sah, wie sich die Augen des Eismagiers in Panik weiteten und er an seinen Fesseln zu zerren begann. Wie interessant. Als sie genug von seinem Toben hatte, riss sie an seinem Haar und bog seinen Kopf zurück, um ihn zu zwingen, sie anzusehen. Sie starrte in seine schwarzen, fast randlosen Pupillen und suchte nach den widerstreitenden Gefühlen, die sie dort fand. Die Todesangst war leicht zu erkennen, zumal seine

Brust sich heftig hob und senkte, aber da war noch so etwas wie Wut, vielleicht auch ein leises Bedauern, dass die Angst in Schach hielt.
Oh, sie würde es lieben, ihn zu töten.
„Du wirst es nicht verhindern können, Eismagier.", sagte sie, weil es der Wahrheit entsprach und sie sehen wollte, wie er reagierte. Er versuchte nur noch heftiger, sich loszureißen. Sie ließ seinen Kopf los und richtete sich wieder auf. Seine Handgelenke waren bereits blutig. Sie vermutete, dass es noch eine Weile dauern würde, ehe er den Versuch, sich zu befreien, aufgeben würde. Die Zeit bis dahin konnte sie effektiv nutzen, indem sie den Rest seiner Gruppe auslöschte.

„Chris, was hast du zu Nico gesagt, als du ihn das letzte Mal gesehen hast?"
Der Werwolf schnaubte und wandte sich ab. Henry hielt ihn zurück, indem er ihn am Arm packte.
„Du kannst mich jetzt nicht ignorieren, verdammt! Nico ist verschwunden!"
Chris drehte sich wieder weg und setzte seinen Weg fort, nachdem er Henrys Hand beiseite gewischt hatte. Der Heiler packte seinen Arm wieder, fester diesmal, und riss seinen Freund wieder zu sich herum.
„Wach auf, Chris! Nico ist dein Freund!"
Der Werwolf ragte beinahe drohend über dem Vampir auf. „Das hat er durch sein Handeln verspielt. Er war vielleicht mein Freund, aber jetzt gerade fühlt es sich überhaupt nicht so an, als wäre er es noch!"

Henry gab ihm eine Ohrfeige, sodass Chris' Kopf herum flog. Auch er war ob der Gleichgültigkeit des Werwolfs dem Schicksal ihres Freundes gegenüber in Rage geraten. Mit blitzenden Augen begegnete er dem zornigen Blick des Werwolfs.
„Was genau denkst du dir eigentlich?" Die sonst so beherrschte Stimme des Heilers war laut, sodass es im ganzen Tal widerhallte.
„Nico hat den Mut gefunden, etwas zu tun, vor dem du selbst zurückgeschreckt bist, obwohl er von vorherein schon wusste, dass ihm dadurch die Gefahr drohte, von einem von uns zurückgewiesen zu werden, genau in der Art verstoßen, wie es sein Bruder getan hat! Durch deinen verdammte, kleinliche Rachsucht hast du ihn jetzt genau dahin getrieben, wo seine Feinde ihn haben wollen: Allein in der Wildnis! Und dann besitzt du ernsthaft auch noch die Frechheit, ihm vorzuwerfen, dass er mir die Wahrheit gesagt hat, die seit Wochen schon dafür gesorgt hat, dass du mir nicht ins Gesicht schauen konntest? Ich bitte dich! Das kann doch wohl nicht dein Ernst sein!"
Chris schloss den zuvor geöffneten Mund wieder. Es gab nichts, was er darauf erwidern konnte.
Dennoch versuchte er einen schwachen letzten Versuch.
„Es war trotzdem nicht richtig, dass er es einfach so getan hat, ohne mir davor Bescheid zu sagen."
Henry hob eine Augenbraue. „Du hättest ihn doch auch nur daran gehindert."
Chris sah kurz zu Boden, bevor er sich wieder entsann, dass er doch eigentlich wütend sein sollte, doch als er wieder hoch sah, war seine Wut ver-

raucht, als wäre sie nie dagewesen. Plötzlich kam ihm sein eigenes Verhalten lächerlich vor.
Henry war mit Vampirgeschwindigkeit neben ihm, schneller, als sein Freund es sich anders überlegen konnte. Er legte ihm die Hand auf die Schulter. Sah noch einmal in die grünen Augen, in denen er so gern wieder Liebe entdecken würde, aber wusste, dass das nicht mehr passieren würde. Nicht in näherer Zukunft. Aber der Heiler würde warten, wie er es fast sein ganzes Leben lang bereits getan hatte.
„Dann lass uns Nico finden."
Kein Blatt fiel, um sie zu unterbrechen, was nicht verwunderlich war, da die Landschaft von Schnee bedeckt ist. Doch selbst der Himmel schien einen Moment lang den Atem anzuhalten, die Wolken nicht weiterzuziehen, um die Entscheidung des Werwolfs abzuwarten.
Chris schien es nicht zu bemerken.
Er holte tief Luft. Nickte.
„Ja. Das machen wir."

Schnee rieselt durch Chris´ Fell, als er unter einer Kiefer hindurch schlüpft, deren schneebedeckte Zweige sich fast bis zum Boden hin biegen. Seine Pfoten versinken ebenfalls im Schnee und machen so seine Bewegungen langsamer. Die Winterlandschaft erscheint friedlich, wie sie da so daliegt. Das silbrige Fell des Werwolfs tarnt ihn, macht ihn fast unsichtbar, als er hinter der nächsten Schneewehe verschwindet.
Er sieht prüfend zum Himmel auf und denkt einen Moment lang, dass derjenige, den er sucht, ihm

nun sagen könnte, wann es schneien wird und wie heftig. Sein Kiefer spannt sich an, er dreht den Kopf wieder nach vorn. Schwört sich, dass er seinen Freund zurückholen wird. Erst recht, nachdem es seine Schuld ist, dass der Dryade überhaupt erst verschwunden ist.

Henry, hast du schon eine Spur von ihm entdeckt?
Nein, kommt prompt die Antwort, als hätte der andere gewartet. *Er ist offenbar ganz in seinem Element.*

Es scheint kurz so, als wären sie nur zu zweit, bevor sich eine Frauenstimme meldet. Elaine.
Hier ist auch nichts.

Sie waren in drei verschiedene Richtungen ausgeschwärmt, bereit, sich jederzeit gegenseitig beizustehen. Allerdings war die eisige Kälte der Pyrenäen vermutlich nicht der beste Ort, um einen Eisdryaden aufzuspüren. Noch dazu, da der Winter gerade erst seinen Höhepunkt erreicht hatte.

Kannst du ihn spüren, Chris?

Henrys Frage hallte durch seine Gedanken und unterbrach ihn. Ohne seine Umgebung außer Acht zu lassen, streckte er seine geistigen Fühler aus. Als Werwolf war er mit Telepathie am vertrautesten. Im Gegensatz zu seinen beiden vampirischen Begleitern, die sie erst durch ihn vollkommen verstanden hatten. Oder zumindest nahe dran waren, räumte er mit einem geistigen Schmunzeln ein.

Nein. Da ist so eine vage Ahnung, ich glaube, dass er in der Nähe ist. Aber er hat sich entweder abgeschottet oder er ist schon zu weit weg, um ihn zu spüren. Wie sieht es bei euch aus?

Ich habe es bereits versucht. Henrys Antwort kam wenig überraschend. *Nichts.*

Elaine sandte inzwischen ein schwächeres Signal. *Ich kenne seine Signatur nicht. Er hat noch nicht mit mir geredet. Also, so wie jetzt, meine ich.*

Sorge wallte in Chris auf. *Es ist, als wäre er nie hier gewesen.* Und noch ein zweiter Punkt belastete ihn, aber den konnte er wenigstens ändern… *Komm wieder ein bisschen näher zu uns, Schatz. Sonst verlieren wir die Verbindung.*

Sie sandte ihm nur Zustimmung, bis er spürte, wie sie wieder näher kam.

Ein leises Rascheln erklang bei den Felsen zu seiner Rechten. Er drückte sich tief in den Schnee, um nicht gesehen zu werden, wer auch immer es sein mochte.

Chris, was ist los? Jetzt waren es seine Freunde, die sich um ihn Sorgen machten. Er antwortete schnell, um sie nicht zu beunruhigen, obwohl ihm das hier gar nicht gefiel.

Hier ist irgendwas. Oder jemand. Und es ist nicht Nico.

Seine Muskeln waren zum Zerreißen angespannt, bereit für den Angriff. Er presste sich tief in den Schnee und dankte dem Zufall, der ihn in gerade diesem Moment unter einer weiteren Kiefer hatte sein lassen. Das Gebiet hier war menschenleer, weil es im Winter dermaßen unwirtlich war. Zudem war die Lawinengefahr bei so viel Schnee enorm. Es gab nicht besonders viele Möglichkeiten, welche Art von Lebewesen zu nächtlicher Stunde hier draußen unterwegs war. Gut möglich, dass sie nicht die einzigen Schattenwandler waren, zumal sie das Gebiet des Clans der Schlange erst vor zwei Tagesmärschen hinter sich gebracht hatten.

Waren die Vampire ihnen etwa gefolgt? Nein, er verwarf die Idee sofort. Er witterte etwas Verdorbenes, so fauliges, dass sich ihm das Fell sträubte. Er durfte keine Aufmerksamkeit auf sich lenken, weswegen er den Drang, zu knurren unterdrückte.

Leute, ich könnte Unterstützung gebrauchen. Das hier ist nicht menschlich.

Tiere rochen nicht so unnatürlich, und auch von Menschen war weit und breit keine Spur.

Ich glaube, Nico steckt in ernsthaften Schwierigkeiten.

Er spürte die Sorge seines Freundes und seiner Geliebten, genau wie ihr Näherkommen. Die Präsenz an der Felswand bewegte sich in die Richtung, aus der er gekommen war...Hatte dieses Etwas, was immer es auch sein mochte – beziehungsweise wer immer - etwa ein Ziel? Das zufällig in der Richtung ihres Lagers lag?

Er traf eine Entscheidung. Er würde diesem Ding nicht folgen. Wenn es hier heraus gekommen war, musste auch irgendwo ein Eingang sein...und wenn er genau nachtastete, nahm er noch mehr Verdorbenheit wahr, die den Ort umlagerte.

Passt auf, ich glaube das ist ein Blutmagier. Er kommt euch entgegen. Ich habe die üble Vorahnung, dass er uns sucht.

Henry wurde immer schneller, und anhand ihrer telepathischen Verbindung konnte er spüren, dass Elaine es genauso hielt. Vampire konnten zwar nicht fliegen, aber sie konnten springen, höher und weiter als jedes andere Lebewesen, und sie konnten sich teleportieren. Das Risiko würde er allerdings nicht eingehen, da er die Gegend nicht gut genug kannte und nicht riskieren wollte, unter einer meterdicken Schneemasse zu landen. Wenn das, was Chris da aufgespürt hatte, tatsächlich ein Blutmagier war, dann war es laut den Gesetzen der Mythenwelt ihre Pflicht, das Ding auszulöschen. Blutmagier konnten ursprünglich einmal jeder Spezies entsprungen sein, doch sie waren durch dunkle Magie korrumpiert worden. Die Art, die andere Lebewesen tötete. Es wäre ein zu großer Zufall, wenn diese Wesen sich genau zur selben Zeit hier aufhalten würden wie ihre Gruppe. Und das dann noch einmal multipliziert mit der Tatsache, dass Nico vom Erdboden verschluckt zu sein schien...

Er machte sich ernsthafte Sorgen um Chris, der da allein vor besagter Felswand kauerte. Er hatte ein Bild des Ortes aufgefangen, als sein Freund gesprochen hatte.

Elaine war jetzt nur noch knappe hundert Meter von ihm selbst entfernt und ungefähr die gleiche Strecke hatten sie noch zu bewältigen, um bis zu Chris zu gelangen.

Wir sollten langsamer werden. Telepathie war eine erstaunlich intime Form der Kommunikation, und er zog es im Normalfall vor, sich aus dem Kopf der Frau rauszuhalten, die Chris für sich gewonnen hatte, aber das hier war auf keinen Fall normal. Noch dazu, wo er selbst inzwischen schon die dunkle Präsenz spüren konnte. Es fühlte sich beinahe so an, als wären sie bereits davon eingekesselt. Aber das kam ihm wahrscheinlich nur so vor, weil er vor Sorge um Chris schier den Verstand verlor.

Die Blutmagierin klatsche in die Hände und drehte sich zu dem Eismagier um, der gefesselt hinter ihr lag. Ihre Männer hatten seine Arme und Beine so weit gedehnt, dass es schmerzhaft sein musste, aber ihm gleichzeitig auch die Chance genommen, ihr Widerstand zu leisten. Durch den Knebel würde er keine Beschwörungen mehr aussprechen können und die Höhle, in der das Ritual in wenigen Minuten beginnen würde, war ganzheitlich mit Schutzzaubern gegen Eismagie ausgestattet. Er würde das Eis nicht zu Hilfe rufen können.
Statt der Todesangst lag purer Trotz in seinen Augen hinter dem er, wie sie nun wusste, auch die Angst um seine Freunde verbarg. Das würde sie bald ändern.
„Willst du gar nicht wissen, was mich so erfreut?"
Seine Augen blitzten zornig auf. Das war ihr Reaktion genug, um weiterzusprechen.
„Deine Freunde sind da draußen, um dich zu holen. Woher auch immer sie wissen, dass du hier bist," fügte sie mit einer abfälligen Handbewegung hinzu. „Und meine Leute erwarten sie bereits. Sie laufen in eine Falle." Hätte sie eine Uhr zur Hand gehabt, hätte sie jetzt nachgesehen, um zeitlich genau sagen zu können, wann die Falle zuschnappte. „Wahrscheinlich wird es schon so weit sein. Keiner von ihnen wird rechtzeitig hier sein, um das Ritual zu unterbrechen."

Obwohl er versuchte, seine Reaktion zu unterdrücken, sah sie doch, dass seine Hände zu zittern begonnen hatten. Er bemerkte ihren Blick und begann, wieder an den Fesseln zu reißen.
Ein Lächeln breitete sich auf ihrem Gesicht aus. Auf den ersten Blick hätte man es für glücklich halten können.
Sie spürte in sich hinein. Der Widerhall des Mondes war bereits deutlich zu spüren. Es war soweit. Innerlich die Hände reibend, trat sie näher an ihren Gefangenen heran.
Was für ein passender Zeitpunkt für das, was sie jetzt vorhatte. Nun, da seine Freunde da draußen starben…
Oh ja, heute Nacht würde sie ihr Bestes geben, um den Mond in Blut zu baden. Sie zog den Zeremoniendolch aus schwarzem Obsidian, wie ihn einst die Azteken verwendet hatten, mehrmals über seine nackte Brust, bevor sie ihm die Pulsadern aufschnitt. Nicos Panik setzte ein, als er spürte, wie das Leben immer mehr und immer schneller aus ihm herausfloss. Ihm wurde klar, dass das Blutmagie sein musste. Blutmagie von der übelsten Sorte, wenn sie beabsichtigte, ihn damit seiner Kräfte zu berauben und sie auf sich selbst zu übertragen, wie sie gesagt hatte. Ihm wurde schummrig vor Augen.
„Das hier gehört dazu, weißt du? Der einfachste Grundsatz ist, dass jemand sterben muss. Jemand, dessen Opfer etwas bedeutet. Deine Magie ist stark, also bist du zugleich ein gutes Opfer. Und sterben wirst du sowieso."

Er konnte nicht anders, als ihr zuzuhören, als sie ihm ihre Schritte genau erläuterte. Alles war besser, als bewusstlos zu werden, wenn er es verhindern konnte. Er würde um sein Leben kämpfen, wenn er auch seinen Freunden nicht mehr beistehen konnte. Er wusste schließlich, dass das im Grunde auch alles war, was er in seiner jetzigen Situation tun konnte.

Chris, wir sind jede Sekunde bei dir!
Henry sandte den Gedanken, obwohl er wusste, dass auch Elaine ihn hörte, und es keine zwei Minuten her sein konnte, seit der Werwolf sich das letzte Mal gemeldet hatte. Er brauchte einfach Gewissheit!
Das weiß ich doch, Henry!
Chris´ Stimme klang selbst auf telepathischem Weg beruhigend. Allerdings..
Ich befürchte, wir müssen uns beeilen, um Nico zu helfen. Sehr.
Er klang wütend, als er hinzufügte: *Ich rieche Blut. Und ich befürchte, dass es seines ist.*
Oh Gott, wenn sie bereits zu spät kamen...Falls sie zu spät kommen sollten, und Nico womöglich nicht mehr am Leben war..
Nein, der Heiler verbat sich den Gedanken. Inzwischen waren sowohl er als auch Elaine nahe genug an Chris´ Standort, um sich im Schnee niederlassen zu können. Es war nicht unwahrscheinlich, dass die Blutmagier Späher um ihr Lager herum verteilt hatten. Sollte einer von denen sie bemerken, war Nico vermutlich innerhalb von Sekunden tot.

Um ihn herum wurde ein Summen laut und sie alle dachten zunächst an Fliegen oder sonstige Kleinstlebewesen, bis ihnen klar wurde, dass sie es alle gleichermaßen hören konnten.
Ihr hört das auch, oder?
Elaines Kommentar war mehr eine Feststellung als eine Frage. Trotzdem antwortete Henry. *Ja.*
Ich befürchte, wir sind ihnen geradewegs in die Arme gelaufen. Das hier hört sich verdächtig nach einer Zeremonie an, gab Chris zu bedenken. *Vielleicht haben sie uns bereits beobachtet und wussten daher, dass wir kommen würden.*
Nur, dass ihr Kommen noch zwei Stunden zuvor noch gar nicht fest gestanden hatte.
Das passt zu dem, was Nico erzählt hat. Henry hatte geglaubt, Nico leide unter Wahnvorstellungen oder zumindest den Nachwirkungen seiner erneuten Gefangennahme durch die Vampire. Sein Freund hatte ihm im Vertrauen von seinem unguten Gefühl erzählt, und er hatte tagelang Ausschau gehalten. Schon, als sie noch in Belgien gewesen waren. Dann hatte er seinen Beobachtungsposten aufgegeben und den Vorfall im Stillen zu den Akten gelegt. Nico hatte nichts mehr in der Richtung erwähnt – aber er sprach ja generell nicht besonders viel.
Und damit hatte Henry den Vorfall schließlich ganz vergessen.
Bis jetzt.
Ich glaube, irgendjemand hat ihn beobachtet. Schon länger.
Er spürte Chris´ und Elaines Überraschung durch die telepathische Verbindung und dachte sich,

dass es sie eigentlich nicht überraschen durfte, als er fast direkt neben sich jemanden wahrnahm. Er sah zur Seite und entdeckte einen Mann, der ihm mit dem Finger auf den Lippen bedeutete, still zu sein. Henry musterte den Mann kurz von der Seite und nickte dann.

Schwarze Kleidung, schwarze Tarnfarbe im Gesicht – Der Kerl war ein Jäger. Das Zeichen seiner Kompanie konnte Henry nicht sehen, aber das befand sich traditionsgemäß auf der anderen Seite der Jacke, auf dem rechten Ärmel. Er wusste, dass der spanische Orden im kantabrischen Gebirge nahe Kap Finisterre eine Kommandozentrale hatte. Finisterre war am nordwestlichen Ende der Halbinsel, es gab also nur eine Erklärung, was der Mann hier wollte. Er jagte die Schwarzmagier.

Leute, wir haben Gesellschaft bekommen. Die Jäger sind hier, meldete er seinen verblüfften Freunden.

Das Summen um sie herum erstarb und eine gespenstige Stille kehrte ein. Erwartungsvolle Stille. Inzwischen roch selbst er das Blut. Und er konnte nicht leugnen, dass es Nicos sein musste.

Der Jäger bewegte sich langsam vorwärts und war dann zwischen den Bäumen und dem Schnee verschwunden. Henry hörte nur wenige Sekunden später Kampfgeräusche in der Richtung.

Wir müssen den Jäger unterstützen, Leute. Hört sich an, als wären unsere Feinde ein paar mehr.

Entschlossen setzte er sich in Bewegung.

Die Blutmagier waren grausame Gegner. Der Heiler sah schon auf den ersten Blick, dass sie zwar nur zu zweit waren, aber sich mit mehr magischen

Barrieren schützten, als auf den ersten Blick erkennbar waren. Trotzdem hatte er das Gefühl, dass sie Nico nicht hätten standhalten können, wäre er hier gewesen. Der Jäger kämpfte neben den herkömmlichen auch mit Handfeuerwaffen. Henry sah, dass die Magier sich nicht besonders klug postiert hatten. Vermutlich hatten sie nicht damit gerechnet, angegriffen zu werden, sondern sich nur auf einen Angriff ihrerseits vorbereitet.

Er erkannte Chris, der sich in Wolfsgestalt von hinten anschlich. Zum Sprung ansetzte. Und einen der Blutmagier von hinten niederstreckte. Auf so eine Chance musste der Jäger gewartet haben, denn er zögerte keinen Moment, als er, während Chris sich noch im Sprung befand, auch schon losrannte und dem anderen Blutmagier eine Kugel ins Gesicht jagte.

„Nico?"

Henry ging an den vier Männern vorbei und schlüpfte durch den Höhleneingang. In seiner Zeit war er mit knapp einem Meter achtzig groß gewesen, aber die Menschen schienen immer größer zu werden – genau wie die humanoiden Mythenweltgeschöpfe. Er fragte sich nur flüchtig, woran das lag. Jedenfalls war ihm seine Größe sehr von Nutzen: Er passte problemlos durch den Felsspalt, der hier als Eingang diente.

Der Blutgeruch wurde stärker, je weiter er vordrang. Hinter sich hörte er Schritte. Sie waren leicht; er wusste, wer da kam. Und tatsächlich:

Ich bin direkt hinter dir, Henry.

Elaine.

Da Nico sich nicht meldete, musste er bewusstlos sein. Entweder das, oder er hatte sonst irgendwie keine Möglichkeit dazu. Er durfte einfach nicht tot sein. Das durfte er nicht.
Die Höhle war einzigartig geformt, wie alle Berghöhlen ihre Besonderheiten erst enthüllen, wenn man genauer hinsieht. Diese weitete sich nach dem schmalen Gang aus und mündete in einer Art Felsenhalle, die ungute Erinnerungen an den Clan der Schlange in dem Heiler hervorrief. Diese naturbeschaffene Halle war ausgezeichnet zu verteidigen; es gab nur einen Zugang. Wenn hier noch jemand war, würde er es innerhalb weniger Sekunden wissen. Er atmete tief durch und trat aus dem Gang. Sofort spürte er, dass hier niemand mehr war. Niemand außer Nico.
Scheiße! „Nico!"
Er stürzte zu seinem Freund. Nicos schmaler, blasser Körper war völlig entkleidet und blutüberströmt. Die Blutmagier hatten ihn festgebunden und geknebelt. Alles saß so straff, dass er sich wohl auch in wachem Zustand nicht hatte bewegen können. Es war sein eigenes Blut, das inzwischen nur noch zähflüssig aus zahlreichen Schnittwunden quoll, die seinen Brustkorb überzogen. Am bedenklichsten allerdings waren die aufgeschnittenen Pulsadern. Er bewegte sich nicht. Entweder war er bewusstlos oder Schlimmeres.
Henry überprüfte den Puls seines Freundes und fand auch einen. Allerdings schwach, viel zu schwach, um Nicos Überleben zu gewährleisten.

Henry riss an den Fesseln und fand sie durch Magie versiegelt.

„Gehört der Kerl zu euch?", fragte in diesem Moment eine Stimme hinter ihm. Henry biss die Zähne zusammen, während er sein T-Shirt über den Kopf zog und auseinander riss. Elaine antwortete für ihn.

„Ja. Das tut er."

Der Jäger trat neben den Heiler. „Ein Eisdryade. Selten hier unten." Nicos Spezies lebte normalerweise in der ewig kalten Polarzone. Dort hatten sie die Hälfte des Jahres Polarnacht und zeigten sich in der anderen Hälfte des Jahres nur nachts. Dryaden waren nachtaktiv wie so viele Mythenweltgeschöpfe.

Jetzt sah der Jäger ihn direkt an, während Henry Nicos Handgelenke notdürftig bandagierte. „Der Werwolf gehört dann wohl auch zu euch."

„Ja." Henry nahm sich das andere Handgelenk vor. „War hier noch jemand, als ihr hier rein gekommen seid?" Durch die schwarze Farbe hoben sich die braunen Augen des Jägers noch stärker vom Rest seines Gesichts ab. „Nein, hier war niemand mehr. Ich habe mich allerdings auch eher darum bemüht, Nico zu helfen."

Für die Wunden auf Nicos Brust reichte sein T-Shirt nicht mehr, dafür war dessen Brustkorb zu breit. Der Jäger sah auf den Verletzten herunter.

„Vielleicht solltet ihr euch schon mal von ihm verabschieden. Ich glaube nicht, dass er es schafft."

Henry blickte auf, in die Augen des Mannes. „Wenn er das hier nicht überlebt, wandelt er sich zum Vampir. Und das ist weder meine noch ihre"

Er wies mit einem Kopfnicken auf Elaine. „Schuld. Er wird so oder so wieder hier raus kommen. Allerdings", und hier machte er eine bedeutungsvolle Pause, „gibt es einen Grund dafür, dass sie hinter ihm her waren. Nico ist der einzige Eismagier jenseits des Polarkreises, der die Razzien der Dryaden überlebt hat. Wenn er sich wandelt, kann ich für nichts mehr garantieren."

Elaine schnappte hinter ihm nach Luft, während der Mann seine Augen zusammenzog.

„Ein Eismagier? Hier?"

Henry wusste, dass er hoch pokerte, aber er nickte trotzdem. „Seine Leute haben ihn verstoßen, anstatt ihn zu töten."

„Und warum sollte er sich wandeln?" Der Jäger musterte sowohl ihn als auch Nico selbst mit unverhohlenem Interesse. Henry sagte nur zwei Worte: „San Francisco."

Der Mann zuckte zusammen. „Wie es scheint, ist nicht nur eure Gruppenzusammensetzung seltsam", murmelte er. Dann riss er sich zusammen, um sich wieder so präsentieren zu können, wie er sich für die Gilde ziemte. „Wie ist sein vollständiger Name?"

„Nicolai Sierewski." Bei der Nennung von Nicos Nachnamen schossen die schwarz gefärbten Augenbrauen in die Höhe. Henry fürchtete schon, sie könnten von der Stirn des Mannes springen, während er die Hand auf Nicos Brust liegen ließ, um die Wunden dort zu heilen. Da er immer noch den Puls seines Freundes fühlte, bemerkte er, dass dieser immer schwächer wurde.

„Er hält nicht mehr lange durch."

Er wusste, dass die Jäger für Fälle wie diesen Notfallausrüstung hatten, und, dass sie immer in Kontakt miteinander standen. Genauso, wie er wusste, dass ein Jäger niemals allein arbeitete. Der Mann sah ihn durchdringend an. „Gut. Wir werden deinem Freund helfen, Vampir."

„Danke." Erleichterung durchströmte Henry. Er wollte seine volle Aufmerksamkeit gerade wieder Nicos Wunden zuwenden, als er am Genick gepackt wurde. Sofort erstarrte er. Jäger gehörten ohne Zweifel zu den Mythengeschöpfen, die einen Genickbruch mit nur einer Hand ohne Weiteres bewerkstelligen konnten. „Aber wenn du gelogen hast, wirst du dafür büßen, Heiler."

Henry befürchtete kurz, seine Vermutung könne falsch sein. Schnell verwarf er seine Zweifel wieder. Nico konnte Eis und Schnee rufen, wie es ihm beliebte. Beide gehorchten ihm vollkommen. Sein Bruder hatte ihn verstoßen, weil er anders war, und das nicht nur im Bezug auf seine vampirische Hälfte. Die Ermordung seiner leiblichen Familie und die Jahre in San Francisco. Sein Blut, das, wie er gehört hatte, außerordentlich sein sollte. Außerdem konnte selbst Henry die magischen Schwingungen spüren, die sein Freund aussandte. Zudem schienen sich gerade in letzter Zeit auffällig viele Spezies für ihn zu interessieren. Eigentlich musste man ihn nur reden hören, um zu erraten, welcher Spezies er seinerseits angehörte.

Der Jäger sah dem Vampir in die Augen und konnte keinen Zweifel erkennen. Er ließ ihn los. „Halt ihn am Leben, Heiler. Ich hole Hilfe."

Er würde einen Rettungshubschrauber bestellen. Dazu musste er nur zuerst aus dieser Höhle hinaus. Er schob sich an dem Werwolf vorbei, der inzwischen seine menschliche Gestalt angenommen hatte, und für ihn statt eines Grußes nur einen bösen Blick bereit hielt. Der Jäger zuckte die Achseln. Er tat schließlich nur seine Arbeit. Und dabei hatte er das, wofür er hergekommen war, noch nicht einmal erledigen können. *Sie* war ihnen entwischt. Wieder einmal. Wie auch immer sie das angestellt hatte.

Kurz warf er einen Blick zurück auf den Eingang der Höhle.

Das Ganze hier hatte eine vollkommen andere Kehrtwende gemacht, als er erwartet hatte. Aber möglicherweise konnte ihnen der Eismagier – wenn er denn wirklich einer war, so, wie der Vampir behauptete – ihnen dabei helfen, *sie* zu finden. Er selbst war schließlich nicht dumm und hatte in seinen Lehrjahren ordentlich aufgepasst. Den Knebel und die zahlreichen Schutzzauber hatte er bemerkt. So etwas tat *sie* nicht ohne Grund. Zumal *sie* dafür gesorgt hatte, dass der junge Mann sich weder hatte äußern noch bewegen können. Das entsprach den allgemeinen Schutzmaßnahmen gegenüber Magiern.

Außerdem war es gar nicht derart abwegig, hier einen Eismagier zu treffen; schließlich gab es Schnee. Wenn der Kerl allerdings vor dem Eintreffen des Helikopters starb, dann hatten sie auf diesem Einsatz ein weiteres Mal bei der Suche nach *ihr* versagt. Das war nichts, was er sich gerne nachsagen lassen wollte.

Er schüttelte den Kopf, während er wählte.
Ein Eismagier als Ausbeute war währenddessen gar nicht so übel. Und dann auch noch ein Sierewski. Er dachte daran, was Caleb Sierewski zugestoßen war. Beziehungsweise was einige Abtrünnige der Gilde dem Mann angetan hatten.
Der mächtigste lebende Eismagier auf diesem Planeten. So hatte es von ihm geheißen. Das dort drinnen war vermutlich sein Sohn. Wenn der Junge also starb, hatten sie rein gar nichts geleistet.
Er sprach, sobald jemand abnahm. „Turner hier. Ich brauche so schnell wie möglich einen Heli. Ich bringe einen Schwerverletzten. Ich befinde mich ungefähr zwanzig Kilometer östlich des Monte Perdido." Er lauschte eine Weile. „Ja. Sofort. Und zwar so schnell wie möglich. Es handelt sich um einen Eismagier."

Der Helikopter, in den sie gleich steigen würde, kam Elaine alles andere als vertrauenerweckend vor. Sie stieg nur ein, weil Chris ihr aufmunternd zuzwinkerte, und sie wusste, dass seinem Freund nicht mehr viel Zeit blieb. Henry hatte Nicolais Fesseln gelöst und ihn nach draußen in den Schnee getragen, sobald er seine Wunden versorgt hatte.
„Er braucht die Kälte", hatte der Heiler gesagt.
Elaine war immer noch völlig geschockt von seiner Aussage. Chris dagegen schien weniger überrascht. *„Hast du etwa geglaubt, dass alle Eisdryaden nach Belieben über ihr Element verfügen können?",* hatte er sie fast ein wenig erstaunt gefragt. Schließlich war sie älter als er, daher hatte er an-

genommen, dass sie auch über mehr Lebenserfahrung verfügte. Sie hatte sich nur gedacht, dass Eisdryaden in der Regel unter sich blieben. Vor Vampiren fürchtete sich die Spezies generell. Da war die Wahrscheinlichkeit, je einem begegnet zu sein, praktisch gleich null.

Er sah nicht gut aus. Nico war blasser denn je, falls das überhaupt möglich war. Sein Herzschlag war kaum zu hören. Seine Atemzüge konnte sie nur mit ihren Vampirsinnen überhaupt wahrnehmen. Henry war die ganze Zeit, seit sie ihn gefunden hatten, nicht von seiner Seite gewichen. Auch Chris war zutiefst erschrocken und sie wusste, dass er sich mehr als sonst irgendetwas wünschte, etwas tun zu können. Henry hatte den Blutverlust des Dryaden – nein, des Eismagiers, korrigierte sie sich selbst – weitgehend eindämmen können, aber es war ihm nicht gelungen, ihn zu stoppen. Nun, da Schnee und Eis außer Reichweite waren, hatten sie den Eismagier mithilfe einer Decke bedeckt. Elaine war froh, die zahlreichen Narben nicht mehr sehen zu müssen, die seinen Körper zeichneten wie eine Landkarte. Nicht nur sein fehlendes Auge war ein Zeugnis der Grausamkeit der Vampire in San Francisco.

Nico verlor noch immer Blut. Das Bewusstsein hatte er bisher nicht wiedererlangt, und sie bezweifelte nicht, dass er mit dem Tod rang. Hinzu kam, dass es dem Heiler große Sorgen zu bereiten schien, wie der Helikopter bisweilen in der Luft hin und her schwankte.

Der Flug kam ihr ewig vor.

Als sie landeten, schien sich Nicos Zustand zumindest nicht wesentlich verschlechtert zu haben, und das war schon viel wert. Der Jäger, dem sie so zufällig über den Weg gelaufen waren, kümmerte sich darum, dass sie so sicher waren wie nur irgend möglich. Sobald sie gelandet waren, riss er die Tür des Helikopters auf, während die Rotorenblätter noch nicht zum Stillstand gekommen waren. Dann half er Henry, mit Nico in den Armen auszusteigen und begleitete ihn unter den neugierigen Blicken anderer Jäger zur Krankenstation des Stützpunktes, wo ihnen ein mit einem weißen Arztkittel bekleideter Mann entgegeneilte. Auch auf seinem rechten Jackenärmel waren die Wappen der europäischen Fraktion und der spanischen Division der Gilde zu sehen. Chris und Elaine folgten ihren Freunden. Henry grüßte den Jäger mit einem Nicken. Der grüßte ebenso zurück und wies dann auf eine bereit stehende Liege.
„Du bist der Heiler, nehme ich an?", fragte er Henry. Dieser bejahte, während er Nico vorsichtig auf die Krankenhausliege gleiten ließ. Der Arzt nickte.
„Dann muss das der Eismagier sein," stellte er auf Nico hinabschauend fest.
„Das ist er." Henry legte seine Hand wieder auf Nicos Brust und bemühte sich, den Strom heilender Energie nicht abreißen zu lassen. Der Arzt ging um die berädderte Liege herum und schob sie in Richtung eines Behandlungszimmers, das Henry jetzt erst bemerkte.
„Was fehlt ihm?", verlangte er zu wissen.
Henry antwortete, ohne aufzusehen. „Er hat Blut verloren. Eine Menge. Sie haben ihm die Puls-

adern aufgeschnitten. Ganz heilen konnte ich das noch nicht, und ich bezweifle, dass es mir noch rechtzeitig gelingen wird, um ihn am Leben zu halten. Auf jeden Fall braucht er eine Bluttransfusion." Dann sah er den Arzt kurz an. „Das Ritual, für den sie ihn benutzt haben, war blutmagisch. Ich weiß nicht, was es sonst noch für Auswirkungen haben könnte."

Der Arzt nickte bedächtig. „Wir werden tun, was wir können, um ihm zu helfen, Heiler. Du willst sicher dabei sein, wenn ich mich um seine Handgelenke kümmere, oder?"

Henry nickte. „Ja." Er gab Chris und Elaine, die hinter ihnen waren, ein Zeichen, vor dem Behandlungsraum zu warten. Entweder, es gelang ihm, gemeinsam mit dem Arzt, seinen Freund zu retten, oder Nico würde die Morgendämmerung nicht mehr erleben.

„Verdammt!" Der Arzt fluchte. Erschöpft blickte Henry auf. Er konnte kaum noch geradeaus gucken, so viel Energie hatte ihn die Operation gekostet. Sie hatten die Handgelenke seines Freundes soweit wieder hinbekommen, dass sie so gut wie neu aussahen. Henry konnte ohne anzugeben von sich sagen, dass das eine der ungewissesten Operationen seines Lebens gewesen war. Jetzt befand er sich völlig jenseits von Gut und Böse. Er war sogar zu müde, um sich noch um seinen Freund zu sorgen.

„Was ist los?"

„Sein Puls wird immer schwächer. Ich glaube, wir verlieren ihn."

Henrys Augen sollten zufallen, doch er riss sie wieder auf, als die Bedeutung der Worte zu ihm durchdrang. „Nein!"

Er sprang auf und taumelte, sodass er sich an dem Stuhl festhalten musste, auf dem er bis gerade eben noch gesessen hatte. Der Arzt bemerkte es nicht, aber auch nur, weil er sich über Nico gebeugt hatte und dessen Puls fühlte, während er den Atemrythmus überwachte. „Verdammt!", murmelte er nur einmal. In dem Moment, in dem Henry seine Hand auf die Brust seines Freundes legte, erlitt dieser einen Herzstillstand.

„Beatmen!" Henry kam dem atemlosen Befehl des Jägers nach. Dieser riss einen Schrank auf und holte einen Defibrillator heraus.

„Auf drei gehst du zur Seite und ich verpasse ihm einen Elektroschock!"

Henry nickte.

„Eins...zwei...drei..." Der Arzt hatte in Windeseile die Pads auf Nicos Brust befestigt. Der Heiler sprang zur Seite, als er das abgemachte Signal hörte.

Es ging schnell: die knisternde Energie des Elektroschocks füllte den Raum. Nicos Körper wurde wie von einer unsichtbaren Macht hochgerissen, um dann wieder auf die Liege zurückzusinken. Erleichterung brandete über Henry zusammen, als sein Freund die Augen aufriss. Zugleich konnte er hören, wie dessen Herzschlag wieder einsetzte.

Mit dem Erwachen des Eismagiers wurde es sofort deutlich kühler im Raum. Nico sah zuerst den Arzt, der sich über ihn gebeugt hatte, und nun fasziniert in die riesigen, schwarzen Pupillen starrte. Die

Temperatur fiel binnen Sekunden auf arktisch kalt. Obwohl er sich kaum noch auf den Beinen halten konnte, schob Henry den Jäger zur Seite und beeilte sich, in Nicos Blickfeld aufzutauchen.
„Wir sind alle hier, mein Freund. Du bist in Sicherheit."
Nicos Augen wurden feucht. Er fuhr sich mit der Zungenspitze über die Lippen, um sie anzufeuchten. „Danke." Seine Hand tastete nach Henrys. Der Heiler ergriff und drückte sie.
„Ich werde Chris und Elaine rein schicken."
Nico nickte. Dann jedoch zögerte er.
„Henry.." Seine Stimme klang noch immer rau. „Hat Chris mir verziehen?"
Der Heiler nickte. „Alles ist gut. Wir haben uns ausgesprochen." *Und er hat eingesehen, dass er ein Idiot war.*
Nico schloss erleichtert die Augen. „Danke", wiederholte er.
Henry nickte und drückte seine Hand noch einmal, bevor er sie losließ und den Arzt mit einem Blick aufforderte, ihm nach draußen zu folgen. Der Jäger zog zwar eine Augenbraue hoch, sagte aber nichts.
Sobald sie den Behandlungsraum verließen, empfingen sie vor der Tür drei angespannte Gesichter: Chris´, Elaines und das des Jägers, der sie aufgesammelt hatte.
Elaine wagte es, die Frage zu stellen, die ihnen allen am Herzen lag: „Ist er…?"
Henry schüttelte den Kopf. „Er lebt. Es geht ihm soweit gut."

Chris´ Schultern sackten herunter und er legte einen Arm um die Taille der Vampirin. Henry senkte seinen Blick zu Boden, um die beiden nicht so sehen zu müssen.

„Er will euch sehen," verkündete er dann, immer noch mit gesenktem Blick. Der Jäger warf dem Arzt einen Blick zu und dieser nickte. Der Junge da drin war ein Eismagier, das stand außer Zweifel. Der Werwolf und die Vampirin betraten das Krankenzimmer, während der Jäger nur bemerkte, wie sich der Vampir auf einen der Stühle im Wartebereich sinken ließ. Es schien, als hätte ihn alle Kraft verlassen. Er setzte sich neben den Vampir. „Du siehst nicht gut aus, Heiler."

„Es war knapp", war alles, was dieser sagte. Es hatte ihn viel Kraft gekostet, und nun musste er seine Reserven wieder auffüllen. Der Jäger verstand, was er sagen wollte.

„Dein Freund ist also ein Eismagier.", stellte er fest. Der Heiler nickte nur. „Woher wusstest du es?"

Diesmal zuckte Henry mit den Schultern. „Er wusste es selbst nicht so genau. Aber die Umstände haben alle darauf hingedeutet. Ich habe geraten."

Der Jäger starrte ihn einen Moment lang ungläubig an, dann brach er in schallendes Gelächter aus. „Ich hätte dich umgebracht, wenn er keiner gewesen wäre, Vampir", sagte er dann, plötzlich wieder ernst geworden. Henry zuckte die Achseln. Im Moment war er so erschöpft, dass es ihm sowieso egal war, und da Chris vergeben war, und zwar an eine andere, hätte er auch sonst nicht anders gehandelt. Das Leben seines Freundes war ihm wichtiger gewesen als sein eigenes.

Drinnen, im Behandlungszimmer, standen Chris und Elaine Hand in Hand an Nicos Bett. Der Eismagier traute sich immer noch nicht wieder, Chris in die Augen zu sehen, aber er wusste, dass er endlich mutig genug sein musste, um es zu tun.

Also sah er auf und begegnete den grünen Augen seines Freundes.

„Es tut mir leid, Chris. Das solltest du wissen."

Chris nickte ein wenig verlegen und fuhr sich mit seiner freien Hand durchs Haar. „Mir muss es leidtun, nicht dir. Du hast richtig gehandelt und ich war ein Idiot. Und du hattest Recht: Ich hätte es Henry selbst sagen sollen. Ich hätte dich nie so angehen sollen. Und ganz sicher wollte ich nicht, dass dir was zustößt."

Nico nickte nur. „Es war knapp," wiederholte er unwissentlich Henrys Worte.

Chris stimmte ihm zu, wobei ihm ein Schauer über den Rücken lief. Er hielt seinem Freund die Hand hin. „Also: Frieden?"

„Frieden," bestätigte Nico und schlug ein. Chris drehte sich um und wollte schon wieder raus gehen, um seinem Freund ein wenig Ruhe zu gönnen. Als er jedoch Elaine mitziehen wollte, entzog die ihm die Hand. Chris verstand und zuckte nur mit den Schultern. Wenn sie wollte, würde sie ihm später erzählen, worum es gegangen war. Elaine dankte ihm mit einem Blick und trat dann noch einmal an Nicos Bett. Sie hatte gemerkt, dass er noch einmal mit ihr reden wollte, aber nicht in Chris´ Anwesenheit. Und tatsächlich: Sein Blick folgte Chris bis zur Tür und wartete, bis sie sich hinter ihm geschlossen hatte. Dann richtete er ihn auf sie.

„Danke, Elaine," sagte er schlicht. Und schenkte ihr tatsächlich ein Grinsen. „Für eine Vampirin bist du gar nicht so übel."

Sie lachte.

„Du für einen Eismagier auch nicht, Nico. Ganz und gar nicht."

Er grinste noch ein wenig breiter. Die Bezeichnung schien ihn nicht zu schrecken. „Sag mal, wo sind wir hier eigentlich?"

„Im Stützpunkt der spanischen Jägergilde, in Finisterre. Henry hat ihnen deine Identität verraten. Nur deswegen waren sie bereit, uns mit herzunehmen."

Sein Lächeln wurde ein wenig schmaler, dann ließ er erschöpft den Kopf auf die Matratze sinken. „Gut."

Sie ließ ihn allein, damit er sich ausruhen konnte.

Als sie aus der Tür trat, nährte Henry sich gerade. Nicht bei Chris, das wäre nach ihrer Trennung zu intim und hier wahrscheinlich auch nicht gern gesehen. Aber offenbar gab es hier Blutkonserven, an denen er sich bedienen konnte. Dadurch wurde Elaine an ihren eigenen Hunger erinnert und sie warf Chris einen Blick zu, den dieser erwiderte. Er wusste, um was es ihr ging und nickte ihr zu.

Er würde sie nähren.

Der Jäger, der sie überhaupt erst hierher gebracht hatte, kehrte soeben von irgendwoher zurück, während der Arzt verschwunden war. Von ihm musste Henry das Blut erhalten haben.

„Ich nehme an, ihr wollt hier bleiben, bis euer Freund über den Berg ist," stellte der Jäger fest und ließ seinen Blick über ihre entschlossenen Gesichter schweifen. Sie nickten fast simultan.

„Gut," entgegnete er und ließ seinen Blick auf Henrys gebeugten Schultern ruhen, während der sich nährte. „Dann warten wir noch, bis der Heiler fertig ist. Danach werde ich euch einen Ort zum Schlafen zeigen."

„Danke.", erwiderte Chris. Der Mann machte eine wegwerfende Handbewegung und nickte. „Wir hoffen ja eigentlich noch auf ein paar Antworten von euch. Und von ihm", meinte er mit einem Blick auf das Krankenzimmer. Chris und Elaine tauschten einen vorsichtigen Blick, der dem Jäger offensichtlich klar machte, wie seine Worte geklungen haben mussten, denn er sagte: „Oh! Ich weiß, wie das jetzt klingt! Tut mir leid, ungünstige Wortwahl. Eigentlich geht es nur darum, was ihr gesehen habt. Ihr kommt ja offensichtlich ganz schön rum. Und an den Eismagier haben wir ein paar Fragen zu seiner Person, aber nichts Spezielles."

Elaine fragte sich, wie Nico „Fragen zu seiner Person" aufnehmen würde. Ob er überhaupt besonders viel mit den Jägern reden würde. Aber das würden sie später selbst feststellen. Sie hatten ja noch genug Zeit. Der Besuch am Grab von Chris´ Eltern hatte keine Eile. Ihr gegenüber hatte er aber auch fallen lassen, dass er gern seine Schwester wiedersehen wollte.

Der Jäger sah von ihr zu Chris und dann wieder zurück. „Ihr nehmt doch ein Zimmer zusammen, oder?"
Ja, es war ziemlich offensichtlich, dass sie ein Paar waren. Sie nickte und sah ihm in die Augen. „Ja."

2015, FINISTERRE, IBERISCHE HALBINSEL

Henry kam aus dem Untersuchungszimmer und lehnte sich neben Chris an die Wand. Elaine hatten sie gerade hinein geholt, um auch sie zu befragen.
Mann, das hier fühlt sich verdammt nach polizeilicher Untersuchung an, meinte der Heiler. Sie hatten alles wissen wollen: sein Geburtsjahr, seine Aufenthaltsorte, mit wem er regelmäßig Kontakt hatte, was sie hierher verschlagen hatte, was er über Nico und dessen Familie wusste… Er fühlte sich stellenweise sehr durchsichtig. Sosehr hatten sie ihm Löcher in den Bauch gefragt. Er bezweifelte, dass es seinem Freund anders ergangen war.
Chris nickte mit gefurchter Stirn und bestätigte damit seine Annahme. *Finde ich auch. Es ist mehr als offensichtlich, dass sie sich mehr von uns erhofft haben.* Er sah Henry fragend an. *Haben sie dich auch nach dieser Frau gefragt?*
Ja.
Und, hast du einen Schimmer, wer das sein soll?
Der Heiler schüttelte den Kopf. *Ich habe nicht die geringste Ahnung. Ich habe allerdings die Vermutung, dass sie etwas mit Nicos Gefangennahme zu tun gehabt hat. Als dieser Jäger in die Höhle kam, hat er mich als allererstes gefragt, ob noch je-*

mand da war. Naja, jedenfalls habe ich den Jägern gesagt, dass ich sie noch nie zuvor gesehen habe.
So in der Art habe ich es auch formuliert, meinte Chris.
Man konnte sie ja ein wenig paranoid nennen, aber sie wollten sich nicht laut unterhalten, um die Gilde nicht mithören zu lassen. Die Erlebnisse der letzten Tage hatten ihnen gezeigt, dass sie gut taten, ein wenig misstrauisch zu sein. Nicos Gefühl, beobachtet zu werden, hatte sich schließlich auch bewahrheitet.
Ich denke, sie werden Elaine dasselbe fragen wie uns, stellte Henry fest.
Ja, das denke ich auch, gab ihm Chris recht. *Warst du heute schon bei Nico?*
Ja, natürlich. Henry sah jeden Tag mindestens drei Mal nach seinem Freund. Etwas anderes gab es hier für ihn ja nicht zu tun.
Chris sah ihn aus seinen grünen Augen von der Seite an.
Wie geht es ihm?
Besser. Er erholt sich verdammt schnell. Henry atmete tief durch. *Aber davon sollten wir uns nicht täuschen lassen. Er wäre fast gestorben. Wären wir nur zehn Minuten zu spät gekommen...ich weiß nicht, ob ich ihm noch hätte helfen können.*
Chris sah schulbewusst zu Boden. *Ich hätte ihn nie wegschicken dürfen.*
Henry stieß ihn an und der Werwolf sah auf. *Jetzt gib dir bloß nicht die alleinige Schuld daran,* meinte sein Freund. *Ich hätte ihn eigentlich auch aufhalten müssen, oder zumindest dir eher Einhalt gebieten, und habe es nicht getan. Keiner von uns*

ist schuldlos. Und er hat ja versucht, mit uns beiden zu reden. Wir wollten es bloß nicht hören.
Da gab Chris ihm Recht. *Ich war viel zu sehr mit mir selbst und meiner Wut auf mich beschäftigt, weil ich es dir eben nicht gesagt habe. Und das hat sich dann alles auf Nico konzentriert, auf den ich wütend war, weil er mir eben zuvorgekommen ist.*
Henry umfasste seine Schulter und drückte sie kurz, bevor er wieder losließ. *Was vorbei ist, ist vorbei. Ändern können wir es im Nachhinein eh nicht mehr. Wir waren halt beide Idioten.*
Verdammt egoistische Idioten, stimmte Chris zu.
Gut. Und damit hat sich das jetzt erledigt. Für Henry war dieses Thema damit abgeschlossen. Sie hatten sich ausgesprochen und mit einer Wagenladung himmlischen Glücks hatten es alle mehr oder weniger unbeschadet überstanden. Nico war noch am Leben. Mehr konnten sie wohl kaum verlangen.
Chris nickte nur und sah wieder an die Wand. *Woher wusstest du das mit Nico?*
Henrys Mundwinkel verzogen sich zu einem schiefen Grinsen. *Ich habe geraten.*
Der Kopf seines Freundes fuhr zu ihm herum. *Du hast was?*
Geraten, bestätigte er lächelnd seine eigenen Worte. Chris war süß, wenn er so entgeistert dreinsah. Gleich darauf verbat er sich den Gedanken wieder. Chris hatte jetzt eine Freundin. Es stand ihm nicht zu, den Kerl süß zu finden.
Nico kann Dinge, die kein Eisdryade können dürfte. Und dann war da noch sein Verdacht, beobachtet

zu werden... Deswegen bin ich auf die Idee gekommen.
Chris blickte völlig entgeistert. *Dieser Jäger hat gedroht, dich umzubringen, falls es nicht stimmen sollte!*
Stimmt, erwiderte Henry. *Ich war mir zum Glück sehr sicher.*

Nico hätte die Leute, die jetzt an sein Bett kamen, gern wieder weggeschickt. Er lag noch immer auf der Krankenstation, wo der Arzt ihn unter Beobachtung hatte behalten wollen. Dummerweise hatte er nun das Gefühl, den Jägern etwas zu schulden. Er wusste von Henry, dass er ohne die Mithilfe dieses Arztes hier nicht überlebt hätte.
Sie hatten ihn wiederbeleben müssen. Einige Sekunden lang – Sekunden, die sein Freund vermutlich in der Hölle verbracht hatte – war er tot gewesen.
Es grenzte an ein Wunder, dass er jetzt hier saß und atmete.
Und deswegen saß er jetzt in seinem Krankenbett und bemühte sich, die Fragen der ihm fremden Jäger nach bestem Wissen zu beantworten. In seinem Arm hing eine Infusion, da der Arzt gefürchtet hatte, er könne nach dem immensen Blutverlust dehydrieren.
„Sie wurden also in New Orleans in den Vereinigten Staaten geboren und verbrachten dort mit Ihrer Familie, die neben Ihrem Vater, Ihrer Mutter und Ihrer eigenen Person aus einem älterem Bruder, Mattheus, einem jüngeren mit Namen Kons-

tatin und zwei jüngeren Schwestern mit Namen Olga und Wera bestand. Soweit korrekt?"

„Ja." Er fragte sich, warum sie das wissen wollten.

„Gut. Unterbrechen Sie mich, wenn irgendetwas falsch sein sollte. Kurz vor Ihrer Wandlung starb ihr Vater, vermutlich an einem Herzinfarkt, und Sie gerieten in die Fänge der Vampirmafia in San Francisco, wo Sie bis 2013 blieben." Das war eine sehr untertriebene Schilderung, aber Nico konnte schlecht davon anfangen, wie es dort gewesen war. *Geblieben* klang so, als wäre er freiwillig dort gewesen. Ein Schauer lief ihm kalt den Rücken herunter. Der Arzt hatte seine Narben gesehen, und sie alle hatten freilich bemerkt, dass er mit Augenklappe herumlief. Nicht ohne Grund. Er wollte ihnen nicht seine leere Augenhöhle vorführen.

Der Jäger fuhr unterdessen fort: „Dann wurden Sie von Ihrem älterem Bruder befreit, der ihnen mitteilte, dass Ihre verbleibende Familie in Ihrer Heimatstadt umgekommen sei. Schließlich zogen Sie mit ihm nach Sibirien, und das war…" Er blätterte in seinem aufgeschlagenen Notizbuch eine Seite weiter. „letztes Jahr. Dort blieben Sie, bis Ihr Stamm Sie verstieß und Sie auf Ihre beiden Freunde trafen. Die Vampirin ist jetzt erst vor einer Woche zu Ihrer Gruppe gestoßen."

Nico nickte. Er hatte ihnen nicht von dem Angriff durch den Vampir erzählt, der letztendlich zu seiner Verbannung geführt hatte. Sie mussten nicht zwingend alles wissen. Über seine Kräfte allerdings hatte er ihnen Rechenschaft ablegen müssen. Sie hatten ihm deutlich zu verstehen gege-

ben, dass das darüber entscheiden konnte, ob sie ihn als Gefahr für die Allgemeinheit einstufen und töten würden oder am Leben ließen, weil er ihnen nützlich sein konnte. Sie bedrohten und bevormundeten ihn also gleichzeitig. Nicht, dass das für ihn etwas Neues gewesen wäre, er hatte schließlich einige Jahre lang in einem sibirischen Dryadendorf gelebt. Er hatte nur nicht erwartet, demselben Phänomen hier zu begegnen.
Der Mann schlug sein Notizbuch zu.
„Gut. Dann würde ich jetzt gern von Ihnen wissen, ob Sie..." Es raschelte, als er ein Foto aus seinem Notizbuch zog. „...diese Frau schon einmal gesehen haben."
Nico sah sich das Foto an und zuckte zusammen. Das war sie. Definitiv. Sie trug zwar andere Kleidung und ihr Blick war weit weniger irr als zu dem Zeitpunkt, als er sie das letzte Mal gesehen hatte. Er würde Stein und Bein darauf schwören, dass das die Frau war, die ihn gefangen gehalten hatte.
Er blickte von dem Foto zu dem Mann zurück. An dessen Gesichtsausdruck konnte er sehen, dass der wusste, was nun kommen würde.
„Ja. Das ist die Frau, die mich gefangen gehalten hat. Die Blutmagierin."
Der Mann nickte und sein schmaler Mund verzog sich zu einem unfrohen Grinsen.
„Dann habe ich nun noch einige Fragen an Sie."
Es verging eine gefühlte Ewigkeit, bevor die Männer zufrieden waren. Der eine war Wortführer gewesen, der andere hatte das Protokoll geschrieben.

Nico sah zu, wie sich die Tür hinter ihnen schloss und fragte sich einen Moment lang, ob sie sich vielleicht genauso ausgelaugt fühlten wie er. Die Erschöpfung pochte schon schwer hinter seinen Lidern. Ein untrügliches Zeichen dafür, dass er noch nicht wieder in Hochform war.
Er schloss einen Moment lang die Augen, um das Geschehen Revue passieren zu lassen. War es möglich, dass er etwas übersehen hatte?
Sie hatten alles ganz genau wissen wollen: wie sie ausgesehen, was sie getragen, gesagt und getan hatte. Er wusste, dass die Jäger nun Jagd auf sie machen würden. Sie war schließlich eine Blutmagierin. Das Verdorbenste, was die Mythenwelt je hervor gebracht hatte..
Während er noch darüber nachdachte, schlief er ein.

Leise schloss Elaine die Tür hinter sich und drehte sich dann zu ihrem Geliebten und dessen Freund um. „Er schläft," beschied sie beiden. Chris und Henry nickten.
„Sie werden ihn bereits befragt haben. Vermutlich, während sie auch uns befragt haben."
Henry nickte wieder und Chris gab einen zustimmenden Laut von sich.
„Dann werden wir ihn schlafen lassen. Er braucht die Ruhe," sagte der Heiler.
Keiner widersprach. Chris ließ seine Halswirbel knacken und meinte: „Ich habe da vorhin ein Kartenspiel rumliegen sehen. Hat jemand Lust?"

Da das eine bessere Option als Nichtstun war, war es schnell entschieden. Sie entfernten sich wieder von Nicos Krankenlager.

Keiner von ihnen nahm die schwarzgekleidete Gestalt, die weiter hinten im Gang stand, als gefährlich wahr. Schließlich waren die Jäger allesamt gleich gekleidet. Im Einsatz malten sich zwar nicht alle das Gesicht schwarz an, aber die meisten folgten auch dieser Tradition.

Turner hätte gesagt, dass das auch dazu dienen sollte, den verschiedenen Spezies Respekt einzuflößen. Aber niemand hatte ihn gefragt, und er war nicht hier. Folglich konnte auch niemand bezeugen, was dann geschah.

Nicos Schlaf dauerte nicht lange, zumal er niemals sehr fest schlief, was er sich in San Francisco angewöhnt hatte. Er erwachte wieder, nicht lange, nachdem seine Freunde Karten spielen gegangen waren. So beschloss er seinerseits, sie zu suchen.

Seine telepathischen Fähigkeiten erschienen ihm ein wenig eingerostet, außerdem wollte er sie überraschen. Er meldete sich also nicht bei ihnen, bevor er aus dem Bett stieg, um sich etwas überzuziehen. Den Arzt hatte er gebeten, ihm ein paar Sachen herauszulegen, für den Fall, dass er aus dem Bett herauskommen wollte. Seiner Meinung nach hatte er lange genug gelegen. Er hielt es auch nicht für nötig, sich beim Verlassen der Krankenstation abzumelden – wieso auch? Schließlich war er nur Gast hier. Die Jäger hatten ihn in der heutigen Nacht bereits befragt, also würden sie ihn wohl kaum suchen. Er folgte der Spur, die ihn zu Chris, Elaine und Henry führen sollte. Sie waren

erst vor Kurzem hier gewesen, deswegen war ihre Präsenz noch frisch und für ihn leicht zu verfolgen. Er sah sich nicht um, als er aus dem Zimmer trat, weil er sich sicher fühlte. Seine Freunde und die Jäger hatten ihm versichert, dass ihm hier nichts zustoßen würde.
Das war sein erster Fehler.
Der zweite bestand darin, einen Moment zu lange stehen zu bleiben, weil er das Gefühl nicht loswurde, nicht allein zu sein.
Dieses Verharren reichte seinem Verfolger, um seiner habhaft zu werden.
Eine Minute später war der Gang gähnend leer.

„Wach auf, Eismagier."
Jemand schlug ihm ins Gesicht und Nico zuckte zusammen. Scheiße, war er gerade wirklich *auf* dem Stützpunkt der Gilde entführt wurden? Sein Kopf pochte schmerzhaft an der Stelle, an der sein Verfolger ihn getroffen und niedergeschlagen hatte.
„Eismagier!" Die Stimme klang drohend. Er öffnete die Augen. Er befand sich in einem Verhörraum, die Lampe blendete ihn, sodass er geblendet die Augen schließen musste. Wer auch immer ihn hierhergebracht – und gefesselt hatte, wie er mit Unglauben feststellte - er war ihm auf jeden Fall übel gesinnt. Verdammter Mist.
Offenbar reichte es dem Kerl, dass er die Augen kurz geöffnet hatte. Er schlug ihn ein weiteres Mal.
„Weißt du, wie dein Vater gestorben ist?"
Nico traute seinen Ohren kaum. Er versuchte, seine Augen wieder aufzuzwingen, aber es war wirk-

lich hell. Mehr als einen Spalt breit konnte er sie nicht öffnen. Er widerstrebte ihm zwar, mit dieser Person über seinen Vater zu reden, aber er antwortete trotzdem. „Herzinfarkt", sagte er.

Ein schrilles Lachen jagte ihm einen Schauer nach dem anderen über den Rücken.

„Falsch! Wir haben ihn getötet!"

Er erstarrte. Sein Vater hatte in seinem Zimmer auf dem Boden gelegen und sich vor Schmerzen gekrümmt, als sie den Krankenwagen gerufen hatten. Er war gestorben, während Nico noch seinen Bruder gesucht hatte. Auf dem Weg zum Krankenhaus.

„Und nun rate mal, Eismagier, was wir mit dir machen werden," raunte ihm der Kerl plötzlich ins Ohr. Nico hatte nicht einmal gemerkt, dass er so nahe gekommen war.

Er riss den Kopf herum, sah aber gerade noch, wie der Kerl wieder aus dem Lichtkegel verschwand. Er trug die schwarze Kleidung eines Jägers der Gilde.

Das konnte doch wohl nicht wahr sein!

Leute, ich stecke in Schwierigkeiten, übermittelte er seinen Freunden. Hoffentlich hörten sie ihn. *Ernsten Schwierigkeiten.*

Der Mann stand genauso plötzlich auf seiner anderen Seite. Diesmal hielt er einen langen, gebogenen Dolch in der Hand. Nico bemühte sich, nicht zusammenzuzucken, als der Mann es ihm an den Hals hielt und ihm einen Schnitt beibrachte. Einen winzigen zwar, aber die Botschaft war klar. Der Kerl hatte vor, ihn umzubringen. Er fragte sich langsam, wie er es schaffte, jedes Mal wieder an solche Leute zu geraten.

Der Mann nahm das Messer zur Seite, behielt es aber in der Hand. Mit der anderen Hand griff er in Nicos langes schwarzes Haar und zog seinen Kopf nach hinten, sodass der Eismagier direkt in die Lampe blicken musste. War das Licht vorher schon hell gewesen, so war es jetzt die reinste Folter. Nicos weite, schwarze Pupille zog sich zusammen, bis sie winzig klein war. Seine blaue Iris schien zu strahlen. Der Mann hob eine Phiole in sein Blickfeld, wohl extra, um sie ihm zu zeigen. Nico presste die Lippen aufeinander. Der Mann knurrte und hielt ihm die Nase zu. Schweiß rann Nicos Rücken hinunter und seine Lungen brannten. Er schrie innerlich und riss an seinen Fesseln, um nicht zu ersticken. Wenn er den Mund aufmachte, würde der Kerl ihm den Inhalt der Phiole sofort einflößen, und das war vermutlich sein Ende. Schwarze Punkte tanzten vor seinen Augen. Sein Mund öffnete sich gegen seinen Willen. Sofort hielt der Mann ihn so fest und zwang ihm die Flüssigkeit auf. Die Nase ließ er nicht los, um ihn zum Schlucken zu bringen. Das Zeug brannte in seiner Speiseröhre und Schmerz flutete seine Gedanken. Er spürte, wie sich seine Muskeln unwillkürlich anspannten. Der Mann lachte leise und packte seine Kehle, um ihn zu würgen.

Nico wurde vor Sauerstoffentzug schwindelig. Als er wieder atmen konnte, wurde ihm schwarz vor Augen.

Er erwachte durch seine eigenen Schreie. Die Situation erinnerte ihn stark an den Aufenthalt in San

Francisco, nur das sein Gefängniswärter hier seinen Tod wollte und nicht sein Blut. Was auch immer der Kerl ihm eingeflößt hatte, es hatte Eisen enthalten. Sein ganzer Körper war schweißbedeckt und die Haare klebten ihm am Kopf.

Chris, Henry, Elaine! Wenn ihr mich hören könnt, bitte...helft mir!

Seine Glieder zitterten. Wäre er nicht an den Stuhl angebunden gewesen, er wäre zu Boden gefallen. Die flüsternde Kühle des Eises in seinem Kopf erschien ihm genauso unerreichbar wie in den Händen der Blutmagierin. Wenn er danach tastete, entglitt sie ihm.

Der Mann musste ihn mit Bannzaubern belegt haben. Es erschien ihm wie ein einziger Hohn, dass der Mann, dessen erklärtes Ziel es war, alle Magie zu verbannen, sich selbst der Magie bediente. Sein Körper wurde von Krämpfen geschüttelt, auch, wenn er nicht wusste, warum.

Derjenige, der ihm das angetan hatte, trat von hinten an ihn heran und durchtrennte seine Fesseln. Der nächste Krampf riss ihm von dem Stuhl herunter, auf dem er sowieso nur noch gehangen hatte, und ließ ihn keuchend auf dem Boden liegend zurück. Er bekam einen Tritt in die Nieren und krümmte sich zusammen.

„Bitte...", stieß er hervor, „...wenn Sie mich schon töten müssen, erweisen Sie mir doch wenigstens die Gnade, es schnell zu tun!"

Er hörte den Mann leise lachen und wusste, dass sein Betteln auf taube Ohren stieß. Er würde heute doch noch sterben, und das vermutlich nicht einmal schnell. Er ließ die Stirn auf den kühlen Bo-

den sinken. Selbst, wenn er seine Sinne ausweitete, konnte er niemanden spüren. Offensichtlich war er zu weit entfernt von ihnen.
Helft mir, Freunde. Wenn ihr mich hören kommt, helft mir.
Nichts. Kein Ton, keine Antwort, gar nichts. Sie konnten ihn nicht hören. Was bedeutete, dass er binnen der nächsten Stunden tot sein würde, gestorben an einer Eisenvergiftung. Umgebracht vom Mörder seines Vaters.
Wer auch immer der Mann sein mochte, er kannte keine Gnade. Nach der viel zu kurzen Verschnaufpause spürte Nico sein Messer, das unter sein geliehenes T-Shirt geglitten war und es nun von unten nach oben aufschlitzte. Nico begann, unkontrolliert zu zittern. Ein scharfer Schmerz ließ ihn an sich herunter schauen.
Dorthin, wo die geschwungene Klinge des Dolches gerade seine Bauchdecke durchstach und vorn wieder austrat. Der Schock verhinderte, dass er das Bewusstsein verlor, doch sein Herz begann augenblicklich, zu rasen.

Chris legte seine Karten beiseite. Er hatte jetzt bereits die zweite Partie gewonnen, was bedeutete, dass der Spruch „Glück im Spiel, Pech in der Liebe" nur eine Lüge sein konnte. Chris´ Glück umfasste nämlich beides.
„Ich werde noch mal gucken, ob Nico inzwischen wach ist," verkündete er. Henry und Elaine nickten gleichzeitig, so vertieft waren sie noch immer in ihr Kartenspiel. Sie würden ausspielen, Zeit genug

hatten sie ja. Und wenn Chris mit Nico wiederkam, konnten sie eine neue Partie beginnen.

Chris ging denselben Gang entlang, in dem sich sein Freund vor gar nicht so langer Zeit befunden hatte. Er runzelte die Stirn, als er dessen Geruch im Gang wahrnahm. Wenn Nico wach war, warum war er dann nicht zu ihnen gekommen? Hatte ihnen nicht Bescheid gesagt? Seit sie das erste Mal gemeinsam nach ihm gesehen hatten, waren inzwischen zwei Stunden vergangen, und der Geruch war nicht mehr ganz frisch.

Nur für jemanden wie ihn, der Nicos außergewöhnlichen Geruch wahrnahm, war es möglich, überhaupt zu bemerken, dass sein Freund hier gewesen war. Nico roch wie die Kälte, wie Schnee und Eis. Man konnte leicht übersehen, dass er einen Eigengeruch hatte, wenn man nicht ganz genau darauf achtete. Sein Magen zog sich zusammen, als er den Weg ins Krankenzimmer fortsetzte und hoffte, dass er seinen Freund wider besseren Wissens dort antreffen würde.

Er griff nach der Türklinge und wollte gerade eintreten, als die Tür wie von allein ein Stück aufschwang. Sie war nur angelehnt. Das Zimmer war leer, auch, wenn Nicos Geruch hier stärker war. Chris bekam regelrechte Magenkrämpfe.

Scheiße, Leute, hier stimmt was nicht. Nico ist nicht auf seinem Zimmer. Im Gang liegt sein Geruch, aber der verschwindet an der einen Stelle plötzlich.

Er konnte immer noch irgendwo hier auf dem Gelände sein. Dass er allein da draußen rumlief, gefiel Chris zwar nicht besonders, aber er konnte seinen Freund ja schlecht an die Leine nehmen.

Henry sah Elaine über den Tisch hinweg an und las in ihren Augen genau den Gedanken, den er nicht hatte in Betracht ziehen wollen.

Bist du sicher?, fragte er Chris. Er spürte dessen wütendes Schnauben als Antwort.

Ist ja gut, ich wollte nur fragen.

Das hier musste bedeuten, dass die Jäger sie belogen hatten. Sie hatten sowohl ihnen als auch Nico versichert, dass er auf dem Gelände der Gilde nichts zu befürchten hatte. Und jetzt war er verschwunden.

Ich gehe noch mal in sein Zimmer, sagte Chris. Er stand wieder an der Stelle im Gang, an der er Nicos Geruch verloren hatte, machte aber kehrt und eilte in das Krankenzimmer zurück. Als er ans Bett trat, traf ihn eine Welle von Emotionen. Er konnte beschwören, dass das vorher noch nicht der Fall gewesen war. Er legte eine Hand auf die Bettdecke. Nicos Erinnerung, wie er aufgewacht und beschlossen hatte, nach ihnen zu suchen, griff nach seinen Nervenenden. Er sah vor seinem geistigen Auge, wie sein Freund aufstand und sich die vom Arzt bereitgelegten Sachen überzog. In den Gang trat. Ein kurzes Ausharren, ein plötzlicher Schmerz. Dann verschwand das Bild und er sah nur noch Schwärze. Chris öffnete die Augen wieder.

Er wollte zu uns.

Henrys aufgeregte Reaktion sagte ihm, dass er den telepatischen Kanal benutzt hatte, um seinen Freunden die Information mitzugeben. Er spürte die Aufregung des Heilers, ebenso, dass er aufgesprungen war und nun seinerseits nach Nico suchte.

Als er aufgestanden ist und sich angezogen hat, wollte er zu uns. Ich habe gerade eine Erinnerung von ihm aufgefangen. Ich glaube, er wurde niedergeschlagen.

Und fortgeschafft, fügte Elaine hinzu.

Und das, bestätigte Chris grimmig.

Wir müssen die Jäger benachrichtigen, meinte Henry. *Sie werden uns bei der Suche helfen können.* Einen Moment lang war Chris versucht, seinen Freund zu fragen, ob er das für gut hielt. Möglicherweise hatte die Gilde etwas mit dem Verschwinden ihres Freundes zu tun.

Hilfe.

Nico konnte nicht anders, aber er wusste, dass er selbst in Gedanken nur noch flüsterte. Das in seinen Adern brennende Eisen und die Erschöpfung drohten ihn zu übermannen. Er spürte den vom Dolch verursachten Schmerz kaum noch. Solange er still liegen blieb, das wusste er, würde er es wohl auch nicht mehr fühlen. Und wenn er die Augen schloss, würde er nicht wieder aufwachen.

Die Krämpfe, die ihn noch immer heimsuchten, hatte er dem Zusammenspiel von „normalem" Gift und Eisen zu verdanken. Es kam ihm so vor, als würden sie zeitgleich mit ihm immer schwächer werden. Wenn die Krämpfe aufhörten, würde er also tot sein. Eine andere Möglichkeit gab es nicht mehr.

...o? Eismagier? Nioc? NICO?

Die Stimme in seinem Kopf war offenbar nicht mal in der Lage, ordentliche Worte zu bilden, dachte er verschwommen. Ein Krampft schüttelte ihn und sorgte dafür, dass sich seine schwachen Finger in den Erdboden krallten.

Nico?, rief die Stimme in seinem Kopf beharrlich weiter. *Bist du hier irgendwo? Sag uns wo du bist, damit wir dich holen können!*

Geh weg, dachte er, die Gedankenstimme heiser vom Schreien wie seine eigene. *Ich sterbe. Lass mich in Ruhe.*

Chris durchfuhr es wie ein Schock, als sein Freund ihm antwortete. Nicos klang schwach und die Verbindung zwischen ihnen war erbärmlich schlecht. Am meisten aber verstörten ihn die Worte seines Freundes.

Nein! Du darfst jetzt nicht sterben!, beschwor er den anderen. *Wir brauchen dich doch. Sag mir, wo du bist!*

Mich hat noch nie jemand gebraucht. Und jetzt ist es zu spät. Die Worte passten nicht zu dem Nico, den er kannte. Chris befürchtete, dass sein Freund irgendwie vergiftet worden war und das Gift seine Sinne trübte.

Es ist so hell hier. Wie in einem Verhörraum, hörte er die leise Stimme in seinem Kopf sagen. *Er lässt das Licht brennen, um zu sehen, wie ich sterbe. Er hat auch meinen Vater getötet.* Nico schwieg einen Moment. *Zumindest behauptet er das. Und ich bin so müde, Chris. So müde...*

Chris packte den neben ihn stehenden Jäger am Arm. *Halte durch*, versprach er. *Wir sind bald bei dir.*

363

„Wir suchen eine Art Verhörzimmer. Nico meint, ein Mann wäre bei ihm. Derjenige, der seinen Vater getötet hat."

Der Jäger starrte ihn an, als wäre er von Sinnen.

„Ich kann ihn hören. Telepathie", erinnerte Chris ihn.

Der Mann nickte, tat aber nichts. Chris hätte vor Frustration beinahe die Arme in die Luft geworfen, und ihn angeschrien, aber er wusste, dass das nichts helfen würde.

Henry! Elaine! Er muss hier irgendwo sein! Ich habe ihn gerade gehört! Er merkte auch immer noch, dass Nico hier irgendwo war, aber sein Bewusstsein wurde schwächer. Vermutlich war er tot, wenn es erlosch. Und dafür schwand es viel zu schnell. *Wir müssen uns beeilen! Da ist irgendwer bei ihm, der ihn töten will!* Ihnen lief die Zeit davon. Jemand packte ihn am Ärmel. „Was haben Sie gesagt?", fragte ihn die Jägerin, die hier das Kommando führte. Henry und Elaine tauchten bald hinter ihm auf, sich immer näher teleportierend. Sie kannten das Gebäude nicht und wollten schließlich nicht in einer Mauer oder sonst etwas unbequemen landen.

„Er befindet sich in einer Art Verhörzimmer. Und er meint, ein Mann wäre bei ihm. Derjenige, der seinen Vater getötet hat," wiederholte er seine eigenen Worte.

Die Frau nickte einmal. Dann drehte sie sich um und rief allen Anderen Befehle zu. Offensichtlich wusste sie, wo sie hinmussten.

Chris war froh, so kompetente Unterstützung gefunden zu haben. Er folgte der Jägerin dicht auf den Fersen, als sie in Richtung einer Treppe abbog. Er kam aus dem Staunen kaum heraus, als sich vor ihnen eine Tür öffnete, die er nicht einmal bemerkt hatte. Vor ihnen lag offensichtlich der unterirdische Teil des Gebäudes. Überraschte Jäger sahen ihnen entgegen, als sie an Schlafzellen vorbei stürmten. Chris schüttelte gedanklich den Kopf. Kein Wunder, dass er oben nur so wenig Jäger gesehen hatte.

Immer mehr Jäger schlossen sich ihnen an, als sie von ihren Kollegen darüber informiert wurden, worum es ihnen ging.

Es kam Chris enorm seltsam vor, dass Nico hier unten sein sollte, wenn doch ein so reges Treiben herrschte. Der leere Flur, der sich allerdings als nächstes vor ihnen auftat, war selbsterklärend. Es musste mehrere Zugänge geben.

Nico, sprich mit mir!

Er musste überprüfen, ob sein Freund noch am Leben war. *Ich müsste dir jetzt schon näher sein! Kannst du meine Anwesenheit spüren?*

Dröhnende Stille verhöhnte ihn. Viel zu spät merkte er, dass Nico versuchte, Kontakt zu ihm aufzunehmen.

…kann sie sehen. Meine Eltern….Olga und Wera…Konstantin, …so gern mit mir gespielt…

Der Klang von Nicos Stimme wurde durch eine Art Rauschen, wie in einer Telefonleitung, gestört. Chris hatte Schwierigkeiten, ihn überhaupt zu verstehen. Dann wurde ihm klar, dass Nico von seiner verstorbenen Familie starb, die ihn in den Tod begleitete und dort willkommen hieß.

Verdammte Scheiße!

Er fragte sich, ob es hier eine Art Störsender gab. Um das zu klären, schloss er zu der Jägerin auf, die den Trupp bisher schweigend angeführt hatte.

„Kann es sein, dass irgendetwas hier unten Telepathie verhindert?", fragte er die Frau. Sie sah ihn nur für einen Sekundenbruchteil von der Seite an, dann zeigte sich ein verkniffener Zug um ihre Mundwinkel.

„Warum? Haben Sie versucht, Kontakt mit Ihrem Freund aufzunehmen?"

Sie ging Chris mit ihrer Fragerei auf die Nerven. Schließlich ging es hier um das Leben seines Freundes! Alles hing davon ab, ob sie ihn rechtzeitig fanden oder nicht!

Er bemühte sich trotzdem, ihr ruhig zu antworten. „Ja. Habe ich. Und?"

„Wir verwenden ein Störsignal. Hier unten muss alles sicher sein, da können wir keine Telepathie zulassen. Oder Telefonfunk."

Nun, das erklärte einiges, auch, wenn es vermutlich nicht der einzige oder auch nur der wichtigste Grund war. Wie hatte es ihm dann denn überhaupt gelingen können, mit Nico zu reden? Aber es machte ihm verdammt große Sorgen, dass er immer noch nicht wusste, wo sein Freund war. Und dass diese technische Spielerei der Jäger Nicolais Leben gefährdete.

Die Frau stoppte abrupt und bedeute ihm mit einem Handzeichen, still zu sein. Er blieb stehen und griff mit seinen Sinnen um sich. Nicos Geruch konnte er hier unten nicht finden, aber das lag vermutlich ebenfalls an den Techniken der Jäger.

Was er allerdings spürte, war die Präsenz seines Freundes hier unten.

Die Frau verständigte sich mittels Handzeichen mit ihren Gefolgsleuten und bedeutete ihnen, auszuschwärmen. Chris übermittelte er, dass er selbst in die Richtung gehen würde, in der er Nico vermutete. Sie nickte. Gut. Er fiel offensichtlich nicht unter ihr Kommando.

Er rief den Wolf, um leiser sein zu können, als er sich leise vorwärts tastete.

Er roch das Blut sofort, als er an einer der Türen stehen blieb, um seinem Gefühl, Nico noch näher gekommen zu sein, auf die Spur zu kommen. Nico. Er erstarrte und drehte sich dann langsam zu der Jägerin um. Sie hatte seine Reaktion wahrgenommen und nickte nun, als er auf die Tür deutete. Er trat einen Schritt zur Seite, um ihr den Vortritt zu lassen, als sie langsam ihre Waffe zog.

Er ließ ihr den Vortritt, auch, wenn es ihm schwer fiel, schließlich ging es um Nico. Der Blutgeruch wurde noch stärker, als sie die Tür auftrat und mit der geladenen Waffe in der Hand in den Raum zielte. Chris vermutete schon, dass die Kammer leer war, doch aus dem Augenwinkel sah er, wie etwas metallisch Glänzendes auf den Kopf der Jägerin zuraste. Kurz entschlossen stürzte er sich auf den Angreifer und warf ihn zu Boden. Der Mann trug ebenfalls eine Jägeruniform, wehrte sich aber erbittert gegen den auf ihm liegenden Werwolf und die nun in den Raum strömende Jägerschaft. Sie hatten offenbar ein Interesse daran, den Angreifer am Leben zu erhalten. Offenbar wollten sie noch mehr über ihn und seine Gründe erfahren.

Sie zerrten den Jäger von ihm weg und fesselten ihn. Trotzdem gab der nicht auf, bis er niedergeschlagen wurde.

Chris hatte nur Augen für Nico. Sein Herz sackte nach unten wie ein fallender Stein und fühlte sich auch genauso an wie einer.

Sein Freund lag auf dem Boden, die Handgelenke gefesselt, obwohl die Reste durchgeschnittenen Strickes neben ihm davon zeugten, dass der Mann ihn schon einmal losgeschnitten haben musste. Er blutete aus einer Dolchwunde im Bauch und zitterte am ganzen Körper. Seine Augen waren beinahe geschlossen, aber es sah aus, als bemühe er sich nach Kräften, wachzubleiben.

Mit den Sinnen des Wolfs konnte Chris das Eisen riechen.

Nico war, gerade erst dem Tode entronnen, schon wieder in Lebensgefahr. Und diesmal sah es denkbar schlecht für ihn aus.

Als Chris neben seinem Freund niederkniete, zitterten seine Hände. Die Wunde, die er für eine Bauchwunde gehalten hatte, was an sich schon schlimm genug war, hatte eine Zwillingsschwester auf Nicos Rücken. Und das war die Eintrittswunde.

Sein Freund, dem der metallisch riechende Schweiß in Strömen über das Gesicht rann, war kaum noch bei Bewusstsein. Chris konnte nur das helle Blau seiner Augäpfel sehen.

Ein Sanitäter legte ihm die Hand auf die Schulter und schob ihn beiseite.

„Ab hier übernehme ich."

Der Gesichtsausdruck des Mannes war ebenso grimmig wie Chris' eigener und verhieß genauso wenig Gutes.

„Wie konnte das passieren?"
Der Ratsvorsitzende war aufgesprungen, seine Hände hatte er soeben auf den Tisch geschlagen. Es hallte immer noch nach.
Sein Gesicht war rot vor Zorn.
Der unglückliche Überbringer der Botschaft, ein recht junger Jäger, der sich seinem Aussehen nach zu urteilen noch in der Ausbildung befand, sah zu Boden.
„Ich weiß es nicht, Sir."
Die Gilde der Jäger war der Polizei nachempfunden, aber da sie mit Exekutionen genauso beschäftigt waren wie mit der Friedensstiftung, herrschten militärische Verhältnisse.
Ein Ratsmitglied meldete sich zu Wort. „Wir hielten es nicht für nötig, den Eismagier auf unserer eigenen Basis zu beschützen, Sir. Keiner von uns. Es kam uns unnötig vor."
„Ja, das habt ihr gedacht! Und das war der Fehler!"
Der Rat sah nun ziemlich verärgert aus, als er wieder sprach. „Bei allem Respekt, Sir, aber das konnte keiner von uns ahnen. Ein Verräter in den eigenen Reihen? Ich bitte Sie!"
Der Ratsvorsitzende schnaubte nur verächtlich, nahm aber trotzdem wieder Platz. Innerlich musste er dem Mann recht geben: Keiner von ihnen hatte eine solche Möglichkeit auch nur in Betracht gezogen. Nicht, dass er das jemals vor seinen Un-

tergebenen zugeben würde, schließlich war er mit Abstand der Älteste unter ihnen. Für einen Jäger war das eine enorme Leistung. Nicht selten standen sie als Ordnungshüter der Mythenwelt selbst als Verfolgte da. Kriminelle Vereinigungen hatten da in der Vergangenheit schon zahlreiche Versuche gestartet. Die Christenverfolgung in der römischen Antike ließ sich unter anderem auf die Verfolgung der dortigen Gilde zurückführen, allerdings hatten die Christen auch sonst als Sündenböcke für alles andere hergehalten.

Bisher war es der Gilde nicht zuletzt deswegen gelungen, jeglichen Verrat zu unterbinden – bis auf einige verhängnisvolle Ausnahmen wie die Frau, die eigentlich das Ziel der Mission gewesen war, die auf den Eismagier gestoßen war.

Und heute wieder. Es war nicht zu fassen. Innerhalb so weniger Tage – und beide Anschläge hatten auf das Leben des Eismagiers gezielt. Wenn das ein Zufall war, dann ein sehr großer.

Der Ratsvorsitzende glaubte nicht an Zufälle.

„Wie geht es ihm?"

Er hoffte sehr, nun nicht hören zu müssen, dass der junge Eismagier an den Folgen der Entführung gestorben war. Nach all dem, was passiert war, musste er sich den jungen Sierewski noch einmal genauer vornehmen. Vor allem eingedenk dessen, war seinerzeit dessen Vater wiederfahren war, der von einem angeblichen Jäger ermordet worden war.

Er hatte nicht gewusst, dass damals ein Familienmitglied überlebt hatte. Sie hatten vier Leichen gefunden, als sie die Ruine des Wohnhauses un-

tersucht hatten. Von weiteren Kindern hatten sie nichts geahnt.
Aber bei Gott, die Vampirmafia in San Francisco! Der Junge hatte schon einiges hinter sich, wie es aussah.
Und außerdem hatten sie erfahren, dass es noch einen älteren Bruder gegeben hatte, Mattheus, mit dem sich der Eismagier aber offensichtlich zerstritten hatte. Der Vorsitzende nahm an, dass der Ältere kein Eismagier war.
Die Rasse war noch zu neu, um von allen zu respektiert zu werden. Außerdem war sie gefährlich. Die Mythenwelt machte erbittert Jagd auf sie. Es war wirklich ein Wunder, dass der Junge es überhaupt geschafft hatte, bis zu ihnen zu kommen.
„Unser Arzt versucht, das Eisen aus ihm herauszubekommen. Außerdem hat er aufgrund der Dolchverletzung innere Blutungen und auch die äußere Wunde konnte noch nicht genäht werden. Der Vampir-Heiler hilft bei der Behandlung mit."
Der Vorsitzende nickte. Was hier geschah und schon geschehen war, hatte Symbolcharakter. Es musste ihm irgendwie gelingen dafür zu sorgen, dass der Eismagier überlebte. Sonst würde es nicht lange dauern, bis es den Mythenweltlern gelungen sein würde, die ganze Spezies auszurotten.
Sie würden wahrscheinlich ein Dekret erlassen müssen, dass nicht nur die Jäger, sondern auch die anderen Spezies betraf. Was auch immer ihnen noch an Unerwartetem bevorstand, es war unerlässlich, die Eismagier in jetzt und in der Zukunft zu schützen. Er würde Abgesandte zu den jeweiligen Herrschern der anderen Spezies schicken

müssen. Die Jäger konnten nur Gesetzesvorschläge machen, keine eigenen Gesetze verabschieden. Sie konnten allerdings dafür sorgen, dass Verstöße gegen ihre Regeln geahndet wurden. Er würde den Monarchen klar machen, dass sie mit der Verfolgung der Eismagier nicht mehr ungestraft davonkommen würden.
Und diese Splittergruppe von Rebellen – *ihren* Leuten, von denen gerade einer im Keller verhört wurde – würden sie auslöschen. Bis zum letzten Mann.

Bereits zum zweiten Mal in dieser Woche trat Henry aus Nicos Krankenzimmer. Auch dieses Mal warteten Chris und Elaine wie auf heißen Kohlen auf eine Aussage über das Wohlergehen ihres Freundes. Diesmal allerdings konnte Henry ihnen keine so guten Nachrichten überbringen wie das letzte Mal – nicht im selben Ausmaß.
„Er lebt," begann er. Die beiden tauschten einen kurzen, hoffnungsvollen Blick, das beginnende Lächeln erstarb aber, als sie sich seines Gesichtsausdrucks gewahr wurden.
„Leider sieht es diesmal schlimmer aus als beim letzten Mal. Ich konnte seine inneren Blutungen zum Stillstand bringen, aber das Eisen hat ihm stark zugesetzt. Ich weiß nicht genau, wie stark. Es ist noch nicht ganz aus seinem Körper heraus. Er ist noch nicht wieder zu Bewusstsein gekommen."
Die Heilung hatte ihn wieder enorm viel Kraft gekostet, aber diesmal hatte er sich zwischendurch nähren müssen, um überhaupt fortfahren zu können. Gegen die inneren Verletzungen hatte der

Arzt der Jäger nur in gewissen Grenzen überhaupt etwas ausrichten können. Die OP war nervenaufreibend gewesen. Er selbst hatte sozusagen die Nachbehandlung übernommen.

Einen entscheidenden Vorteil hatten sie jedoch diesmal gehabt: Die Jäger hatten nach jahrelanger Forschung ein Gegenmittel gegen die Eisenvergiftung erfunden. Das Präparat sorgte für den Abbau des giftigen Metalls im Körper und für dessen Ausscheidung. Henry war noch nie so froh darüber gewesen, dass sie hier gelandet waren.

Allerdings konnten weder er noch der Arzt der Jäger sagen, ob es Langzeitwirkungen geben würde.

Chris starrte auf Nicos schmale, reglose Silhouette in dem Krankenhausbett, ohne seinen Freund wirklich wahrzunehmen. Er lauschte den angestrengten Atemzügen.

Henry hatte komplett erschöpft ausgesehen, als er diesmal das Krankenzimmer verlassen hatte, schlimmer noch als beim letzten Mal. Der Blick des Heilers war auch diesmal kurz zu Chris' Hand geglitten, die Elaines hielt. Genau wie beim letzten Mal hatte er sich zusammen genommen und weggesehen, in ihre Gesichter.

Auch, wenn Chris gern gutgläubig sein wollte, wusste er doch, dass Henry seine Gefühle nicht einfach abstellen konnte. Selbst, wenn er selbst nun anders fühlte, konnte er seinen Exfreund doch nicht dazu zwingen, es ihm gleich zu tun. Henry liebte ihn immer noch. Schwer zu sagen, ob das bald anders werden würde.

Fast gewaltsam riss er sich selbst in Gedanken von dem Thema los und als er Nico wieder richtig wahrnahm, fragte er sich, wie wahrscheinlich es eigentlich war, dass die Jäger mehr planten als sie ihnen bisher offenbart hatten. Die traurige Antwort lautete: Sehr wahrscheinlich. Die Gilde traute grundsätzlich nur sich selbst.
Nico barg grundsätzlich zweierlei Potential in sich: Er konnte sowohl ein gefürchteter Feind als auch ein treuer Verbündeter sein. Zweifellos strebte die Gilde letzteres an. Falls sie ihn aber aus irgendwelchen Gründen nicht dafür gewinnen könnten, würden sie zu anderen Mitteln greifen müssen. Notfalls auch dazu, seinen Freund auszuschalten. Selbst das traute er ihnen zu. Chris schauderte bei dem Gedanken.

„Geh wieder zurück, mein Sohn. Es ist zu früh."
Die besorgte und gleichzeitig beherrschte Stimme seines Vaters drang in Nicos Bewusstsein, während er blinzelnd die Augen öffnete. Um ihn herum war weiße Leere, gleißend in ihrer Helligkeit. So hatte die Sonne ausgesehen..
„Dad? Warum bist du hier?"
Seine Lippen fühlten sich trocken und rissig an, auch, wenn er sich nicht mehr erinnern konnte, warum.
Eindringlich beugte sich sein Vater über ihn – warum lag er? – und brachte sein Gesicht näher an Nicos. „Erinnere dich, mein Sohn. Wenn du zurückkehrst, musst du dich erinnern. Es ist der Schlüssel zu allem. Erinnere dich daran, was ich dir erzählt

habe, und auch an das, was danach geschehen ist. Sie werden dich dazu befragen wollen."

„Dad, ich verstehe nicht…" Nico blinzelte gegen das helle Licht an. Wo war er hier?

„Caleb!" Eine weibliche Stimme aus dem Hintergrund. Sie kam ihm bekannt vor. Er zwang sein Hirn regelrecht zum Arbeiten. Das war jemand den er kannte…den er liebte…sie kam in sein Blickfeld. Ihre Augen weiteten sich erschrocken, als sie ihn sah. Ihr Blick glitt über seinen Körper, über das Blut, das an seinen Sachen klebte. Er fragte sich, woher er wusste, dass es Blut war.

„Nico!" Sein Name kam als entsetztes Hauchen über ihre Lippen.

Seine Mutter.

„Er darf nicht hier sein, nicht wahr, Cal?", wandte sie sich an seinen Vater.

Der hatte die Lippen zu einem schmalen Strich zusammengepresst. „Nein, Nadja. Nico, du musst zurück! Wenn du noch länger hier bleibst, wird es dir nicht mehr möglich sein, zurückzukehren!" Eindringlich sah er seinen Sohn an.

„Erinnere dich, Nico!"

Das Weiß begann, an den Rändern auszufransen. Er hörte sich selbst murmeln: „Aber ich will hier nicht weg. Ich will bei euch bleiben…"

Er glaubte, noch die Stimmen seiner jüngeren Geschwister im Hintergrund zu hören und seine Eltern einen besorgten Blick austauschen zu sehen.

Dann versank er einmal mehr in Dunkelheit.

„Nico? Nico, kannst du mich hören?"

Wenn er nicht so schwach gewesen wäre, wäre er selbst beim Klang der vertrauten Stimme aus dem

Bett gesprungen. So konnte er nur die Augen öffnen. Nicken, weil er kein Wort zustande brachte. Nicht nach diesem Traum.
War es überhaupt ein Traum gewesen?
„Ganz ruhig, Nico. Komm schon, keiner wird dir hier mehr was tun. Beruhige dich!"
Und dabei war er ganz ruhig. Und Chris' Gesicht war genauso dicht vor seinem wie es zuvor das seines Vaters gewesen war.
Darum wurde er sich der für ihn wohltuenden Kälte des Zimmers und des eiskalten Windes, der hindurch fegte, erst nach einiger Zeit bewusst. Er rief den Wind zur Ordnung und atmete tief ein, um die Energie der Kälte in sich aufzunehmen.
„Entschuldige." Er selbst hörte das Eis, das der einfache Bannzauber in seiner Stimme zurückgelassen hatte. Dann strich er sich mit der Hand eine störende Strähne seines langen, schwarzen Haares aus dem Gesicht und merkte, dass seine Wangen tränennass waren.
„Alles in Ordnung?", fragte Chris besorgt. Nico nickte. Es tat weh. Sein ganzer Körper fühlte sich zerschunden an.
„Was ist passiert? Ich weiß nur noch, dass ich aufgewacht bin, und zu euch wollte…"
Der Werwolf musterte ihn eingehend. „Du erinnerst dich nicht mehr daran?"
„Nein, ich…" Noch während er das sagte, fühlte er, wie Chris' Worte in ihm eine Art Widerhall auslösten. Bilder schossen rasend schnell durch seinen Kopf. Worte, die des Jägers vorhin und die seines Vaters – im Traum und in Wirklichkeit.

Ab deinem siebzehnten Geburtstag wirst du nicht mehr menschlich sein, Nico.
Die Worte seines Vaters dröhnten noch immer genauso in seinen Ohren, wie sie es damals schon getan hatten.
Die Sierewski sind Dryaden, mein Sohn..Dein Element … Eis….. starken Verdacht….du meine Anlagen bezüglich der Eismagie geerbt hast…. wirst du ein stärkerer Eismagier werden als ich es je war und sein werde…
„Oh Gott." Er fuhr sich noch einmal mit der Hand durch die Haare, diesmal aber nicht wegen einer störenden Strähne. Der Schock raubte ihm schier den Atem. „Mein Vater war ein Eismagier. Ich bin einer. Und er wurde ermordet." Er hatte es zwar schon geahnt, und das schon seit seiner Zeit bei seinem Bruder, aber es jetzt so bestätigt zu bekommen, sozusagen aus erster Hand – was Mist war, weil sein Vater schon tot war. Verdammt, es hatte sich so real angefühlt! Genau wie dieser verdammte Traum! An seinem Wesen hatte er auch noch nie gezweifelt, schließlich hatte er immer gewusst, dass er anders war. Außerdem hatten sowohl Henry als auch die Jäger und zwangsläufig auch alle anderen ihn als Eismagier anerkannt. Aber der Mord an seinem Vater…
Bei Gott, er hatte sich im selben Raum aufgehalten! Und das zur Tatzeit!
Der Mann, der das getan hatte, war ein Jäger gewesen.
Er sah zu Chris hinüber. „Glaubst du, dass sie mich töten wollen?"

Einen Moment lang starrte Chris ihn nur an. Nico wandte den Blick ab. Wenn der Werwolf überlegen musste, bedeutete das, dass er die Möglichkeit wirklich in Betracht zog. Die Stille im Zimmer schien sich ewig zu ziehen, bis Chris entschieden den Kopf schüttelte. „Nein. Nico, wenn sie dich hätten töten wollen, hätten sie sich niemals die Mühe gemacht, dich erst vor dem Tod zu retten. Und ich kann dir aus erster Hand bestätigen, dass du gestorben wärst."
Ihm klangen noch immer Nicos Worte im Ohr. Zwar hatte sein Freund zu diesem Zeitpunkt schon unter dem schädigenden Einfluss des Eisens gestanden, aber der Werwolf zweifelte keinen Moment lang daran, dass Nico in seinem benebelten Zustand das ausgesprochen hatte, was er sonst immer schweigend mit sich herum trug.
Mich hat noch nie jemand gebraucht. Und jetzt ist es zu spät.
Nico war von Natur aus ein gutmütiger, wenn auch stiller Mensch. Chris wusste nicht genau, ob er schon immer so gewesen war, aber zumindest war sein Freund so, seit sie sich kannten. Das Leben hatte ihnen beiden übel mitgespielt, vielleicht Nico noch schlimmer, schließlich war er nach dem Tod seiner Familie von niemandem aufgefangen worden. Im Gegenteil hatten ihn die Vampire nur noch mehr zugrunde gerichtet. Dass er überhaupt überlebt hatte, sprach schon für seine enorme Charakterstärke. Das Leben hatte Nico hart gemacht, hatte ihn gelehrt, misstrauisch zu sein – vermutlich auch zurückhaltend. Chris konnte nicht sagen, was sein Freund jetzt dachte.

„Vielleicht wollen sie auch erst noch irgendetwas von mir wissen."

Nico sah auf die Bettdecke hinab. Chris vermutete, dass er nicht wirklich etwas sah, sondern die weiße Fläche eher mit seinen Gedanken füllte.

Um ihn und sich auf andere Gedanken zu bringen, fragte er: „Als du da unten in diesem Raum festgesessen hast, konnte ich kurz Kontakt zu dir aufnehmen. Erinnerst du dich?"

Nico hob den Kopf und sah ihn an. „Ja."

Offenbar ist er heute wieder besonders gesprächig, schoss es Chris durch den Kopf. Gleich darauf schämte er sich für den Gedanken. Nico war beinahe gestorben, und das *schon wieder.* Er selbst wäre auch nicht besonders gesprächig.

„Du hast gesagt, du hättest deine Eltern gesehen. Und deine Geschwister. Hast du? Warst du…"

Beide vollendeten den Satz in Gedanken mit auf *der anderen Seite*.

Nico zuckte mit den Achseln.

„Ich weiß nicht so genau. Ich habe…ich glaube, ich habe geträumt. Von ihnen. Ich habe mit ihnen gesprochen, Chris. Und es war so verdammt real, dass es mir Angst macht."

„Ich kenne euch doch, ihr Idioten! Und ich weiß, dass *sie* euch längst schon wieder einen Schritt voraus ist!"

Der Attentäter gab auch jetzt noch nicht auf, da der Rat ihn zum Tode verurteilt hatte. Sein zornesrotes Gesicht spiegelte Wahnsinn. Im Rat, der der Hinrichtung gesammelt beizuwohnen hatte, wurde Gemurmel laut. Der Vorsitzende hatte ein ungutes Gefühl. Es war zwar die Wahrheit, dass *sie* ihnen bisher immer zuvorgekommen war, aber sie hatten auch viele *ihrer* Schritte vereiteln oder rückgängig machen können.

„Ihr seid einfach nur zu *dämlich*, um zu erkennen, dass *sie* euch haushoch überlegen ist!" Niemand im Raum fand diese Vorstellung besonders lustig. Lediglich der Attentäter selbst sah sich mit höhnischem Grinsen um und lachte ihnen dann ins Gesicht. Das Gelächter klang hysterisch. Die Augenbrauen des Ratsvorsitzenden wanderten bis zu seiner Stirn.

Der Mann war ein Unruhestifter, noch dazu einer, der nichts mehr zu verlieren hatte.

Er musste so schnell wie möglich sterben, bevor er noch mehr Unheil anrichten konnte. Die Unsicherheit, die sich bereits auf den Gesichtern einiger Ratsmitglieder abzeichnete, war verheerend. Der Ratsvorsitzende hob die Hand und gab somit dem Scharfrichter das vereinbarte Zeichen.

Während er zusah, wie dieser das Urteil vollstreckte, beschäftigte er sich bereits mit einem anderen Thema. Wie war es diesem Wahnsinnigen bloß gelungen, die Gilde erst zu infiltrieren und dann so lange unentdeckt zu bleiben? Oder war er von Anfang an einer *ihrer* Leute gewesen? War seine Wandlung gar mutwillig herbeigeführt? Der Gedanke war beängstigend. Wenn ja, hatte es einen solchen Fall noch nie zuvor gegeben. Und überhaupt: Wenn es einmal passiert war, konnte niemand in Frage stellen, dass es noch einmal passierte.

Oder bereits noch einmal passiert war. Möglicherweise war dieser Typ hier nicht einmal der erste. Nein, das war er nicht. Der Vater des Eismagiers war bereits von dieser Organisation getötet wurden. Und *sie* arbeitete nicht nur mit Jägern zusammen. Auch mit Blutmagiern, wie ihm einfiel.
Der Ratsvorsitzende schauderte, als ihm die Konsequenzen bewusst worden. Langsam ließ er den Blick über die versammelten Jäger schweifen. Die Leiche des Attentäters wurde derweil von anderen beseitigt.
Jeder in diesem Raum konnte ein Verräter sein. Jeder der hier anwesenden, einige nur ihres fortgeschrittenen Alters wegen ausgenommen. Die Anzahl potentieller Maulwürfe war in einer Minute des Überlegens ins Unermessliche gestiegen.
Und Maulwürfe konnten andere anwerben.
Wenn sein Verdacht zutraf, würde das die Gilde nicht nur nachhaltig schädigen, sondern barg durchaus auch das Potential, sie zu zerstören.
Er konnte niemandem mehr trauen.

Als es an seiner Tür klopfte, hob Nico den Kopf. Seltsam, aber dieses Krankenzimmer war ihm in den letzten paar Tagen – fast einer Woche, wenn er darüber nachdachte – richtig ans Herz gewachsen. Im Vergleich zu so manch anderem Aufenthalt war diese Woche verhältnismäßig lang gewesen. Was vor allem daran lag, dass er nichts zu tun gehabt hatte. Obwohl er auf die wiederholte Nahtod-Erfahrung, die ihn hierher gebracht hatte, gern hätte verzichten können.

Er behielt die Tür genau im Auge, notfalls dazu bereit, sich zu verteidigen.

Als sie sich öffnete, hielt er den Atem an und verwünschte sich gleichzeitig dafür, so misstrauisch geworden zu sein. Andererseits hatten ihm die vergangenen Tage nur noch einmal ins Gedächtnis gerufen, wie angebracht es war, misstrauisch zu sein.

Der älteste Jäger, den er je gesehen hatte, stand im Türrahmen. Sein Haar war weiß, was nicht zu seinem sonst recht jugendlichen Körper stand. Er sah aus wie ein Enddreißiger, was für einen Jäger bedeuten musste, dass er schon verdammt lange auf dieser Welt weilte und sie vermutlich auch bald verlassen würde.

„Hallo, mein Junge." Nico war zwar einundzwanzig, aber vermutlich war das gegen das Alter des Jäger ein Kinkerlitzchen, also erwiderte er einfach nur: „Sir."

Der Jäger nickte und betrat das Zimmer. „Ich hoffe, du hast nichts dagegen, wenn ich einen Moment lang hereinkomme."

Da der Mann bereits im Zimmer stand, war die Frage wohl eher eine formelle Angelegenheit. „Nein, Sir", antwortete er trotzdem. Er hatte das starke Gefühl, dass dieser Kerl hier einen hohen Status innerhalb der Gilde inne hatte. Ihm den Titel abzuerkennen, wäre entwürdigend.

Der Jäger schloss die Tür hinter sich und seufzte leise mit ihr, als wäre er bereits bestens vertraut mit seiner Umgebung.

Was er ja vermutlich auch war.

Als der Mann sich wieder umdrehte, hatte er Nico genug Zeit gegeben, um sich ein Gesamtbild von ihm zu schaffen. Seine Stimme passte genau wie seine wissenden Augen zu seinem etwas seltsamen Erscheinungsbild. Sie klang tief und knarzend.
„Um es kurz zu machen," hob der Mann an, „mein Name ist für dich nicht von Bedeutung. Im Allgemeinen kennt man mich nur als den Ratsvorsitzenden, was impliziert, dass ich die spanische Fraktion dieser Gilde leite. Ich hatte einen Vorgänger, den ich sehr bewundert habe, und es wird auch einen Nachfolger geben, und wer weiß, ob er diese Sache hier besser machen wird. Jedenfalls haben wir seit deiner Ankunft hier interne Schwierigkeiten, und ich befürchte, dass es sichererer für dich sein wird, wenn du dieses Quartier so bald wie möglich wieder verlässt, Eismagier. Es gibt eine Splittergruppe in der Gilde, die Wesen wie dir nicht wohlgesonnen ist. Nimm dich in Zukunft in Acht. Und halte dich bitte für zukünftige Anfragen unsererseits bereit. Möglicherweise können wir dich noch einmal brauchen."
Nico war perplex. Eine Splittergruppe in der Gilde, die ihm nach dem Leben trachtete? Das klang verdammt nach dem Typen, der ihn hatte umbringen wollen.
„Okay, das habe ich soweit verstanden. Was ist mit dem Typen, der mich umbringen wollte?"
Der Ratsvorsitzende winkte ab.
„Er ist kein Problem mehr."
Was bedeutete, dass der Mann tot war. Gut.
„Danke."
Nico überlegte einen Moment.

„Wann können wir aufbrechen?"
Vermutlich wollte der Ratsvorsitzende nicht, dass sie mitten in der Nacht einfach aus dem Gebäude marschierten, wo sie noch angreifbarer sein würden.
Und er wurde nicht enttäuscht, als der Mann antwortete: „Heute Nacht. Jetzt scheint noch die Sonne. Ein Helikopter wird euch ein Stück weiter in die Pyrenäen bringen, aber nur bis an die Grenze. Wir haben keine Zulassung für den französischen Luftraum."

2015, Französische Pyrenäen

Es war überstanden. Endlich. Bis über die Grenze inmitten der Berge zu marschieren hatte sie kaum Zeit gekostet, da der Helikopter unmittelbar daneben gelandet war.
Nico stand einen Moment lang nur da und atmete tief die klare, friedliche Bergluft ein. Die Jäger würden in Zukunft dafür sorgen, dass ihre Leute ihn nicht mehr jagen würden. Er konnte ja gar nicht sagen, wie froh er darüber war.
Hinter ihm hörte er leise Schritte, zu leicht für Chris oder Henry. Das musste Elaine sein. Sie stellte sich neben ihm und starrte mit ihm in die Nacht, über die Gipfel. Er fragte sich, was sie sah. Einen Schritt trat er zur Seite, um ihr einerseits Platz zu machen und andererseits nicht so nahe zu sein, dass sie ihn berühren konnte.
„Nicolai..."
Sie streckte den Arm nach ihm aus. Er wich noch ein Stück zurück, hob aber besänftigend die Hand. Schnell zog Elaine ihre eigene zurück. Sie musste sich gewaltsam wieder in Erinnerung rufen, dass er nicht angefasst werden wollte und seine Gründe dafür hatte.
„Nico, bitte."
Er musterte sie forschend. Als sie, in Gedanken versunken, nicht weitersprach, schlug er die Augen nieder und gab ihr damit die Gelegenheit, seine langen Wimpern zu bewundern. Sie waren inzwischen schon vertrauter miteinander. Er meinte,

sich vor ihr erklären zu müssen. Auch, wenn die Sache ja eigentlich schon beigelegt war, und sie vermutlich sowieso an etwas ganz anderes dachte, hatte er noch etwas auf dem Gewissen.

„Wenn es wegen der Angelegenheit mit Chris und Henry ist: ich werde euch nicht mehr dazwischen funken. Ich konnte nur nicht sehen, wie Henry leidet."

Nach dieser Erklärung hob er die Lider wieder und sie sah sich dem Blick eines tiefschwarzen Auges mit schmalen blauen Rändern ausgesetzt, in denen so viel Tiefe verborgen war, dass sie das Gefühl hatte, darin zu versinken. Sie wünschte ihm wirklich, dass er jemanden fand, der zu schätzen wusste, was in ihm schlummerte. Nico war ein wenig wie der Eisberg, dem seine Spezies so nahe stand: nur ein Bruchteil von ihm war überhaupt sichtbar. Sie fragte sich, was aus ihm geworden wäre, wenn ihn in seiner Jugend keine blutdurstigen Mitglieder der Vampir-Mafia in die Hände bekommen hätten.

„Nein, es ist nicht deswegen." Er hob die Augenbrauen. „Nicht?"
"Nein. Ich wollte nur sichergehen, dass du dich nicht ausgeschlossen fühlst...oder von mir bedroht. Ich habe nicht vor, einen von euch zu gefährden. Dich eingeschlossen." Obgleich er bei seiner Erklärung so sicher gewirkt hatte, sah er nun zu seinen Füßen hinab. Strähnen seines langen, schwarzen Haares fielen in sein Gesicht. Sie war richtiggehend überrascht, als er ihr dennoch antwortete.

„Mein Verstand weiß das, ich muss nur noch den Teil von mir, der mit Vampiren generell ein...gewisses Problem hat, davon überzeugen. Zum Glück höre ich meistens auf den verständigen Teil."

Außerdem hatte sie ihm sehr geholfen, indem sie Chris überzeugend auf Chris eingeredet hatte, er solle ihm doch verzeihen. Schon allein dafür musste er es versuchen.

Er schob sich eine Strähne hinter das Ohr und schenkte ihr tatsächlich ein kurzes Lächeln.

„Ich brauche noch ein bisschen Zeit, um mich daran zu gewöhnen, das ist alles."

Seine Haltung beeindruckte Elaine. Es gehörte eine Menge Mut dazu, das vor einer praktisch Fremden zuzugeben. Genauso, wie verdammt viel Mut dazu gehörte, in jedem Fall zu seinem Wort und seinem Gewissen zu stehen, ganz gleich, welche Folgen sich auch daraus ergeben mochten. So, wie Nico es getan hatte, als er nach der Aussprache mit Chris ihre Gruppe verlassen hatte. Es hätte ihn um ein Haar das Leben gekostet, aber er war konsequent.

„Natürlich. Ich warte, solange es eben dauert. Es ist ja nicht so, dass ich in nächster Zeit verschwinden würde."

„Gut."

Er bot ihr die Hand und sie schlug ein. Vage wurde ihr bewusst, dass sie damit nicht nur sein Angebot, sondern auch ihn als Person akzeptierte.

Der Gedanke gefiel ihr. Er hatte es eindeutig verdient, akzeptiert zu werden. Mit all seinen Eigenheiten.

- Ende -